Dai Sijie

Die lange Reise des Yong Sheng

Dai Sijie

Die lange Reise des Yong Sheng

Roman

Aus dem Französischen
von Claudia Marquardt

PIPER

Mehr über unsere Autoren und Bücher:
www.piper.de/literatur

Von Dai Sijie liegen im Piper Verlag vor:
Der kleine Trommler
Balzac und die kleine chinesische Schneiderin

ISBN 978-3-492-07016-4
Deutsche Erstausgabe

Titel der französischen Originalausgabe:
»L'Évangile selon Yong Sheng« bei Editions Gallimard, Paris 2019

Satz: Fotosatz Amann, Memmingen
Gesetzt aus der Stempel Garamond LT Pro
Druck und Bindung: GGP Media GmbH, Pößneck
Printed in the EU

Dieses Buch ist der Erinnerung
an Pastor Dai Meitai gewidmet,
meinen Großvater (1895–1973).

Prolog

Man kam, um sich den Sohn des Zimmermanns anzusehen.

Wie eine lange hellgraue Schlange wand sich der Weg in Serpentinen den leuchtend grünen Hang eines Hügels von Jiangkou im Bezirk Putian hinauf. Aus der Luft betrachtet ähnelte er einem offenen Riss in diesem Relief aus Kalksteinfelsen und sandigem Boden, in dem sich das Licht der Dämmerung brach. Jeden Augenblick, so sah es aus, musste man damit rechnen, in diesen engen Spalt zu stürzen, in den Tiefen einer anderen Zeit zu versinken, aber dann, endlich, richtete das Reptil seinen Kopf auf, wurde am Gipfel des Hügels zu Gestein, und in den Nebelschleiern zeichnete sich die Bleibe des Zimmermanns ab.

Unter einem Vordach, rechts des Hauses, das umgeben von Sägespänen war, fertigte Zimmermann Yong gerade eine seiner Taubenflöten, die die Züchter ihren Vögeln ins Gefieder banden. In einen kleinen Flaschenkürbis, den er zuvor ausgehöhlt hatte und der als Klangkörper diente, schob er ein feines, scharfes Rohrblatt aus Bambus, strich behutsam mit den Fingern über dessen Rand, der mit einem Beitel bearbeitet war und in den Strahlen der untergehenden Sonne blutrot schimmerte.

In diesem Moment trat die blinde alte Frau auf ihn zu, die mit fachkundiger Hand seinen zweijährigen

Sohn untersuchen sollte. In der Mitte des Hofs hatte man einen Holztisch aufgestellt. Der kleine Junge tappte vorsichtig heran, er steckte in einem roten Seidenhöschen, das seine intimen Körperregionen bedeckte und ihm bis zur Brust reichte. Besorgt sah er nach rechts und nach links, hielt Ausschau wie ein Seefahrer, der unbekanntes Terrain betritt.

Die Blinde war winzig und trug einen langen grauen Rock, dazu ein scharlachrotes, trägerloses Oberteil, das mit violetten Blumen bestickt war, und einen roten Schal, den sie sich um den Hals geschlungen hatte. Oben auf ihrem Kopf saß ein strenger Haarknoten. Mit wiegendem Schritt, den ihre kleinen gebundenen Füße ihr vorgaben, näherte sie sich dem Tisch.

Mit ihrer knochigen Hand tippte sie auf eins der roten Filzschühchen des Kindes und kraulte mit den langen Nägeln der anderen, deren Finger so mager wie Vogelkrallen wirkten, seinen Schädel, der kahl rasiert war bis auf ein pfirsichgroßes Haarbüschel, das aussah wie eine dunkle Düne.

Dann nestelte sie am Unterleib des Kindes, hob schließlich den Kopf und rief:

»Es gibt ein Problem. Ihm fehlt ein Hoden. Der andere scheint aber, soweit ich es ertasten konnte, in Ordnung zu sein. Also ist einer genug.«

»Nur ein Hoden?«, erkundigte sich der Zimmermann entsetzt. »Wie soll er da jemals Kinder zeugen?«

»Einer reicht, um Ihre Nachfolge zu sichern.«

»Ach, wenn das so ist …« Der Zimmermann entspannte sich ein wenig.

»Keine Sorge. Wenn ich hierhin fasse, spüre ich deutlich, dass sein Vögelchen putzmunter ist.«

Zimmermann Yong seufzte erleichtert. Er stellte ein langes Bambusrohr im Hof auf, spaltete es mit seinem

Messer, kniff die Augen zusammen und besah sich das Mark. Im Schein der Abendsonne glänzte der Stock wie eine schmelzende Goldstange.

Er führte die Blinde zu einem Strauch vor dem Haus. Zwei Jahre zuvor, im Frühjahr 1911, als sein Sohn gerade geboren war, hatte der Zimmermann einem chinesischen Pilger aus Vietnam, der zur Insel Meizhou unterwegs war, um der Göttin Mazu zu huldigen, einen Platz an seinem Tisch angeboten. Bevor der Mann weiterzog, wollte er seinem Gastgeber etwas Geld dalassen, und als dieser höflich ablehnte, überließ er ihm zum Dank einen Beutel mit Samenkörnern. Der Zimmermann hatte daraufhin ein Loch vor seinem Haus gegraben, die Körner hineingestreut und es mit Schlick wieder aufgefüllt. Nach einer Woche war der Schlick zwar getrocknet, doch es zeigte sich nicht der kleinste Trieb an der Oberfläche. Noch erstaunlicher war, dass die im Jahr zuvor ringsum gesetzten Pflanzen und Blumen, die bereits Knospen trugen, plötzlich verdorrten. Die Iris warfen ihre Kelchblätter ab, und ihre kleinen gelben Blüten verwelkten, noch ehe sie richtig aufgingen. Dasselbe Schicksal ereilte die Minze, die zwar in die Höhe geschossen war, aber auf einmal bitter schmeckte, und auch der Fenchel kümmerte vor sich hin. Dann, endlich, am zehnten Tag, durchstieß ein frischer grüner Trieb die Erde, ein erster Spross des einzigen exotischen Baums im Garten, dem es vergönnt war, unter der chinesischen Sonne zu gedeihen.

»Sagen Sie«, fragte Zimmermann Yong die Blinde, »kennen Sie den Namen dieses Baums? Er hat alles, was um ihn herum wuchs, vernichtet.«

Der Strauch war bereits einen Meter hoch. Die Alte ging in die Hocke, strich mit ihren Fingerspitzen über die Blätter, riss dann mit den Zähnen ein Stück Rinde heraus. Das Mark war frisch und zart und verströmte einen angenehm blumigen Duft.

»Es ist ein Aguilar«, sagte sie mit Bestimmtheit. »Ein Weihrauchbaum. Erzählen Sie bloß niemandem davon, es würde nur Neid und Missgunst erregen.«

»Warum?«

»Weil dieser Baum, sobald er größer ist, einen wertvollen Saft produziert. Ihr Sohn mag nur einen Hoden haben, aber wenn man Ihnen am Tag seiner Geburt Samenkerne des Aguilars geschenkt hat, ist ihm ein außergewöhnliches Schicksal beschieden.«

Die Spezialisten stimmten darin überein, dass die bemerkenswertesten Taubenflöten die der Marke Yong aus Putian waren. Was zweifellos daran lag, dass sie die Arbeit eines Zimmermanns waren, der sowohl über die geeigneten Werkzeuge als auch über eine immense Könnerschaft verfügte, denn nicht nur in der Herstellung von Taubenflöten hatte er sich einen Namen gemacht, er genoss darüber hinaus einen hervorragenden Ruf als Bautischler. Das Krankenhaus von Putian, die erste Einrichtung in der Provinz Fujian, die von protestantischen Missionaren gegründet wurde, und vor allem die große Treppe des Hauptgebäudes, die noch heute existiert, zeugten von Yongs außergewöhnlichem Talent. Damals waren die Handwerker in Putian – wie auch die in den meisten anderen chinesischen Städten – noch nie mit abendländischer Architektur in Berührung gekommen. Die Tischler und Zimmermeister, die chinesische Häuser bauten, hatten keine Ahnung, wie man einen Parkettboden, eine Zimmerdecke oder Glasfenster anfertigte. Geschweige denn etwas so Kompliziertes wie eine Treppe.

Zimmermann Yong hatte viele Stunden über der

Zeichnung einer Treppe gebrütet, die ihm ein Fremder überlassen hatte, und eines Tages war der Groschen gefallen, er wusste plötzlich, wie er es anstellen musste.

Die Einweihung der ersten christlichen Kirche von Putian, an deren Fertigstellung er mitgewirkt hatte, war ein Ereignis, das die ganze Stadt bewegte. Das Krankenhaus befand sich zu diesem Zeitpunkt noch im Bau, trotzdem brüllten und drängten sich die Leute davor, um einer erstaunlichen Szene beizuwohnen: Vor aller Augen schwankte die Mutter von Zimmermann Yong mit leicht angehobenem Rock auf ihren gebundenen Füßen die Stufen einer Treppe hinauf. In den Gesichtern der Schaulustigen waren Angst und Verwirrung zu lesen. Sie hatte es bis nach oben geschafft, aber nun musste sie wieder herunter. Würde sie dabei ihr Leben lassen?

Der Kleine Yong war ebenfalls dabei. Sein Vater stellte ihn am Fuß der Treppe ab, und das Kind kraxelte auf Knien Stufe um Stufe empor, hielt nur ab und zu inne, um ein Detail der Ausführung zu bewundern. Vielleicht war dieser Tag der glücklichste seiner Kindheit. Oben angekommen, setzte sein Vater ihn rittlings aufs Geländer, ließ dann seine Hand los, lief zum unteren Ende der Treppe, um ihn dort aufzufangen: »Komm, mein Sohn, rutsch runter!«, rief er mit ausgebreiteten Armen. Der Kleine schloss die Augen und glitt, ohne sich festzuhalten, nach unten, ihm war, als würde er durch den Himmel fliegen. Er fühlte sich wie der Herr über die Geschwindigkeit, der Wind blies ihm um die Ohren, und er hörte den Gesang der Taubenflöten. Ein langer feiner Ton, der sich wie ein magisches Band durch die Luft zog, sich ihm näherte, schnell wie ein Blitz, und dann, ganz allmählich, in der Ferne wieder verhallte.

Drei Jahre waren seit der Konsultation der blinden Alten vergangen. Der Kleine Yong war kaum fünf, konnte jedoch bereits unterscheiden, und zwar beim ersten Ton, ob eine Taubenflöte aus der Werkstatt seines Vaters stammte oder nicht.

Die Flöten aus Putian und den benachbarten Ortschaften hatten in der Regel einen Durchmesser von höchstens zwei oder drei Zentimetern und etwa den Umfang einer Nuss (die größten erreichten immerhin bis zu zehn Zentimeter Durchmesser und waren faustgroß). Ein feines Rohrblatt, das in der Mitte der Flöte angebracht war, teilte sie in zwei Klangkörper. Man befestigte das Instrument an den Steuerfedern der Vögel, und wenn sie losflogen, entstanden, je nachdem, in welchem Winkel der Wind hineinblies, zwei verschiedene Töne, ein hoher und ein tiefer. Um die Klangpalette zu erweitern, konnte man nach Belieben unterschiedlich lange Bambusrohre hinzufügen (manche bevorzugten auch Schilfrohr). Zeigte sich dann eine Schar Tauben am Himmel, war es, als zöge ein ganzes Orchester vorbei, das ein beeindruckendes Konzert zum Besten gab. Jedes Instrument ertönte in einer anderen Stimmlage, Bariton, Tenor, Alt und Sopran antworteten einander in feinem Echo, überboten sich in lyrischen Tremolos und romantischen Vibratos, zur Freude des Publikums, das der Sinfonie lauschte.

In diesem Augenblick war die Musik, die am Himmel spielte, das Werk der Tauben von Pastor Gu, einem amerikanischen Evangelikalen, der aus den Vereinigten Staaten ein Paar weißer Tauben mitgebracht hatte, deren Füße, im Unterschied zu den chinesischen Tauben, mit seidenweichem Gefieder bedeckt waren (sie steckten in einer Art Muff, wie die Frauen ihn im Winter trugen, um ihre Hände vor der Kälte zu schützen).

Der Pastor hatte just an diesem Tag zwei Yong-Flöten erworben und sie, in einem Moment wohltuender Muße, den er so noch nicht erlebt hatte, seit er in China war, höchstpersönlich mit Nadel und Faden am Schwanz seiner Vögel befestigt. Er war extra auf das Dach des im Auftrag seiner Kirche neu errichteten Krankenhauses gestiegen, um seine Tauben fliegen zu lassen. Von dort hatte er beobachtet, wie sie ihre Runden zogen, zwei Quarzkristalle, leicht und rein, wie sie sich an ihrer zauberhaften Serenade erfreuten, immer höher stiegen, bis sie zwei weit entfernten Sternen glichen und schließlich mit dem Himmel verschmolzen.

Ein wenig verloren harrte er auf dem Dach aus, noch völlig versunken in den Klang der fernen Flöten. Plötzlich aber tauchten die Tauben lautlos wieder auf und fielen wie Meteoriten vom Himmel. Ehe sie landeten, streiften sie das Gesicht des Pastors, schwangen sich dann mit raschelndem Flügelschlag wieder auf, um ihr himmlisches Ballett fortzuführen. Die Sonne umgab ihr schneeweißes Gefieder mit einem goldenen Schein, die Flöten sangen, das Herz von Pastor Gu schlug heftig, Tränen des Glücks liefen ihm über die Wangen. Niemand kannte den Wert dieser beiden Flöten, man wusste lediglich, dass die Mutter des Zimmermanns höchstpersönlich mit dem Pastor in Verhandlungen getreten war und dafür gesorgt hatte, dass er ihren Enkel bis zum Abschluss der Grundschule bei sich aufnehmen würde (die Ehefrau des Pastors hatte eine Schule eröffnet).

»Wie heißt Ihr Enkel?«, hatte der Pastor gefragt.

»Wir nennen ihn den Kleinen Yong, er hat keinen Vornamen, dafür ist er noch zu jung. Hätte er einen, würden ihn die Dämonen holen.«

»Wenn er in meiner Schule unterrichtet werden soll, muss er einen Namen haben.«

Nach einigem Überlegen willigte die Großmutter des Kleinen Yong ein:

»Gut. Dann suchen Sie einen für ihn aus, Sie sind schließlich Pastor.«

»Er soll Yong Sheng heißen. Sheng steht für Ton. Es ist eine Hommage an das Handwerk seines Vaters.«

Erster Teil

Kapitel 1

Mary

Es war zwei Uhr morgens, und es goss in Strömen.

Der Kleine Yong begriff nicht gleich, dass es regnete. Im ersten Augenblick glaubte er, das Geräusch der Holzsäge seines Vaters durch die Stille der Nacht zu hören, aber plötzlich erinnerte er sich, dass er ja gar nicht zu Hause in Jiangkou war, sondern in Hanjiang, bei der Frau von Pastor Gu, der Direktorin seiner Schule, oder genauer, er befand sich im Zimmer ihrer Tochter Mary, seiner Lehrerin, die ihm Rechnen, Schreiben, Lesen und Musik beibrachte.

Pastor Gu war verantwortlich für die amerikanischen Baptisten, die sich auf Mission in der Provinz Fujian aufhielten, und er hatte eine sehr tugendhafte Pastorentochter geheiratet (er selbst war Sohn eines Pastors, ein Amt, das die meisten Männer seiner Familie seit Generationen ausübten).

Da Yong Sheng der jüngste Zögling der Schule war, ließ Madame Gu ihn nicht mit den anderen Schülern im Schlafsaal übernachten, der im hintersten Trakt der Einrichtung lag. Anfangs wollte sie ihn bei sich unterbringen, dann aber fürchtete sie, dass seine Anwesenheit ihren Mann bei der Arbeit stören könnte, und so hatte sie ihn bei ihrer Tochter Mary einquartiert. Die Residenz des Pastors umfasste sieben Höfe, und Mary wohnte mit ihrer kleinen Tochter, die noch kein Jahr alt war, passenderweise im »Hof des kleinen Mädchens«.

Ihre Wohnung bestand aus dem sogenannten Hauptzimmer (das im Westen als »Wohnzimmer« bekannt war), in dem sich das Familienleben abspielte, außerdem einem Arbeitszimmer, in dem Mary ihre Unterrichtsstunden vorbereitete, und einem Schlafzimmer, in dem ihr Bett und, gleich daneben, die Wiege ihrer Tochter aufgebaut waren, sodass sie die Kleine nachts ohne großen Aufwand stillen konnte. Gegenüber von Marys Bett stand ein weiteres, kleineres Bett für Yong Sheng, und zwischen beiden hing als Trennwand ein weißes Laken.

Vom Prasseln des Regens geweckt, stand der Junge auf, um zur Toilette zu gehen, und stellte fest, dass das Baby zwar friedlich schlief, Marys Bett jedoch leer war. Wo war sie nur?

Früher waren die Fenster im ganzen Gebäude mit Papier verhängt, wie es in China üblich war, erst seit Pastor Gu die Residenz gekauft hatte, gab es zweiflügelige Glasfenster, die in zwölf Felder unterteilt waren. Yong Sheng durchquerte das Hauptzimmer, leise tappte er auf nackten Füßen über den mit purpurroten Rosen und grünen Flechten verzierten Teppich. Der Boden unter diesem Teppich war nicht aus gestampfter Erde wie sonst in den chinesischen Häusern, sondern mit Parkett ausgelegt. So wie auch im christlichen Krankenhaus von Putian.

Mary war weder im Hauptzimmer noch in ihrem Büro zu finden.

Sie musste die Wohnung verlassen haben, und offenbar hatte es da noch nicht geregnet, denn ihre alten schwarzen Gummistiefel mit den rosafarbenen Flicken standen am Fuß ihres Betts. Der Kleine verspürte plötzlich den dringenden Wunsch, sie ihr zu bringen, obwohl ihn draußen Nässe und Dunkelheit erwarteten. Mit den Stiefeln in der Hand stieg er die Stufen hinunter, die in den Hof führten. Der Regen peitschte ihm ins Gesicht, gleichzeitig durchströmte ihn ein angenehmes Gefühl von Frische. Unzählige Tropfen trommelten gegen seine Haut, sie kamen ihm vor wie winzige Kristallperlen, die vom Himmel fielen und wieder zurücksprangen, als hingen sie an einem elastischen Band; mit Wasser gefüllte Perlen, die nie platzten, sondern kaum dass sie ihn berührt hatten, zurückschnellten, um dann erneut auf ihn niederzuprasseln.

Er war noch keine sechs Jahre alt und konnte die Größe des Anwesens von Pastor Gu nicht genau fassen. Als er wenige Wochen zuvor hier angekommen war, hatten ihn das riesige Grundstück, die imposante, bei aller Gleichförmigkeit doch geheimnisvolle Architektur und die dicken, meterhohen Mauern, die das Gelände umgaben, schier überwältigt. Er hatte den Kopf in den Nacken legen müssen, um von unten die Unkrautbüschel zu entdecken, die sich auf der Kante der Ziegelmauer im Wind wiegten und an den Wolken festzuklammern schienen.

Zwei umlaufende Gänge, die östliche und die westliche Galerie, führten an den Mauern entlang und umschlossen das Anwesen mit seinen sieben Höfen wie zwei riesige Arme. Zu Beginn jeder neuen Stunde schlug der Nachtwächter auf ein Holzbrett und schritt dort oben auf und ab. Der erste, ziemlich große Hof, »Der Hof der Tauben«, gehörte den Vögeln des Pastors. Im zweiten, dem »Hof der Ahnen«, hatte der Hausherr eine Baptistenkirche errichten lassen. Es folgten »Der Hof der Gäste«, »Der Hof des Pastors«, »Der Hof des kleinen Mädchens«, »Der Hof der Küchen« und schließlich der siebte und letzte Hof mit der von Madame Gu gegründeten Schule.

Einige Jahre später erstellte Yong Sheng eine genaue Skizze des Geländes: Mit Ausnahme des großen Eingangsportals, das im Verhältnis zur Hauptachse der Anlage leicht versetzt war (die Erbauer, ebenso naiv wie einfallsreich, glaubten, auf diese Weise den Dämonen Einhalt zu gebieten, schließlich war allgemein bekannt, dass diese sich nur in einer geraden Linie fortbewegten), hatte man die Zugänge der anderen sechs Höfe, ganz nach dem Vorbild der Kaiserstadt, parallel zueinander auf derselben Achse angeordnet. An den hohen christlichen Feiertagen befahl Pastor Gu seinen Bediensteten, sämtliche Pforten zu öffnen, damit die Gebete und Gesänge vom Hof der Ahnen ungehindert durch alle anderen Höfe hindurch bis zu dem Reisfeld hinter der Residenz dringen konnten. Im letzten Hof stand eine Steinmühle, an der sich ein kleiner Esel mit verbundenen Augen tagein, tagaus damit abmühte, Sojabohnen zu einer weißen Masse zu zermahlen, aus der man Tofu herstellte. An den Feiertagen jedoch nahm man dem Esel die Augenbinde ab und ließ ihn sich ausruhen. Und nur zu solchen Gelegenheiten konnte man die sieben Höfe auf einen Blick erfassen.

Auf nackten Sohlen lief Yong Sheng nun im strömenden Regen durch den Hof des kleinen Mädchens, er wollte über den Korridor des Nachtwächters zu den Unterrichtsräumen gelangen, aber er hatte kaum den Hof der Küchen erreicht, als er schon von Kopf bis Fuß durchnässt war. Wie ein begossenes kleines Huhn rannte er dennoch tapfer weiter bis in den Hof der Schule, wo Mary mehr Zeit verbrachte als in ihrer Wohnung.

Doch in dieser Nacht war sie nicht dort. Die Gebäudetrakte links und rechts der Pforte, in denen früher die Hausangestellten und inzwischen die Klassenzimmer untergebracht waren, lagen dunkel vor ihm. Auch in den ehemaligen Scheunen und Ställen, die heute als Schlafsäle dienten, waren alle Lichter gelöscht, das einzige Geräusch, das durch die Stille ging, war der Atem der Jungen, die dort schliefen.

Der Regen hämmerte gegen das Ausgangstor des letzten Hofs. Im Gegensatz zu dem großen Eingangsportal, dessen zwei Flügel in Angeln hingen und auf einem hohen Sockel saßen, hatte dieses Tor keine Schwelle. Es bestand aus mehreren grün gestrichenen großen Holzplanken, die wie Tischplatten übereinandergestapelt waren, und ließ sich, je nach Höhe der Karren, auf denen man die Lebensmittel für die Küche transportierte, entweder ganz oder nur teilweise öffnen. Yong Sheng drückte sein Gesicht gegen das Holz und sah durch einen Spalt auf das Reisfeld, wo er jedoch außer Wasserlachen nichts erkennen konnte.

Er machte kehrt, lief zum gegenüberliegenden Korridor, der sich wie eine Mondsichel an jedem Übergang zum nächsten Hof öffnete. Hof der Schule, Hof der Küchen, Hof des kleinen Mädchens, Hof des Pastors, Hof der Gäste … Yong Sheng rannte immer weiter, bis er das Tor zum Hof der Ahnen erreichte.

Die Pforte zu diesem Hof unterschied sich deutlich von den anderen, selbst das große Eingangsportal, so majestätisch es auch war, hatte nicht dieselbe erhabene Wirkung wie dieses, über dem sich ein zu den Seiten offener Wachturm erhob, der auf zwei dicken schwarzen Säulen ruhte. Der Regen rann in Sturzbächen über die breiten Dachziegel des Turms, die Blitze ließen seine Stützbalken wie helle Streifen aufleuchten, und in ihrem zuckenden Licht schienen die in Stein gehauenen Tierfiguren zum Leben zu erwachen.

Der Junge hielt einen Moment inne, trotz der dreckigen Pfützen, die sich unter seinen Füßen bildeten, und der lauwarmen Tropfen, die, so kam es ihm vor, sich durch seine dünne Haut bohren wollten.

An einem der breiten Stützbalken schaukelte eine Sturmlaterne, die im Regen zischte. Yong Sheng erschrak, denn er fürchtete, das Glas könne jeden Moment explodieren.

Die Schwelle des Tors war so hoch, dass der Junge darüber wie über eine Mauer klettern und sich auf die andere Seite fallen lassen musste. Danach hatte er keine Kraft mehr zu rennen, mit kleinen Schritten durchquerte er den Hof der Ahnen. Das Wasser ging ihm bis zu den Knöcheln, unter seinen Füßen spürte er die Ziegelsteine und die großen runden Kiesel, mit denen der Boden gepflastert war. Hier und da rutschte er auf dem Moos aus, das zwischen den Steinen wuchs, aber er achtete darauf, immer in einer geraden Linie zu laufen, um einer Katastrophe zu entgehen, denn er wusste, dass neben der Hauptachse ein befestigter Graben klaffte, der einen Meter breit, drei Meter lang und zwei Meter tief war, und dass das Wasser darin einem Erwachsenen bis an die Hüfte reichte.

Sonntags, nach dem Gottesdienst, stieg Pastor Gu ein Treppchen in dieses Becken hinab und begrüßte dort mit ein paar feierlichen Sätzen die neuen Mitglieder seiner Kirche, bevor er ihren Oberkörper ins Wasser tauchte. Der Kleine Yong hatte die Zeremonie schon ein paar Mal miterlebt, ohne zu wissen, dass es sich dabei um eine Taufe handelte, also einen symbolischen Akt, mit dem man sich von begangenen Sünden reinwusch. Immer wenn Pastor Gu einen Getauften wieder aus dem Wasser zog, hieß er ihn als neuen Menschen willkommen. Noch Jahre später erinnerte sich Yong Sheng an das strahlende Gesicht des Missionars am Ende dieses Rituals.

Vor der großen Halle im Hof der Ahnen leuchtete ein Licht, das den Schatten der verglasten Sprossentür auf den Steinboden des Innenraums warf. Das Schattenmuster dehnte sich zu den langen Holzbänken hin – um die jeden Sonntag die Kinder der versammelten Christen aus Putian herumtobten – und noch weiter, bis zu dem Rednerpult, von dem aus Pastor Gu seine Predigten hielt. Früher hatte an dieser Stelle ein großer Altar gestanden, an dem die ehemaligen Besitzer ihre Vorfahren verehrten. Jetzt wurde der Raum als Gebetsstätte genutzt, ein Vorhang teilte ihn in einen Bereich für Männer und einen für Frauen. Und wenn Pastor Gu von seinem Pult aus zu den Männern sprach, ragte er so weit über den Vorhang hinaus, dass die Frauen ihn nicht nur hören, sondern auch bis zu den Schultern sehen konnten.

Die Stiefel, die Yong Sheng immer noch in der Hand trug, hatten sich mit Regenwasser gefüllt, und als er den verlassenen Gebetsraum betrat, hallte ein plätscherndes Echo von den Wänden wider. Er hielt zu beiden Seiten des Vorhangs Ausschau nach Mary – nichts. Vom Dachgebälk tropfte es auf den Kopf des Jungen und auf die Bänke.

Plötzlich bemerkte er einen Lichtstrahl, der durch einen Riss in der Mauer fiel. Er trat näher und stieß unverhofft auf Marys geheime Kapelle.

Natürlich hatte er keine Ahnung, was eine Kapelle war. Selbst erwachsene, vor langer Zeit konvertierte Chinesen taten sich schwer mit der Unterscheidung von Protestantismus und Katholizismus, und sicher hätte niemand eine Antwort darauf gehabt, warum sich in einer Baptistenkirche eine katholische Kapelle verbarg. Jahrzehnte später brachte ein Freund Yong Sheng ein kleines Buch aus den USA mit, das die Frau von Pastor Gu 1928 unter dem Titel *Meine Grundschule in Hanjiang* veröffentlicht hatte und in dem der geheime Raum erwähnt wurde, den ausschließlich ihre Tochter nutzte, die zum Katholizismus übergetreten war. Mary war, bis sie nach Paris ging, um Kunstgeschichte an der Sorbonne zu studieren, eine glühende Protestantin gewesen, dort allerdings verliebte sie sich in einen ihrer Professoren, einen kultivierten jungen Mann, der aus einer erzkatholischen Familie stammte. Ihm zuliebe gab sie ihre eigene Konfession auf und nahm seine an, die Zeremonie fand in der Kirche seines Heimatdorfes statt. In ihrem Buch zitierte Madame Gu aus einem Roman der Schriftstellerin K.C. Carter, einer amerikanischen Freundin von Mary, die den Feierlichkeiten beigewohnt hatte:

> *Es war ein kleines französisches Dorf, das hauptsächlich von der Pflaumenverarbeitung lebte. Wir folgten einem verschlungenen, von Kastanienbäumen gesäumten Weg. Weiter unten stand eine Kirche aus Stein, bescheiden, aber hübsch, auf deren Vorplatz dienstags und freitags Markt war. Abends tauchten Laternen sie in ein sanftes Licht.*

In einem Brief an eine Freundin gab K.C. Carter zu, dass sie von der Zeremonie geradezu entzückt gewesen sei: »Eine blütenreine Spitzendecke bedeckte den Altar, auf dem Kelche und Ziborien aus glänzendem Silber standen. Und daneben, zu beiden Seiten, Chorkinder in weißen Hemdchen und violetten Röcken.« Pastor Gu und seine Frau hingegen hatte das Ereignis in tiefe Verzweiflung gestürzt, so sehr, dass sie sich weigerten, nach Frankreich zu reisen, um der Hochzeit ihrer Tochter in ebendieser Dorfkirche beizuwohnen. Doch als in Europa der Erste Weltkrieg ausbrach und sein Schwiegersohn, den er nie kennengelernt hatte, an die Front geschickt wurde, besann Pastor Gu sich eines Besseren und lud seine einzige Tochter ein, mit ihrem Neugeborenen Zuflucht bei ihm in China zu suchen. »Gott beschert uns das Glück, Dich wieder bei uns zu haben«, schrieb er in seinem Brief.

In eine der Mauern des Gebetsraums war ein Alkoven aus behauenem Stein eingelassen, der von den Vorbesitzern der Residenz für einen dem Himmel und der Erde geweihten Altar gedacht war und den Pastor Gu in eine Kapelle für seine Tochter umgewandelt hatte. Die Öffnung hatte er mit einer Schiebetür versehen lassen, sodass, wenn sie geschlossen war, niemand die Existenz dieser Andachtsnische erahnte.

Vorsichtig bewegte Yong Sheng die Tür mit seiner kleinen Hand zur Seite, und sogleich fuhr ihm ein Schreck durch alle Glieder, denn im flackernden Schein einer Kerze tat sich vor seinen Augen die Gestalt eines fast vollständig entkleideten Mannes auf, der an ein Kreuz genagelt war und dem man eine Dornenkrone auf den Kopf gesetzt hatte. Der Mann hatte den Blick leicht abgewandt, aber seine Brauen und die Falten auf seiner Stirn drückten unendlichen Schmerz aus. Seine tief liegenden Augen und die Furche, die sich ihm vom Wangenknochen bis zum Kinn ins Gesicht gegraben hatte, gaben ihm etwas Strenges.

Verstört kniff Yong Sheng die Augen zu, und als er sie wieder öffnete, wurde ihm klar, dass das, was er für einen Menschen gehalten hatte, nur eine Holzfigur war, die irgendwann einmal mit einer Goldschicht verziert gewesen sein musste, ihren Glanz inzwischen aber eingebüßt hatte. Ihn beschlich das Gefühl, dass der Gekreuzigte den Blick auf ihn richtete, als wäre er gerade im Gespräch mit einer dritten Person unterbrochen worden. Außerdem schien er überrascht von der Tatsache, dass Yong Sheng Marys Stiefel in der Hand hielt, als handelte es sich nicht um alte, geflickte Gummistiefel, sondern um den Filzpantoffel von Aschenputtel – das Lieblingsmärchen seiner Lehrerin. Er rechnete fast damit, dass der Mann ihm befahl, vor Mitternacht zu Hause zu sein, wie man es auch Aschenputtel aufgetragen hatte, als sie vor der Kutsche stand (wobei er sich nicht mehr daran erinnerte, wer Aschenputtel den Befehl gegeben hatte). Mary behauptete, dass Aschenputtels Pantoffeln wie Diamanten glitzerten, so scharf seien wie Kristall und so zerbrechlich wie das Paradies, weshalb Yong Sheng nun fürchtete, dass der Mann am Kreuz wütend werden und sein kleines, ebenfalls sehr fragiles Paradies mit einem Schlag zunichtemachen könnte.

Und dann sah er Mary, sie stand versteckt im Halbschatten einer Mauer des feuchten Alkovens.

Ihr Hals war nackt, sie hatte den Blick gesenkt, die Lippen leicht geschürzt, sie schien wie in Trance. Als sie sich kurz regte, glitt ihr der violette Schal von den Schultern und entblößte eine üppige Brust, die im Kerzenlicht wirkte wie aus reinem Alabaster und von der eine sinnliche Wärme ausging.

Er beobachtete, wie Mary ihre Linke auf eine ihrer geschwollenen Brüste legte, sie andächtig massierte, bis ein Strahl Milch hervorspritzte. Yong Sheng verspürte plötzlich eine angenehme, duftende Wärme, die seinen aufgewühlten Körper wie eine zärtliche Berührung umfing.

Mit der freien Hand griff Mary nun nach einem silbernen Kelch, in den ihre Milch sich in einem cremigen Schwall ergoss, ein paar Spritzer perlten vom Rand des heiligen Gefäßes, so weiß, dass sie im Halbdunkel zu leuchten schienen. Mit halb geschlossenen Augen und leicht geöffnetem Mund, als träumte sie, saß Mary da und gab ein seltsames Geräusch von sich, es hörte sich an wie ein leises Stöhnen. Schließlich hob sie den Kelch (in dem die katholischen Priester normalerweise den Messwein weihen) und führte ihn an den Mund des Gekreuzigten. Milch floss über den Körper der Statue und drang durch die rissige Farbe tief in das Holz ein.

Der Mann hatte Yong Sheng nicht aus den Augen gelassen, der Junge meinte sogar, ein Zwinkern gesehen zu haben, während die Milch ihm über die hohlen Wangen lief.

Nachdem Mary verschwunden war, erfüllte der Duft ihrer Milch noch lange den Alkoven.

In dem Raum standen zwei Schränke, der auf der linken Seite hatte sieben Schubladen mit Kupfergriffen. Yong Sheng zog eine heraus, es war die, in der Mary den silbernen Kelch verstaut hatte. Sie hatte ihn zuvor gereinigt, vor seinen Augen, er glänzte unsagbar geheimnisvoll, als wollte er ihm ein Geheimnis offenbaren.

In dem Schrank rechts war die Holzfigur des Gekreuzigten aufbewahrt, sie schimmerte noch feucht. Aus der Nähe wirkte die Farbe weniger abgeblättert, das Holz glatter, und durch die Feuchtigkeit trat der goldbraune Ton kräftiger hervor, er glitzerte wie feines Gold auf dem Grund eines Flusses.

Ein elfenbeinfarbener Tropfen hing an der Dornenkrone wie eine reife Litschi an einem Ast, ein Tropfen Milch, der von seinem eigenen Gewicht in die Tiefe gezogen wurde. Für einen kurzen Augenblick sah es so aus, als zöge er sich zusammen, doch gleich darauf schwoll er wieder dick an. Yong Sheng öffnete seinen Mund und streckte die Zunge heraus.

Warm und feucht fiel der Tropfen herunter, und der Junge sog ihn in sich auf wie trockene Erde das lang ersehnte Wasser.

Nach dieser ersten seltsamen Begegnung mit dem Gekreuzigten verließ der Sohn des Zimmermanns die Gebetsstätte, lief über den Hof der Ahnen und fiel, aus Unachtsamkeit, in den Graben.

Der Regen hatte nachgelassen, und trotzdem, ich weiß nicht, wie es dazu kam, war ich plötzlich unter Wasser. Ich hatte den Grund noch nicht berührt, aber mir war klar, dass ich mich in dem Becken befand, in dem der Pastor die Taufe vollzog.

Nach dem Wolkenbruch stand das Wasser höher als sonst und war seltsam lau. Als ich endlich Boden unter meinen nackten Füßen hatte, spürte ich den Schlamm, auch der war nicht kalt.

Ich wusste, dass ich sterben würde. Schon bald würde mir die Luft ausgehen. Doch auf einmal drang ein Lichtstrahl von der Oberfläche zu mir. War es Mary, meine Lehrerin, die mich suchte, mit einer Taschenlampe, deren wunderbares Licht Himmel und Erde erleuchtete? Dieser Gedanke verlieh mir Kraft, und mit einiger Anstrengung schaffte ich es, wieder aufzutauchen. Aber als ich versuchte, am Rand des Beckens Halt zu finden, zog es mich erneut in die Tiefe.

Mein Gott!, dachte ich. Ich verstand nun endlich, warum Pastor Gu ausgerechnet hier seine Zaubereien veranstaltete, denn der Grund dieses Grabens übte eine übernatürliche Anziehungskraft aus.

Während ich also ertrank, nahm ich das Geräusch einer Holzsäge wahr, sah ihre Zähne vor meinem geistigen Auge, wie sie sich unablässig durch die Wasseroberfläche arbeiteten, auf der kleine Blitze tanzten.

Das Geräusch der Säge war mir vertraut, überraschend war nur, dass nicht mein Vater sie in der Hand hielt!

Es gab übrigens immer zwei Sägewerker, einen, der oben, und einen, der unten stand. Der hier unten, auf dem Grund, das war ich. Den anderen konnte ich nicht genau erkennen. Ein bisschen ähnelte er der Figur des Gekreuzigten, aber ich war mir nicht sicher. Ich fragte ihn nach seinem Namen, und er antwortete: »Warum willst du meinen Namen wissen?« Dann wandte er sich mit den Worten »die Morgenröte ist aufgestiegen« zum Gehen. Ich umklammerte mit beiden Händen sein Bein, um ihn zurückzuhalten. »Wenn Sie mir Ihren Namen nicht verraten, werde ich Sie nicht gehen lassen.« Er wehrte sich nicht und sprach: »Ich bin der Vater des Gekreuzigten.« Im selben Augenblick erschien eine Leiter, die er mich hinaufklettern ließ, und während ich glaubte, nun in den Himmel zu gelangen, stieg ich zu meinem großen Erstaunen bloß aus dem Wasser.

Es war Mary, die ihn rettete. Als sie das Bett des Jungen bei ihrer Rückkehr leer vorgefunden hatte, war sie voller Sorge wieder zurückgelaufen, um ihn zu suchen. Im Hof der Ahnen waren ihr sofort die Stiefel aufgefallen, die auf dem Wasser des Taufbeckens trieben, und daneben eine kleine schwarze Kugel – der Kopf ihres Schützlings. Zunächst glaubte sie allerdings, dass er sich einen Spaß daraus machte, in dem Becken herumzuplanschen.

Im Hof des kleinen Mädchens zündete Mary ein Licht an und legte Yong Sheng auf ihrem großen Holzbett ab.

Der Junge öffnete die Augen und schloss sie sogleich wieder. In seinen Ohren dröhnte es, als ginge die Sintflut über die Erde. Nach und nach aber wandelte sich das Rauschen gewaltiger Wasserstürze in das Gurgeln eines Gebirgsbachs, das immer leiser wurde, bis nur mehr zu hören war, wie ein feiner Strahl Milch auf einen silbernen Kelch traf. Als auch dieser letzte Ton allmählich verklang, drang Marys Stimme zu ihm durch, sie las ihm aus *Robinson Crusoe* vor. Er liebte es, wenn sie ihm vorlas, und mit einem Mal erinnerte er sich daran, dass ihm der Mann aus dem Graben schon in einer ihrer Bibelgeschichten begegnet war. Er drückte seine Nase in das Kopfkissen, in der Hoffnung, etwas vom Duft der Milch wiederzufinden.

Mary war gerade bei der Liste der Dinge angelangt, die Robinson aus dem Wrack eines untergegangenen Schiffs geborgen hatte – Dinge, die er den Klauen des Meeres entrissen, Dinge, die ihm der Himmel geschickt hatte – und die er auf seine einsame Insel mitnehmen wollte. Die Namen der Gegenstände waren wie heilige Worte in Yong Shengs Ohren: Kohleneimer zum Beispiel. Mary las ihm die Wörter nicht einfach nur vor, sie sang sie wie das schönste aller Lieder, und gehüllt in den Duft ihrer Milch prägten sie sich für immer in sein Gedächtnis ein. Er lag auf einem fadenscheinigen Baumwolllaken, auf dessen blauem Grund zwei ausgeblichene Kindergestalten zu erkennen waren. Das größere Kind hatte ein Lotusblatt voll Wasser in der Hand, mit dem es den Kopf des kleineren begoss. Der Künstler hatte das tropfende Wasser mit kleinen weißen Strichen dargestellt, die unter Yong Shengs Blick zu Spritzern aus Marys Brust wurden, die den Mund des Gekreuzigten trafen. Der Junge erinnerte sich, wie frisch und rosig die dunklen Brustwarzen seiner Lehrerin ausgesehen hatten, als die Milch versiegte.

Sie erklärte ihm, dass die Figur, die er in der Kapelle entdeckt hatte, Jesus Christus zeigte. Vor wenigen Monaten war das Schiff, auf dem sich ihr Mann befand, von einem deutschen U-Boot bombardiert worden. Niemand hatte überlebt, zwischen den Wrackteilen aber hatten französische Soldaten diese Statue gefunden, die Mary mit Genehmigung der Admiralität behalten durfte.

»Denk immer daran: Was man nach einer Katastrophe aus den Trümmern rettet, wird zum größten Schatz der Welt.«

Kapitel 2

Die Beschneidung

Es kam. Man sah es am fernen Horizont wie eine verirrte Insel im Meer treiben.

Eine Stunde später zeichneten sich seine Konturen deutlicher ab: Ja, es war das Schiff der Göttin Mazu[1], das vor der Insel Meizhou abgelegt hatte, wo sich der berühmte, ihr geweihte Tempel befand. Bei Tagesanbruch hatten gottesfürchtige Inselbewohner Mazu, verkörpert von einem jungen Mädchen aus der Region, das man seiner Schönheit wegen auserwählt hatte, auf einer Sänfte durch eine tosende Menschenmenge über die Schwelle des Tempels getragen, waren mit ihr die tausend steilen Stufen hinunter zu dem prächtig geschmückten Schiff gestiegen, das die menschgewordene Göttin zur Stadt Putian bringen sollte.

Die echte Mazu war ein paar Jahrhunderte zuvor gestorben, sie ruhte in einer Gruft im Innern des Tempels, aus der sie jeden Abend hervortrat, strahlend schön wie ehedem, um sich am Fuß eines Aguilars niederzulassen und dem Wind zu lauschen, der raunend durch die Blätter ging. Noch Hunderte Jahre nach ihrem Tod brachte dieser Baum einen Saft hervor, dessen Duft so betörend war wie zu ihren Lebzeiten. Im Hof des Tempels gab es

1 Heilige Mutter des Himmels, Patronin der Fischer und Seefahrer, die auf chinesischem Gewässer unterwegs sind.

einen Brunnen, den die Göttin selbst gegraben hatte und in dessen Wasser sie Abend für Abend, mit einem langen weißen Rock und einem leuchtend blauen Schal bekleidet, ihr Spiegelbild betrachtete. Dann schwang sie sich, als steige sie vom Himmel herab, die tausend Steinstufen hinunter zu einem Felsen, der sich aus dem Meer erhob, und segnete die Boote der Fischer.

Die Feierlichkeiten in diesem Jahr glichen denen der vergangenen Jahre. Das Ende des Sommers war gekommen. Die Tage waren schön, aber schon recht kühl, am Himmel bauschten sich weiße Schäfchenwolken, das Meer lag ruhig da. In Putian wimmelte es von Schaulustigen, und nicht alle stammten aus der Umgebung der Stadt, es waren auch Fischer von den benachbarten Inseln unter ihnen, Verehrer von Mazu, und Pilger aus ganz Südostasien.

Und dann kam sie. Die Träger mussten über fünfhundert Meter zurücklegen, um zum südlichen Tor der Stadt zu gelangen, deren grauer Schutzwall sich bereits dunkel abzeichnete. Zehn Minuten später erkannten sie die Schießscharten in der Festungsmauer, dahinter ließen gelbe Emailleschindeln den Konfuziustempel erahnen. Endlich erreichte die Prozession den südöstlichen Abschnitt der Anlage, der an dieser Stelle vom geschwungenen Dach des Pavillons der Prüfungen überragt wurde.

Unterdessen leitete ein Trommelwirbel die Zeremonie in der Stadt ein. Die Leute strömten in Richtung Zentrum, wo der Pavillon der Trommeln bald von einem Menschenmeer umschlossen war. Am Ende der Qing-Dynastie hatten die Bezirkschefs mehrere Jahre lang darauf verzichtet, den Vorsitz der Feierlichkeiten zu führen, und die neue Regierung der Republik, die einiges Chaos kannte, schien vergessen zu haben, dass die Küstenstadt Putian überhaupt existierte. Es fiel also einem der Honoratioren der Region zu, sich auf dem Balkon des Pavillons zu zeigen und das Fest mit einer Rede zu eröffnen. Allerdings hatte der Mann kaum ein paar Sätze gesprochen, als auch schon die Prozession Einzug hielt. Mit einem Schlag trat Stille ein. Die jungen Leute im Sonntagsstaat verloren für einen Moment das Interesse aneinander, die Augen der Alten wurden feucht, man brachte sich in Positur.

Die Fischer stimmten ein uraltes Lied an.

Wir alle sind gekommen für sie,
Mazu, unsere Ewige Mutter,
die uns vom Himmel ihr Lächeln schenkt.
Vor ihr lasst uns tanzen und singen,
ihr unsere Verehrung darbringen.

Mary und Yong Sheng waren nicht mit dem Schiff gekommen. Von Hanjiang bis Putian war der Mulan ganz schwarz von kleinen Booten, sodass sich Mary dafür entschieden hatte, ihr Hollandrad zu nehmen. Der Junge war inzwischen sieben und seit seiner Ankunft bei Pastor Gu, zwei Jahre zuvor, zusehends aufgeblüht. Sie legten die Strecke bis Putian auf einem holprigen Pfad zurück, mischten sich dort unters Volk und beobachteten voller Bewunderung, wie die Sänfte von Mazu über ihre Köpfe hinwegschwebte. Vor dem Pavillon der Trommeln jubelten sie mit der Menge dem feierlichen Umzug zu, doch auf einmal stieß Yong Sheng einen Schrei aus und krümmte sich auf dem Gepäckträger, auf dem er eben noch gestanden hatte.

»Es tut so weh, es tut so weh!«, sagte er zu Mary und deutete auf seinen Bauch. Vor lauter Schmerz brachte er kein weiteres Wort über die Lippen, glitt vom Gepäckträger und sank, von Krämpfen geschüttelt, zu Boden. Mary hob ihn sofort wieder auf das Fahrrad und bahnte sich einen Weg durch die Menge in Richtung Krankenhaus. Immer wieder wandte sie sich zu ihm um, trocknete ihm die Tränen oder richtete ihn wieder auf, denn er konnte sich kaum noch halten.

Plötzlich klopfte jemand dem Jungen auf die Schulter, und der Kleine sah auf: Es war sein Vater, der sich zur Feier des Tages die Haare hatte schneiden lassen und eine neue blaue Stoffjacke trug. Seine Frau hatte gerade eine Fehlgeburt erlitten und musste zu Hause das Bett hüten, weshalb er in Begleitung der Großmutter unterwegs war.

Als der Vater begriff, dass sein Sohn ein ernsthaftes Problem hatte, nahm er ihn auf den Arm und rannte los zum Krankenhaus.

Rasch stieg Mary auf ihr Rad und fuhr ihnen hinterher.

Atemlos erreichten sie das Yali-Krankenhaus, an dessen Bau der Zimmermann mitgewirkt und dessen von ihm gefertigtes Treppengeländer er seinen Sohn voller Stolz hatte hinunterrutschen lassen. Er trug den Jungen über die Schwelle und betrat das Foyer.

Der amerikanische Architekt, der mit den Plänen für den Bau betraut gewesen war, hatte sich bemüht, den Anmerkungen des Zimmermanns zur Psychologie der Chinesen, denen Häuser mit mehreren Etagen nicht behagten, Rechnung zu tragen. Er hatte die Hanglage genutzt und ein Ensemble aus drei Gebäuden entstehen lassen, von denen nur das dritte, das für längere Krankenhausaufenthalte vorgesehen war, über zwei Etagen verfügte.

Marys Rufe verhallten ungehört im Warteraum des ersten Gebäudes, niemand war da, alle schienen ausgeflogen zu sein. Der Schalter der Apotheke war geschlossen, das Labor lag verlassen da. Auch das zweite

Gebäude, wo die Untersuchungen stattfanden, war menschenleer, erst im dritten trafen sie auf einen Bereitschaftsarzt, Doktor Charley, einen amerikanischen Chirurgen von ungefähr fünfzig Jahren, der einen stolzen, grau melierten Schnauzbart trug.

Sehr schnell stellte er eine Diagnose, die keinen Raum für Zweifel ließ: Der Junge litt an einer einseitigen testikulären Ektopie.

Auf Chinesisch erklärte er dem Zimmermann, dass ein Hoden seines Sohnes in den Unterleib gewandert sei. Als der Zimmermann das hörte, kamen ihm die Worte der alten Blinden in den Sinn, die den Jungen seinerzeit mit ihren knochigen Fingern zwischen den Schenkeln abgetastet hatte. »Ihm fehlt ein Hoden«, hatte sie behauptet.

»Wo ist denn der fehlende Hoden hin?«, fragte er den Chirurgen.

»Ich weiß es noch nicht. Vielleicht in der Leisten-, vielleicht auch in der Bauchgegend. Ich tippe auf Letzteres, da der Junge ja Anzeichen einer Kolitis zeigt. Ich werde ihn finden und ins Skrotum zurückverlegen.«

»Ist es nicht möglich, dass er sich von allein wieder dorthin bewegt?«, fragte Mary.

»Unmöglich. Der Junge ist schon sieben. Es führt kein Weg an einem chirurgischen Eingriff vorbei.« Er wandte sich an den Zimmermann: »Gestatten Sie, dass ich Ihren Sohn operiere?«

»Selbstverständlich«, sagte der Vater, ohne zu zögern.

Tatsächlich hatte er die genaue Bedeutung dieses »chirurgischen Eingriffs« nicht erfasst. Er glaubte, es handele sich um eine Art medizinischen Zaubertrick, also mehr oder weniger um ein Wunder, das den Hoden wieder an seinen Platz verwies. Die wissenschaftlichen Erklärungen von Doktor Charley verstand er nur insoweit, als dass sein Sohn nach dem »Eingriff« eine Woche im Krankenhaus bleiben und er selbst nach Hause gehen sollte, um eine Decke und andere Dinge herbeizuschaffen, die der Kleine für die Dauer dieses Aufenthalts brauchen würde. Also machte er sich auf den Weg und erzählte allen Bekannten, denen er begegnete, stolz: »An meinem Sohn wird ein chirurgischer Eingriff vorgenommen!«

Doktor Charley bat Mary, während der Operation an seiner Seite zu bleiben.

»Ich habe meine Ausbildung zur Krankenschwester abgebrochen, weil ich beim Anblick von Blut jedes Mal ohnmächtig wurde«, gestand sie ihm. »Deshalb bin ich auf Kunstgeschichte umgeschwenkt und Lehrerin geworden.«

»Das spielt keine Rolle, gucken Sie einfach nicht auf den Operationstisch. Ich möchte Sie lediglich darum bitten zu notieren, was ich sage, denn der Bericht über den Verlauf des Eingriffs soll in die Annalen der chinesischen Medizin eingehen. Es ist nämlich die erste Operation einer testikulären Ektopie, die in China stattfindet.«

Als die Großmutter des Jungen endlich am Krankenhaus ankam, war der Operationstrakt geschlossen.

Sie hämmerte mit all ihrer Kraft gegen die Tür, aber niemand reagierte. Ohne sich davon abschrecken zu lassen, ging sie um das Gebäude herum. Hinter einem Fenster auf der Rückseite entdeckte sie einen großen weißen Raum, in dem, ausgestreckt auf einem Brett, das größer war als eine Tür, ihr Enkel lag. Es war so groß, dass der Körper des Jungen darauf winzig, geradezu mitleiderregend wirkte, er schien zu ertrinken in dieser Welt, in der von den Wänden bis zur Decke alles weiß war. Auf den weißen Ablageflächen lagen, sorgfältig aufgereiht, verschiedene Instrumente aus Metall: Scheren in unterschiedlichen Größen, Nadeln und Werkzeuge mit langen Griffen, an deren Enden scharfe Klingen aufblitzten.

Ein seltsamer Mann in weißem Kittel und mit weißen Handschuhen strich sich über seinen grau melierten Schnauzbart, näherte sich ihrem Enkel, steckte ihm einen sonderbaren Gegenstand in den Mund und sagte dabei etwas, das sie nicht hören konnte.

Ohne zu wissen warum, jagte ihr das lange Glasröhrchen, so schmal und glänzend es war, einen fürchterlichen Schreck ein, ihre Beine begannen so stark zu zittern, dass sie sich auf ihren gebundenen Füßen nicht mehr halten konnte. Sie fing an zu weinen. Mary, die nicht wusste, dass sie die Großmutter von Yong Sheng war, zog unwillkürlich die dicken Vorhänge vor dem Fenster zu. Und vermutlich war das der Auftakt zu dem Drama, das sich später abspielen sollte. Wer konnte es ahnen? Hätte Mary das Fenster geöffnet, um der in Tränen aufgelösten Frau zu erklären, dass es sich bei dem Glasröhrchen, das der Arzt dem Jungen in den Mund geschoben hatte, bloß um ein Thermometer handelte – vielleicht hätte sich in der Folge alles anders ergeben.

Als Doktor Charley sich über sein Gesicht beugte, roch Yong Sheng den Duft von Zitrusfrüchten, den der Schnauzbart des Mannes verströmte. Ein Geruch, der ihm vertraut war, denn jeden Sonntag trank Pastor Gu, bevor er seine Predigt hielt, einen Zitronentee, der seinen Worten – von denen der Junge übrigens nicht viel verstand – denselben zitronigen Duft verlieh.

Lachend streckte er die Hand aus, um an den abstehenden Bartspitzen des Arztes zu zupfen.

Ein Jammer, dass die Großmutter, die sich inzwischen davongestohlen hatte, um sich auf anderem Wege Zutritt zum Operationssaal zu verschaffen, dieses Lachen verpasste. Sie war fest entschlossen, ihren Enkel aus dieser unheilvollen weißen Welt zu befreien. Womöglich hatte er das seltsame Ding, mit dem der Fremde ihm den Mund gestopft hatte, schon verschluckt? Vielleicht breitete sich bereits ein schlimmes Gift in seinem Körper aus? Das ihn am Ende umbrachte?

»Du kleiner Schlingel!«, flüsterte der Chirurg Yong Sheng ins Ohr. »Lass mich dich mit dem Chloroform betäuben.« Dann sagte er, an Mary gewandt: »Ich habe in diesem Krankenhaus noch nie Äthyläther bekommen, immerzu muss ich mich mit Chloroform begnügen.«

Sie notierte den Satz, Wort für Wort.

Er griff nach einer Maske, mit der er die Nase des Jungen bedeckte.

Was für ein merkwürdiger Geruch, dachte Yong Sheng. Viel intensiver als Zitrone. So riecht der Aguilar, wenn ich mit dem Taschenmesser ein Stück Rinde aus dem Stamm schneide.

Mit diesem komischen Bart ähnelte das Gesicht von Doktor Charley auf einmal der Fratze eines Hampelmanns. Es war lustig, immer wenn der Hampelmann die Lippen bewegte, stellten sich die Bartspitzen auf. Und mit diesem Gedanken sank der Junge in die Bewusstlosigkeit.

Just in dem Moment wurde die Tür aufgerissen, und die Großmutter stand auf der Schwelle. Gott weiß, wie es ihr gelungen war, hier hereinzukommen.

Sie dachte wohl, ihr Enkel sei tot.

»Mörder!«, brüllte sie und stürzte auf den Operationstisch zu. »Sie haben ihm eine Muschel auf die Nase gedrückt, damit er keine Luft mehr kriegt!«

Wie ein wildes Tier warf sie sich auf das Kind und versuchte, ihm die Maske vom Gesicht zu zerren, doch Doktor Charley packte sie am Handgelenk und beförderte sie vor die Tür. Er hielt sie für eine der psychiatrischen Abteilung entflohene Irre.

Arme alte Frau! Sie wollte ihren Enkel von dem Folterinstrument befreien, das ihn erstickte, doch alles, was dabei herauskam, war ein Riss in ihrer weißen Baumwollbluse.

Der Chirurg machte sich geschäftig und mit ernster Miene wieder ans Werk. Mit lauter, feierlicher Stimme, die durch nichts zu erschüttern war, bat er Mary, seine Aushilfsassistentin, Datum, Ort und jeden einzelnen Schritt des Eingriffs festzuhalten.

»Mit dem Skalpell Nummer 11 werde ich zunächst einen diagonalen Schnitt von viereinhalb Zentimetern Länge in der Leistenregion vornehmen. Da Sie so flink mit dem Bleistift sind, junge Dame, fertigen Sie doch bitte eine Skizze der Sehnen an, die hier unter der Haut liegen. Nun begebe ich mich auf die Suche nach dem Hoden. Da ich in anderen Ländern schon einige Operationen dieser Art erfolgreich durchgeführt habe, weiß ich, dass er sich manchmal unter den Bauchmuskeln versteckt, aber bei diesem Patienten finde ich ihn dort nicht. Ich suche weiter in der Denis-Browne-Hülle, aber auch hier ist nichts zu sehen. Also muss ich mit dem Skalpell Nummer 9 einen Schnitt am unteren Peritoneum setzen.«

Er fuhr sich mit der Zunge über die vollen Lippen. Ein fröhlicher, stolzer Glanz lag in seinen Augen, als er zu Mary sagte: »Riechen Sie das? Diesen widerlichen Gestank der Gedärme? Hier! Der Hoden des Patienten steckt im Leistenkanal. Ich muss eine Orchidopexie vornehmen.«

Mary suchte in jedem Winkel ihres Gedächtnisses nach diesem Begriff, den sie sicher irgendwann in der Schwesternschule in Kansas gelernt hatte. Aber sie erinnerte sich nicht mehr, was mit »Orchidopexie« gemeint war.

Plötzlich fiel ihr etwas auf.

»Doktor Charley«, sagte sie.

»Soll ich Ihnen das Wort buchstabieren?«

»Sehen Sie nur, Doktor Charley, da ist jemand auf dem Dach.«

»Wir haben jetzt keine Zeit, uns dafür zu interessieren, was auf dem Dach vor sich geht, meine Liebe. Reichen Sie mir bitte den Stechzirkel. Ich werde den Hoden herausholen, um seine genaue Größe zu messen.«

Gehorsam griff sie nach dem gewünschten Instrument und legte es in seine Hand.

»Notieren Sie: 1,5 Zentimeter Länge, vier Millimeter Breite, und der Samenstrang misst vier Zentimeter.«

»Doktor Charley!«

»Was denn noch?«

»Die Frau dort, auf dem Dach, schwenkt eine weiße Fahne, als wollte sie um Hilfe rufen, es ist die alte Dame, die eben hereingestürmt kam.«

»Sie bringen mich völlig aus dem Konzept, Herrgott. Nun schreiben Sie schon mit: Ich nehme einen Schnitt von zwei Zentimetern über dem Bauchmuskel vor. Es ist bedauerlich, dass ich keine richtige Assistentin zur Seite habe, ich muss den Hoden nach unten bewegen, und da der Samenstrang zu kurz ist, benötige ich eine gebogene Pinzette, damit ich ihn vorsichtig Richtung Skrotum schieben kann.«

Mary wurde von einem leichten Schwindel gepackt, den ihr nicht etwa der Anblick des Bluts verursachte, sondern der seltsame Kontrast zwischen dem englischen

Fachvokabular des Arztes und dem, was sich dort draußen vor dem Fenster abspielte.

Im diffusen Licht der Spätsommersonne wirkte die Szene auf Mary wie ein überbelichtetes Foto. Die alte Frau, die mit ihrem weißen Stofffetzen herumwedelte, schien geradewegs einem schlecht entwickelten Stummfilm entstiegen (Mary hatte in Paris dem Wunder des Jahrhunderts beigewohnt: der Geburt des Kinos). Wie ein Gespenst vollführte sie die immer gleiche, übertriebene Bewegung und reckte ihren Hals, als zöge eine unsichtbare Kraft ihren Kopf nach hinten. Unermüdlich schwenkte sie ihre weiße Fahne. Doch plötzlich krampfte Marys Herz sich zusammen, als sie nämlich erkannte, dass es sich gar nicht um eine Fahne handelte, sondern um das kleine Hemd von Yong Sheng, das sie selbst gewaschen und gestärkt hatte. Sie hatte noch im Ohr, wie es auf ihrem Hof im Wind flatterte.

In diesem Moment begriff sie, dass die Frau dabei war, Yong Shengs Seele zu beschwören.

Zu spät. Vor dem Eingang des Krankenhauses hatte sich bereits eine aufgebrachte Menge versammelt. Über den schwarzen Köpfen wehten die Banner zu Ehren Mazus. Mary befürchtete, dass die Alte mit ihrem Gefuchtel tatsächlich die gesamte Prozession mobilisiert hatte.

Erneut versuchte sie, Doktor Charley zu warnen: »Die Situation läuft aus dem Ruder, es kommen immer mehr Menschen. Man könnte meinen, die ganze Stadt hätte sich vor dem Krankenhaus eingefunden.«

»Die Meute verhält sich immer wie ein Kind, das mit glückseliger Faszination seine eigenen Exkremente betrachtet. Die Leute sind gekommen, um die verrückte Alte auf dem Dach tanzen zu sehen«, gab er zurück, ohne das Ganze auch nur im Geringsten ernst zu nehmen.

Durch einen kleinen Spalt zwischen den Vorhängen entdeckte Mary Zimmermann Yong, seinen Gesichtsausdruck allerdings konnte sie nicht erkennen (abgesehen von einem gelegentlichen nervösen Zucken war seine Miene versteinert). Ebenso wenig sah sie, dass ihm der Schweiß über die Stirn lief. Was sie hingegen sah, war, dass er sich, schnell wie ein Pfeil, einen Weg durch die Menge bahnte, als hätten seine Beine die Schwerkraft überwunden.

Er ließ all die Menschen hinter sich, einen nach dem anderen, und als sie auf den Eingang des Krankenhauses zustürzten, stand er in der ersten Reihe.

Mary ahnte bereits, dass sie keineswegs gekommen waren, um die Pantomime der alten Dame zu bewundern, sondern deutlich kriegerische Absichten hegten.

Doktor Charley leitete die letzte Phase der Operation ein. Ein Teil des leeren Skrotums des Kindes lag offen da. Der Chirurg setzte erneut an, sein Vorgehen zu erläutern: »Meine liebe Assistentin, ich empfehle Ihnen, das, was nun folgt, mit einer schematischen Zeichnung festzuhalten, denn es ist der schönste Part dieses chirurgischen Eingriffs. Schauen Sie, mit der gebogenen Pinzette packe ich den Testikel am unteren Rand seiner Hülle und schiebe ihn vorsichtig in den Hodensack. Moment, ich erkenne eine leichte Torsion des Samenstrangs, sicher harmlos, ich werde sie dennoch korrigieren. Schon passiert. Mit ein paar Stichen schließe ich nun die Membran des Samenstrangs und die intramuskuläre Membran, setze den Hoden in seinen Sack und vernähe die Haut des Skrotums.«

Dieser letzte Satz endete in einem ohrenbetäubenden Lärm, der die Wände des Operationsraums erbeben und den Chirurg vor lauter Schreck die Nadel fallen ließ.

»Was ist das für ein Krach?«, fragte er mit zitternder Stimme.

»Jemand will die Tür mit einer Axt einschlagen«, sagte Mary. »Ich glaube, es ist der Vater des Kleinen.«

»Will er mich umbringen?«, krächzte der Arzt, stürzte zum Fenster und riss die Vorhänge auf. Es ging auf die Rückseite des Krankenhauses hinaus, wo niemand zu sehen war. Nur der Hang, an dem das Gebäude lag. Er öffnete das Fenster, sprang ins Freie und suchte das Weite.

Aber wie konnte die Operation einer Hodenektopie für einen derartigen Aufruhr sorgen?

Betrachten wir zunächst den Ort des Eingriffs: das Krankenhaus einer fremden Kirche.

Dann, der Operateur: ein ausländischer Chirurg.

Und schließlich, was am schwersten ins Gewicht fiel: die betroffene Körperregion. Es handelte sich um das sensibelste Organ eines Mannes, kein anderes war symbolisch stärker aufgeladen und mit dem Ursprung des Lebens verknüpft, sodass schon das kleinste Missverständnis leicht in einen Albtraum umschlagen konnte.

In Putian lebte ein weiser alter Mann, der viele Jahre zuvor die ersten Missionare in der chinesischen Sprache unterrichtet hatte und von ihnen gebeten worden war, ein paar Korrekturen an der chinesischen Übersetzung des Neuen Testaments vorzunehmen, die aus der Feder ihrer Vorgänger stammte. Er hatte ein Jahr lang daran gearbeitet und ließ die Menge nun an seinem großen Wissensschatz teilhaben:

»Sie behaupten, ›einen versteckten Hoden zu suchen‹, aber das ist Unsinn. Das sind Betrüger. Der Sohn von Zimmermann Yong wird gerade schlicht und ergreifend beschnitten. Es handelt sich nicht um einen chirurgischen, sondern um einen religiösen Eingriff, den man als ›Beschneidung‹ bezeichnet.«

Er war der Einzige unter den Bewohnern von Putian, der dieses Wort kannte.

Lauthals stellte er sein außergewöhnliches Erinnerungsvermögen unter Beweis und zitierte eine Stelle aus der Bibel:

Das ist mein Bund zwischen mir und euch samt deinen Nachkommen, den ihr halten sollt: Alles, was männlich ist unter euch, muss beschnitten werden. Am Fleisch eurer Vorhaut müsst ihr euch beschneiden lassen. Das soll geschehen zum Zeichen des Bundes zwischen mir und euch.

Um seinen Worten Nachdruck zu verleihen, bemühte er eine weitere Episode aus der Heiligen Schrift, in der Gott beinahe Moses' erstgeborenen Sohn tötete, dann jedoch Abstand davon nahm, da dessen Frau Zippora Einspruch erhob.

Unterwegs am Rastplatz trat der Herr dem Mose entgegen und wollte ihn töten. Zippora ergriff einen Feuerstein und schnitt ihrem Sohn die Vorhaut ab. Damit berührte sie die Beine des Mose und sagte: Ein Blutbräutigam bist du mir. Da ließ der Herr von ihm ab. »Blutbräutigam«, sagte sie damals wegen der Beschneidung.

Man kann sich vorstellen, welche Bestürzung diese Worte in den Herzen der Versammelten auslösten, zumal im Herzen von Zimmermann Yong. Eiskalte Schauer überkamen die Zuhörer, sie hatten Gänsehaut am ganzen Körper. Was war das für ein seltsamer Gott, der sein Bündnis mit dem Volk besiegeln wollte, indem er das Geschlecht der Jungen beschneiden ließ?

Als sie dann die Großmutter erblickten, die noch immer das weiße Hemdchen des Kindes schwenkte, wussten sie, dass sie den Operationssaal, in dem ein Fremder einen der Ihren beschnitt, stürmen mussten.

Es war das erste Mal, dass Mary eine chirurgische Nadel führte, und ihre Hand zitterte dabei so stark, dass sie ihr zwischen den Fingern verrutschte. Aber Doktor Charley hatte sich auf und davon gemacht, und zwei Wunden waren noch offen.

Es blieb ihr also nichts anderes übrig, als selbst Hand anzulegen.

Bei jedem Axthieb, der auf die Tür niederging, zuckte sie zusammen, und immer wieder entglitt ihr der Faden, den sie gerade durch das Nadelöhr zu stecken versuchte. Zur Beruhigung beschloss sie, es Doktor Charley gleichzutun und mit lauter Stimme zu beschreiben, was sie tat. Sie konzentrierte sich auf das, was sie in der Schwesternschule gelernt hatte, und begann im Rhythmus der Schläge auf die Tür vor sich herzusagen: »Das Skrotum besteht aus mehreren Schichten Muskelfasern. Zunächst die Fascia spermatica interna, dann die Fascia cremasterica und die Fascia spermatica externa …« Die Methode erwies sich als äußerst wirksam, ihre Hände beruhigten sich. Bevor sie damit fertig war, die einzelnen Schichten aufzuzählen, aus denen das Skrotum sich zusammensetzte, war der Hodensack zugenäht.

Für einen Augenblick, eine Sekunde, vielleicht eine Zehntelsekunde herrschte Stille.

Überrascht ließ Mary ein Fläschchen mit Jodtinktur fallen, das am Boden zerschellte. Sie vernahm ein Gewirr aus Stimmen, es hörte sich so an, als ob man vor dem Operationsraum darüber stritt, wer das Kind retten durfte, schließlich fiel ein ganzer Schwarm in den Saal ein, und Mary glaubte zu ersticken. Sie suchte mit ihrem Blick den Zimmermann, wollte ihm das Kind übergeben, konnte ihn jedoch nicht entdecken. Alles wurde zu einer einzigen Masse aus Gesichtern, deren Konturen ineinander verschwammen, Gesichter, die ihr so nahe kamen, dass sie den Atem und Schweiß jedes Einzelnen roch. Plötzlich riss ihr ein Mann den Jungen aus den Armen.

Er hob ihn an den Beinen in die Luft, reichte ihn weiter, und so wurde der Kleine von Hand zu Hand Richtung Ausgang befördert. Mary musste zusehen, wie man ihn mit dem Kopf nach unten, offenem Mund und gespreizten Beinen abtransportierte. Er war immer noch nicht aufgewacht. Als ihn endlich jemand in eine aufrechte Position brachte, schlug er die Augen auf und starrte seine Lehrerin mit einem Blick an, der ebenso gleichgültig wie erschrocken wirkte.

Dann verschwand er aus ihrem Sichtfeld.

Obwohl die protestantische Kirche nach den Ereignissen klarstellte, dass die Beschneidung nur das Volk Israel betraf und dass die Christen, die sich am Neuen Testament orientierten, diese Praxis aufgegeben hatten, hinterließ das Missverständnis tiefe und dauerhafte Spuren bei den Bewohnern von Putian. Dieser eigenartige Gott, den man in westlichen Ländern verehrte, flößte ihnen Angst ein, und die Zahl der Gläubigen ging erheblich zurück. Immer weniger Menschen besuchten die sonntägliche Messe, und diejenigen, die daran teilnahmen, taten dies in aller Diskretion. Jahrelang war keine Kinderstimme mehr im Gebetsraum zu hören.

Yong Sheng wurde zu seiner Familie zurückgebracht,

ohne dass Mary seine Wunden hätte desinfizieren und verbinden können. Sein Unterleib und sein Hodensack waren geschwollen und schmerzten. Ein traditioneller chinesischer Arzt diagnostizierte ein Übermaß an Feuer im Körper des Kindes. Weswegen der Zimmermann jeden Tag Blätter des Aguilars pflückte, den er am Tag der Geburt des Kleinen Yong gepflanzt hatte, sie zerrieb und mit Honig zu einem Brei verrührte, den er auf die Wunden seines Sohnes verteilte. Und als der Baum keine Blätter mehr trug, waren die Entzündung und die Schwellung abgeklungen.

Der Aguilar wuchs weiter, und als der letzte Regen des Sommers auf seine kahlen Äste fiel, hatte sein Stamm bereits den Durchmesser einer Trinkschale. Das Ende jenes Sommers ging einher mit dem Ende eines Lebensabschnitts, dem Ende der Kindheit, die nicht wiederkehren würde.

Kapitel 3

Das Brandopfer

Yong Shengs Großmutter war eine schmächtige kleine Frau. Auf ihrem Kopf saß ein winziger Dutt, der an eine Handvoll welkes Gras erinnerte, gefangen in einem schwarzen Netz. Blickte sie einen an, sah man in ein Gesicht mit einem unendlich reichen Mienenspiel, das ständig seinen Ausdruck änderte. Wenn sie lachte – und ihr Lachen war einer Operettenfigur würdig –, zogen sich ihre Falten erst auseinander, bis sie fast verschwunden waren, dann wieder zusammen, wie bei einem Schmiedebalg.

Eines Morgens begleitete Yong Sheng, der inzwischen dreizehn war, sie bis an die Tür ihres Hauses. Das Wetter war schön, in der Ferne erstreckte sich das Meer, die Sonne ging rot glühend über den grauen Fluten auf, und der Aguilar, obwohl er noch nicht zu den ganz großen, in den Himmel ragenden Bäumen gehörte, stand wie ein treuer Wächter auf dem Hügel der Familie Yong, als wollte er der Welt die Stirn bieten. Seine Blätter schimmerten wie grüner Satin. Und manchmal gaben sie unter leisem Geraschel – wie reiche Herrschaften, die ihre Mäntel lüften, damit man das Pelzfutter bewundern kann – die Schoten zu erkennen, die sie sonst verborgen hielten. Am knochigen Handgelenk der Großmutter klimperten Armreife aus Jade, Bernstein und Schildpatt und schmückten ihren Arm mit kühlem Glanz. Sie ging auf den Aguilar zu, krallte ihre Finger in die Rinde und riss ein Stück heraus, dahinter kam helles, glattes, weiches Mark zum Vorschein.

Sie trat ganz nah an den Baum heran, sog gierig den Duft ein, der von der nackten Stelle ausging, bis ihr der Speichel aus den Mundwinkeln lief.

Zitternd ging sie in die Knie, hob ihren langen schwarzen Rock an und legte sich mit flachem Bauch auf die Wurzeln. Bis zum Mittag verharrte sie in dieser Position, als wäre sie ein riesengroßes Blatt, das der Wind von einem Baum geschüttelt hätte.

Anderntags betrat Yong Sheng das Zimmer seiner Großmutter. Durch das große Fenster fiel zaghaftes Dämmerlicht auf ihr Bett, dessen Kopfende mit floralen Schnitzereien verziert war. Es roch angenehm nach chinesischen Arzneimitteln, solange einem nicht der Gestank des Toilettenkübels um die Nase wehte – der Eimer stand links neben der Tür, und als Yong Sheng hereingekommen war, hatte ihn eine ganze Heerschar blauer Fliegen angefallen. Die alte Dame saß mit zerzaustem Haar aufrecht im Bett, die Armreife hatte sie abgelegt. Sie trug nur ihre unscheinbaren Kupferohrringe. Im Halbdunkel kramte sie in ihrer Schmuckschatulle und zog schließlich eine lange Kette mit violetten Glasperlen hervor, die in der Stille des Raums wie ein Gerippe klapperten. Die welke Haut ihres einst so ausdrucksstarken Gesichts hatte sich gelb verfärbt und war so dünn geworden, dass es aussah, als klebte sie direkt auf ihren spitzen Knochen.

Noch während sie versuchte, sich die Kette um den Hals zu legen, schlief sie ein. Die Kette glitt ihr aus den Händen und fiel zu Boden, die Glasperlen kullerten und sprangen hell tönend durcheinander und zeichneten glitzernde Kurven auf die Erde.

Die Großmutter schien weder durch die Nase noch

durch den Mund zu atmen, sondern mit jeder Faser ihres Körpers. Dann, als die Perlen verstummten, herrschte vollkommene Ruhe im Raum, nicht einmal das Geräusch ihres Atems war noch zu vernehmen.

Als Yong Sheng schon dachte, sie wäre in jenen tiefen Schlaf gesunken, aus dem niemand mehr erwachte, richtete sie sich plötzlich auf und drehte sich röchelnd um.

Zum ersten Mal erlebte er mit, wie ein Mensch mit dem Tode rang. Wie im Traum sah er seine Großmutter kämpfen und sich vor Schmerzen winden. Sie war schweißgebadet, und die wenigen Haare, die sie noch auf dem Kopf hatte, wirkten dadurch dunkler denn je. Sie krümmte sich, ruderte mit den Armen in der Luft, warf den Kopf nach hinten, stemmte ihren Körper zu einem gespannten Bogen auf. Ihre Brust hob und senkte sich unter krampfartigen Bewegungen. Man hatte ihre Füße von den Bandagen befreit, sie sahen aus wie zwei unförmige Häuflein Knochen, die allerdings in diesem Augenblick lebhaft nach allen Seiten traten. Endlich beruhigte sie sich, und wieder wurde es so still, dass Yong Sheng die Taubenflöten von draußen hören konnte. Ein trauriger Singsang, die Vögel zogen im letzten Licht der Dämmerung langsam ihre Runden ums Haus. Mit weit aufgerissenen Augen starrte seine Großmutter zum Fenster, durch das ihr Klagelied hereindrang.

Er hatte ihr eine Schale mit Suppe gebracht, die aus Schildkrötenbeinen zubereitet war und einem chinesischen Stärkungsmittel, dem »Zehntausendjahrblut« (angeblich handelte es sich dabei um das Blut der Toten, die während des Nordfeldzugs gefallen waren). Die geschwollenen Lippen der alten Frau berührten die Schale kaum. Sie schloss die Augen und sagte sehr leise:

»Bring mir etwas Rinde vom Aguilar. Ich möchte seinen Duft riechen.«

Sie trat nun in eine ruhigere Phase ein. Auf dem Mahagonistuhl neben ihrem Bett stand eine große Holzkiste. Der dreizehnjährige Aguilar produzierte zwar noch kein Harz, aber sein Mark verströmte bereits einen sehr ausgeprägten, süßlichen Duft. Tagelang saß die Großmutter in ihrem Bett und tat nichts anderes, als an den kleinen Schnitzen zu schnuppern, die sie aus der Holzkiste nahm und anschließend auf ihre Decke fallen ließ. Von Zeit zu Zeit klopfte sie sich die Fasern vom Arm, die ihn wie eine dünne Sandschicht bedeckten.

Die Ruhepause war indessen nur von kurzer Dauer. Wenige Tage später verschlechterte sich ihr Zustand.

Der Winter war in jenem Jahr ungewöhnlich hart. In Putian schneite es nur äußerst selten, doch diesmal war die Stadt in einen dicken weißen Mantel gehüllt. Das Zimmer der Großmutter wurde mit vier Öfen geheizt, aus denen gelblicher Rauch aufstieg. Der beißende Geruch der verbrennenden Kohle überlagerte das Aroma der Medikamente. In der feuchten Witterung hatten sich die Späne des Aguilars, die um das Lager der alten Frau verteilt waren, in eine dicke, speckige Schicht verwandelt, auf der man leicht ausrutschte; und sprangen Funken aus den Öfen darauf, erloschen sie sofort, ohne das leiseste Geräusch.

Trotz des Schnees machten sich die Mitglieder der Familie Yong die Mühe, auf einen letzten Besuch vorbeizukommen – Yong Sheng war erstaunt, wie viele Verwandte er hatte. Zum Schutz gegen den Schnee trugen einige von ihnen Hüte aus Bambusblättern, andere hatten sich mit Schirmen aus geöltem Papier ausgerüstet, deren Streben sich im Wind bogen und jeden Augenblick zu brechen drohten.

Auf der Schwelle zum Gemeinschaftsraum zogen sie

die Schuhe aus und stellten ihre mitgebrachten Geschenke auf dem Tisch ab: Früchte, Gebäck, Geflügel, Eier … Die meisten gingen nicht einmal hinüber ins Zimmer der Großmutter, um ihr Guten Tag zu sagen, sie beschränkten sich darauf, mit dem Zimmermann über ihren Zustand zu sprechen, während sie sich am Ofen wärmten und in ihre durchgefrorenen Hände bliesen. Sie unterhielten sich mit gesenkter Stimme, und wenn einer von ihnen husten musste, tat er das mit ungewohnter Diskretion. Yong Sheng wollte hören, worüber sie redeten. Entschlossen nahm er deshalb den Kupferkessel in der Küche vom Herd und ging damit, obwohl ihn niemand darum gebeten hatte, hinüber ins Zimmer. Als er die Teetassen der Gäste mit heißem Wasser füllte, hielten die Erwachsenen in ihrem Gespräch inne, und alle Augen richteten sich auf ihn. In ihren verschwörerischen Mienen konnte er lesen, dass sie dabei waren, etwas auszuhecken.

Als er den Raum wieder verließ, schnappte er Sätze auf, die in seinen Ohren wie brennendes Holz knisterten.

»Man müsste für ein freudiges Ereignis sorgen, um ihrer Krankheit entgegenzuwirken.«

»Du musst ihm eine schöne Hochzeit bereiten, er ist immerhin dein einziger Sohn.«

»Ein Mädchen aus den Bergen von Huangshi bekommst du für nicht einmal zehn Silbermünzen! Es ist die Sache wert, zumal, wenn Großmutter dann wieder gesund wird!«

»In Zaolin kostet ein Fischermädchen sogar noch weniger, und die sind sehr viel fleißiger!«

Nur die engsten Verwandten blieben den ganzen Abend, führten leise ihre Diskussionen fort, und selbst wenn sie uneins waren, wagte niemand, die Stimme zu erheben. Allein Yong Shengs Mutter wurde hin und wieder lauter, ihre Flüche hallten bis in den stillen Hof.

Als der Besuch fort war, hörte der Junge seine Eltern streiten, seine Mutter flehte den Vater an, der zeigte sich stur, sie insistierte. Plötzlich flog die Tür auf, und der Vater trat mit hochrotem Kopf und angespanntem Körper aus dem Zimmer, er wirkte starr wie eine Marionette.

»Er ist nicht mal vierzehn«, rief die Mutter ihm hinterher. »Fast noch ein Kind.«

»Keiner bittet ihn darum, gleich eine Familie zu gründen, er soll lediglich heiraten, damit meine Mutter wieder zu Kräften kommt und noch ein paar Jahre weiterlebt.«

»Mit vierzehn heiratet man aber nicht!«

Eine schallende Ohrfeige war die Antwort, die Frau des Zimmermanns geriet ins Wanken, beinahe wäre sie gestürzt.

»Geh nach Zaolin, mein Sohn, und fälle den schönsten Kampferbaum«, sagte die Großmutter zum Zimmermann, »dann baue daraus das Ehebett für meinen Enkel.«

Hinter dem Dorf ragte der Berg Yuanding auf, der einzige, der sich stromabwärts am Mulan erhob, dem Fluss, der Putian durchquerte. In der Küstenstadt war der Boden links und rechts des Flusses so salzhaltig, dass darauf nur Unkraut wuchs.

Vater und Sohn verbrachten die Nacht im Freien, im Innern eines alten Ziegelofens. Während um sie herum die Brandung grollte, kam der Ofen ihnen wie eine windgeschützte Oase vor. Der Zimmermann legte die Zweige zusammen, die er unterwegs gesammelt hatte, und machte Feuer.

Die Flammen züngelten zwischen den Ästchen, leckten mit ihren gelben Zungen daran. Der Anblick erinnerte Yong Sheng an ein Theaterstück, das sie einmal aufgeführt hatten, als er noch bei Pastor Gu wohnte. Mary hatte die Proben geleitet. Es hieß *Das Opfer des Isaak* und ging zurück auf eine biblische Episode, in der Pastor Gu als Abraham die Hauptrolle spielte. Gerade, fand er, ähnelte sein Vater dem Patriarchen auf dem Berg Morija.

Nach den Ereignissen, die die Operation seiner Hodenektopie ausgelöst hatte, war die ganze Gegend in heller Aufregung gewesen, er musste die Schule abbrechen und wieder bei seinen Eltern wohnen. Er war damals zu jung, um allein in Hanjiang zu bleiben. Seitdem hatte er Mary nie wiedergesehen, auch nicht den Pastor und seine Frau. Vergeblich hielt er jedes Jahr, wenn das Fest zu Ehren Mazus stattfand, in der Menge Ausschau nach einer anderen, nach seiner Göttin – nach Mary. Er besuchte jetzt die Klasse eines privaten Hauslehrers, der nach traditioneller chinesischer Methode unterrichtete. Seine Kameraden behaupteten, dass Mary Hanjiang vor langer Zeit verlassen habe, um Gott weiß wohin zu gehen, und dass ihre Eltern in die Vereinigten Staaten zurückgekehrt seien.

Der Zimmermann hatte kräftige, von blauen Adern durchzogene Hände. In seiner Linken hielt er eine Bambuspfeife, in seiner Rechten einen Strohhut, mit dem er schwitzend über dem Feuer wedelte, um den Rauch zu vertreiben. Die Zweige knackten und sprühten Funken, die im Dunkeln glühten und, so konnte man meinen, über das wettergebräunte Gesicht des Vaters tanzten. Als sich das Feuer gleichmäßig in den Zweigen verfangen hatte, legte er einen armdicken Scheit nach, sofort schlugen die Flammen hoch und warfen einen bedrohlichen, immer größer werdenden Schatten des Vaters an die Wände.

Nach einer Weile verschmolz der Schatten mit der Dunkelheit, die sie umgab, der Ofen wirkte nun weiter und leerer. Yong Sheng saß auf einem Haufen aus Tonziegeln und Backsteinen und war mit seinen Gedanken wieder bei dem Theaterstück.

Im Hof der Ahnen hatten sie eine Bühne aufgebaut, in deren Kulisse, zwischen Felsattrappen, eine Holztafel stand, auf der ein gemaltes Feuer loderte. Plötzlich hatte sich hinter der Holztafel eine Stimme erhoben. Die Stimme Gottes:

Nimm deinen Sohn, deinen einzigen, den du liebst, Isaak, geh in das Land Morija, und bring ihn dort auf einem der Berge, den ich dir nenne, als Brandopfer dar.

Abraham war auf der Bühne erschienen, mit seinem Sohn Isaak, dargestellt von Mary. Hier allerdings, in dem Ziegelofen, zusammengekauert vor dem Feuer, war es nicht Pastor Gu, sondern sein Vater, der den Abraham spielte, und er selbst schlüpfte in die Rolle von Isaak.

Nein, korrigierte er sich im Stillen. Ich schlüpfe nicht in die Rolle von Isaak. Ich bin Isaak.

Auf der Bühne im Hof der Ahnen hatten sich Abraham und sein Sohn hintereinander dem Eingang einer Grotte genähert, der fast vollständig von Kletterpflanzen verhangen war. Der Sohn hatte fürchterliche Angst und wagte sich keinen Schritt vor.

»Geh dort hinein, hab keine Angst«, sagte Abraham.

Der Ziegelofen war nicht besonders groß, aber in diesem Moment öffnete er sich vor Yong Shengs brennenden Augen wie ein geheimnisvoller, grenzenloser Abgrund, in dem es düster und die Luft feucht war. Schwarze Schatten tanzten um ihn herum, seltsame, angriffslustige Gestalten.

In dem Theaterstück hatte Isaak nach seinem Vater gerufen.

»Vater!«

»Ich bin hier, mein Sohn!«

»Hier ist Feuer und Holz. Wo aber ist das Lamm für das Brandopfer?«

»Gott wird sich das Opferlamm aussuchen, mein Sohn.«

Sie hatten die Grotte betreten, es fiel ein wenig Licht durch die Felsspalten, aber der Rauch war so dicht, dass er das spärliche Licht verschluckte, ehe es den Boden erreichte.

Auf einmal sah Yong Sheng im Dunkel des Ofens zwei Augen leuchten, wie Glühwürmchen. Sie gehörten einer riesigen Python, bestimmt drei oder vier Meter lang. Vom Maul bis zur Nase war sie mit schillernden roten und schwarzen Schuppen bedeckt. Auch ihr Hals war rot und schwarz gefleckt, und ihr Kopf glich dem eines Fasans. Ihr blassgelber Körper mit den schwarzen Streifen erinnerte an einen Nebelparder.

Der Zimmermann baute ihm einen Altar. Er sammelte Holz, schichtete es und fesselte seinen Sohn daran. Die Schlange bewegte sich, die roten und schwarzen Flecke auf ihrem Hals funkelten.

Alles steuerte auf den Moment des Stücks zu, der Yong Sheng am meisten Angst eingejagt hatte: das Brandopfer.

»Schon streckte der Vater seine Hand aus und nahm das Messer, um seinen Sohn zu schlachten.«

»Nein! Zimmermann Yong!«

Yong Sheng glaubte, einen Schrei in der Ferne zu hören. Eine Stimme, die seiner Erinnerung entsprang, die eines Abgesandten des Herrn, der seinen Vater vom Himmel her etwas zurief.

»Zimmermann! Zimmermann aus Putian!«

»Hier bin ich«, gab sein Vater zurück.

»Streck deine Hand nicht gegen den Knaben aus, und tu ihm nichts zuleide! Denn jetzt weiß ich, dass du Gott fürchtest; du hast mir deinen einzigen Sohn nicht vorenthalten, um deine Mutter zu retten.«

Zimmermann Yong fertigte das Ehebett für seinen vierzehnjährigen Sohn höchstpersönlich. Es war sein Hochzeitsgeschenk. Er hatte einen großen Kampferbaum gefällt, dessen Rinde an das Fell eines Tigers erinnerte, und ihn in dicke Planken zerlegt, die er nun mit der Säge in schmalere Bretter verwandelte, um daraus das Kopfende zu tischlern.

Er kniff die Augen zusammen, besah sich das Holz und überlegte, wo er den Sägeschnitt mit der feinen, mit Tinte getränkten Kordel markieren sollte (ein Moment, den er besonders mochte). Dann spannte er die Schnur über das Holz, zupfte daran wie an der Saite eines Instruments und lockerte sie wieder. Die Tinte hatte eine gerade, präzise Linie auf dem herrlich duftenden Holz hinterlassen.

Das Zimmern des Betts schritt schnell voran, mit jedem Tag nahm es zunehmend Form an.

Die Späne, die sich unter dem Hobel kringelten, die Splitter, die mit jedem Beilhieb auf die Erde fielen, die mit einem Beitel ausgehöhlten Zapfenlöcher, die senkrechten Zapfen … All das sah der Junge, die Bilder stürzten auf ihn ein wie ein Wasserfall, fluteten seinen Kopf, und sein Hirn drohte darin unterzugehen. Die

Qual zog sich über mehrere Wochen hin, denn der Vater war fest entschlossen, mit diesem Ehebett ein Meisterwerk zu schaffen.

Tag für Tag arbeitete der Zimmermann daran, unermüdlich, manchmal wachte Yong Sheng nach Mitternacht auf, und sogar dann klopfte, hämmerte und sägte es noch. In dem an das Schlafzimmer der zukünftigen Eheleute angrenzenden Raum warteten bereits verschiedene Möbel darauf, benutzt zu werden: ein Tisch, mehrere Schemel, ein Kleiderschrank und eine Frisierkommode, auf der sich lauter rote Laken stapelten, mit denen man später das Lager der Frischvermählten beziehen wollte. Noch hinter diesem Raum lag die Werkstatt des Vaters, aus der die Geräusche durch alle Mauern hindurch bis zu Yong Sheng drangen.

Der Zimmermann sagte oft, dass sein Kopf sich an nichts erinnere, dass seine Hände aber, sobald sie ein Stemmeisen hielten, jede Bewegung einwandfrei ausführten; die Erinnerung an solche Handgriffe war seinem Körper offenbar unauslöschlich eingeschrieben.

Das fertige Ehebett stand auf sechs Säulen und war an drei Seiten durch ein Holzgeländer begrenzt, vor der vierten hing ein Vorhang. Das Geländer am Kopfende hatte der Vater mit Granatapfelblüten verziert, sie symbolisierten eine zahlreiche Nachkommenschaft, in alle anderen hatte er Apfelbäume geschnitzt, die für Reichtum und Prosperität standen. Auf jeder der sechs Säulen, die das Bett trugen, lauerten drei Drachen, deren Pranken auf dem Boden ruhten. Es war ein ziemlich überladenes Möbelstück, das der Zimmermann geschaffen hatte.

Seine Hochzeitsnacht verbrachte der verschreckte junge Ehemann unter einem quadratischen Tisch – ein weiteres Geschenk für das Paar, das der Vater aus dem restlichen Kampferholz gezaubert hatte. Um die natürliche Schönheit des Holzes zu bewahren, hatte er darauf verzichtet, es zu bearbeiten. Der intensive Geruch stach Yong Sheng die ganze Nacht in die Nase.

Von seinem Platz unter dem Tisch aus betrachtet, wirkte das Bett wie eine Insel in einem Ozean aus Feuer, auf dem Schatten und Licht spielten. Und dieser Eindruck, von Flammen umringt zu sein, verstärkte sich durch die mit roten Satin bezogenen Decken und Daunenbetten nur noch. Auch der Seidenvorhang an der Zimmertür war rot, ebenso wie die Papierquadrate vor den Fenstern und die Laterne, die von der Decke hing … Alles in diesem Raum war rot oder in rotes Licht getaucht. Und der Geruch der Kerzen sorgte für stickige Luft.

Die Braut, die mit ihren sechzehn Jahren zwei Jahre älter als Yong Sheng war, stammte von der Küste, aus dem Dorf Zaolin.

Yong Sheng hatte am Rande mitbekommen, dass sein Schwiegervater den Spitznamen »Väterchen Schnaps« trug, außerdem Maler war und mit besonderer Vorliebe Schnepfen zeichnete. Da sein Familienname Huang, also »gelb«, lautete, nannte man ihn auch die »alte gelbe Schnepfe«. Die Person, die Yong Sheng davon erzählte, hatte einen weiteren Satz hinzugefügt, den er nicht einzuordnen wusste: »Sobald deine Frau in den Hafen der Ehe einläuft, wird man ihren Familiennamen aber vergessen, weil sie dann ja deinen annimmt.«

Nun saß das junge Mädchen auf dieser Flammeninsel, inmitten des roten Ozeans, löste seine beinahe ein Meter langen kohlrabenschwarzen Zöpfe und wickelte sich die bunten Bänder, mit denen das Haar geschmückt war, ums Handgelenk.

Yong Sheng, immer noch unter dem Tisch, hob den

Blick und beobachtete, wie das Wachs der Kerzen, die in der Laterne an der Decke flackerten, auf den Boden tropfte und dort blutrote Pfützchen bildete, die schnell trockneten.

Unterdessen legte seine Braut sich auf das von den achtzehn geschnitzten Drachen behütete Bett und schlief ein. Als sie wieder aufwachte, waren die Kerzen fast alle niedergebrannt, und das Zimmer lag in einem schummrigen Halbdunkel. Aus Langeweile begann sie sich erneut die Haare zu Zöpfen zu flechten, die sie gleich wieder löste, um von vorn anzufangen.

Yong Sheng sah von seinem Versteck aus, wie der Schatten des Mädchens sich an der Wand sich regte.

Lautlos zog die Silhouette sich in die Länge und nahm die Gestalt der Python aus der Grotte an. Die Schlange hatte auf einmal Haare.

Ihr Schatten wuchs immer weiter und bewegte sich schwankend auf ihn zu.

In seiner Fantasie wurden die roten und schwarzen Flecke am Hals der Python knallrot. Ihr Kopf schien von einem Heiligenschein umgeben, der wie die Laterne an der Decke glühte.

Blitzschnell hatte die Schlange den Tisch erreicht.

Der Schatten der Braut huschte direkt vor seiner Nase vorüber.

Er hörte, wie die Python die Petroleumlampe vom Tisch nahm und den Metallschirm öffnete.

Ihre rosafarbenen Satinschuhe waren zum Greifen nahe, ebenso wie ihre Hosenbeine aus gelber Seide, die, als sie einen Schritt zur Seite tat, goldbraun schimmerte.

Die Lampe leuchtete auf, ein grünliches Licht fiel auf den Boden vor dem Tisch.

Sie hat die Lampe angezündet, um mich zu suchen, dachte Yong Sheng. Sein Atem ging schneller.

Doch dann wandte sich der Schatten mit der Lampe in der Hand ab.

Von einer Ecke des Zimmers her hörte er, wie sich jemand hinter einem Vorhang am Toilettenkübel zu schaffen machte, gefolgt von einem plätschernden Geräusch, das allmählich schwächer wurde.

In diesem Moment ging ein furchterregender Schrei durch die Stille und setzte dem chinesischen Brandopfer von Putian ein Ende.

»Mutter, wie kannst du nur von uns gehen und uns allein zurücklassen in der Welt?«

Der Plan, mithilfe einer vorzeitigen Hochzeit der Agonie der Großmutter ein Schnippchen zu schlagen, war gescheitert, und es wurde sogar gemunkelt, das Ganze habe ihren Tod nur beschleunigt.

Kapitel 4

Heling

»Väterchen Schnaps« war der einzige Künstler weit und breit, der Fresken schuf. Auf eine Wand des kleinen, strohgedeckten Hauses, das für die Jungvermählten erbaut worden war, hatte er einen weißen Kranich in einem Sumpf gemalt, der den Hals nach einer Schnecke reckte, seiner bevorzugten Nahrung. Der Vogel sah täuschend echt aus, mit gespreizten Füßen und zufrieden zuckendem Kopf stelzte er voran, gekrönt von einem Kranz aus Sonnenstrahlen.

Yong Sheng fühlte sich bei seinem Anblick an ein Fresko im Shaolin-Tempel von Putian erinnert, das die Dämonen der Hölle darstellte. Er hatte seinen Vater einmal dorthin begleitet, sich die Malerei aber nur sehr kurz angeschaut und seither einen Bogen um diesen Tempel gemacht. Er nahm jeden Umweg in Kauf, um bloß nicht die herzzerreißenden Schreie der Gefolterten hören zu müssen, die dort abgebildet waren. Der Kranich seines Schwiegervaters war vom selben Kaliber, ein Werk, das einem ins Ohr ging. Man musste nur ein paar Sekunden davorstehen, und schon glaubte man, das Rascheln seines Gefieders wahrzunehmen, das leise Schmatzen seiner langen, unverhältnismäßig dünnen Füße auf dem sumpfigen Grund.

Yong Sheng näherte sich der Wand und streckte die Hand nach dem weißen Kranich aus, um ihn zu streicheln. Der alte Maler hatte die beste Farbe verwendet, die zu kriegen war, eine Farbe, die man üblicherweise für Fischerboote und Schiffe benutzte. Manche Details hatte er mit einem einfachen Pinselstrich ausgeführt, an anderen Stellen, etwa einer Kralle, hatte er stundenlang herumgefeilt. Das raue Mauerwerk hatte er mit einer Mischung aus Ruß, zerstoßenen schwarzen Muschelschalen, einem Kondensat aus schwarzer Tinte, schwarzem Perlenpuder und anderen, ebenfalls schwarzen Mineralien verputzt. Anders als Lack glänzte der Putz nicht, sondern wirkte eher wie ein schwerer Samtvorhang auf der Bühne eines chinesischen Schattentheaters. Es waren keine blühenden Blumen darauf zu sehen, keine Vögel, die am Himmel flogen, keine Fische, die im Wasser schwammen, nur ein weißer Kranich.

Auf den Bauch des großen Vogels, dort, wo die Beine beginnen, hatte er ein glänzendes Kupferglöckchen gemalt, und am unteren Rand des Freskos konnte man, in chinesischen Zeichen, zwei Verse lesen:

Ein Glöckchen läutet über dem Mulan.
Ein Kranich hat sich auf dem Hügel der Familie Yong niedergelassen.

Zusammengesetzt ergaben die ersten Wörter der beiden Sätze den Namen seiner Tochter, der Ehefrau von Yong Sheng: Heling, Glöckchen des Kranichs.

Der Hügel, auf dem das Haus von Zimmermann Yong stand, gehörte zum Berg Longquan und lag jenseits der Ortschaft Jiangkou. Der Longquan erstreckte sich über fünf, sechs Kilometer von Ost nach West, und auf den kleinen Erhebungen ringsum verteilten sich mehrere Dörfer mit Reisfeldern und Äckern. Auf der Hangseite hinter dem Haus besaß Zimmermann Yong einen Hektar Land, den er seinem Sohn vermachte. Da der jedoch, wie sein Vater, hauptsächlich damit beschäftigt war, Taubenflöten herzustellen, vertraute er die Bewirtschaftung des Landes Heling an, die sogleich beschloss, einen Obstgarten anzulegen.

Jahre später ragten auf dem Hügel stolze Fruchtbäume empor, deren gezackte Konturen weithin zu sehen waren.

Heling begann mit dem Anbau von Litschi- und Longanbäumen, die sie mit schnell wachsendem Efeu umsäumte. Zu jeder Seite dieser natürlichen Begrenzung pflanzte sie in engen Reihen Robinien und chinesische Lebensbäume, die den Obstgarten vor Wind schützen sollten. In den kleinen Gräben am Ufer des Wildbachs setzte sie Weiden.

Das Stück Land, das ihr zur Verfügung stand, maß ungefähr achthundert Quadratmeter, und sie hatte mit viel Mühe alle darauf herumliegenden Steine beiseitegeschafft. Die Erde war karg. Weshalb sie, ehe sie die Bäume pflanzte, große Löcher aushob und am Fluss fruchtbaren Lehm abtrug, den sie um die Setzlinge herum verteilte, damit sie leichter Wurzeln schlagen konnten. In der Mitte des Obstgartens stellte sie einen riesigen Tonkrug auf, und jeden Morgen (glücklicherweise war kurz nach ihrer Geburt die Tradition der gebundenen Füße abgeschafft worden) ging sie zu Fuß nach Jiangkou, um beim Fleischer öliges Wasser, Därme und andere unverkäufliche Reste vom Schwein abzuholen, die sie in Dünger verwandeln würde. Sie füllte die Abfälle in zwei Eimer, die an den Enden einer Schultertrage hingen. Mehrmals am Tag lief sie die Strecke mit ihrem Tragjoch hin und zurück. Auf dem Rückweg waren die Eimer voll, und es ging bergauf, sodass sie immer wieder anhalten musste, um sich den Schweiß aus dem Gesicht zu wischen und ihre Kräfte zu sammeln. Sobald sie den Obstgarten erreichte, entleerte sie die Eimer in den großen Jauchekrug, nahm eine Kelle mit Bambusstiel zur Hand und begoss die Pflänzlinge mit dem Gemisch.

Vier Jahre nach der Hochzeit seines Sohnes trat Zimmermann Yong in den Dienst eines vermögenden Taubenzüchters, um Flöten für dessen Vögel zu produzieren. Er verließ Putian zusammen mit seiner Frau und ließ sich im schicken Viertel der drei Straßen und sieben Gassen von Fuzhou nieder. Von dem Geld, das er Yong Sheng schickte, kauften sich die jungen Eheleute einen halben Hektar Ackerland, das im Süden an den Obstgarten grenzte und dessen Boden sich als sehr viel fruchtbarer erwies. Sie pflanzten weitere Litschibäume und säten dazwischen Erbsen und Bohnen an. Im Grunde zogen sie Gemüse, wo sie nur konnten: den ganzen Weg entlang, der zum Obstgarten führte, und rings um ihr Häuschen.

Nachdem ein Taifun das alte Haus des Zimmermanns vollständig zerstört hatte, beschloss Yong Sheng, auf dem Grundstück eine neue Bleibe mit drei Zimmern zu bauen: einem Gemeinschaftsraum, einem Schlafzimmer und einer Küche, die auch als Werkzeuglager dienen sollte. Der Zimmermann hatte um ein paar freie Tage gebeten, damit er seinem Sohn bei diesem Vorhaben unter die Arme greifen konnte. Und er stellte abermals sein Können unter Beweis: Die Außenwand des Gemeinschaftsraums, der ganz nach Süden ausgerichtet war, errichtete er aus zwanzig Holzplanken mit zwei eingelassenen senkrechten Schienen, sodass die Planken leicht herauszuheben waren und die Wand sich öffnen ließ. Zum Abschluss der Bauarbeiten pflanzten Yong Sheng und Heling links neben der Eingangstür Kürbis an, dessen Ranken bis auf das Vordach kletterten, zur rechten Seite setzten sie Bambusstecklinge.

Auf dem Hügel vor dem Haus thronte, wie ein riesiger Sonnenschirm, der Aguilar, der mit Yong Sheng groß geworden war. Inzwischen konnte man ihn nicht mehr als Strauch bezeichnen, sein Stamm war mit Moos bewachsen, und er hatte kräftige Luftwurzeln, auf denen das junge Paar sich gern niederließ, um sich auszuruhen und sich am betörenden Duft des Baums zu erfreuen.

Einmal besuchten sie Yong Shengs Eltern in Fuzhou bei Monsieur Ge, dem reichen Taubenzüchter. Der Mann wohnte in der Gelben Straße im Viertel der drei Straßen und sieben Gassen. Am Eingang zu seiner Residenz verkündeten zwei Tafeln: *Der Gründer dieser Familie, Ge Hong, Sohn der Östlichen Jin-Dynastie, war der erste chinesische Alchimist.* Ob das der Wahrheit entsprach, konnte niemand sagen.

Obwohl das Anwesen der Familie Ge weder so glamourös war wie das der Protagonisten aus der *Roten Kammer* noch so weitläufig wie das von Pastor Gu mit seinen sieben Höfen, gab es auch hier einen eigenen Hof mit Wasserbecken für die Aufzucht der Tauben. Das Becken war mit Kalkstein eingefasst, der aus dem Tai-See stammte, und von Mühlsteinquarzen, löchrig wie Schwämme, über die in kleinen Kaskaden Wasser floss, aus dem ein grünlicher Dunst aufstieg, der für stetige Feuchtigkeit sorgte. Der Taubenschlag bot einen farbenfrohen Anblick, seine Dachbalken und Säulen waren mit Schnitzereien und Malereien verziert. Jedes Abteil war mit einem korallenfarbigen Klappfenster versehen, der Boden jeweils mit einem dicken Grasteppich ausgelegt, die Wände mit kleinen Spiegeln behängt. Sobald es dunkel wurde und die Abteile beleuchtet waren, sahen sich die Tauben darin bis ins Unendliche vervielfacht, und durch das Licht- und Schattenspiel auf den Säulen und Balken wirkte der Verschlag märchenhaft schwerelos, als würde er jeden Moment mitsamt seinen Bewohnern in den Himmel abheben.

In der *Genealogie der Familie Ge* schrieb der berühmte chinesische Gelehrte Ge Zaoguang: *Mein Großvater Ge Zicheng (1890?-1952) war gegen Ende der Zwanzigerjahre Marinekommandant gewesen, bevor er die Karriereleiter bis zum Vizeadmiral emporstieg. Zu Zeiten der Republik musste man studiert haben, um in der Armee oder im öffentlichen Dienst befördert zu werden. Mein Großvater hatte behauptet, dem sechsten Jahrgang der Militärakademie Baoding anzugehören, was ihn zum Kommilitonen von wichtigen Generälen der Kuomintang und der Kommunistischen Partei machte, wie zum Beispiel Yi Ting, Gu Zhutong oder Deng Yanda, deren Namen in die chinesische Geschichte eingegangen sind. Bei ihrer Gründung in der Qing-Dynastie galt die Baoding-Akademie als einfache Ausbildungsstätte für Kampfkunst, zu Beginn der Republik jedoch reichte ihr Ruf beinahe an den der Huangfu-Akademie heran, wo Chiang Kai-shek studiert hatte. Zwischen 1921 und 1923 gab es neun Klassen, aus denen zahlreiche bedeutende Generäle hervorgingen. Viele Jahre später fand mein jüngerer Bruder Ge Xiaojia, der an einer amerikanischen Universität lehrte, in den Archiven des Senats von Washington Dokumente zur Militärakademie Baoding, tatsächlich tauchte auf der Liste der Absolventen der Name Ge Zicheng auf. Kurz vor seinem Tod allerdings erzählte uns unser Vater eine amüsante Anekdote. In Wahrheit hatte nicht unser Großvater an der Militärakademie studiert, sondern sein gleichnamiger Cousin. Da dessen ganze Leiden-*

schaft jedoch der Taubenzucht galt, bekundete er keinerlei Interesse, nach seinem Studium eine militärische Laufbahn einzuschlagen. Und so hatte sich mein Großvater in den Zwanzigerjahren das Diplom seines Cousins zu eigen gemacht.

Monsieur Ge, für den Zimmermann Yong arbeitete, war ebendieser Cousin, dem der Großvater von Ge Zaoguang und Ge Xiaojia seine Karriere als General verdankte und einen Teil seines Vermögens vermachte, damit der Namensvetter sich den Taubenschlag seiner Träume bauen konnte.

Während ihres Aufenthalts in Fuzhou kam Yong Sheng und Heling eine Geschichte zu Ohren, die man sich unter Taubenzüchtern gern erzählte, sie betraf vier Taubenpaare von Monsieur Ge.

Der berühmte chinesische Opernsänger Mei Lanfang erwähnt in seinem Buch *Vierzig Bühnenjahre* ein Ölgemälde, auf dem silbergraue Tauben mit zinnoberroten Augen zu sehen sind: *Eines Tages verkündete Feng, einer meiner besten Freunde, fröhlich: ›Ich bin durch Zufall an eine Antiquität geraten, die dich interessieren könnte und die ich dir schenken möchte.‹ Er holte ein Bild hervor, das in einem Glasrahmen steckte. Vor schwarzem Hintergrund sah man darauf ein aschgraues Taubenpaar mit roten Augen und roten Füßen, das auf einem himmelblauen künstlichen Felsen saß. Eine naturalistische Darstellung, deren Aufbau und Ausführung auf einen europäischen Künstler schließen ließ. Ich war zunächst davon ausgegangen, dass das Bild auf Papier gemalt war und das Glas es schützen sollte, tatsächlich jedoch war das Glas selbst auf der Innenseite bemalt (mit einer Technik, die man auch bei der Gestaltung von Dachfenstern anwendete). Das Gemälde wurde dem großen italienischen Maler Castiglione zugeschrieben (…). Ich fand es so zauberhaft, dass ich es gleich an eine Wand in meinem Wohnzimmer hängte, wo ich es oft betrachtet habe und wo es sich auch immer noch befindet. Es begleitet mich seit über zwanzig Jahren.*

Obschon Mei Lanfang wohlhabend war und weitreichende Kontakte hatte, bekam er solche aschgrauen Tauben niemals in natura zu Gesicht, er musste sich mit diesem Bild begnügen – was den Wert dieser Vögel erahnen lässt. Dass Monsieur Ge gleich vier Paare besaß, ließ den großen Meister der chinesischen Oper vermutlich vor Neid erblassen.

Der Antiquar und Gelehrte Wang Shixiang spricht im zweiten Band seines Werks *Jin Hun Dui* ebenfalls von einer grauen Taube, seiner eigenen, und zwar mit diesen Worten: *Sie ist ganz klein, meine silber getupfte Taube, zeigt aber ein großes – ich möchte sagen außergewöhnliches – Talent zum Fliegen. Trotz ihres kleinen Wuchses trägt sie mit Leichtigkeit eine große Taubenflöte der Marke Min und lässt sich von keiner ihrer Artgenossinnen abhängen, während eine der stattlicheren Tauben sichtlich unter dem Gewicht zu kämpfen hatte.*

Die Flügel des Vogels, den Wang Shixiang zärtlich seine silber getupfte Taube nannte, waren dunkel gesäumt, und sein ganzer Körper war übersät mit Punkten und feinen Streifen – das Edelste, was man bei grauen Tauben finden konnte. Die besagte Min-Flöte stammte übrigens aus der Werkstatt eines Pekinger Zeitgenossen von Zimmermann Yong.

Kurzum, die silbergrauen Exemplare von Monsieur Ge waren eine echte Rarität, und ihr Eigentümer nutzte Yong Shengs Aufenthalt in Fuzhou, um Vater und Sohn mit jeweils zwei Paar Flöten für seine kostbaren Lieblinge zu beauftragen – er wollte wissen, wer von beiden sein Handwerk besser verstand. Aus diesem Grund engagierte er auch zwei Kameramänner, für die er die exakt gleiche Ausstattung mietete, und ließ sie den einen und den anderen bei der Arbeit in zwei unterschiedlichen Räumen filmen. Am Ende besah er sich das Filmmaterial und kam zu dem Schluss: Vater und Sohn hatten die Kürbisse mit den gleichen Handgriffen ausgehöhlt und mit Öffnungen versehen. Anschließend hatten sie aus Bambushalmen vier feine Röhren geschnitten, gesägt und gefeilt und dann auf die Öffnungen gesetzt, die sich im Durchmesser haargenau entsprachen. Man hätte meinen können, die Flöten seien von ein und derselben Person gefertigt worden. Der eine wie der andere hatte die Röhren bemalt, den Klangkörper jedoch roh belassen, um ihn nicht unnötig zu beschweren. Ohne sich darüber zu verständigen, hatten sie außerdem die Basis der Röhren verstärkt, um den Klang der hohen Töne zu verbessern. Nur ausgesprochene Experten konnten den feinen Unterschied zwischen den Taubenflöten von Vater und Sohn erkennen, er fand sich in der Signatur »Yong«. In den Schriftzeichen des Vaters spürte man förmlich die Klinge des Messers, mit der sie ins Holz geschnitzt worden waren, während die des Sohnes runder wirkten und auf einen leichten Schwung nach oben endeten.

Im Anschluss an ihren Aufenthalt in Fuzhou pilgerte Heling in Begleitung ihrer Schwiegermutter auf den Gipfel des Tambour. Dort betraten sie eine Grotte, deren Besuch der Legende nach die Fruchtbarkeit einer Frau beförderte. Aus der Ferne hörte man an diesem düsteren Ort eine Quelle rauschen. Heling zündete ein paar Räucherstäbchen an und kniete vor einem großen Felsen nieder, der seit Millionen Jahren umspült war von Wellen, die eine tiefe Wunde im Gestein hinterlassen hatten, einen senkrechten Spalt, der das weibliche Geschlecht symbolisierte.

Im Frühjahr 1931 geschah jedoch bald noch etwas anderes, das Yong Shengs Leben auf den Kopf stellte: Pastor Gu kehrte zurück.

Kapitel 5

Das reinigende Wasser

Und so war es gekommen: Die geliebte Enkelin von Pastor Gu – Marys einzige Tochter –, mit der Yong Sheng in seiner Kindheit ein Zimmer geteilt hatte, war in Peking an Typhus gestorben. Nach ihrem Tod hatte es die ganze Familie in die Provinz Shandong verschlagen, um dort ihrem Missionsauftrag nachzukommen. Mary war inzwischen mit einem amerikanischen Missionar verheiratet, einem presbyterianischen Pastor, der den Baptisten, denen Pastor Gu angehörte, äußerst kritisch gegenüberstand. Als ihr Mann in den Südosten Chinas berufen wurde, ging sie mit ihm und hatte seither nie wieder von sich hören lassen. Die Frau von Pastor Gu, die damals die christliche Schule in Hanjiang gegründet und geleitet hatte, hatte einige Monate zuvor ebenfalls das Zeitliche gesegnet, woraufhin der Pastor beschloss, mittlerweile sechzig und in schlechter gesundheitlicher Verfassung, nach Putian zurückzukehren, in die Stadt, die er als seine zweite Heimat betrachtete.

Yong Sheng begab sich nach Hanjiang, um der ersten Predigt beizuwohnen, die der Pastor nach seiner Rückkehr halten würde. Ihn trennten etwa fünfzig Meter von der Residenz, als er plötzlich einen Geruch wahrnahm, der seinen Atem stocken ließ. Offenbar war das Anwesen hinter den hohen Mauern auch nach so vielen Jahren noch durchdrungen von dem Duft, der von jenem geheimen Ort ausging.

Mit einem dumpfen Schlag fiel die schwere Flügeltür des Portals hinter Yong Sheng ins Schloss, das lärmende Treiben der Stadt wirkte auf einmal sehr weit entfernt. Die Einfriedung der Residenz, die früher unüberwindbar, ja bis in die Wolken hineinzuragen schien, löste kein Schwindelgefühl mehr in ihm aus – sie war einfach eine Schutzmauer. Man hatte ihm erzählt, dass nach seiner »Beschneidung« eine aufgebrachte Menge versucht hatte, die Christenbastion in Brand zu stecken. Der Versuch war gescheitert, aber die Mauer hatte einige schwarze Male davongetragen. Sie war von einer dunklen Rußschicht überzogen, wie die Unterseiten der Kochtöpfe in den schmuddeligen Lokalen der Gegend.

Oben auf der Mauer wuchs immer noch büschelweise das Unkraut, hier und da sogar ein kleiner Strauch.

Die zwei Korridore, die entlang der Mauer verliefen und auf denen der Wächter früher seine nächtlichen Runden gedreht hatte, waren von Kriech-Quecken und Brennnesseln überwuchert.

Plötzlich zuckte er zusammen, vor ihm tauchte ein nur allzu vertrautes Gespenst der Vergangenheit auf: In einer Ecke lehnte das Wrack von Marys Fahrrad, auf dessen Gepäckträger er so oft gesessen hatte. Es hatte kein Vorderrad mehr, und dem Hinterrad fehlte die Hälfte der Speichen – ein Schrotthaufen. Yong Sheng trat einen Schritt näher, ging in die Hocke und strich über den verrosteten Rahmen, als handelte es sich um einen alten Freund. Dann legte er seine Hände auf die Pedale und meinte, Marys warme nackte Füße zu spüren, er sah seine junge Lehrerin vor sich, wie sie sich aufs Rad schwang und amazonengleich davongaloppierte, als stünde sie in den Steigbügeln eines Pferdes.

So unauffällig wie möglich suchte er sich im Gebetsraum einen Platz in der hintersten Reihe und schloss die Augen. Immer mehr Gläubige kamen herein und ließen sich auf den Holzbänken nieder, die Männer auf der einen, die Frauen auf der anderen Seite.

Eine unvermittelte Stille riss ihn aus seiner Versunkenheit. Niemand wagte mehr zu husten. Pastor Gu ging, gebeugt von seiner Krankheit, auf das Podium zu. Er sah zur Decke, als gäbe es dort einen besonders bemerkenswerten Riss zu bewundern, ließ, vorn angekommen, seinen Blick über die Gemeinde schweifen – der Glanz in seinen Augen war intensiver als früher – und ihn schließlich auf Yong Sheng ruhen.

Er musterte seinen ehemaligen Schützling eine Weile, bewegte dann die Lippen und sagte, wobei er die einzelnen Wörter auseinanderzog, als spielte er mit nur einem Finger auf einem Klavier: »Der Sohn des Zimmermanns.«

Für einen kurzen Moment fragte Yong Sheng sich verwirrt, ob er wirklich ihn meinte. Aber es gab weder in diesem Raum noch in Jiangkou oder Hanjiang einen anderen Zimmermannssohn.

Unterdessen sprach der Pastor weiter, formte Sätze, die Yong Sheng nicht verstand, mal senkte er die Stimme, mal hob er sie, und plötzlich sagte er wieder, klar und deutlich: »Der Sohn des Zimmermanns.«

Gus Predigten waren schon immer sehr lebhaft gewesen. Yong Sheng erinnerte sich daran, dass der Pastor früher stundenlang an seinen Entwürfen gefeilt hatte, seine Kladden hatten ganze Schränke gefüllt und sich auf seinem Schreibtisch bergeweise gestapelt. Letztlich aber war er jedes Mal ohne Skript vor sein Publikum getreten, als hätte sich ihm alles, was er einmal zu Papier gebracht hatte, Wort für Wort eingeprägt.

Gerade versuchte er den Gläubigen das Leben des Zimmermannssohns nahezubringen, indem er, wie ein Schauspieler, in verschiedene Rollen schlüpfte und unterschiedliche Stimmen imitierte. Abwechselnd gab er den Richter, den Händler, den Juden, wurde zum Verräter und zum Apostel. Er kam zusehends in Fahrt, während er redete und spielte, die Flügel seiner Worte trugen ihn in immer größere Höhen. Fast hätte man meinen können, er beobachte mit eigenen Augen, vom Himmel herab, zwischen den Wolken hindurch, was sich vor den Toren Jerusalems zutrug. Er beschrieb den Berg des Ärgernisses, auf dem die fremdländischen Konkubinen König Salomos ihren Götzen Opfer darbrachten, und den Ölberg im Osten der Stadt: Gethsemane, wo der Sohn des Zimmermanns sich mit seinen Jüngern versammelte und verhaftet wurde; die Bergkuppe, von der aus er, am vierzigsten Tag nach seiner Auferstehung, morgens um sieben, in den Himmel aufstieg.

An dieser Stelle hielt der Pastor inne, um seinen Zuhörern die Gelegenheit zu geben, sich die Szene vorzustellen, das Rauschen der Blätter zu hören, den Wind, der die nebelverhangene Bergkuppe umwehte. Nachdem der Sohn des Zimmermanns ein letztes Mal zu seinen Jüngern gesprochen hatte, streckte er sich zum Himmel empor, wurde von einer dicken weißen Wolke erfasst, die sich erst um den Felsen schlang, auf dem er stand, dann, wie eine gleißende Lawine, um den ganzen Hügel. Als die Wolke sich auflöste und die ersten Strahlen der Morgensonne auf die Erde fielen, war er verschwunden.

»Sie sahen nur noch ein diffuses Licht«, nahm der Pastor den Faden wieder auf, »in dessen Schein man Himmel und Erde nicht mehr voneinander unterscheiden konnte, einen silbergrauen Schleier, in dem sich alle Farben und Formen verloren – es war eine flüchtige Vision dessen, was wir Ewigkeit nennen.«

Inzwischen hatte Yong Sheng begriffen, dass es in dieser Geschichte nicht um ihn ging, aber das machte nichts. Je öfter der Pastor vom »Sohn des Zimmermanns« sprach, desto größer war der Stolz, der ihn erfüllte, denn er wusste nun, dass sein Name mit einem Gott verknüpft war: »Wir beide sind im Hause eines Zimmermanns aufgewachsen«, dachte er. »Herrje! Ich hatte ja keine Ahnung, dass die kleinen Flecke auf dem Kopf von Marys Holzstatue die Späne darstellen sollten, die vom Hobel seines Vaters fielen, als er in dessen Werkstatt herumtollte.«

Am Ende seiner Predigt teilte Pastor Gu das Abendmahl aus und zitierte dabei eine Stelle aus dem Evangelium: »Jesus nahm das Brot, segnete und brach es und gab es den Jüngern und sprach: Nehmet und esset alle davon.«

Als Yong Sheng das Stück Brot empfing, das der Pastor ihm hinhielt, glaubte er, den vertrauten Geruch von Sägemehl wahrzunehmen.

»Mein Herr«, sagte er zum Pastor, »würden Sie mich taufen?«

»Warum wollen Sie zum christlichen Glauben übertreten?«

Yong Sheng lag auf der Zunge: »Weil ich einen Teil meiner Kindheit an diesem Ort und in Marys Wohnung verbracht habe«, doch zu seiner eigenen Überraschung antwortete er:

»Ich bin der Sohn des Zimmermanns.«

Das Taufbecken im Hof der Ahnen, seit Jahren ungenutzt, war mit modrig riechendem Wasser gefüllt. Seltsame Pflanzen, die aussahen wie Krebsfüße, hatten sich auf dem Grund festgesetzt; am Beckenrand blühte ein von Wildwuchs befallener Strauch, dessen Wurzeln sich über die Innenwände ausgebreitet hatten und diese bereits zu sprengen drohten. Zwei Tage brachte Yong Sheng damit zu, das Becken zu reinigen und die Stufen zu reparieren, die ins Wasser führten.

Außer ihm und Pastor Gu wohnte der Taufe niemand bei. Nichts rührte sich. Die Residenz war schon immer ein Ort der Ruhe gewesen, aber an diesem Tag schien eine besondere Stille zu herrschen. Als sie sich im Becken gegenüberstanden, fing es plötzlich an zu regnen. Erst nieselte es nur schwach, doch schon bald tanzten die Tropfen tausendfach um die beiden Männer herum.

Pastor Gu, der sich kaum aufrecht halten konnte, begann das Glaubensbekenntnis aufzusagen.

Seine Stimme mischte sich mit dem Prasseln des Regens. Die Wörter und die Tropfen fielen herab, als wären sie fein aufeinander abgestimmt. Wie unsichtbare Perlen eines Rosenkranzes entwichen die Silben dem Mund des Pastors, und ihr Echo ließ den Hof größer wirken, als er tatsächlich war.

Darum geht zu allen Völkern und macht alle Menschen zu meinen Jüngern; tauft sie auf den Namen des Vaters und des Sohnes und des Heiligen Geistes.

Der Pastor pustete auf die Wasseroberfläche, und für einen Augenblick meinte Yong Sheng, in den sich ausbreitenden Ringen die tiefen Furchen im Gesicht des alten Mannes zu erkennen.

Gu pustete ein zweites und drittes Mal, und obwohl es nicht so wirkte, als legte er besonders viel Kraft in diese symbolische Geste, bemerkte Yong Sheng, dass sich die Adern an seinen Schläfen wie Wurzeln abzeichneten.

»Nur Pastoren dürfen den Segen erteilen. Weißt du, mit welcher Hand man segnet?«

»Nein.«

»Mit der rechten. Es ist die Hand, mit der man auch tauft. Erinnere dich immer an folgenden Satz: Einen Menschen zu taufen bedeutet, ihn zu segnen.«

Er hob seine rechte Hand, und Yong Sheng beobachtete, wie dem alten Mann das Wasser über die welke Haut bis zu den Fingerspitzen rann. Die dicken Adern, die seine Hände durchzogen, hatten eine andere Farbe als die von Chinesen; im Regen sahen sie blau aus, mit einem Stich ins Grünliche. Er konnte seinen Blick nicht von dieser nassen Hand lösen, deren Haut zwischen Daumen und Zeigefinger leicht gerötet war.

Langsam, wie in Zeitlupe, tauchten Zeige- und Mittelfinger des Pastors erst ins Wasser, deuteten dann in den Himmel und malten ein Kreuzzeichen in die Luft.

Genau, wie er zuvor drei Mal auf die Wasseroberfläche gepustet hatte, wiederholte er nun drei Mal dieselbe Geste mit den Fingern.

Mit schmerzenden Augen blickte Yong Sheng unruhig hin und her, obwohl er eigentlich nichts mehr sah.

Die Hand des Pastors hielt seinen Kopf unter Wasser.

»Ich empfange die Taufe.« Während er wie ein Kind mit sich selbst sprach, schluckte er Wasser.

Er schloss die Augen und öffnete sie wieder, vor ihm tanzten viele kleine Punkte, die sich immerzu teilten und lange funkelnde Spuren im Wasser hinterließen. Dann entdeckte er sie: Mary. Sie war auf ihn zugekommen wie ein unbedeutender Lichtfleck, umgeben von einem Dunstschleier, der ihre Bewegungen verfremdete, aus dem sie erst nach und nach hervortrat. In der Hand hielt sie chinesische Marionetten, deren Kleider mit Wasserperlen besetzt waren und märchenhaft glitzerten. Auf ihrem rechten Arm trug sie den fünfjährigen Yong Sheng. Sie machte sich daran, ihre Marionetten zu taufen, eine nach der anderen, dann hielt sie ihren Zeige- und ihren Mittelfinger ins Wasser und malte über dem Kopf des kleinen Jungen drei Mal ein Kreuzzeichen, bevor sie seinen ganzen Körper unter Wasser tauchte. Er hörte ihre Stimme sagen:

»Was gibt es Natürlicheres und Schöneres auf dieser Welt als Wasser? In seiner Barmherzigkeit hat Gott das reinste und klarste Element für die Taufe ausgewählt.«

Kapitel 6

Der Taubenhüter

Die sechsundvierzig weißen amerikanischen Rassetauben mit den gefiederten Füßen, die Pastor Gu in seinem Anwesen in Peking gezüchtet hatte, waren in dreiundzwanzig Käfigen, gebaut von Wang Laogen, der offiziell die Aufsicht über das Federvieh hatte, zurück nach Putian verfrachtet worden. Es war eine lange Reise von mehreren Tausend Kilometern, die sie in einem Zug, auf einem Lastwagen, einem Dampfer, einem Boot, in einer Rikscha und sogar auf einer Schubkarre hinter sich bringen mussten. Endlich, drei Wochen nach der Ankunft des Pastors, erreichten auch sie wohlbehalten und, dank der gewissenhaften Fürsorge Wangs, vollzählig ihr Ziel. Allerdings musste Wang gleich am nächsten Tag wieder die Rückreise nach Peking antreten, da er eine Anstellung bei einem Prinzen des alten Regimes gefunden hatte, ebenfalls ein Taubenliebhaber.

Als Pastor Gu viele Jahre zuvor zum ersten Mal in Putian angekommen war, hatte er nur ein einziges Paar weißer Tauben im Gepäck gehabt. Damals waren die chinesischen Häuser noch mit kleinen Ziegeln gedeckt, die wie die Zinken eines Kamms auf den Dächern saßen, sodass er, aus Angst, seine Vögel könnten sich mit ihrem langen Gefieder in den Zwischenräumen der Ziegel verfangen, kurzerhand sämtliche Dächer der Residenz neu decken ließ.

Die sechsundvierzig Tauben, die er diesmal mitbrachte, waren Nachkommen jenes ersten Paars, das ihm über die ganze Welt gefolgt war – so, wie das Glasbild den Opernstar Mei Lanfang über zwanzig Jahre hinweg begleitet hatte. Nur besaß Gu inzwischen nicht mehr die Kraft, sich selbst um seine Zöglinge zu kümmern. Sein gesundheitlicher Zustand hatte sich gravierend verschlechtert, und oft sagte er: »In Shandong ging es von Jahr zu Jahr gesundheitlich mit mir bergab, in Peking von Monat zu Monat und heute von Tag zu Tag.«

Als nun seine Vögel in Putian eintrafen, fiel ihm sofort eine Geste seines Täuflings ins Auge: Wenn Yong Sheng eine der Tauben packte, legte er ihr Zeige- und Mittelfinger an den Hals und den Daumen in den Nacken. Ein Handgriff, mit dessen Hilfe man das Geschlecht bestimmen konnte und der verriet, dass man sich mit diesen Tieren auskannte. Und als ein kleines Weibchen in der Hand des jungen Mannes vorsichtig seine roten Augen öffnete, wusste Gu, dass er seinen neuen Taubenhüter gefunden hatte.

So kam es, dass Yong Sheng abermals mit dem Pastor unter einem Dach wohnte. Auf den ersten Blick strahlte das große Anwesen mit den sieben Höfen immer noch eine feierliche Würde aus, doch bei näherem Hinsehen wurde schnell klar, dass seine glanzvollen Zeiten einer fernen Vergangenheit angehörten. Kein Hof, außer dem Hof der Ahnen und dem Hof des Pastors, war mehr zugänglich, man hatte die Portale mit dicken Brettern zugenagelt – auch der Hof des kleinen Mädchens, mit dem Yong Sheng zwei Jahre seiner Kindheit verband, war versperrt. In dem Gebäudeflügel, den der Pastor bezogen hatte, waren nur Schlaf- und Hauptzimmer bewohnbar. Letzteres diente zugleich als Küche, Esszimmer und Toilette. Die Gittertüren der Käfige im ersten Hof, dem einstigen Taubenschlag, hingen nur noch schräg in den Angeln.

Überall auf dem Gelände hörte man es sägen, hämmern und meißeln. Und da Yong Sheng das Zimmermannshandwerk nicht fremd war, stand bald ein neuer Taubenschlag mit großen und kleinen Abteilen im Hof, den er auf Bitten des Pastors purpurfarben anstrich, damit das Weiß der Vögel umso erhabener wirkte. Die Neuankömmlinge mussten zwei Wochen in dem Hof verbringen, ohne auszufliegen, denn sie sollten sich erst an die neue Umgebung gewöhnen. Aus diesem Grund nähte Yong Sheng ihnen die Schwanzfedern zusammen (ob amerikanischer oder chinesischer Abstammung, alle Tauben haben dreizehn Federn am Schwanz). Früher hatte Pastor Gu das selbst übernommen, aber da es um sein Sehvermögen inzwischen nicht mehr gut bestellt war, hatte er seinen neuen Gehilfen damit betraut – nicht ohne sich vorher zu vergewissern, dass die Nadeln fein und der Baumwollfaden fest genug waren, und außerdem später zu kontrollieren, dass die eiserne Regel gewahrt wurde, der zufolge mindestens vier Zentimeter zwischen Bürzel und Naht liegen mussten. Geduldig vernähte Yong Sheng bei allen sechsundvierzig Tauben acht Schwanzfedern und knotete die Fäden am Ende so straff zusammen, dass der Pastor ihn mit einem zufriedenen Lächeln belohnte.

Dann setzte er die Vögel einen nach dem anderen auf das Dach des Verschlags und zog sich mit Pastor Gu auf einen versteckten Posten zurück, um zu beobachten, wie sie sich verhielten. Gu unterrichtete ihn über die Gesundheit, die Kraft und den Charakter jeder einzelnen Taube, und sehr schnell gelang es auch ihm zu erkennen, wer der Anführer war und wer zum Gefolge zählte, wer die Stärksten waren, wer die Schwächsten.

Als sie das Flugverbot wieder aufhoben und die Federn der Vögel lösten, kannte er jedes Mitglied der Truppe in- und auswendig. Mit weißen Handschuhen trat er nun Morgen für Morgen vor die Käfige und schwenkte eine lange Rute hin und her, um den Anführer und seine Wachposten aufzustacheln. Danach ließ er das Gefolge frei, damit sie die Vorhut einholten, und als in der Ferne nur noch verstreute kleine Punkte zu sehen waren, erlaubte er auch den Jungtieren, ihren Käfig zu verlassen. Die Kleinen rafften all ihre Kräfte zusammen, um zu den anderen aufzuschließen, und nach einer Weile sah man alle Gu-Tauben am Himmel vereint, sah, wie sie immer größere Kreise zogen und immer höher stiegen. Ein wenig später steuerten sie mit ausgebreiteten Flügeln wieder auf die Residenz des Pastors zu und setzten zu einer sanften, perfekt choreografierten Landung auf dem Dach an.

In jenem Jahr ereilte Pastor Gu, mittlerweile dreiundsechzig, eine schwere Krankheit, die in China eher selten vorkam, in westlichen Ländern dafür umso häufiger: eine rheumatische Entzündung der Wirbelsäulengelenke. Er konnte sich nur noch in gekrümmter Haltung fortbewegen, als hätte er sich zur Begrüßung vor einem Besucher verneigt und wäre nun nicht mehr imstande, sich wieder aufzurichten. Es kostete ihn übermenschliche Anstrengung, einen Fuß vor den anderen zu setzen, und er hielt sich dabei so gebeugt, dass man nur noch seinen Hinterkopf und seine beiden Ohren sah. Mit den steifen Beinen, den auf Höhe des Kopfes ausgestreckten Armen und dem zur Erde geneigten Oberkörper erinnerte er von Weitem an eine Languste.

Außerdem war der Unglückliche dazu verdammt zu

stehen, denn nur so ließen seine Schmerzen ein wenig nach. Er bat Yong Sheng, an den Wänden in seinem Zimmer Metallstangen montieren zu lassen, damit er sich besser fortbewegen konnte, aber damals steckte die Industrie von Putian noch in ihren Anfängen, und die Materialbeschaffung erwies sich als ein Ding der Unmöglichkeit. Also machte Yong Sheng sich daran, Geländer aus Holz zu fertigen, fixierte eines im Schlafzimmer des alten Herrn, zwei weitere jeweils in Flur und Hauptzimmer. Im Hof stellte er Stützpfosten auf und verlängerte seine Konstruktion so bis in den Gebetsraum, wo der Pastor nach wie vor seine sonntägliche Predigt hielt und Hochzeitspaaren seinen Segen gab.

Anfangs brauchte der Pastor Gu, wenn er sich an dem Geländer entlangschleppte, etwa drei Stunden, um die fünfzig Meter zu überwinden, die sein Zimmer von dem Gebetsraum trennten. Nur wenige Wochen später gelang ihm nicht einmal mehr das.

Also holte Yong Sheng ihn nun jeden Sonntag vor dem Gottesdienst ab. Der Pastor erwartete seinen jungen Gehilfen bereits auf seinem Bett sitzend und wie aus dem Ei gepellt. Alles in den Wohnräumen des Geistlichen erinnerte Yong Sheng an vergangene Zeiten, die kostbaren Holzsessel (mit Rückenlehnen, die aus einem einzigen gewölbten Brett gezimmert waren, und mit Kupfer beschlagenen Armlehnen) ebenso wie die zwei großen quadratischen Tische mit den geschwungenen Beinen (die allein Zimmermann Yong herzustellen wusste), die Kerzenleuchter auf dem runden Tischchen und der Paravent mit den beiden lackierten Flügeln. Die Möbel waren lediglich dunkler als früher, als hätte eine Sintflut das Haus überschwemmt und sie ein paar Tage unter Wasser gesetzt, bevor sie wieder trockneten. Und die Blechbüchsen, die Mary so sehr gemocht hatte, standen wie früher aufgereiht auf dem Büfett, aber auch sie hatten ihren Glanz mit der Zeit eingebüßt. Die Schriftzeichen darauf waren stark ausgeblichen, gerade eben noch konnte er die Wörter »Kaffee«, »Rohrzucker« und »Würfelzucker« entziffern.

Yong Sheng ging vor dem Bett des Pastors in die Hocke, damit der alte Mann auf seinen Rücken klettern konnte. Die Knochen der Westler mussten dichter sein als die von Chinesen, denn obwohl Pastor Gu sehr abgemagert war, brachte er noch ein ansehnliches Gewicht auf die Waage. Yong Sheng hatte jedenfalls seine liebe Not und musste sich abstützen, um wieder auf die Beine zu kommen. Im Huckepack trug er den Alten dann in den Gebetsraum und setzte ihn auf dem Podium ab – auch hier hatte er eine Holzplanke installiert, an der der Pastor während seiner Predigt Halt fand.

Eines Tages bat die chinesische Köchin des Pastors um drei Monate Urlaub, um die Begräbnisfeierlichkeiten für ihren verstorbenen Vater zu organisieren, und Heling erklärte sich bereit, sie gegen einen bescheidenen Lohn zu vertreten. Sie erledigte die Einkäufe, putzte das Gemüse, richtete das Essen an, wischte den Staub von den Möbeln, wienerte das Parkett und scheuerte die Kupferkessel (wobei sie gern witzelte: In chinesischen Küchen sind die Töpfe aus Eisen, in amerikanischen aus Kupfer, und im Paradies kochen sie dann in Töpfen aus Gold? Immer wenn sie davon anfing, brach sie in schallendes Lachen aus, noch ehe sie den Satz beendet hatte, und putzte munter weiter). Darüber hinaus war sie für das Polieren der hundertacht kupfernen Türgriffe verantwortlich, die Pastor Gu sich, gleich nach dem Kauf der Residenz, von einem Händler aus Chicago hatte liefern lassen. Sie waren größtenteils mit

Grünspan überzogen und manche auch schon so kaputt, dass sie zu nichts mehr taugten.

Helings Lieblingsbeschäftigung bestand darin, sich um die Kleidung des Pastors zu kümmern. Sie wusch sie in einem eigenen Holzkübel und mit einem besonderen Mittel, nicht mit dem Fruchtmark der Gleditschie, das sie für ihre und die Kleidung ihres Mannes verwendete, die sie auf den Steinplatten ausbreitete und mit einer Queckenbürste bearbeitete. Nein, die Kleidungsstücke des Pastors behandelte sie mit einer echten amerikanischen Seife, die ein wenig fettig und glitschig in der Hand lag. Heling liebte es, die Schaumkugeln, die sich in den Falten des Stoffs versteckten, zwischen ihren Fingern zu zerdrücken, und mit Hingabe tauchte sie die Wäsche immer wieder in den Kübel, spülte sie anschließend mit klarem Wasser und wrang sie aus.

Gern spazierte sie auch über den Hof des Pastors, der zu dieser Jahreszeit über und über mit Laub bedeckt war, »als hätte man ihn mit einem weichen Teppich ausgelegt«, meinte sie. Yong Sheng beobachtete eine wundersame Verwandlung an seiner Frau, seit sie mit ihm in der Residenz lebte. Sie war nicht mehr das junge Mädchen, dessen Gedanken ausschließlich um den Haushalt und den Obstgarten kreisten. Plötzlich sagte sie ungewohnte Dinge zu ihrem Mann, etwa dass sie, wenn sie mit nackten Füßen über eine besonders dicke Laubschicht im Hof laufe, nichts anderes mehr wahrnehme als das feine Rascheln der modrigen Blätter unter ihren Fußsohlen.

Abends lag der Salon des Pastors oft im Dunkeln, nur in seinem Schlafzimmer brannte noch Licht, und hinter den Vorhängen bewegte sich ein Schatten. Obwohl das Fenster geschlossen war und man also nicht hören konnte, was der Pastor tat, ahnte man doch, dass er mit einem Stift in der Hand vor dem Schreibtisch stand und den Entwurf zu seiner Sonntagspredigt durchging. Im Hof rauschte der Wind, man gewahrte das Nagen der Ratten am Parkett. Heling behauptete, das Geräusch von fallendem Laub zu vernehmen.

Yong Sheng gefiel die neue Art der Tochter des alten versoffenen Malers, er fragte sich sogar, ob es nicht an der Zeit sei, dass auch seine Frau sich taufen ließ. Doch dann kehrte, einen Monat früher als geplant, die Köchin zurück, und Heling musste wieder zurück zu ihrem Leben in Jiangkou.

Als eines Tages ein starker Wind wehte, flogen die Tauben zu weit in Richtung Süden und kamen sehr spät heim. Sie ließen sich erst bei Sonnenuntergang wieder blicken, und Yong Sheng hatte den Eindruck, dass sie sich anders als sonst verhielten. Vielleicht waren sie auf ihrem langen Ausflug übermütig geworden, waren auf andere Tauben getroffen, vielleicht hatten sie sich getrennt, wieder zusammengefunden, und dabei hatte sich die ein oder andere ihnen angeschlossen.

Pastor Gu hatte erzählt, dass Wang, der vorherige Taubenhüter, in der Lage gewesen sei, mit einem Blick zu erfassen, wie viele Vögel am Himmel flogen, solange es nicht mehr als vierzig waren. Gu selbst konnte bei bis zu zwanzig Vögeln auf Anhieb ihre genaue Anzahl bestimmen. Yong Sheng hingegen musste sie noch alle einzeln zählen.

Geblendet vom Sonnenlicht begann er mehrmals von vorn, und immer war es nach seiner Zählung eine Taube zu viel.

Als sie etwas näher kamen, erkannte er den Eindringling schnell: Es handelte sich um einen schwarzen Vogel, der unter den weißen Tauben des Pastors einen dunklen

Fleck abgab. Als alle in einer Formation flogen, die an einen weißen Drachen erinnerte, bildete die schwarze Taube ganz vorn das Auge.

Im abnehmenden Abendlicht schimmerte das pechschwarze Gefieder des fremden Tiers plötzlich rötlich, wie eine gusseisern-rostige Vogelfigur. War das womöglich ein »Eisenbüffel«, der Traum eines jeden Taubenzüchters? Alle sprachen von diesem Wunder der Natur, doch niemand hatte es je mit eigenen Augen gesehen. Yong Sheng spürte einen Stich im Herzen. Als die letzten Sonnenstrahlen sich irgendwo im Westen verloren, steuerte der Drache geradewegs auf ihn zu, doch die schwarze Taube war, wie von der hereinbrechenden Dunkelheit verschluckt, verschwunden.

In jener Nacht erschien ihm der Vogel im Schlaf, in einer perfekten Acht zog er seine Runden. Im selben Moment drehte sich das Himmelszelt langsam um sich selbst, und die Sternbilder – der Schwan, Kassiopeia, der Große Wagen (Mary hatte ihm als Kind diese Namen beigebracht) – fielen wie glühende Staubkörner auf die Erde.

Am nächsten Morgen versuchte er herauszufinden, wer der Besitzer dieses wunderbaren Vogels sein könnte. Dabei erfuhr er, dass He der Vierte, ein weithin bekannter Ganove aus Putian, gerade ein Taubenpaar erworben hatte, das noch seltener und außergewöhnlicher war als der »Eisenbüffel«: Man nannte die Art »Gespaltene Jade« – eine nahezu göttliche Taubenart, deren Name auf die feine weiße Linie zurückging, die ihren schwarzen Körper vom Schnabel bis zum Schwanz in zwei Hälften teilte.

Herr, fragte er im Stillen, gibt es wirklich solche Tauben auf dieser Welt? Er beschloss, sie einzufangen und zu behalten, falls er sie irgendwo zu Gesicht bekäme.

Mit diesem Ziel vor Augen wählte er zehn von Gus weißen Tauben aus und trainierte sie auf ein spezielles Entführungsmanöver. Und tatsächlich, eines Morgens flogen die Vögel von He dem Vierten an der Residenz des Pastors vorüber, er bildete sich ein, die weiße Linie auf ihrem Rücken zu erkennen, und spürte wieder diesen seltsamen Stich im Herzen. Rasch griff er nach seiner Rute und feuerte seinen Trupp an, der sogleich in den Himmel stürmte, um die Formation der He-Tauben zu durchbrechen. Das Kommando ging äußerst effektiv vor: Es nutzte die Zerstreuung der anderen, machte eine abrupte Kehrtwendung und kam mit vier fremden Vögeln im Schlepptau nach Hause – eine Methode, die sich »fangen und heimkehren« nannte.

Leider handelte es sich bei den Gefangenen aber keineswegs um die Jade-Tauben, sondern um ziemlich gewöhnliches Federvieh, das Yong Sheng umgehend wieder vom Hof jagte.

Wenige Tage später wurde sein geduldiges Ausschauhalten endlich belohnt. Das edle Jade-Paar zeigte sich am Himmel, Yong Sheng beeilte sich, die weiße Gu-Brigade zu entsenden, und konnte bald darauf beobachten, wie sie die zwei schwarzen Perlen umzingelte. Dann ließ er ein Weibchen frei, das er bis dahin bewusst hinter Schloss und Riegel gehalten hatte – es war die Königin aus der Zucht von Pastor Gu, um deren Gunst sich die Männchen bis aufs Blut beharkten. Die Strategie ging auf: Kaum hatte er die Königin aufs Dach gesetzt, zog sein Kommando heimwärts, um sich gurrend neben ihr niederzulassen.

Und mit ihm landete das göttliche Taubenpaar im Hof, das Yong Sheng auf der Stelle einfing und in den Verschlag sperrte. Er belohnte seine zehn Helden mit dem besten Mais und schnitzte für jedes Tier eine neue Flöte. Doch ein Problem blieb bestehen: Wie sollte er die Jade-Tauben vor den Augen seines Herrn verstecken? Es gab nur einen einzigen Züchter in ganz Putian, der es strikt ablehnte, die Tiere der anderen zu fangen, und der sogar so weit ging, sie zu verjagen, wenn sie sich zufällig auf sein Dach setzten. Und dieser Taubenzüchter war Pastor Gu.

Zum Mondfest bekam Yong Sheng ein paar Tage Urlaub, die er zu Hause verbringen wollte. Er stand früh am Morgen auf, nachdem er sich tags zuvor von einem Friseur auf der Straße die Haare hatte schneiden lassen, streifte sich saubere weiße Baumwollkleidung über statt der üblichen schwarzen und zog seine neuen Tuchschuhe an.

Der Himmel strahlte tiefblau, viele Bäume hatten schon ihre Blätter verloren, die Reisfelder lagen brach da, die Ebene von Putian bot einen öden Anblick.

Nicht weit von seinem Heim in Jiangkou saß auf der kleinen Steinbrücke, die über den Fluss führte, ein junger Ölhändler neben seinen Eimern und schlug zwei Bambusbrettchen gegeneinander, um auf sich aufmerksam zu machen. Seine fleckige Schürze und seine Ärmel glänzten fettig.

»Kleiner Yong«, rief er, »pass auf, wenn du an meinen Ölkübeln vorbeigehst, damit du dir deine schöne Kleidung nicht dreckig machst.«

Yong Sheng gab ihm zwei Kupfermünzen und sagte: »Heute ist der Tag des Mondfests, ich möchte, dass alle glücklich sind.«

Der junge Mann deutete mit einem Finger in Richtung des Aguilars, der auf dem Hügel vor dem strohgedeckten Häuschen stand. »Sieh nur, was sich da im

Wind wiegt, Kleiner Yong. Du wirst bald Vater werden.«

Der Aguilar war inzwischen so groß, dass ein Erwachsener beide Arme brauchte, um seinen Stamm zu umfassen. Eine blutrote Feder hatte sich in den Ästen verfangen. Nein – es war keine Feder. In Windeseile erklomm Yong Sheng den Hügel bis zu dem Baum, der ihn mit freudigem Rascheln empfing. Zwei Vögel saßen zwitschernd im Laub, flatterten auf, hin zu einem anderen Ast, an dessen Ende etwas leuchtete, das ihre Neugier weckte.

Es war das rote Satinband, das die Familie seit acht Jahren hoffte, an einen Baum vor ihrem Haus binden zu dürfen, denn damit, so wollte es die Tradition, verkündete man aller Welt, dass die Ehefrau schwanger war.

Auf der ruhigen Wasseroberfläche spiegelten sich der Himmel, die Wolken und die Bäume. Ein Jade-Taubenpärchen ließ sich auf dem breiten Rand des Beckens nieder, geräuschvoll plusterten sich die beiden Vögel auf, als wollten sie sich gegenseitig auf die Fäden aufmerksam machen, die ihre Schwanzfedern zusammenhielten. Das Männchen beugte sich vorsichtig zum silber glitzernden Wasser hinunter, das Weibchen, etwas kleiner, aber umso mutiger, wollte sogar seinen Schnabel hineintauchen. Wie bei allen Vögeln aus edler Zucht war er jedoch ziemlich kurz, und erst nach mehreren Versuchen gelang der Taubendame ihr Vorhaben. Mit einer sehr weiblichen Geste warf sie den Kopf in den Nacken und spritzte dabei ihren Partner nass.

Yong Sheng saß auf seinem Schemel im Schatten eines Baums und beobachtete das Schauspiel des launischen Pärchens, das jede Form von Unterwerfung ablehnte. Seit Beginn ihrer Gefangenschaft verweigerten die beiden ihr Futter, und sperrte er sie in den Verschlag, versuchten sie stundenlang, sich von den Fäden an ihren Schwanzfedern zu befreien, rissen sich die Daunen aus, bis sie bluteten.

Er wusste, dass Tauben, egal ob vornehmer oder niedriger Abstammung, ob chinesischer oder fremdländischer Herkunft, eines vor allem liebten: zu baden. Keine konnte der Verlockung eines Beckens mit sauberem Wasser widerstehen, noch weniger, wenn die Sonne vom Himmel brannte. Gespannt wartete er ab, ob dieses Vergnügen ihre eiserne Ablehnung aufzuweichen vermochte – sollten sie tatsächlich nachgeben und ins Wasser hüpfen, wäre ein wichtiger Schritt getan.

Das stolze Weibchen wagte sich als Erstes ins Becken, zunächst nur bis zur Brust, sehr schnell aber sah man nur noch seinen Kopf. Das Männchen stürzte tapfer hinterher, wie ein Held, stets bereit, sich auf dem Altar der Schönheit zu opfern.

Plötzlich hörte Yong Sheng ein Husten in seinem Rücken, er fuhr zusammen, wohl wissend, dass er in der Falle saß. Es war das Husten von Pastor Gu.

Der alte Herr konnte sich kaum mehr auf den Beinen halten, aber er hatte es geschafft, an Yong Shengs Holzgeländern bis in den Hof der Tauben zu gelangen. Es war das erste Mal seit Wochen, dass er eine so weite Strecke zurückgelegt hatte.

Yong Sheng sprang auf und versuchte, sich so hinzustellen, dass er das Taubenpärchen verdeckte, aber es war zu spät.

Der Blick des Pastors war auf die beiden fremden Vögel geheftet, die ihre Gefangenschaft mittlerweile vollkommen vergessen hatten. Sie tollten im Wasser, wackelten munter mit ihrem Hinterteil, dass es um sie herum nur so spritzte. Ihr nasses Gefieder glänzte in der Sonne, und wie in Öl gemalt teilte ein weißer Strich ihren schwarzen Mantel in zwei Hälften.

Yong Sheng war sich bewusst, dass er gegen die Regeln des Pastors verstoßen hatte, und wartete kleinlaut darauf, dass ein Donnerwetter über ihn hereinbrach.

In diesem Moment hüpfte die Taubendame über den Beckenrand, landete, schüttelte sich das Wasser aus den Federn, tippelte hierhin und dorthin. Dabei drehte sie den Kopf zur Seite wie die Grande Dame eines Theaterstücks, die sich der Blicke ihrer Bewunderer vergewissern will, schüttelte sich wieder, wandte sich erneut ihrem Publikum zu und nahm schließlich, ausgesprochen majestätisch, auf einem Büschel Unkraut Platz.

Dann geschah das Unglaubliche: Der Pastor machte kehrt und entfernte sich ganz allmählich – ohne ein Wort.

Erleichtert atmete Yong Sheng auf und redete sich ein, dass der Alte die fremden Mitbewohner gar nicht bemerkt hatte. Womöglich war er zwar physisch präsent, sein Geist jedoch von seiner nächsten Predigt schon so in Anspruch genommen, dass er Schwarz und Weiß nicht mehr voneinander unterscheiden konnte. Vielleicht war dieses Anwesen für ihn nur noch ein havariertes Schiff in einem biblischen Ozean aus Entwürfen für seine Sonntagsworte, die Formen und Farben aller Dinge nur noch flüchtige Erscheinungen – schwarz oder weiß, es spielte keine Rolle. Wahrscheinlich setzte ihm seine schlechte gesundheitliche Verfassung derart zu und ließen seine geistigen Kräfte von Tag zu Tag so schnell nach, dass morgen bereits vergessen war, was er heute noch wusste. Irgendwann würde er seinen Taubenhüter ebenso wenig wiedererkennen wie seine Köchin, die Eidechsen auf den Mauern ebenso wenig wahrnehmen wie die Kakerlaken, von denen es überall nur so wimmelte, oder die Armee aus Ratten, die jede Nacht in seinen Hof einfiel.

In den Wochen, die auf jene Begegnung am Wasserbecken folgten, stellte das Jade-Pärchen seine Flugkünste unter Beweis, und Yong Sheng hegte die stille Hoffnung, dass sie die Führungsrolle der Vorhut übernehmen könnten. Leider durchkreuzten die Handlanger von He dem Vierten diese Pläne jedoch.

Da seine Frau schwanger war, verließ Yong Sheng die Residenz des Pastors neuerdings häufig vor Einbruch der Dunkelheit, um nach Jiangkou heimzukehren, und kam erst am nächsten Morgen zurück. Auch in jener Nacht, als sich das Drama abspielte, hatte er der chinesischen Köchin seinen Schlafplatz in dem kleinen Raum neben dem Eingangsportal überlassen.

»Plötzlich habe ich da draußen Licht gesehen«, berichtete sie ihm. »Es muss gegen zwei Uhr morgens gewesen sein. Ich bin ganz nah an einen Spalt in der Mauer getreten, um zu beobachten, was vor sich ging. Sechs oder sieben Männer kletterten gerade über die Mauer in den Hof. Einer von ihnen war der Chef der Bande, sie nannten ihn ›He den Fünften‹, mit Sicherheit war das der kleine Bruder oder ein Cousin des Vierten. Sie leuchteten mit ihrer elektrischen Taschenlampe im ersten Hof herum, liefen dann schnurstracks zum Taubenschlag hin und holten sich dein schwarzes Pärchen. Bestimmt waren sie nur deswegen hier, denn sie hatten einen Käfig dabei. He der Fünfte trug eine Schirmmütze aus Leder und eine graue Jacke. Er war mit einem Messer bewaffnet, oder vielleicht war es ein Dolch. Zwei schwarz gekleidete Männer mit Filzhüten wollten ihn davon abbringen, etwas anzurichten, was nicht wiedergutzumachen wäre, aber er war so in Rage, dass niemand ihn aufhalten konnte. ›Ich töte jeden, der sich mir in den Weg stellt‹, brüllte er und hob seinen Dolch. Da bekamen es alle mit der Angst zu tun und hielten still. ›Ich werde diese ausländischen Viecher massakrieren, und wenn es das Letzte ist, was ich tue.‹ Dann stürzte er wie ein Besessener los. Von da an konnte ich nicht mehr sehen, was passierte, aber ich hörte, wie er nacheinander die Abteile öffnete. Und ich hörte, dass die Tiere wild durcheinanderfogen. Am Ende hat er sich nicht mal mehr die Mühe gemacht, sie abzustechen, sondern ihnen gleich den Hals umgedreht. Ich habe noch das Knacken ihrer Knochen im Ohr und wie sie im Todeskampf mit den Flügeln schlugen.«

In den Abteilen klebte überall Blut, auf dem Boden hatte sich eine dicke Lache gebildet, die Yong Sheng bis zu den Knöcheln stand, als er hineintrat. Die Erde unter seinen Füßen schien zu beben. Als He der Fünfte die Tauben geköpft hatte, muss das Blut in einem heftigen Strahl aus ihnen herausgespritzt sein, so rot, wie ihr zuvor makellos weißes Gefieder nun war. Ihre Köpfchen trieben in der Pfütze, manche hatten die Augen geschlossen, andere starrten entsetzt ins Leere. Beim Anblick der weit aufgerissenen Augen erschauerte Yong Sheng, die Tauben waren sicher nicht sofort tot gewesen. Wie lange hatten sie gelitten – ein paar Sekunden, eine Minute? Ihr Tod erschütterte ihn, aber noch mehr graute ihm bei der Vorstellung, dass sie eine gefühlte Ewigkeit auf ihren Todesstoß hatten warten müssen.

He der Fünfte schien mit beiden Füßen im Blut gestanden zu haben, als er sein Massaker verübte, denn auf dem Weg über den Hof bis zum Tor war eine rote Spur zu sehen, die nur von einem Hinkenden stammen konnte: auf einen deutlichen Fußabdruck folgte jeweils ein schwächerer.

Zwei Mal zählte Yong Sheng die Kadaver durch (in der vagen Hoffnung, dass vielleicht doch ein paar seiner Schützlinge überlebt hätten), aber am Ende musste er der schrecklichen Tatsache ins Gesicht sehen: Vor ihm lagen die Überreste von sechsundvierzig einstmals weißen Tauben. Bedrückt machte er sich daran, im letzten Hof eine Grube auszuheben, und verscharrte die Leichen darin. Während er anschließend den Hof der Tauben von all dem Blut reinigte, sagte er sich: Es ist meine Schuld. Hätte ich die schwarzen Tauben nicht entführt, wäre es nie zu diesem tragischen Vorfall gekommen. Er überlegte, weit fortzugehen und Putian für immer den Rücken zu kehren, dann aber dürstete es ihn nach Rache, und er wäre am liebsten mit einer Eisenstange losgezogen, um dem Hinkenden auch sein gesundes Bein zu zertrümmern.

Zunächst aber nahm er an jenem Abend den Taubenschlag auseinander, Planke für Planke, dann schichtete er das Holz in der Mitte des Hofs zu einem großen Haufen, den er in Brand steckte. Graublauer Rauch stieg auf und verlor sich in der Ferne, wehte hinüber nach Jiangkou, wo er sich mit dem Rauch aus dem Kamin seines eigenen Häuschens mischte.

Nach Einbruch der Dämmerung betrat er das Zimmer von Pastor Gu.

»Sind Sie da?«, fragte er ins Dunkel.

»Ich bin im Bett«, antwortete der Pastor. »Es ging mir nicht gut, jetzt ist es aber schon besser.«

Yong Sheng zündete eine Petroleumlampe an. Der Alte saß aufrecht gegen einen Berg Decken gelehnt. Mit der rechten Hand hielt er seinen Krückstock. Das Essen, das ihm die Köchin zubereitet hatte, stand unberührt auf einem Tischchen am Kopfende des Betts. Yong Sheng wusste, dass sie es nicht übers Herz gebracht hatte, dem Pastor von dem Blutbad zu erzählen.

»Ich möchte kündigen«, sagte er. »Ihre Tauben sind alle fort, Sie brauchen also niemanden mehr, der sich um sie kümmert.«

»Wohin willst du gehen?«, fragte der Pastor erstaunt.

Yong Sheng wagte es nicht, ihn anzusehen, er ahnte, dass jedes einzelne Wort dem alten Herrn ein Stich im Herzen sein würde. Dennoch beichtete er ihm schließlich die ganze Geschichte, von Anbeginn. Pastor Gu sagte keinen Ton, er umklammerte nun mit beiden knochigen Händen krampfhaft den Krückstock. Yong Sheng schwankte zwischen dem Bedürfnis, ihn in die Arme zu schließen, und dem Wunsch, im Boden zu versinken.

Eine Bibel lag auf dem Tisch, und er erinnerte sich an eine Passage aus dem Buch Hiob, die der Pastor in einer Predigt erwähnt hatte. Er öffnete die Heilige Schrift.

Die Petroleumlampe warf seinen Schatten an die Wand. Es war das erste Mal, dass er in der Bibel las. Sie war in Mandarin verfasst, und so brachte er, da ihm das Hochchinesische Schwierigkeiten bereitete, die ersten Sätze nur zögerlich und hölzern hervor.

> *Der Herr sprach zum Satan: Hast du auf meinen Knecht Hiob geachtet? Seinesgleichen gibt es nicht auf der Erde, so untadelig und rechtschaffen, er fürchtet Gott und meidet das Böse.… Der Satan antwortete dem Herrn und sagte: Haut um Haut! Alles, was der Mensch besitzt, gibt er hin für sein Leben. Doch streck deine Hand aus, und rühr an sein Gebein und Fleisch; wahrhaftig, er wird dir ins Angesicht fluchen.… Der Satan ging weg vom Angesicht Gottes…*

Plötzlich schaltete sich der Pastor ein. Mit sanfter Stimme und sehr leise sprach er auf Englisch mit, was der junge Mann auf Chinesisch las.

Nun geschah es eines Tages, dass seine Söhne und Töchter im Haus ihres erstgeborenen Bruders aßen und Wein tranken. Da kam ein Bote zu Hiob und meldete: Die Rinder waren beim Pflügen, und die Esel weideten daneben. Da fielen Sabäer ein, nahmen sie weg und erschlugen die Knechte mit scharfem Schwert. Ich ganz allein bin entronnen, um es dir zu berichten …
Noch ist dieser am Reden, da kommt schon ein anderer und sagt: Die Chaldäer stellten drei Rotten auf, fielen über die Kamele her, nahmen sie weg und erschlugen die Knechte mit scharfem Schwert. Ich ganz allein bin entronnen, um es dir zu berichten.
Noch ist dieser am Reden, da kommt schon ein anderer und sagt: Deine Söhne und Töchter aßen und tranken Wein im Haus ihres erstgeborenen Bruders. Da kam ein gewaltiger Wind über die Wüste und packte das Haus an allen vier Ecken; es stürzte über die jungen Leute und sie starben. Ich ganz allein bin entronnen, um es dir zu berichten.

Der Pastor folgte im Englischen einer anderen Satzmelodie als Yong Sheng auf Chinesisch, doch er rezitierte ebenso tonlos. Seine Hände ruhten nun auf den Beinen, und er spürte, wie sein Sprechen immer mehr in ein Beten überging. Yong Sheng trug weiter aus der Bibel vor, allerdings nicht mehr in Mandarin, sondern im Dialekt von Putian. Er wirkte ruhiger dabei, selbstbewusster, und wurde sicherer in seiner Lektüre.

Nun stand Hiob auf, zerriss sein Gewand, schor sich das Haupt, fiel auf die Erde und betete an. Dann sagte er: Nackt kam ich hervor aus dem Schoß meiner Mutter; nackt kehre ich dahin zurück. Der Herr hat gegeben, der Herr hat genommen; gelobt sei der Name des Herrn.

Diese wenigen Sätze aus dem Buch Hiob – oder vielmehr das Echo des gemeinsamen Gebets – schienen Raum und Zeit für einen Augenblick aufzuheben und hallten lange nach.

»Ich danke dir, dass du diese Passage ausgewählt hast«, sagte der Pastor. »Während ich sie mit dir gesprochen und für die Seelen der Tauben gebetet habe, kam mir der Gedanke, dass …«

»Dass was, bitte?«

»Mir kam der Gedanke, dass du nicht nur auf die Welt gekommen bist, um Taubenflöten herzustellen, sondern dass es dir gegeben ist, Pastor zu werden.«

Überrascht sah Yong Sheng ihn an.

»Aber Pastoren kommen doch immer aus einem fremden Land«, sagte er dann.

»Wenn du Pastor werden willst, könnte ich dir Zugang zur theologischen Fakultät in Nanjing verschaffen.«

»Aber wieso sollte ausgerechnet ich mich zum Pastor eignen?«

»Weil du der Sohn des Zimmermanns bist«, bekräftigte der alte Gu und legte ihm eine Hand auf den Kopf. »Es wäre sicherlich kein Zufall, wenn der Sohn eines Zimmermanns zum ersten chinesischen Pastor in Putian würde.«

Etwa zwanzig Stunden nach dem Massaker an den weißen Tauben tauchte im Morgengrauen ein schwarzer Vogel in den Straßen von Hanjiang auf. Auf seinem Rücken zeichneten weiße Flaumfedern eine feine Linie – ein »Gespaltener Jade«, er war zu Fuß unterwegs zum Anwesen von Pastor Gu, da ein verletzter Flügel ihn am Fliegen hinderte. Er überquerte die Straße. Um ihn herum ragten riesige Häuser in den Himmel. Die ersten Sonnenstrahlen fielen auf das vergoldete Schild einer Herberge. Gleich nebenan bereitete sich ein Restaurant auf den Tag vor, Köche machten sich am Herd zu schaffen, Gehilfen nahmen bestellte Lebensmittel in Empfang. Niemand achtete weiter auf den Vogel, und niemand fragte sich, wieso er verletzt war.

Viel später erst erzählte man sich die Geschichte des schwarzen Taubenpärchens: Als He der Fünfte nach dem Blutbad auf dem Anwesen von Pastor Gu mit seinen beiden Prachtexemplaren zu Hause eintraf, bat er einen Angestellten, ihm Nadel und Faden zu bringen. Zuerst nahm er sich das Weibchen vor, hielt sie mit der einen Hand fest und nähte ihr mit der anderen die Schwanzfedern zusammen. Gerade als er die Fäden verknoten wollte, stürzte sich das Männchen, dem es gelungen war, sich aus dem nachlässig geschlossenen Käfig zu befreien, wie ein Blitz auf ihn. He dem Fünften blieb keine Zeit zur Gegenwehr, schon hatte der Vogel ihm seinen Schnabel ins Auge gestoßen. Die Tauben stoben auf und flogen davon, doch sah das Männchen im nächsten Moment den Lauf eines Jagdgewehrs auf sich gerichtet. He der Fünfte schloss sein versehrtes Auge, legte an und drückte ab. Ein lauter Schuss holte das Männchen vom Himmel, und das Weibchen musste zusehen, wie ihm das Blut seines Begleiters auf die Flügel tropfte.

Die davongekommene schwarze Taube stand lange im Mittelpunkt der Gespräche unter den Bewohnern von Putian: Wie hatte sie es geschafft, mit nur einem gesunden Flügel eine Strecke von zehn Kilometern zurückzulegen und das breite Bett des über die Ufer getretenen Mulan zu durchqueren?

War sie bis Hanjiang gelaufen? Keiner wusste es, aber so mancher behauptete, er habe sie den Hang der Stadt hinaufhumpeln sehen.

Die Taube hatte sich langsam durch das Labyrinth der engen Gassen gearbeitet, war mal links, mal rechts abgebogen, ohne sich jemals zu verirren. So war sie zum Markt gelangt, wo die Frauen vor Sonnenaufgang ihre Einkäufe erledigten, Bäuerinnen mit Körben voll Gemüse durcheinanderliefen, Greisinnen sich auf gebundenen Füßen unsicher durch die Menge bewegten. Aber auch an diesem betriebsamen Ort hatte niemand das verletzte Tier bemerkt, das im Halbschatten umherstreifte.

Endlich erreichte die Taube ihr Ziel: das Anwesen von Pastor Gu. Wie durch ein Wunder stand das Eingangstor offen – die Köchin hatte vergessen, es zu schließen, als sie hinausgegangen war.

Es schwelte kein Feuer mehr im Hof, aber die Asche des einstigen Taubenschlags war noch warm. Es roch nach Verbranntem, und auf den Steinplatten am Boden, die zum Gebetsraum führten, klebte immer noch Blut.

Von ihrem langen Marsch durstig geworden, begab sich die Taube auf die Suche nach Wasser. Da sie in dem verrauchten Hof nicht fündig wurde, tapste sie weiter bis zum Gebetsraum, hüpfte neugierig über die Schwelle ins Dunkel. Nur aus dem Alkoven hinter dem Podium drang ein wenig Licht. Dort lag Yong Sheng mit ausgestreckten Armen auf dem Boden.

Nach seinem Besuch beim Pastor schwirrte ihm der Kopf. Er wollte er über seine Zukunft nachdenken. Sollte er tatsächlich Theologie studieren und selbst Pastor werden? Er wusste es nicht und folgte seinen Schritten, die ihn in den Gebetsraum lotsten. Durch die Dunkelheit tastete er sich zu der Schiebetür vor, hinter der sich Marys Kapelle befand. In diesem Augenblick wurde er wieder zu dem kleinen fünfjährigen Jungen.

Als die Taube hereinkam, war er seit einer Weile ins Gebet vertieft. Bei ihrem Anblick richtete er sich abrupt auf und griff nach der Petroleumlampe.

Das Licht fiel auf die Holzstatue, hell leuchtete das Gesicht des Märtyrers auf. Die Taube trippelte weiter, hielt inne und betrachtete die Figur.

»Danke, dass du mir als Zeichen diese verletzte Taube schickst«, sagte Yong Sheng zu Jesus.

In diesem Moment, so schien es, trafen sich sämtliche Lichtstrahlen in dem dicken Nagel, der die Füße des Heilands durchbohrte.

»Herr«, flüsterte der Sohn des Zimmermanns. »Ich will dir mein Leben lang als Pastor dienen.«

Kapitel 7

Die theologische Fakultät

Durch die schmale Fensteröffnung oben fiel, über die Holztrennwände des Waggons hinweg, ein Streifen Tageslicht. Yong Sheng starrte auf das Salzei in seiner Hand. Er musste daran denken, was man ihm als Kind erzählt hatte: Der Kosmos sei ein Ei, die Atmosphäre das Eiweiß, die Erde das Eigelb.

Vorsichtig stach er mit einer feinen Nadel in die Schale, spürte, wie sie auf das Eigelb traf, das dichter war als das Eiweiß. Ihre Spitze durchbohrte schon das Zentrum der Erde, während das Nadelöhr erst in die Atmosphäre eindrang und, Zentimeter um Zentimeter, einen Faden hinterherzog.

Als die Nadel nach ihrer Durchquerung des Kosmos auf der anderen Seite wieder zum Vorschein kam, hingen überall an dem Faden winzige goldgelbe Krümel. Gierig streckte Yong Sheng seine Zunge danach aus. Dann biss er in eine kalte, knochentrockene Teigtasche, deren Brösel unter seinen Zähnen knirschten wie Kieselsteine und die ihm den Gaumen aufriss. Er pikste ein zweites Mal mit der Nadel in das Ei, dessen Schale bereits von kleinen Löchern durchsiebt war, und schleckte den Faden ab – der salzige Geschmack half ihm, die Teigtasche herunterzubekommen. Eines Tages, dachte er, werde ich meinen Kindern davon erzählen, wie ich, mit nur einem Salzei in meinem Bündel, einen Monat quer durchs Land gefahren bin, um mein Studium an der theologischen Fakultät von Nanjing aufzunehmen.

Die Lokomotive presste ein langes, eindringliches Tuten hervor, ächzend setzten sich die Räder in Bewegung, ein Ruck ging durch den Waggon. Es war kein Reisezug, sondern ein dreckiger, staubiger Güterzug, der schwankte und schepperte wie ein besoffener Schrotthaufen, als würde er in der nächsten Kurve auseinanderfallen. Überall hockten Menschen auf dem Boden, zwischen Gepäckstücken und Körben mit Hühnern und Enten, die im Rhythmus des klapprigen Zuges schaukelten.

Es war Ende November, die Sonne ging bereits unter. Der Zug war Richtung Norden unterwegs, auf einer erst vor Kurzem erbauten Trasse. Yong Sheng hatte sich die Orte, durch die sie fuhren, vor seiner Abfahrt auf einer Karte angesehen, ihre Namen klangen wie Gedichte aus der Tang-Dynastie: Jiading, Hangzhou, Suzhou, Zhejiang, Wuyi, Changzhou … Er sah dabei noch nicht die großen Städte voller Straßenbahnen, Autos, Geschäfte und Kinos vor sich. Sie bezeichneten einfach nur Stationen auf dem Weg, der ihn an sein Ziel führen sollte: die Universität von Nanjing.

Langsam ratterten sie voran. In der Nacht blies ein eisiger Wind durch die Fensteröffnung und die Ritzen im Holz des Waggons. Neben Yong Sheng saß ein Wahrsager mit buschigen Augenbrauen und spärlichem Haar, das sich auf drei lange Strähnen verteilte, eine in der Mitte und zwei an den Seiten. Er war an einem kleinen Bahnhof zugestiegen, und kaum hatte er den Waggon betreten, bot er gegen ein paar Münzen jedem, der wollte, seine Dienste an. Er trug einen Militärmantel, der ihm zu groß war, Yong Sheng vermutete, dass er von einem amerikanischen Soldaten stammte, denn Pastor

Gu besaß einen ganz ähnlichen, nur dass der des Wahrsagers eine Kapuze hatte. Als die Kälte immer beißender wurde, kroch der Mann so tief in seinen Mantel, dass er schließlich vollständig darin verschwand. Man hätte meinen können, da lehnte ein Sack neben Yong Sheng.

»Wir werden bald in Nanjing ankommen. Wenn du willst, sage ich dir deine Zukunft voraus.«

»Ich habe kein Geld«, antwortete Yong Sheng lächelnd.

»Für dich würde ich es auch umsonst machen.«

Er kramte einen fingerhutgroßen Würfel hervor, der aussah wie ein Mahjong-Stein. Auf seinen sechs Seiten waren allerdings keine Punkte oder Zahlen abgebildet, sondern schwarze Trigramme, die sich aus durchgezogenen und unterbrochenen Linien zusammensetzten und im Ganzen die vierundsechzig Hexagramme des *I Ging* ergaben.

»Es ist ein Spezialwürfel, der über hellseherische Kräfte verfügt«, erklärte der Wahrsager.

Dann forderte er Yong Sheng auf, sich auf das zu konzentrieren, was ihn im Augenblick am meisten beschäftigte. Anschließend sollte er den Würfel werfen und abwarten, welches Zeichen oben läge.

Yong Sheng schob seinen Beutel beiseite, wischte und blies Staub weg, damit nicht irgendein Körnchen seine Zukunftsaussichten störte.

Mit dem gebotenen Respekt nahm er den Würfel in die Hand und dachte fieberhaft an das kleine Leben, das im Bauch seiner Frau immer größer wurde. Kaum merklich bewegten sich seine Lippen: »Herr, sag mir, ob mein Kind ohne Komplikationen auf die Welt kommen wird.«

Nervös schüttelte er den Würfel zwischen seinen

feuchten Händen, einmal, zweimal. Doch dann hielt er inne und gab ihn dem Wahrsager zurück.

»Es tut mir leid«, sagte er leise und wirkte dabei fast kindlich, »aber in einem Jahr werde ich Pastor sein, und wir Christen glauben nur an das Wort Gottes.«

Acht Studenten mussten sich in einem Zimmer von neun Quadratmetern vier Doppelstockbetten teilen. Der Schlafraum war nicht im Gebäude der theologischen Fakultät selbst untergebracht, sondern im Hinterhof einer ehemaligen Sojasaucen-Fabrik an der Hongwu-Straße. Es standen allerlei große Steingutkrüge herum, kaputte und unbeschädigte, teilweise noch gefüllt mit Sojasauce, die im Lauf der Jahre zu einer dicken Kruste getrocknet war und einem bei Nordwind einen unerträglich scharfen Geruch in die Nase trieb.

Studenten aus der Provinz Fujian eilte ein guter Ruf voraus, sie galten als besonders fleißig. An die Wand neben seinem Bett hatte Yong Sheng eine Passage aus der Bibel gepinnt:

Geh zur Ameise, du Fauler,
betrachte ihr Verhalten, und werde weise!
Sie hat keinen Meister,
keinen Aufseher und Gebieter,
und doch sorgt sie im Sommer für Futter,
sammelt sich zur Erntezeit Vorrat.
Wie lang, du Fauler, willst du noch daliegen,
wann willst du aufstehen von deinem Schlaf?
Noch ein wenig schlafen, noch ein wenig
schlummern,
noch ein wenig die Arme verschränken,
um auszuruhen.

Da kommt schon die Armut wie ein Strolch über dich,
die Not wie ein zudringlicher Bettler.

Im Vergleich zu der riesigen Universitätsbibliothek, die, so wurde behauptet, vierzigtausend Werke umfasste, war die im Südviertel von Jinling, die den Studenten und Professoren des theologischen und philosophischen Instituts zur Verfügung stand, nur ein kleiner Lesesaal. Sie war um einen runden Hof gebaut und hatte auf zwei Etagen einundzwanzig Räume, in denen auf Holzregalen chinesische Bücher mit genähtem Einband standen – bei manchen handelte es sich um echte Raritäten. Daneben gab es auch Originalausgaben auf Japanisch, Englisch, Französisch oder Deutsch. Yong Sheng besuchte die Bibliothek täglich, manchmal kam er sogar zweimal am Tag vorbei, um zu lesen oder sich mit Xiao Ming zu unterhalten, einem Angestellten, von dem man später behauptete, er habe großen Einfluss auf Yong Shengs weiteren Lebensweg gehabt.

Sein Lieblingsregal war das mit dem Skizzenbuch von Leonardo da Vinci. Er zog das Buch oft heraus und betrachtete vor allem eine Zeichnung so andächtig, als handelte es sich um ein heiliges Objekt, sie trug den Titel: *Der menschliche Fötus in der Gebärmutter.*

Einmal brachte ein Professor ihnen eine auf Transparentpapier gezeichnete Weltkarte mit. Nach Ende des Unterrichts bat Yong Sheng den Lehrer, die Karte behalten zu dürfen. Noch am selben Abend suchte er die Bibliothek auf und verbrachte Stunden damit, all die Flüsse, Berge, Ebenen und Städte unter einer Kopie von Leonardos Skizze verschwinden zu lassen. Minutiös pauste er ab, was der Meister zu Papier gebracht hatte, immer deutlicher traten die Umrisse des Uterus hervor, der aussah wie eine aufgeklappte Kugel. Im Unterschied zu anderen Säugetieren, deren Gebärmutter aus zwei Kammern bestand, hatte der menschliche Uterus bei Leonardo nur eine. Seine Studie glich dem Plan einer Maschine aus den Anfängen der Industrie, wie ein Ingenieur hatte da Vinci eine dreidimensionale Ansicht geschaffen. Der Umriss der Kugel war mit einem perfekten Strich, der sich streckte und rundete, gezogen. Den Schnitt hatte der Maler mit einer dickeren Mine wiedergegeben. Yong Sheng bemühte sich, die feinen und die dunkleren Linien des Originals nachzuempfinden, denn sie vermittelten einen sehr plastischen Eindruck von Form und Aufbau der Gebärmutter.

Dann widmete er sich der Fruchtblase mit dem Embryo, kopierte hoch konzentriert das von Leonardo sehr detailgetreu dargestellte Amnion, das Chorion, die innere Eihaut. Und schließlich den Fötus, der ihm wie eine kleine Statue vorkam oder vielmehr wie eines der griechischen Hochreliefs, die er in einem Geschichtsbuch entdeckt hatte.

Das Ungeborene war im Profil abgebildet, zusammengekauert, den Kopf zwischen den Knien, sodass man sein Gesicht nicht sehen konnte. Vielleicht war es in einen Traum vor der Erschaffung der Welt versunken. Auffällig war vor allem sein kahler Schädel, der etwa ein Drittel seines Körpers ausmachte. Der Intimbereich war in dieser Haltung vor Blicken geschützt, es war unmöglich, sein Geschlecht zu erkennen. Yong Sheng zeichnete die perfekten Kurven des winzigen Wesens sorgfältig nach, unter der Haut des Embryos ahnte man die Rippen und Knochen, spürte die ersten Schwingungen des Lebens. Das Abpausen des Unterarms, der auf dem rechten Schenkel ruhte, forderte Yong Sheng die größte Konzentration ab, wie die Wurzeln eines jungen Aguilars wanden sich die Blutgefäße in feinen Verästelungen bis zur Hand hinunter. Bei genauerem Hinsehen bemerkte er, dass die Fingerspitzen etwas dunkler waren, als hätte der Künstler das Pochen des Bluts an dieser Stelle deutlich machen wollen.

Zufrieden betrachtete Yong Sheng seine Kopie und setzte eine Passage aus Martin Luthers *Tischreden* darunter, die er im Unterricht gelernt hatte:

Wer hätte Gott jemals diesen Rat gegeben, dass er ein Männlein und ein Fräulein zusammenfügt. Da gibt er dem Mann ein Weib, die hat zwei Brüste und Wärzchen darauf, samt ihrem Geschäft. Da ist ein einziges Tröpfchen männlichen Samens der Ursprung eines solchen großen menschlichen Leibes, aus welchem dann Fleisch wird, Blut, Beine, Adern, Haut …

Als er fertig war, verspürte er ein leichtes Unbehagen, denn Luthers Worte drückten nicht aus, was er empfand. Der von Leonardo so geheimnisvoll dargestellte Fötus stand in einer Beziehung zur göttlichen Schöpfung. Zuvor hatte Yong Sheng nur eine undeutliche Vorstellung von dem neuen Leben gehabt, das im Bauch seiner Frau heranwuchs, jetzt aber war er sicher, dass es sich um ein von Gott geschaffenes Wesen handelte, um eine Sonne, die in seinem Herzen strahlte.

Er hatte das Gefühl, durch dieses Kind zu einem Auserwählten Gottes zu werden. Weshalb er Luthers Sätze kurzerhand wegradierte und sie, erfüllt von Dankbarkeit, durch ein paar Sätze aus der Genesis ersetzte:

Gott sprach: Es werde Licht. Und es wurde Licht. Gott sah, dass das Licht gut war. Dann sprach Gott: Das Wasser unterhalb des Himmels sammle sich an einem Ort, damit das Trockene sichtbar werde. So geschah es. Das Trockene nannte Gott Land, und das angesammelte Wasser nannte er Meer. Gott sah, dass es gut war. Dann sprach Gott: Lasst uns Menschen machen als unser Abbild, uns ähnlich.

Yong Sheng legte den Bleistift beiseite, er konnte den Blick nicht abwenden von dieser Zeichnung. Tief in ihm reifte die Überzeugung, dass nichts von Menschenhand Geschaffenes je eine solche Perfektion erreichen würde, es musste sich also um ein Werk Gottes handeln.

Als er die Passage aus der Schöpfungsgeschichte niedergeschrieben hatte, wurde ihm außerdem klar, dass kein Mensch fähig war, so zu sprechen, dass nur Gott dazu imstande war.

Gott sah alles an, was er gemacht hatte: Es war sehr gut.

Das ist mein Glaubensbekenntnis, dachte er.

Von diesem Tag an begleitete ihn Leonardos Skizze, die er auf die Weltkarte kopiert hatte, überallhin – sie steckte in der Tasche seines Hemds. Ihm war, als spürte er durch den dünnen Stoff das ungeborene Baby an seiner Brust.

Unaufhörlich faltete er das Papier auseinander und wieder zusammen, und mit der Zeit wurde es ganz fleckig, weil er während seines Latein- und Aramäischexamens, vor allem aber während seiner ersten Predigt stark schwitzte – an dem Tag triefte seine Brust wie ein zugefrorener Teich nach einem plötzlichen Wärmeeinbruch. Es waren Lebensspuren, die sich während seiner Ausbildung sammelten und seine Zeichnung um einige Nuancen bereicherten.

An jedem Monatsersten erhielten die ärmsten unter den Studenten ihr Stipendium, mit dem die theologische Fakultät sie unterstützte. Yong Sheng bekam die volle Summe ausgezahlt, er wurde mit zwei Silberpiastern gefördert. Die Hälfte davon behielt er für sich, die andere schickte er seiner Frau, die in der Provinz zurückgeblieben war.

Es war Februar, als er das erste Mal auf der Post eine Anweisung machte. Der Winter neigte sich dem Ende zu, dennoch fühlte sich der Nordwind in Nanjing an, als würde man mit Messern traktiert. Er wehte Yong Sheng ins Gesicht und durch den Kragen über den Rücken, sodass sein ganzer Körper starr vor Kälte war. Es dämmerte bereits, als er aufbrach, und da er sich in der Stadt noch nicht gut auskannte, hatte er Schwierigkeiten, sich bei Dunkelheit in dem unübersichtlichen Netz aus Boulevards, Straßen und Gassen zurechtzufinden, die sich immer wieder kreuzten, verzweigten und ineinander übergingen. Es gab in dieser riesigen Stadt nur vier Postämter: in Xinjiekou, Zhonghuamen, Ninghailu und Xiaoximen. Glücklicherweise hatte sein Freund Xiao Ming ihm eine sehr detaillierte Wegbeschreibung mitgegeben.

Die Hongwu-Straße, in der sich die Schlafräume der Studenten befanden, verlief schnurgerade – vor Ausrufung der Republik hieß sie Lujikang, »Gasse der Konkubine Lu«, der Name ging zurück auf die Lieblingskonkubine von Jiaqing, einem Kaiser der Qing-Dynastie, der dort gewohnt hatte. Man sprach auch von der »Gasse der jungen Schönheit«. Yong Sheng folgte ihr in Richtung Süden bis zu einer Steinbrücke, die mit Bäumen bepflanzt war. Der Beschreibung von Xiao Ming zufolge führte sie über einen Wasserlauf, der zu Zeiten der Südlichen Tang-Dynastie »Fluss der Gräben des Nordens« genannt wurde. Die Gräben existierten immer noch, allerdings war das Flussbett nur mehr mit dunklem Schlamm gefüllt, und die Brücke selbst war so sehr eingesunken, dass sich ihr Bogen inzwischen auf gleicher Höhe mit der Straße befand.

Er überquerte die Brücke, hielt sich weiterhin Richtung Süden und gelangte an die Stelle, wo sich einst der kaiserliche Palast der Südlichen Tang-Dynastie erhoben hatte. Heute befanden sich hier bescheidene Handwerksbetriebe, in denen zu dieser Stunde noch gearbeitet wurde: Unter dem Licht der Petroleumlampen hämmerten Schmiede auf Eisenstangen, Tischler sägten Holzbretter zurecht, ein Esel drehte eine Steinmühle. Hinter den Werkstätten schlossen sich Gemüsegärten an, die komplett unter Wasser standen. Die Regengüsse der vergangenen Tage hatten die Bewässerungskanäle zum Überlaufen gebracht. Wie ein gut gelauntes Kind, das gerade aus der Schule kommt, hüpfte Yong Sheng über die großen Pfützen auf der Straße.

Am Anfang der Zhuque-Straße wichen die Gemüsegärten düsteren Gassen, die so eng waren, dass kein Auto hindurchpasste. Yong Sheng rannte eines der Sträßchen hinunter, bis ihm die Luft ausging. Atemlos hielt er an und sah auf seine Wegbeschreibung – er musste sich in der legendären »Gasse des Schwarzen Gewands« befinden. Allerdings konnte er nirgends die von Xiao Ming erwähnten prächtigen Torbogen entdecken, die zu den Häusern berühmter Leute führten. In dieser Straße wohnten ganz offenbar vor allem arme

Familien. Sie war so schmal, dass er sich jedes Mal, wenn er die Klingel einer Rikscha hörte, gegen eine Mauer drücken musste, um nicht überfahren zu werden.

Endlich erreichte er eine belebtere Gegend. Auf der Sanyuanjie-Straße drängten sich die Menschen um den Konfuziustempel, er selbst warf von Weitem einen kurzen Blick darauf: Es war ein ziemlich dunkler Pavillon, unzählige Kerzen standen um eine Statue des Philosophen herum und hüllten sie in Rauch ein. Aus allen Richtungen tönte das Gebimmel der Rikschas. In den Imbissbuden hingen reihenweise Pekingenten zum Trocknen, Yong Sheng konnte den verführerischen Gerüchen und Rufen der Verkäufer kaum widerstehen.

Noch nie in seinem Leben hatte er den Fuß in ein solches Viertel gesetzt, und mit der Silbermünze in seiner Tasche hätte er sich hier gewiss gut amüsieren und seine Neugier befriedigen können. Doch er besann sich eines Besseren und lief schnell weiter, getrieben von dem guten Gefühl, seiner Familie zum ersten Mal Geld schicken zu können. Es war, als hinge er an der unsichtbaren Leine eines Drachens, der am Himmel schwebte und ihn mit sich fortzog, über die »Straße der Prüfungen« hinweg, dann über den noch betriebsameren Zhujiang Boulevard. Die Leine erschien ihm länger als der Qinhuan und schöner als der Konfuziustempel, sie reichte weit über die Stadt Nanjing hinaus, sie war das Band zwischen ihm und dem kleinen ungeborenen Wesen im Bauch seiner Frau.

Das Postamt in Xinjiekou lag an einer breiten Straße, zwischen zwei Geschäften, die spät schlossen und in denen noch Licht brannte. Gegenüber befand sich ein großes ausländisches Kaufhaus, das alles um sich herum unbedeutend erscheinen ließ, weshalb Yong Sheng beinahe an seinem eigentlichen Ziel vorbeigelaufen wäre.

Als er das Postamt schließlich betrat, durchströmte ihn augenblicklich ein Wohlgefühl: Ein Angestellter stand auf einer hohen Leiter und wechselte eine Glühbirne aus. In der Mitte des Raums spendete ein Ofen Wärme und gedämpftes Licht, was Yong Sheng an zu Hause denken ließ.

Es roch nach Mehlkleister, und der Tisch, an dem die Kunden ihre Umschläge zu- oder ihre Briefmarken aufpinseln konnten, war über und über bedeckt mit getrocknetem Kleber. Links neben der Tür waren in einer mit einem Vorhängeschloss gesicherten Vitrine Briefmarken aus aller Herren Länder ausgestellt – selbst aus einigen Metern Entfernung witterte er den Duft der weiten Welt. Mein Gott, schoss es ihm durch den Kopf, wie viele Länder es auf der Erde gibt! Von manchen, deren Namen er auf den Briefmarken entzifferte, hatte er noch nie gehört.

Hinter einem Tresen arbeiteten zwei Angestellte bei Kerzenschein, denn auch die neue Glühbirne brannte offensichtlich nicht. Der eine stempelte die Wertmarken auf den Briefen ab, die sich vor ihm stapelten, der andere füllte das Formular für die Anweisung von Yong Sheng aus.

»In dem weißen Feld können Sie dem Empfänger eine Nachricht schreiben. Sie können den Federhalter dort auf dem Tisch benutzen«, sagte er.

Yong Sheng nahm den Stift zur Hand und wollte gerade etwas schreiben wie: »Iss genug, damit unser Kind auch kräftig wird«, als ihm einfiel, dass seine Frau ja Analphabetin war. Also malte er einfach ein Kreuz, als Symbol für die Unterschrift eines künftigen Pastors.

Für seine erste Predigt, eine Übung, der sich alle Theologiestudenten unterziehen mussten, wählte Yong Sheng die Bergpredigt aus dem Matthäus-Evangelium, wie die meisten seiner Kommilitonen. Denn diese erste Generation christlich-chinesischer Theologen betrachtete diese Passage als grundlegend für die christliche Glaubenslehre.

Da es das erste Mal war, beschloss er, sich auf den dritten Vers aus Kapitel 5 zu konzentrieren: »Selig, die arm sind vor Gott; denn ihnen gehört das Himmelreich.« Wie Pastor Gu, sein Mentor, verfasste er so viele Entwürfe, bis ihm die Buchstaben vor den Augen tanzten und er die einzelnen Wörter nicht mehr voneinander unterscheiden konnte. Die letzte Version gab er schließlich bei Professor Adams ab, einem deutschen Missionar, der den Predigtkurs leitete.

Tags darauf betrat Adams den Klassenraum, einen grünen Seidenschal um den Hals gewickelt und das grau melierte Haar akkurat gescheitelt. Er hatte eine niedrige Stirn und den Mund verächtlich verzogen. Mit spitzen Fingern griff er nach Yong Shengs Skript und wedelte damit vor der Gruppe angehender Theologen herum, als handele es sich um ein Päckchen stinkenden Hundekots.

»Sie sollten ein tiefes Loch im Hof graben, gleich hier vor der Tür, und dieses Geschmiere darin verschwinden lassen«, sagte der Professor.

Eine bleischwere Stille senkte sich über die Klasse. Yong Sheng hätte sich am liebsten in Luft aufgelöst, so sehr schämte er sich.

Der Deutsche fuhr fort: »Glücklich, die Armen? Wenn Sie schon kein Hebräisch lesen können, sollten Sie wenigstens die lateinische Version konsultieren! Oder haben Sie etwa keinen Lateinkurs belegt? In der Bibel heißt es: Glücklich, die arm sind im Geiste!«

In jener Nacht schreckte Yong Sheng schweißgebadet hoch. Die Szene stand ihm wieder vor Augen, und die Kränkung saß so tief, dass ihm Tränen über die Wangen liefen.

Am nächsten Morgen machte er sich an einen neuen Entwurf, diesmal auf der Grundlage einer anderen Bibelstelle.

Wenn ich in den Sprachen der Menschen und Engel redete, hätte aber die Liebe nicht, wäre ich dröhnendes Erz oder eine lärmende Pauke.

Er stellte es sich vor: Ein Vorhang teilt den Raum in zwei Hälften, eine für Männer, eine für Frauen, und er steht auf dem Podium, spricht mit gottestreuer Stimme über einen seiner Lieblingsverse aus dem Neuen Testament:

Für jetzt bleiben Glaube, Hoffnung, Liebe, diese drei; doch am größten unter ihnen ist die Liebe.

Und in dem Augenblick, da er das Wort »Liebe« sagt, würde er sich mit verachtungsvollem Blick Missionar Adams zuwenden. Er würde sogar so weit gehen, ihn nachzumachen, und ihm mit schiefem Mund zurufen: »Sie, der Sie den Sinn des Wortes ›Liebe‹ nicht begreifen, wie wollen Sie Christus verstehen?«

Da der Gebetsraum der Kirche wegen Bauarbeiten vorübergehend geschlossen war, hielt Yong Sheng seine Predigt im großen Festsaal der Fakultät, den französische Jesuiten im 17. Jahrhundert hatten errichten lassen. Zu Zeiten der niedergehenden Qing-Dynastie wurde er von den Aufständischen der Taiping-Bewegung besetzt und diente Rebellenführer Hong Xiuquan als Empfangshalle. Allein ein Kirchenfenster erinnerte noch daran, dass dies einmal eine katholische Glaubensstätte gewesen war. Begleitet von diffusem Tageslicht, das sich in dem bunten Glas brach, schritt Yong Sheng das Treppchen zum Rednerpult hinauf.

Als er dort oben stand, kam er sich vor wie ein Schauspieler, dem auf der Bühne plötzlich kein einziges Wort seines in- und auswendig gelernten Textes mehr einfällt. Schlimmer noch, dessen Gedächtnisschwund so weit reicht, dass er sich nicht mehr daran erinnert, überhaupt Schauspieler zu sein, und sich ratlos fragt: »Was, zum Teufel, habe ich hier verloren?«

Sein Blick fiel auf Professor Adams in der ersten Reihe. Krampfhaft versuchte Yong Sheng sich die Worte des heiligen Paulus ins Bewusstsein zu rufen – nichts. Die Bibel erschien ihm auf einmal wie eine unbekannte Stadt der Antike, wie Nanjing, in deren verzweigten Straßen, dunklen Gassen und Winkeln er immer noch die Orientierung verlor. Die biblischen Verse glichen in Wortwahl und Satzbau rätselhaften Zeichen, die sich nacheinander im Nebel auflösten. Manchmal blitzte eine biblische Allegorie in seinem Geist auf, flackerte wie eine Laterne an einer Wegbiegung, erlosch jedoch gleich wieder.

Plötzlich sah er Bilder der Zerstörung vor sich, eines strafenden Gottes, der den Menschen Überschwemmungen, Hungersnöte, Seuchen und Frevel schickte, nur um seine Allmacht zu demonstrieren.

Yong Sheng hob den Blick, vor ihm stoben glitzernde Staubkörnchen wie kleine Sterne im Lichtschein, und da kam ihm der andere Stern in den Sinn, der, dem die Heiligen Drei Könige folgten:

Und der Stern, den sie hatten aufgehen sehen, zog vor ihnen her bis zu dem Ort, wo das Kind war; dort blieb er stehen.

Dann hörte er sich den wunderschönen Vers zitieren, der ihn immer schon aufgewühlt hatte:

Alle Morgensterne jauchzten, und die Gottessöhne jubelten vor Freude.

Ohne sein Zutun strömten ihm die Sätze nun aus dem Mund, sie standen in keinerlei Zusammenhang mit dem Korintherbrief, der das eigentliche Thema seiner Predigt war: Er sprach von der Geburt Jesu, des Christkindes.

»Der Tag war noch nicht angebrochen. Der Horizont war grau, und alles, was davor lag, war genauso grau.« Er hatte das Meer und die Küste von Putian vor Augen. Es war kalt. Am Ufer silberglänzende Gischt, in der Ferne graue Fluten, die in einen grauen Horizont übergingen.

»Im ungewissen Licht der Morgendämmerung zeichneten sich die Umrisse dreier Kamele ab«, fuhr er fort und fragte sich, ob er diesen Satz nicht in der chinesischen Übersetzung einer deutsch-schweizerischen Kurzgeschichte gelesen hatte. Oder sollte er selbst ihn erfunden haben? »Darauf saßen die Heiligen Drei Könige, die aus dem Morgenland gekommen waren, um dem zukünftigen König der Juden zu huldigen. Sie sahen zum Himmel auf, wo ein smaragdgrüner Stern leuchtete. Im Gegensatz zu den anderen Sternen stand dieser nicht still am Firmament, sondern bewegte sich. Sie folgten ihm.

Zur gleichen Zeit erblickte eine junge Mutter durch

die Fensteröffnung eines verfallenen Stalls diesen Stern. Es war Maria. Der Stern wirkte sehr klein, doch ließ sein Licht den Stall in hellem Glanz erstrahlen, vor allem die Krippe, in der das Kind lag, das Maria gerade zur Welt gebracht hatte.«

Bei diesen Worten dachte er an sein eigenes strohgedecktes Häuschen, das auch einen Raum mit Fenster hatte. Dort würde seine Frau bald niederkommen. Sicher würde sie keinen wandernden Stern sehen, denn ein solches Phänomen hatte man in Zehntausenden Jahren nur ein einziges Mal beobachten können, aber vielleicht eine lange Wolke, die an einen Fisch erinnerte und über den Hügel trieb, auf dem ihr kleines Haus stand.

»Die ersten Sonnenstrahlen färbten den Himmel purpurrot«, sagte Yong Sheng. »Eine lange schwarze Wolke, die aussah wie ein Fisch, hellte sich zusehends auf, und als die ersten Schreie des Kindes in der Krippe zu hören waren, leuchtete sie gelborange. Es war nun Tag, und der Stern war verschwunden. Die drei Könige betrachteten die goldene Wolke, die über dem Stall schwebte. Und da sie sich mit der Deutung von Wolkenbildern auskannten, wussten sie, dass sie ihr Ziel erreicht hatten. Sonnenstrahlen fielen auf die Reste einer Tempelanlage, deren Eingangstor allmählich im Boden versank. Vor der Ruine ragte ein Olivenbaum auf.«

Yong Sheng sah den großen Aguilar vor sich, den seine Eltern zu seiner Geburt vors Haus gepflanzt hatten. Und im Schatten des Baums glaubte er sogar, seine Frau zu erkennen, sie saß auf einem Stein, ihr gemeinsames Kind im Arm.

»Ich selbst habe nie einen echten Olivenbaum gesehen«, gestand er, »nur einen gemalten Ölzweig in einem Buch, das die Geschichte der Arche Noah erzählte. Eine Taube, die über dem großen dreistöckigen Schiff flog, trug ihn in ihrem Schnabel.« Er hielt kurz inne, bevor er weiterredete: »Maria hatte den Stall inzwischen verlassen und sich mit dem kleinen Jesus im Arm auf einen Fels unter dem Olivenbaum gesetzt. Mit einem schüchternen Lächeln auf den Lippen sah sie die drei Kamele auf sich zukommen und dabei mächtig Staub aufwirbeln. Aber wie groß war ihr Erstaunen erst, als sie genau vor ihr zum Stehen kamen und drei alte Männer, die sehr weise wirkten, Taschen voller Schätze abluden: Sie brachten Elfenbein, Granat und Smaragdsteine, außerdem Gold, Weihrauch und Myrrhe, legten all diese Gaben dem Kind zu Füßen und umringten es ehrfürchtig. Sie schienen müde zu sein, bestimmt hatten sie zu viele Bücher gelesen, vermutlich Tausende, und trugen an diesem Wissen, das sich ihrem Hirn eingeprägt und tiefe Furchen in ihre Gesichter gegraben hatte, wie an einer schweren Last. Durch das viele Lesen hatte ihr Sehvermögen nachgelassen, und sie mussten sich tief hinunterbeugen zu dem Neugeborenen, um das wohl größte Wunder in der Geschichte der Menschheit zu betrachten: Gott in Gestalt eines Menschen. Ihnen war sogar zu Ohren gekommen, dass er eines Tages so zu seinen Jüngern sprechen würde …« An dieser Stelle zitierte Yong Sheng eine Passage aus dem Matthäus-Evangelium.

In jener Stunde kamen die Jünger zu Jesus und fragten: Wer ist im Himmelreich der Größte? Da rief er ein Kind herbei, stellte es in ihre Mitte und sagte: Amen, ich sage euch: Wenn ihr nicht umkehrt und wie die Kinder werdet, könnt ihr nicht in das Himmelreich kommen. Wer so klein sein kann wie dieses Kind, der ist im Himmelreich der Größte. Und wer ein solches Kind um meinetwillen aufnimmt, der nimmt mich auf.

Für diese Ansprache gab Professor Adams ihm eine glatte Eins und bat ihn anschließend in sein Büro. Der Deutsche hatte selbst viele Jahre mit dem Studium der Bibel zugebracht, er wusste, dass es nicht leicht war, in so kurzer Zeit eine Predigt vorzubereiten. Er wollte wissen, warum Yong Sheng von seinem ursprünglichen Thema, der Bergpredigt, abgesehen hatte. Yong Sheng versuchte, die Fassung zu bewahren und kein Wort über die Demütigung zu verlieren, die der Missionar ihm zugefügt hatte. Er gab lediglich zu, dass er improvisiert hatte und die Tatsache, dass er selbst bald Vater wurde, ihm dabei eine Inspirationsquelle gewesen sei.

Inzwischen war der Juni angebrochen, und Heling war im August schwanger geworden, in der Zeit, als sie die Köchin von Pastor Gu vertreten hatte. Vielleicht hatte sein Kind, während er seine erste Predigt hielt, das Licht der Welt erblickt?

Professor Adams zeigte sich hocherfreut, und nicht nur das. Als er hörte, dass Yong Sheng mit nur einem Salzei als Proviant durchs halbe Land gereist war, um in Nanjing zu studieren, schlug er sich vor Bewunderung gegen die Stirn und versprach, im Kreise seiner Professorenkollegen um Spenden zu bitten, damit der junge Vater in die Heimat zurückkehren und sein Kind sehen konnte.

Kurz darauf wurde Yong Sheng während einer Unterrichtsstunde ins Büro des Dekans gebeten. Mit klopfendem Herzen verließ er den Raum, in der Hoffnung, dass man ihm, dank der Fürsprache des deutschen Missionars, die Erlaubnis erteilte, sich für einige Zeit nach Jiangkou zu verabschieden.

Er hatte einen Intensivkurs belegt, der den Stoff von vier Jahren Theologiestudium in einem zehnmonatigen

Seminar aufbereitete und keinerlei Fehlstunde erlaubte. Es gab weder Sommer- noch Winterferien, und Abwesenheiten aus persönlichen Gründen wurden generell nicht zugestanden.

Die Sekretärin des Dekans dämmerte an ihrem Schreibtisch vor sich hin, sie musste kurz vor der Rente stehen. Sie trug eine Brille mit dicken Gläsern und zeigte Ansätze eines Oberlippenbarts. Yong Sheng stellte sich kurz vor, und sogleich begann sie in ihren Unterlagen zu blättern, ohne jedoch fündig zu werden. Ohne ein Wort verließ sie schließlich das Büro.

Als sie wenige Minuten später ein schwer beladenes Wägelchen durch die Tür schob, ahnte er, dass seine Vorladung nichts mit einer möglichen Rückkehr nach Fujian zu tun hatte.

Das Paket stamme von Pastor Gu, sagte die Sekretärin, er sei vor zwei Monaten seiner Krankheit erlegen. In seinem Testament habe er die Kirche angewiesen, folgende Dinge seinem ehemaligen Taubenhüter auszuhändigen: einen alten amerikanischen Armeemantel; eine chinesische Ausgabe der Bibel, die auch eine Transkription in lateinischer Schrift enthielt – damit hatte Gu seine Ansprachen vorbereitet; einen Kalender des Kirchenjahrs mit den wichtigsten biblischen Ereignissen, die jeweils am Sonntag Thema der Predigt sein sollten; und ein Paar nicht mehr ganz neue Lederschuhe. Die Sekretärin schlug Yong Sheng vor, sie anzuprobieren, und beugte sich hinunter, um ihm die Schnürsenkel zuzubinden. Obwohl die Schuhe zu groß waren und er vorne mindestens zwei Zentimeter mit Watte füllen musste, um bequem zu laufen, trug er sie fortan tagein, tagaus.

Eher zufällig stießen seine Finger am Boden des Pakets auf einen harten, runden Gegenstand – er wusste sofort, was das zu bedeuten hatte: Die schwarze, von Gott gesandte Taube war ebenfalls tot. Bevor er Putian verlassen hatte, hatte er dem vom Vater ererbten Talent alle Ehre gemacht: Zwei Tage lang war er damit beschäftigt gewesen, aus dem Kern einer Litschi eine raffiniert verzierte Flöte zu fertigen, die er der edlen Taubendame an die achte Feder ihres unversehrten Flügels gebunden hatte.

Noch nie hatte Yong Sheng eine Hitze erlebt, wie sie im Juni in Nanjing herrschte. Die Schwüle machte ihn ganz benommen. Jeden Abend kam Xiao Ming, sein Freund, der in der Fakultätsbibliothek arbeitete, mit einem Eimer und einer Bastmatte vorbei, um mit ihm ans Ufer des Qinhuai zu gehen – Xiao Mings Lieblingsort war am Bailuzhou-Delta. Dort schöpfte er Wasser aus dem Fluss, tränkte damit das Fleckchen Erde, auf dem er seine Matte ausbreitete, legte sich hin und genoss die Frische bis zum Morgengrauen. Xiao Ming kannte viele alte Gedichte, und kaum jemand fand gewähltere Worte für das, was ringsum zu sehen war: die kleinen Pavillons der Kurtisanen, die zahlreiche Dichter zu ihren schönsten Versen inspiriert hatten; die berüchtigten, üppig geschmückten Boote der Prostituierten, die er niemals mit Schalentieren vergleichen oder als Glühwürmchen bezeichnen würde – er sprach von »Leuchtkäfern mit gewölbter goldbrauner Brust«.

Doch Yong Sheng zeigte sich unempfänglich für all diese Versuchungen. Nicht einmal als sich die stickige Luft in seinem Zimmer wie ein dicker Film auf seine Augen legte und sein Körper zu zerfließen drohte, stand ihm der Sinn danach, sich am Flussufer zu erfrischen.

Auf den Juni folgte der Juli, ohne dass Yong Sheng Nachricht aus der Heimat erhielt. Er wusste noch immer nicht, ob er Vater eines Sohnes oder einer Tochter war. Doch wie könnte er seiner Frau, einer Analphabetin, vorwerfen, ihm keinen Brief zu schreiben?

Auch der August brachte keine Neuigkeiten. Als er die monatliche Summe für seine Familie anwies, malte er in das weiße Korrespondenzfeld auf dem Formular ein großes Fragezeichen, das ebenfalls unbeantwortet blieb. Eines Tages hielt er die Ungewissheit nicht mehr aus und schrieb an seinen Vater – den Einzigen in seinem familiären Umfeld, der lesen und schreiben konnte – mit der Bitte, in Jiangkou nach dem Rechten zu sehen. Obschon er die Knausrigkeit des Zimmermanns kannte, fügte er hinzu: »Bitte nimm ein wenig Geld in die Hand, um mir gleich nach Deiner Ankunft ein Telegramm zu schicken. Ich möchte endlich wissen, ob es ein Junge oder ein Mädchen ist. Denn in der Bibliothek bin ich auf ein Buch mit dem Titel *Die Wissenschaft der Namensgebung* gestoßen, darin will ich nach dem schönsten aller Vornamen für das Kind suchen.«

Xiao Ming stand kurz vor der Abreise. Auch er war einmal ein brillanter Student der theologischen Fakultät gewesen und sollte zu den ersten chinesischen Pastoren gehören, die das Institut ausbildete. Er stammte aus einer reichen protestantischen Familie aus Suzhou, die über einflussreiche Verbindungen verfügte. Sein bemerkenswertes rhetorisches Talent hatte den Dekan derart begeistert, dass er es als ein Geschenk Gottes bezeichnete, Xiao Ming zu seinen Studenten zählen zu dürfen. Doch dann hatte er an einer Protestaktion gegen die Japaner teilgenommen (die zu jener Zeit bereits die Mandschurei besetzt hielten), und als es während einer Demonstration zu Handgreiflichkeiten mit der Polizei kam und er einen Polizisten verletzte, verhaftete man ihn. Eine lange Narbe, die ihm einer der Polizisten mit seinem Säbel vom Ohr bis zum Mund gezeichnet hatte, würde ihn stets an diesen Tag erinnern; wie fast alle Intellektuellen zu jener Zeit trug Xiao Ming einen Oberlippenbart, der nun geteilt war. Dank ihrer Kontakte hatte seine Familie zwar erreichen können, dass man ihn aus dem Gefängnis entließ, von einer Laufbahn als Pastor allerdings musste er absehen. Das Einzige, was der Dekan, immer noch voller Bewunderung für die Talente des jungen Mannes, für ihn tun konnte, war, ihm einen Posten in der Bibliothek zuzugestehen. Allerdings hatte der Säbelhieb auch zur Folge, dass Xiao Ming der christlichen Tradition seiner Familie jäh den Rücken kehrte. Statt der Bibel las er nun eine andere Heilige Schrift, deren Autor ganz im Geiste eines Alten Testaments predigte. Xiao Ming sagte oft: »Mein zweiter Mose macht den Gott, den der erste geschaffen hat, noch vollkommener.«

Nun also wollte er in den Süden der Provinz Jiangxi aufbrechen, um sich der Roten Armee anzuschließen. Ein entfernter Verwandter, Xiao Ke, befehligte dort die Sechste Kolonne der chinesischen Roten Armee.

Am Tag vor seinem Abschied herrschte brütende Hitze. Der kleine Fluss, der südlich der Fakultät vor sich hin plätscherte, war ausgetrocknet, und die Schlammreste verströmten einen solchen Gestank, dass niemand mehr die Bibliothek aufsuchte. Yong Sheng und Xiao Ming suchten Zuflucht am Qinhuai, doch auf dem trieben tote Fische und Müll. Und so beschlossen sie, eine Bootstour auf dem Xuanwu-See zu unternehmen.

Yong Sheng war miserabler Laune. Ein gräulicher Film überzog das Wasser, die Luft war zum Schneiden und stand trüb vor ihnen, wie in einem öffentlichen Bad. Außerdem brannte in der Nachmittagssonne das

Holz des Boots, und Xiao Ming sprach, während er ruderte, von nichts anderem als seinen politischen Überzeugungen, wie jemand, der sein Gegenüber mit ausschweifenden Schilderungen seines Liebeslebens langweilt, oder einer, der das Foto seiner neuen Flamme herumzeigt und erwartet, dass alle vor ihrer Schönheit in die Knie gehen. Zwischendurch zitierte er eine Passage aus der Bibel, die er für die stärkste des ganzen Buches hielt:

Da sah Jesus seine Jünger an und sagte zu ihnen:
Wie schwer ist es für Menschen, die viel besitzen,
in das Reich Gottes zu kommen!
Eher geht ein Kamel durch ein Nadelöhr, als dass
ein Reicher in das Reich Gottes gelangt.

Und dann brach sich im Brustton der Überzeugung ein Satz aus seinem kommunistisch gewordenen christlichen Herzen Bahn: »Jesus hasste alle Reichen, würde er heute leben, wäre er mit Sicherheit Kommunist.«

Die Narbe in seinem Gesicht verzog sich, als er das sagte. Im selben Moment rammte das Boot mit lautem Schlag einen Brückenpfeiler. Bei dem Aufprall fiel Yong Sheng seine Leonardo-Skizze aus der Hemdtasche und landete in der milchigen Brühe, die die Schweißspuren aus dem Papier wusch und es gleichmäßig gelb färbte, ihm eine Art Patina gab, dass es aussah wie eine alte Zeichnung.

Der Brief von Zimmermann Yong kam Anfang Oktober in Nanjing an, drei Monate vor dem Ende des Seminars.

Nichts vermag das wahre Wesen eines Menschen zu ändern: Der Vater hatte das Geld für ein Telegramm nicht ausgeben wollen, und da in mehreren südchinesischen Provinzen damals Krieg herrschte, was bedeutete, dass auch die Post lahmgelegt war, grenzte es fast an ein Wunder, dass der Brief nur zwei Monate gebraucht hatte, um an sein Ziel zu gelangen.

Tatsächlich erhielt Yong Sheng sogar zwei Briefe an jenem Tag. Die erste Nachricht stammte von Xiao Ming.

Wie jeden Morgen war Yong Sheng zum Frühstück in die Kantine der Fakultät gegangen und hatte sich in die Schlange der Wartenden eingereiht. Als er dem Koch seine Schale hinhielt, beugte sich der Mann über seinen großen Holzbottich, rührte die Maissuppe um und stieß dabei, wie immer, mit dem langen Griff der Kelle geräuschvoll gegen die Wand hinter ihm. Während er die Schüssel mit Suppe füllte, zog er einen Zettel aus seiner Hosentasche, den er Yong Sheng unauffällig in die Hand drückte, als der ihm seine Marke herüberreichte.

»Das kommt von Xiao Ming, er ist in Hunan. Verbrenn es, sobald du es gelesen hast«, raunte der Koch ihm zu und beugte sich wieder über den dampfenden Bottich.

Yong Sheng schlang sein Frühstück runter und überlegte, wohin er sich zurückziehen könnte, um die Nachricht seines Freundes zu lesen. Auf dem Gang vor den Unterrichtsräumen begegnete er dem Pförtner Zhang, der ihm sagte, dass ein Brief für ihn angekommen sei.

»Aus Fujian.«

Er eilte sogleich zur Pförtnerloge, und noch ehe sein rasendes Herz und sein Atem sich beruhigt hatten, hielt er den Brief seines Vaters in der Hand.

Auf dem Umschlag standen sein Name und seine Adresse – die Schrift war unsauber, an manchen Stellen sogar verschmiert, und ließ vermuten, dass der Vater einen Pinsel benutzt hatte, der bereits einige Haare verloren hatte.

Der Brief bestand aus zwei Abschnitten.

Neunundvierzig Zeichen.

Fünf senkrechten Zeilen. Die erste umfasste zwölf Wörter, die zweite neun, die dritte sechzehn, die vierte elf und die fünfte nur ein einziges.

Er wusste bald nicht mehr, zum wievielten Mal er den Brief durchlas. Drei Minuten, zehn Minuten, dreißig Minuten vergingen. Wie angewurzelt stand er neben der Tür zu Zhangs Dienstraum. Oder vielmehr sah es wohl so aus, als stünde er wie angewurzelt dort. In Wahrheit konnte er sich kaum auf den Beinen halten, musste Halt an der Wand suchen.

Nach einer Weile sah er auf und stellte fest, dass sich der Himmel über Nanjing zugezogen hatte.

Noch einmal heftete er seinen Blick auf die Zeilen, und was er las, waren nicht mehr bloß Sätze, geformt aus neunundvierzig Zeichen, es war die Niederlage seines Lebens, die daraus sprach.

Wenn sich das Band, das einen Sack Getreide zusammenhält, plötzlich löst, verteilen sich die Körner über die Erde. Genauso ist es beim Menschen. Seine Gefühle, seine Wünsche, Leidenschaften, Widersprüchlichkeiten, seine Wildheit und Sanftheit, sein Stolz, seine Eifersucht – all das, was ihn ausmacht, steckt in einer Haut, die von einem unsichtbaren Band zusammengehalten wird.

An jenem Tag wurde das Band, das Yong Sheng zusammenhielt, gewaltsam entzweigerissen.

Er stand hoch oben auf dem Schwalbenfelsen. Zu seinen Füßen rauschte der Fluss.

Einige Monate zuvor war er schon einmal mit Xiao Ming hergekommen und die schroffen Klippen hochgeklettert. Sie hatten sich damals Fahrräder ausgeliehen, um die weite Strecke von Nanjing bis hierher, ans Ufer des Jangtse, zurückzulegen, man brauchte Stunden dafür. Es war Winter gewesen und der Wind schneidend kalt. Beim Sprechen oder auch nur beim Atmen stiegen bläuliche Dunstschwaden aus ihren Mündern auf. Xiao Ming hatte eine Feldflasche mit Alkohol eingepackt, der bei der Eiseskälte jedoch gefroren war: Als sie den Kopf in den Nacken legten, um sich einen Schluck zu genehmigen, spürten sie auf ihrer Zunge nur Eissplitter, die nach Metall schmeckten. Erst nachdem sie darauf herumgekaut hatten, breitete sich der Alkohol wohltuend in ihren Körpern aus. Der Felsen bestand aus nacktem Gestein, es gab dort nichts, abgesehen von einer Tafel – mit einem Gedicht, wie sie aus der Ferne vermutet hatten. Vielleicht war sie auch zu Ehren irgendeiner Persönlichkeit aufgestellt worden. Aber nein. Als sie näher kamen, lasen sie: *Denke scharf nach, bevor du stirbst.* Yong Sheng war bis zur Kante gelaufen, um einen Blick in die Tiefe zu wagen. Er spürte, wie ihm die Knie weich wurden, wie seine Beine vor diesem Abgrund nachzugeben drohten. Eine schwindelerregende Leere. Ein paar erbärmliche Sträucher klammerten sich an die Felswand, an der sich weit unten die grauen Wasser des Jangtse brachen. Von Zeit zu Zeit zog ein Sampan vorüber oder ein Dampfschiff.

Nun, einige Monate später, war die Tafel verschwunden.

Offenbar bin ich nicht der Einzige, der herkommt und sich in den Fluss stürzen will, überlegte Yong Sheng.

Einige Schwalben umkreisten ihn, sie schienen auf

den Klippen zu nisten. Als er sich in die Wand hinunterbeugte, flogen sie auf und schossen wie Pfeile auf die sonnigere Seite des Felsens.

Wenigstens sind es keine Raben, sondern Schwalben, die zu meiner Totenfeier kommen.

Bei diesem Gedanken sah er die Raben mit den kurzen Schnäbeln vor sich, die sich über die Grabstätten seiner Vorfahren in Putian hermachten. Am Tag, an dem man der Toten gedachte, war er immer früh aufgestanden, hatte sich saubere Kleidung angezogen und war mit seinen Eltern ins Hinterland zu den Gräbern ihrer Verstorbenen aufgebrochen. Und jedes Mal entdeckten sie unzählige Raben, die nicht zufällig dort herumflogen wie die Schwalben, die seinem Blick immer wieder entwischten; nein, die Raben kreisten sehr langsam und aufmerksam über ihnen und stießen fürchterliche Schreie dabei aus.

Ich werde nicht mit meiner Familie dort begraben liegen. Yong Sheng dachte dies ohne Bedauern, eher mit einem gewissen Stolz. Wasser ist die reinste Flüssigkeit auf der Welt, man tauft Menschen damit, überlegte er weiter. Normalerweise würde ich mein Studium in zwei oder drei Wochen abschließen, und dann könnte ich selbst die Taufe spenden, aber dafür ist es nun zu spät. Ich bin am Ende, sowohl als Mensch wie auch als Priester, ehe ich diesen Beruf überhaupt ausgeübt habe. Es ist vorbei, alles. Ich bin nur noch der Schatten eines Menschen, und dieser Schatten wird bald in den Fluten verschwinden, um eine Taufe zu empfangen, die man sich radikaler nicht vorstellen könnte. Mein Selbstmord wird kein Verrat sein an Gott, nein. Die Wellen des Jangtse werden meinen Körper flussabwärts tragen, bis zum Meer, wo ich den Fischen Nahrung sein und Gott darum bitten werde, dass mir Gerechtigkeit widerfahre.

Der Fels leuchtete in der Abendsonne. Wie Eisenstangen in einem Schmiedeofen glühten ihre Strahlen an den Eingängen zu den Grotten auf den unteren Felsterrassen. Als Yong Sheng diesen überwältigenden Ort gemeinsam mit Xiao Ming aufgesucht hatte, waren sie gleich vor der ersten Grotte von einem behinderten Mann abgefangen worden; er sammelte Geld für das Errichten einer Buddha-Statue. In der zweiten Grotte war außer ein paar vom Winter gerupften Bäumen nichts zu sehen gewesen. Dafür aber hatten sie in der dritten einen beeindruckenden Fund gemacht: Ein Porträt von Guanyin war in den Fels gehauen, angeblich stammte es von Wu Daozi. In dem kleinen Pavillon, der sich über dieser Grotte erhob, hatten Xiao Ming und er Blutsbrüderschaft geschlossen. Sie hatten sich beide in eine Fingerspitze geritzt und jeder ein paar Tropfen Blut in die Feldflasche perlen lassen. Dann hatten sie sich die Lippen warm gerieben, einen Schluck aus der Flasche genommen und den Rest ins Wasser des Jangtse gegossen.

Yong Sheng blickte in die Tiefe. Er würde abheben zu einem Flug in die Unsterblichkeit. Die Vorstellung, diese Welt bald zu verlassen, flößte ihm keinerlei Traurigkeit ein. Nicht nur der Fels um ihn herum glühte im Abendlicht, auch das Wasser vor ihm schien zu brennen, er meinte sogar zu erkennen, wie lodernde Flammen auf seiner Oberfläche tanzten.

Kleine Papierfetzen segelten durch die Luft, wurden vom Wind bis zum Fluss getragen. Yong Sheng beobachtete, wie sie dem Wasser entgegenschwebten, wie seine Kopie von Leonardos anatomischer Studie in kleinen Schnipseln allmählich im Jangtse versank.

Plötzlich fiel ihm der Zettel von Xiao Ming wieder ein, und er sagte sich, dass er ihn aus Freundschaft lesen sollte, bevor er sich ins Leere stürzte.

Es waren nur drei Zeilen, nicht mit dem Pinsel gemalt und auch nicht vertikal angeordnet; drei offenbar sehr eilig mit einem Federhalter hingekritzelte, gerade eben lesbare, horizontale Zeilen:

Ich bin mit der Sechsten Kolonne inzwischen in der Provinz Guizhou angekommen. Als wir die Stadt Jiuzhou eingenommen haben, sind wir einem amerikanischen Missionarsehepaar begegnet. Die Frau heißt Mary, sie behauptet, an einer Missionsschule in Putian unterrichtet und sich um Dich wie um ihren eigenen Sohn gekümmert zu haben.

Kapitel 8

Der Lange Marsch

Xiao Mings Nachricht erreichte ihn am 8. Oktober 1934.

Betrachtete man eine Militärkarte jenes Tages, würde man feststellen, dass in der Provinz Jiangxi zu diesem Zeitpunkt keine Schlacht stattfand. Man würde nirgendwo Pfeile erkennen, die auf eine Bewegung der revolutionären Truppen in dieser Gegend hindeuteten, oder Punkte, die die Position verschiedener Bataillone markierten – aus einem einfachen Grund: Die 86 000 Soldaten der Roten Armee brachen erst am 10. Oktober 1934 von Yudu aus auf, erst mit diesem Datum begann der berühmte Lange Marsch. Was man auf einer Karte jenes 8. Oktobers allerdings sehen könnte, wäre eine feine Linie, wie für die Quelle eines Flusses, die sich, tausendfüßlergleich, in unzähligen Verästelungen durch die Berge von Guizhou schlängelte (der damals ärmsten Provinz Chinas). Außerdem wären die Gebirgskämme eingezeichnet, die sich wie ein Fächer entfalteten, die kleineren Hügel in Hellbraun (in diesem Gebiet bauten die Bauern Opium an) und die großen Erhebungen, die an riesige Kamelhöcker erinnerten, in einem dunkleren Ton. Der Tausendfüßler stellte die Vorhut der Roten Armee dar, jene Sechste Kolonne, die Xiao Ke befehligte und der Xiao Ming sich angeschlossen hatte. Diese Einheit war bereits Anfang August, zwei Monate vor dem Gros der Truppen, in Hengshi losmarschiert, einem Dorf im Bezirk Suichuan (Provinz Jiangxi). Ihre Route ähnelte im Verlauf weniger dem Jangtse oder dem Gelben Fluss als vielmehr dem Dalimu, der schüchtern bis zur Taklamakan-Wüste plätschert, dann immer schmaler wird und in der Gebirgsregion von Guizhou als gestrichelte Linie endet. Auch die Sechste Kolonne zerstreute sich hier, löste sich jedoch nicht auf, sondern arbeitete sich hartnäckig in den Westen von Hunan vor.

Kaum hatte Yong Sheng die Zeilen seines Freundes gelesen, stand für ihn fest, dass er nach Guizhou gehen musste, um Mary zu suchen. Allerdings machte er sich nicht sofort auf den Weg. Zunächst begab er sich ins Bahnhofsviertel von Nanjing, wo ein unglaubliches Gedränge und Durcheinander herrschte. Überall in den Straßen empfing ihn übelster Gestank, und so zog er sich für zwei Tage in ein billiges öffentliches Bad zurück, wo er die Bekanntschaft mit dem dortigen Masseur machte, über den er wiederum einen Schmied kennenlernte, dessen Werkstatt gleich um die Ecke lag. Es stellte sich heraus, dass der Schmied nicht nur Werkzeuge fertigte, sondern auch alte Waffen reparierte. So kam es, dass Yong Sheng gegen vier Silberpiaster, die zwei Monatsraten seines Stipendiums entsprachen, ein Gewehr erwarb.

Als der Schmied wissen wollte, wozu er die Waffe benötige, antwortete Yong Sheng, dass er plane, das Gebirge von Guizhou zu durchqueren, und die Opiumbauern dort seien bewaffnet. Gerade in der Nebensaison, wenn es nicht mehr viel zu tun gab, schlössen sie sich gern zu Banden zusammen, um Reisende zu überfallen, die sich in ihr Gebiet vorwagten. Die Situation war allgemein bekannt, es erschien dem Schmied daher plausibel, dass Yong Sheng sich zu seinem Schutz ein Gewehr zulegen wollte. Er bot ihm eine alte japanische Büchse mit rissigem Kolben an, hergestellt im Jahr 1906, deren Verschluss völlig verrostet war. Und als sie sich handelseinig waren, verabredeten sie sich für die folgende Nacht, um die Waffe auszuprobieren.

Sie legten etwa einen Kilometer entlang der Gleise zurück, liefen dann über ein trockengelegtes Reisfeld. Die Stängel der gekappten Pflanzen unter ihren Füßen knackten, bis sie schließlich einen Hang erreichten, der auf einer Seite mit Rüben bepflanzt war, denen die Herbstkälte sichtlich zugesetzt hatte – die Blätter der Pflanzen waren vertrocknet und eingerollt. Auf der anderen Seite lagen verwahrloste Grabstätten, von denen der intensive Geruch feuchter Erde ausging.

Der Schmied schnürte das Bündel auf, das er auf dem Rücken getragen hatte, wickelte das in Filz eingeschlagene Gewehr aus, lud es und reichte es seinem Begleiter.

Überrascht von ihrem Gewicht, hätte Yong Sheng die Flinte beinah fallen lassen. Der Schmied zeigte ihm, wie man sie benutzte: ein Knie auf dem Boden, den Kolben an der linken Schulter, das Kinn am Kolben.

Die metallischen Teile der Waffe – der Lauf, der Verschluss, der Abzug – waren eiskalt, Yong Sheng spürte, wie seine Muskeln sich verhärteten, als er das Gewehr in Anschlag brachte. Seine Finger, vor allem der Zeigefinger seiner rechten Hand, der auf dem Abzug lag, waren so gefühllos geworden, dass er schon glaubte, sie seien nicht mehr Teil seines Körpers.

Der Wind trieb dichte Nebelschleier über das Rübenfeld hin zu den einsamen Gräbern. Im schwachen Mondlicht konnte Yong Sheng das Gesicht des Schmieds nicht mehr erkennen, nur dessen Stimme drang noch zu ihm durch, alles wirkte unheimlich und gespenstisch. Der Schmied wiederholte unablässig und mit Nachdruck, wie er die Waffe in den Ruinen eines Militärlagers gefunden und sie in ihre Einzelteile zerlegt hatte, wie er, dank seiner großen Könnerschaft, den Abzug eingepasst und die fehlende Schließfeder ersetzt hatte, damit sie wieder funktionierte.

Ein abgemagerter Hund kam bellend aus dem Nichts gesprungen. Die tonlose Stimme des Schmieds entfernte sich unterdessen immer weiter, bis die Nacht sie geschluckt zu haben schien. Er war zu einem Grab hinübergelaufen, auf dem ein bestickter Hausschuh lag. Sollte ihn jemand dort vergessen haben? Er spießte ihn auf einen Ast und kehrte zurück zu Yong Sheng, nahm dem jungen Mann das Gewehr aus der Hand – und drückte ab.

Yong Sheng fuhr zusammen. Ein paar Raben flatterten erschreckt auf. Der Hund zog kläffend davon. Und der Hausschuh war in tausend Fetzen gerissen, die der Wind in alle Richtungen zerstreute.

Für Yong Sheng war die Kälte dieser Jahreszeit von Vorteil, denn so konnte er das Gewehr, das nicht besonders lang war, unter seinem Mantel verstecken.

Sehr schnell begann er, die Waffe zu mögen. Mit jedem Schritt hörte er das leise Klacken des Verschlusses und spürte das Metall auf seinem Rücken. Nach und nach ging ihm der kühle Stahl in Mark und Bein über. Die amerikanischen Schuhe von Pastor Gu hatte er inzwischen weggeworfen, stattdessen trug er nun die mit Eisen beschlagenen Stiefel, die Xiao Ming ihm überlassen hatte. Die kommende Nacht wollte er auf dem Bahnhof von Nanjing verbringen, um den Zug nach Nanchang nicht zu verpassen. Von dort würde er mit dem Bus nach Changsha weiterfahren, dann in einen anderen umsteigen, der ihn bis Chaoyang brachte, von wo aus er hoffte, per Anhalter nach Liping zu gelangen, einer kleinen Stadt in den Bergen von Guizhou.

Am Bahnsteig wehte ein so frostiger Wind, dass er sich mit dem einen auf den anderen Fuß trat, um sich aufzuwärmen. Ihm gefiel das Geräusch der Eisenbeschläge auf dem Zement, das in dem leeren Bahnhof widerhallte. Er war aufgeregt. Aufgeregt wie ein Soldat, der in den Kampf zog.

Wer hätte gedacht – er selbst hatte es fast schon vergessen –, dass er noch wenige Tage zuvor ein braver Theologiestudent gewesen war, der ein Leben als Prediger anstrebte?

Er legte eine Karte für seine Reise an. Der Geografielehrer an der Fakultät hatte ihm beigebracht, wie man so etwas machte. Da er bewaffnet unterwegs sein würde, entschied er sich für eine Art militärischer Kartografie: Die einzelnen Tage stellte er jeweils mit einem Rechteck dar, das durch einen Pfeil vom nächsten getrennt war. Überall dort, wo er sich verirrte, auf Hindernisse traf oder kein Holz zum Feuermachen fand, zog er die Pfeilspitze nach unten, wie bei einem Angelhaken – ganz wie es die Offiziere des Generalstabs taten, wenn ihre Truppen irgendwo auf Feinde stießen. Bisher bestand seine Karte aus einer einzigen Abfolge von Angelhaken, die davon zeugten, dass er einige Abenteuer auf seiner langen Reise zu bestehen hatte. In Liping musste er sich in seinem kartografischen Eifer allerdings unterbrechen.

Das Städtchen lag in einer Talsohle und war umgeben von Grasland, auf dem die Kinder die Büffel weiden ließen. Der Ort bestand aus nur einer sehr schmalen Straße, an der es zwei, drei Läden gab, die Reis, Sojasauce und Salz anboten, außerdem ein Postamt, eine Schmiede und ein paar einfache Holzhütten. Tagsüber entfernten deren Bewohner die Bretter der Fassaden und verwandelten ihre Häuschen in Verkaufsbuden, am Abend setzten sie die Planken wieder ein und legten sich dahinter schlafen. Am Ende der Straße stand ein Gebäude, in dem eine deutsche karitative Organisation ihren Sitz hatte, seit die Missionare, die zuvor dort gewohnt und gearbeitet hatten, vor der Roten Armee geflohen waren.

Von Liping aus ging es für Yong Sheng nur noch durchs Hochgebirge, an steilen Felswänden entlang, wo die Pfade manchmal nur einen Fuß breit waren. Hängebrücken führten ihn über Flüsse. Er sah Bauern, die mit Spaten und Hacke Kartoffeln aus der dunkelroten Erde gruben. Der Gewaltmarsch zehrte so sehr an seinen Kräften, dass er an die Fortführung seiner Karte gar nicht erst dachte.

Die Bewohner von Guizhou pflegten zu sagen: »In Guizhou ist niemals drei Tage hintereinander schönes Wetter, und die Erde bleibt keine drei Schritte lang flach.« In der Tat war der Regen Yong Shengs ständiger Begleiter, schlimmer noch, meist musste er durch kalten Nebel laufen, und die Landschaft bestand nahezu ausschließlich aus schroffen Bergkämmen. Die Gegend wirkte wüst, aber nicht wegen des Krieges. Sie sah auch in Zeiten des Friedens so aus. Seit Tausenden Jahren machte ihre geologische Beschaffenheit sie zu einem lebensfeindlichen Flecken Erde, in jeder Hinsicht. Selbst ein Krieg konnte hier nicht viel anrichten. Hinter Guiyang kam Yong Sheng an überschwemmten Reisfeldern und vom Frost bedeckten Äckern vorbei, die allerdings binnen Kurzem wieder felsigem Hochgebirge wichen. Plötzlich stand er vor gezackten Steilhängen, deren

Umrisse sich im Nebel mal wie eine Schar unheimlicher Riesen abzeichneten, mal wie eine unendliche Reihe überdimensionaler Grabmäler. Über Yong Sheng kreisten Adler, das Echo ihrer furchterregenden Schreie zerriss die gespenstische Stille. Von Zeit zu Zeit sah er einen zu Tode erstarrten Raben in die Tiefe stürzen. Jahrhunderte unablässiger Regenfälle, klirrender Kälte und unerträglicher Hitze hatten die Berghänge völlig entblößt und tiefe Furchen ins Gestein gegraben. Hier und da klammerte sich das Skelett eines dürren Strauchs an einen Felsen. Zerstreut über den ganzen Hang lagen Dörfer der kleinen Volksgruppe der Miao. Ihre niedrigen, strohgedeckten Hütten mit den braun gestrichenen fensterlosen Wänden glichen finsteren Bunkern, die meist völlig unvermittelt hinter einer Wegbiegung auftauchten und einen fürchten ließen, jeden Augenblick könnte ein bewaffneter Ganove oder ein Tiger aus der Tür gesprungen kommen. Durch Gegenden wie diese wagten sich Reisende nur in Gruppen, und so musste Yong Sheng bei einem gefährlichen Aufstieg die Absätze seines Vordermanns immer im Blick behalten und gleichzeitig achtgeben, wohin er seine eigenen Füße setzte, damit er seinem Hintermann nicht mit den schweren Stiefeln ins Gesicht trat. Immer wieder sah er Pferdekadaver in den Schluchten liegen, die ihre Sattel noch auf dem Rücken trugen.

Nach drei Wochen, Ende Oktober 1934, erreichte er endlich Jiuzhou. Leider war die Sechste Kolonne jedoch mitsamt dem amerikanischen Missionarsehepaar schon weitergezogen.

Jiuzhou war eine kleine Ortschaft, in der sowohl Chinesen als auch Miao lebten. Sie war in nichts mit Putian zu vergleichen, und sogar das kleine Städtchen Hanjiang wirkte groß gegen diesen Marktflecken. Dennoch war Jiuzhou umgeben von hohen Mauern, in die man vier Tore eingelassen hatte. Zu beiden Seiten der Zugänge führten Steintreppen auf die Befestigungsanlage. Wurde die Stadt von bewaffneten Banden belagert, musste jede Familie ein Mitglied zu ihrer Verteidigung schicken; und da niemand von ihnen eine Waffe besaß, setzten sie sich zur Wehr, indem sie die Angreifer von der Mauer aus mit Steinen bewarfen. Pastor Samuel Brown, stets im dunklen Anzug und mit Fliege, leistete höchstpersönlich Unterstützung bei solchen Kämpfen. Oft in Begleitung seiner tapferen Ehefrau Mary, die durch ein Fernglas beobachtete, was der Feind ausheckte.

Anfang Oktober 1934 (in den Archiven wird das Datum der Eroberung von Jiuzhou durch die Sechste Kolonne nur ungenau zwischen dem 1. und 15. Oktober angesiedelt) nahm Mary, von ihrem Posten auf der Stadtmauer aus, wieder einmal einen feindlichen Trupp ins Visier, und schnell wurde ihr klar, dass sie es diesmal nicht mit den üblichen Banditen zu tun hatten.

»Sie trugen zwar keine Uniformen und hatten unterschiedliche Kappen auf. Doch auf jeder prangte der gleiche rote Stern mit den fünf Zacken.«

Offenbar hatte sie dieses Abzeichen nie zuvor gesehen. Weder sie noch ihr Mann Samuel waren bis zu jenem Tag Soldaten der Roten Armee begegnet.

Auf der Stadtmauer stand eine alte Kanone, die zuletzt während der Qing-Dynastie gegen eine Rebellion der Miao im Einsatz gewesen war, bevor Pastor Brown eines Tages beschloss, sie wieder zum Leben zu erwecken. Frostige Nebel und Dauerregen hatten sie in einen Haufen Schrott verwandelt, den das Mauerwerk sich mit der Zeit einverleibt zu haben schien. Doch der Pastor war nicht davon abzubringen gewesen, sie zu reparieren und anschließend mit Schwefel, Kohle, Eisenkugeln, Glasscherben und Holzabfällen zu stopfen. In den Stimmen der Bewohner von Jiuzhou schwang Ehrfurcht gegenüber dem Missionar mit, als sie Yong Sheng von dem Abenteuer erzählten, das folgte: »Es gab eine große Explosion, man sah, wie sich die Erde wölbte, wo die Projektile eingeschlagen waren. Eine dicke Rauchsäule, hoch wie ein Turm, stieg auf, es dauerte einen Moment, ehe sie sich auflöste, dann flogen Steine und Erdklumpen in alle Richtungen.«

Die alte, vom Pastor geflickte Kanone konnte dem Ansturm der Roten Armee indessen nicht lange standhalten. »Die waren stärker als gewöhnliche Banditen und hatten die Stadt im Handumdrehen unter ihre Kontrolle gebracht.« Die Männer mit dem Stern auf ihren Kappen hatten die Mission gestürmt und gebrüllt: »Wir sind die Vorhut der Roten Armee!«

Der jungen Miao-Frau zufolge, die als Dienstmädchen und Köchin für die Browns arbeitete und sie außerdem in ihrer Sprache unterrichtete, verhielt es sich so: »Als die Herrschaften den Namen Rote Armee hörten, waren sie beruhigt, denn sie hatten schon einiges über diese Truppe gehört. Selbst als die Soldaten das Haus durchsuchten, hat die gnädige Frau mir sehr gefasst zugeflüstert: ›Lieber die als eine Bande Räuber.‹« Man habe schließlich gewusst, wenn Banditen, wie schon Dutzende Male in Guizhou geschehen, Missionare in ihre Gewalt brachten, es für diese meist tödlich endete.

Die Soldaten der Roten Armee hatten die Kirche und das Haus der Browns in Beschlag genommen. Neugierig begab sich Yong Sheng dorthin und stellte fest, dass, obwohl Presbyterianer und Baptisten sich in vielem entgegenstanden, der Sitz Pastor Browns dem von

Pastor Gu auf seltsame Weise ähnelte. Das Anwesen war zwar nicht so groß wie das von Pastor Gu, aber das Haus ging ohne Weiteres als Domizil eines reichen Händlers durch. Im Hof hatte Mary Kürbisse und mehrere Reihen Kohl, Tomaten und Stangenbohnen gepflanzt, ein kleiner Gemüsegarten, in dem Hühner pickten und scharrten.

Das geräumige Hauptzimmer hatten sie in einen Gebetsraum umgewandelt und mit religiösen Bildern dekoriert. Man konnte den Eindruck gewinnen, dass Mary und Samuel an diesem abgeschiedenen Ort ein angenehmes Leben geführt hatten. Und dass sie ernsthaft damit beschäftigt gewesen waren, die Sprache der Miao zu erlernen – über die ganze Wand verteilt hingen Zettel mit Wörtern und Ausdrücken samt ihrer phonetischen Transkription.

Yong Sheng wunderte sich, dass sich in keinem Zimmer Hochzeits- oder Familienfotos fanden. Später erfuhr er, dass die Soldaten sämtliche Bilder konfisziert hatten.

Offenbar hatte das Paar keine Kinder bekommen, es gab nur ein Schlafzimmer mit einem großen Bambusbett unter einem Moskitonetz, und nirgends lag Spielzeug herum. Hinter dem Haus lag ein weiterer Hof, in dem sich, wie bei Pastor Gu, ein Esel mit einer Steinmühle abmühte, um Sojabohnen zu zermahlen. Das Schlagen seiner Hufe auf den Pflastersteinen mischte sich mit dem Knirschen und Quietschen der Mühle. Yong Sheng konnte nicht umhin, sich dem Tier zu nähern. Man hatte ihm die Augen mit einem roten Tuch verbunden, das vor Schweiß nur so triefte, und auch sein graues Fell glänzte feucht.

»Nachdem sie fort waren«, sagte ihm das Hausmädchen, »habe ich noch ein paar Tage lang jeden Morgen

Sojamilch für Mary zubereitet, die hat sie immer getrunken, weil es hier ja keine Kuhmilch gibt. Sollten sie zurückkommen, dachte ich, würde sie sich bestimmt darüber freuen.«

Zwei Mal sei sie zum Lager der Roten Armee gelaufen, um frische Wäsche und Essen für ihre Dienstherren zu bringen. Man hatte Mary und Samuel mit etwa zwanzig Gefangenen der Armee der Kuomintang festgesetzt, Männer und Frauen waren getrennt.

Mary kam ihr nicht nervös oder verschreckt vor, sie hatte sie lediglich gebeten, einen britischen Missionar und Arzt zu kontaktieren, dessen chinesischer Name Bo Gefei[2] lautete. Der Mann war ein Vertrauter der Browns, doch nicht nur das, er war außerdem mit He Long befreundet, dem großen General der chinesischen Roten Armee, denn er hatte dessen Neffen das Leben gerettet. Der General hatte ihm darauf höchstpersönlich einen Dankesbrief geschrieben und ihn sogar in seiner Kirche in Zhenyuan aufgesucht. Wenn Bo Gefei He Long eine Nachricht übermittelte, wäre Xiao Ke gezwungen, sie freizulassen.

Mary und Samuel wussten nie, wo sie sich am nächsten Tag aufhalten würden, aber es war kein Geheimnis, dass Xiao Ke sich mit seiner Sechsten Kolonne He Long im Westen von Hunan anschließen wollte.

Wo auch immer sie Station machten, jeder Bauer, jeder Händler hatte schon von He Long gehört und kannte das Ziel der Sechsten Kolonne. Es war zwei Wochen

---

2 Rudolf Alfred Bosshardt musste sich der Sechsten Kolonne der Roten Armee unter General Xiao Ke fünfhundertsechzig Tage lang anschließen und berichtet von dieser Erfahrung in seinem Buch *The restraining hand: Captivity for Christ in China*, Hodder and Stoughton, London, November 1936.

her, dass Yong Sheng Jiuzhou verlassen hatte, um sich den Soldaten der Sechsten Kolonne an die Fersen zu heften, es war ein wahrer Wettlauf gegen die Zeit. Er musste sie unbedingt einholen, bevor sie sich mit den Truppen von He Long zusammentaten. Denn sollte He Long entscheiden, das Missionarsehepaar freizulassen, wie könnte er Mary dann je wiederfinden? Würde sie nach ihrer Gefangenschaft nach Jiuzhou zurückkehren, in dieses verlassene, von aller Welt abgeschiedene Kaff? Sicher nicht. Sie würde sich zweifellos auf den Weg nach Shanghai machen, um das nächste Schiff in die USA zu nehmen. Und das bedeutete, dass er sie für immer aus den Augen verlieren würde.

Überall erzählten die Leute ihm von einem Missionarspaar, das den Soldaten Kirchenlieder vorgesungen habe, woraus er schloss, dass Mary und Samuel nicht die Köpfe hängen ließen.

»Sobald sich die Gelegenheit ergab, holten sie ihre Bibel hervor und lasen einander laut daraus vor«, sagte ein Gastwirt in Shibing. »Der Mann seiner Frau und die Frau ihrem Mann. Die übrige Zeit verbrachten sie mit Beten und mit Singen. Nach einer Weile hatten sich ihre Wachen anscheinend so sehr daran gewöhnt, dass sie von sich aus um ein Lied baten.«

Das Örtchen Shibing lag über einen Berghang verstreut und schaute auf ein Tal hinunter, das immer im Schatten lag und durch das ein kleiner Bach ging. Nachts warfen die Laternen vor den Häusern schwache Flecke auf den Hang. Die Einwohner Shibings hatten noch sehr lebendig vor Augen, wie zwei Wochen zuvor plötzlich Soldaten in die Straßen und Höfe eingefallen waren. Unter den Vordächern der Häuser hatten sie ihre Gewehre gereinigt und an den Brunnen ihre Pferde geputzt. Mit Wasser und Kalk schmierten sie ihre Parolen auf die Mauern. Und inmitten dieses Durcheinanders hörte man zwei Missionare ihre Loblieder singen …

Yong Sheng stellte sich vor, wie das Tal ihnen mit einem Echo auf ihren Gesang geantwortet hatte. War das nicht fabelhaft? Mit einem Mal glaubte er, Marys Stimme zu hören, ganz leise, so fern wie das flackernde Licht der Sterne am Himmel. Ich würde deine Stimme unter allen wiedererkennen, Mary, dachte er. Er fantasierte ihre Stimme herbei, sie rauschte wie der Bach aus dem Tal herauf, wurde immer klarer, bis er sie laut und deutlich im Ohr hatte.

Er fragte den Wirt, welches Lied sie gesungen habe. Ob es vielleicht *Schau ich zu jenem Kreuze hin*[3] gewesen sei? Der Mann zuckte mit den Schultern, und auch als Yong Sheng ihm die Melodie vorsummte, konnte er nicht mit Sicherheit sagen, dass es dieses Lied gewesen war.

In Shibing wohnte nur eine Handvoll Familien, es war ein winziger Ort. Wie in den meisten anderen Dörfern, die Yong Sheng in der Region Guizhou durchquert hatte, besaß die Herberge weder einen Namen, noch gab sie sich durch ein Schild als solche zu erkennen. Allein ein Stapel wattierter Decken vor der Tür ließ ahnen, dass es sich um eine Pension handelte. Am Abend aß Yong Sheng dort in Wasser gekochte Knoblauch- und Sojasprossen, dazu servierte man ihm auf einem kleinen Extrateller ein Stück gelbes Salz, das

3 *When I survey the wondrous cross*, 1707 geschriebenes Lied des Pastors und Dichters Isaac Watts (1674–1748): »Schau ich zu jenem Kreuze hin, wo einst der Friedensfürst verblich, für Schaden acht ich, was Gewinn, was einst mein Stolz, beschämet mich.«

aussah wie eine Felsklippe; immer wieder rieb er das Gemüse zwischen seinen Stäbchen daran, um es etwas schmackhafter zu machen.

Das Salz stammte nicht vom Meer, sondern aus der Provinz Sichuan. Es handelte sich um die Sorte Salz, die am häufigsten in Guizhou verwendet wurde, aber da die wenigen und mühevollen Zugangswege den Transport erschwerten und eine hohe Steuer darauf lag, galt sie als Kostbarkeit. Fünfhundert Gramm kosteten einen Silberpiaster, die meisten Leute verzichteten deshalb darauf. Ein ganzes Stück dieses Salzes auf dem Teller zu haben grenzte an Luxus.

Wie Yong Sheng von dem Wirt erfuhr, hatte die Rote Armee mit ihren Gefangenen, darunter Mary und Samuel, in seinem Gasthof Quartier bezogen, und die beiden Amerikaner waren die Einzigen gewesen, denen man Salz zu ihrem Essen serviert hatte. Ein sichtbarer Beweis für die Vorzugsbehandlung, die sie genossen.

Wenige Tage später machte Yong Sheng weitere Entdeckungen, die nahelegten, dass man mit Mary besser umging als mit den anderen. Und zwar in Shancongpu, einem Hundertseelennest, das er bei Einbruch der Dunkelheit erreichte. Bewaffnete Soldaten standen am Ortseingang auf Posten, sie befragten und durchsuchten jeden, der an ihnen vorbeiwollte – es war ein Sonderkommando der Kuomintang-Armee, das der Roten Armee nachjagte und eine Marschpause einlegte. Aus Angst, dass sie das japanische Gewehr unter seinem Mantel finden würden, wagte Yong Sheng sich nicht in das Dorf hinein und beschloss, sich eine Schlafstätte im Freien zu suchen. Bald darauf kauerte er im hohen Gras hinter einem Felsen, der ihn vor dem Wind schützte, und nickte ein. Ein Rascheln ließ ihn plötzlich hochfahren. Eine Schlange? Panisch sprang er auf, griff nach seinem Gewehr und stocherte damit im Gras herum. Nichts. Dennoch tat er von diesem Moment an kein Auge mehr zu. Zitternd vor Kälte starrte er in den nächtlichen Nebel, der sich über alles legte und auch ihn allmählich einhüllte. Er rollte sich zusammen, zog sich die Kapuze seines Mantels ins Gesicht, doch es half nichts. Gegen Mitternacht, als er sah, dass die Wachen fort waren, schlich er zum Dorf hinüber. Doch die Herbergen waren voll und die Häuser größtenteils vom Militär besetzt. Er irrte lange umher, bis er endlich auf eine Familie traf, die sich nach harten Verhandlungen bereit erklärte, ihn für die Nacht aufzunehmen. Man führte ihn zu einem düsteren Schuppen, auf dessen Boden sich zu seiner großen Überraschung weder Stroh noch Matten oder Decken fanden, sondern lauter andere menschliche Körper. Es waren zehn, zählte Yong Sheng und vermutete, dass es sich um Salzträger handelte. Sie schliefen dicht nebeneinander. Als Yong Sheng sich einen Platz suchte, trat er auf ein Bein und wurde sogleich wüst beschimpft und zur Seite gestoßen. Dabei prallte er auf den Bauch eines weiteren Mannes und wagte schließlich gar nicht mehr, sich zu bewegen, auch weil er fürchtete, jemand könnte sein Gewehr entdecken und die Nerven verlieren.

Er konnte im Dunkeln nicht viel sehen, doch seine übrigen Sinne waren hellwach und gaben ihm Auskunft über den Raum, in dem er sich befand. Ein widerlicher, feuchter Geruch hing in der Luft, der von den zehn Körpern ausging. Ihm kam der schwitzende Esel von Pastor Gu in den Sinn und der Gestank dreckiger Füße. Er hörte die Männer schwer atmen, schnarchen und mit den Zähnen knirschen, dazwischen vernahm er zwei flüsternde Stimmen. Er wollte gerade sein Bein befreien, das unter dem seines Nachbarn klemmte und eingeschlafen war, als er ein paar Fetzen des Gesprächs mitbekam, die ihn aufmerken ließen:

»Auf dem Pferd saß eine Frau.«

»Eine Fremde?«

»Eine Fremde, so schön wie eine Bodhisattva.«

Yong Sheng vergaß sein Bein und kostete, inmitten des fürchterlichen Gestanks, den süßen Klang der Worte aus, der ihm erfrischend durch die Brust ging: »eine Fremde«.

Warum ließen die Soldaten der Roten Armee sie reiten? Ein großes Privileg für eine Gefangene – weshalb? Sie sah bestimmt sehr elegant aus auf dem Rücken eines Pferdes. Der Mann hatte sie mit einer Bodhisattva verglichen. Er sah sie vor sich, die Hände – ob sie Frostbeulen hatte? – fest am Zaum. Bestimmt hatte sie irgendwelche Beschwerden. Mindestens zerschundene Füße, sodass sie nicht mehr laufen konnte.

Ihm selbst taten die Füße schrecklich weh. Auf seine eisenbeschlagenen Stiefel verzichtete er mittlerweile, da er damit auf den Felsen abzurutschen drohte. Sie waren außerdem ziemlich durchgelaufen, an der Spitze sogar schon aufgeplatzt. Und da es nicht aufhörte zu regnen, saugten sie sich ständig mit Wasser voll, immer wieder musste er anhalten, um sie, auf einem Bein stehend, zu leeren. Als ihm das Ganze zu mühsam geworden war, hatte er sich ein Paar Strohsandalen gekauft, die es im Norden Chinas nicht gab, und schon gar nicht in Fujian, an der Küste. Diese Schlappen gab es ausschließlich in der südwestlichen Region des Landes. Bauern und Kulis trugen sie, wenn sie in den Bergen unterwegs waren, wo niemand auch nur auf die Idee käme, sich Stoffschuhe anzuziehen.

Am ersten Tag fand Yong Sheng das neue Schuhwerk reichlich unbequem, und schon nach wenigen Kilometern hatte er sich die Füße wund gelaufen. Ein Bauer wies ihn darauf hin, dass er die Schnürsenkel (ebenfalls aus Stroh) zu eng gebunden hatte, und erklärte ihm, wie man es richtig machte: »Wenn man sich keine Blasen laufen will, müssen sie so locker geschnürt sein, dass man sie ausziehen kann, indem man einfach die Ferse ein bisschen anhebt.« Also lockerte Yong Sheng die Schnürsenkel, ohne zu bedenken, dass der Regen die Gegend inzwischen in eine einzige Schlammpfütze verwandelt hatte. Im Nu versank er bis zu den Knöcheln im Morast, und als er sich daraus befreit hatte, fand er seine Sandalen nicht mehr. Er musste wohl oder übel seine alten Stiefel wieder auspacken. Jeden Tag legte er ungefähr vierzig Kilometer auf Gebirgspfaden zurück und litt Höllenqualen, so blutig und geschwollen waren seine Füße. Er musste sich zusammenreißen, um nicht bei jedem Schritt aufzustöhnen, und nachts lag er vor Schmerzen wach.

In seiner Erinnerung glitzerten Marys Füße wie Glimmer unter ihrer durchscheinenden Haut. Er sah den sanften Bogen ihrer Fußsohlen vor sich, ihre zarten Knöchel, die feinen Windungen ihrer Venen. Wie hätten ihre Füße wohl die Folter der Guizhou-Strohsandalen überstanden?

Während der zehntägigen Reiseroute von Jiuzhou nach Shancongpu war das Glück auf seiner Seite. Auf der gesamten Strecke hatte die Rote Armee Spuren hinterlassen, überall standen mit Kalkfarbe ihre Forderungen geschrieben: Sie verlangten die Abschaffung zu hoher Steuern und riefen die Bauern zum Aufstand gegen die lokalen Machthaber auf, die sogenannten Kommandanten, die ihre eigenen Armeen befehligten und sich in ihrer Region Autorität verschafft hatten. Die Schriftzüge stammten meist von derselben Person, Yong Sheng erkannte Zeichen an ihren horizontalen Linien wieder, die am Ende immer nach oben zeigten. Diese Maximen waren wie Wegmarken, die ihn führten.

Doch hinter Shancongpu verlor sich die Spur auf einmal. In Begleitung der Salzträger war er ungefähr fünf Kilometer bergauf gestiegen – er hatte das Gefühl, die Jakobsleiter hinaufzuklettern, so steil und unabsehbar kam ihm der Pfad vor –, bis sie auf dem Gipfel endlich an ein Haus gelangten, vor dem ein Wachhund sogleich bedrohlich zu kläffen begann. Die Träger setzten ihre Salzladung vor der Tür ab und traten ein, um sich auszuruhen und mit der Familie, die in der Hütte wohnte, Opium zu rauchen. Yong Sheng setzte sich zu ihnen an die Feuerstelle. Der Hausherr, so dürr, dass man es mit der Angst bekam, fachte die Glut an, in der ein paar Taro-Knollen rösteten. Er wirkte stumpf, wie ein Zombie, als wäre kein Funken Leben mehr in ihm. Mechanisch nahm er eine Knolle aus den Flammen, klopfte dreimal leicht dagegen, blies die Asche von der Schale, wiederholte das Ganze und führte sie an seinen Mund. Yong Sheng fragte ihn, ob die Rote Armee an diesem Ort vorbeigezogen sei. Vielleicht waren die Soldaten nach dem Aufstieg ja nur zu erschöpft gewesen, um mit ihren Parolen ein Zeichen zu setzen.

»Die Rote Armee?«, fragte der Mann mit leiser Stimme zurück. »Noch nie gehört. Weder von einer roten noch von einer schwarzen Armee. Ich kenne nur die Kommandanten Wang und Zhang, die in dieser Gegend das Sagen haben. Aus wie vielen Bauern soll diese Rote Armee denn bestehen? Kommandant Zhang hat ein Heer von sechzig Mann, und er hat zehn Gewehre, also mehr als Kommandant Wang.«

Yong Sheng dachte, dass der Alte nicht mehr alle

Sinne beisammenhatte, und nahm seine Äußerungen nicht weiter ernst. Er beschloss, seinen Aufenthalt nicht unnötig auszudehnen, packte bald sein Bündel und machte sich an den Abstieg hinunter nach Jinniupu. Er klopfte an jede Tür des Dörfchens, in der Hoffnung, irgendeinen Hinweis über den Verbleib der Roten Armee zu bekommen. Doch keiner der Bewohner konnte ihm weiterhelfen, die Truppe schien sich auf irgendeinem Gipfel in Luft aufgelöst zu haben.

Es war rätselhaft. Auch die Einheiten der lokalen Kriegsherren und selbst die Kuomintang, die mit ihren Flugzeugen die gesamte Region aus der Luft absuchten und etliche Spitzel vor Ort beschäftigten, hatten die berüchtigte Sechste Kolonne aus den Augen verloren.

Auf einer Karte würden sich die Linien, die der Bewegung der Truppen von Xiao Ke folgten, bald in Zauberringe verwandeln, die auf magische Weise ineinandergriffen und immer weitere Ringe hervorbrachten: Nach ihrem Aufbruch in Jiuzhou waren sie Richtung Norden marschiert, hatten Shibing eingenommen, sich dann ostwärts gehalten, wurden dort jedoch von den Truppen der Kommandanten im Gebiet Guangxi überrascht und in das Dorf Ganxi zurückgedrängt. Sie zogen also wieder nach Westen ab, Richtung Shibing, doch in Daqing erwartete sie die Armee der Kuomintang, weshalb sie sich im tiefsten Gebirge verstecken mussten. In Baling beschloss Xiao Ke den Gegenangriff, sie kehrten um nach Ganxi. In Shancongpu nahmen sie die Route gen Norden und kämpften in Shiqian gegen die Kriegsherren aus Guizhou. Diesmal gingen sie als Sieger aus der Schlacht hervor, sie hatten die Einkesselung durchbrochen, ihre Feinde bis Shiqian verfolgt und waren dann weiter Richtung Yinjiang marschiert.

In seiner Ratlosigkeit entschied Yong Sheng sich zur Rückkehr nach Shancongpu. Der Aufstieg, der ihm so beschwerlich vorgekommen war wie das Erklimmen der Jakobsleiter, war nichts im Vergleich zum Abstieg, wie er feststellen musste. Mit zitternden Beinen bewegte er sich Schritt für Schritt voran, und es kostete ihn solche Mühe, dass er bald am Ende seiner Kräfte war. Völlig benommen erreichte er eine Gabelung, nahm den falschen Abzweig und lief kilometerweit in die falsche Richtung, bevor er entdeckte, dass er nicht nach Shancongpu, sondern nach Sinan unterwegs war. So verheißungsvoll der Name auch klang, so sehr stürzte er Yong Sheng in Verzweiflung, denn ihm dämmerte, dass er den Anschluss an die Rote Armee nun endgültig verpasst hatte.

Von Sinan aus zog er ziellos weiter Richtung Tongren. Am ersten Tag kam er bis Jiucaipu, am zweiten bis Liangshuijin. Vor Wochen hatte er Liping hinter sich gelassen, war jeden Morgen vor Tagesanbruch aufgestanden, hatte eine Maisbrühe geschlürft und sich dann auf den Weg gemacht. Seit Sinan aber lag er manchmal stundenlang auf seinem Strohbett, um eine Laus auf dem Ärmel seines Mantels zu betrachten. Beim ersten Mal begriff er vor lauter Stumpfheit nicht gleich, dass es sich um eine Laus handelte. Er dachte zuerst, es sei eine winzige Garnele. Er streifte sich den Mantel ab, dann das Hemd und entledigte sich schließlich aller Kleidung, die er am Leibe trug. Plötzlich entdeckte er, dass eine ganze Schar Läuse sich in seiner stinkenden Scham tummelte. Er wollte sie töten, alle, doch dann versank er wieder in einen Zustand völliger Gleichgültigkeit und begnügte sich damit, dem Gewimmel an seinem Hodensack einfach nur zuzuschauen.

Er hatte keine Ahnung, um welche Uhrzeit er aufgewacht war, irgendwann machte er sich mit leerem

Magen gen Osten auf. Sein Weg führte ihn durch ein Dorf, wo er für eine kurze Rast einkehrte. Bei der Gelegenheit erfuhr er, dass die Rote Armee sich ganz in der Nähe, in Shuicaopu, eine Schlacht gegen die Truppen des Kommandanten Liu lieferte. Vor Freude sprang er auf, um zum Ort des Geschehens zu eilen. Er hatte vielleicht zwei, drei Kilometer zurückgelegt, als er Schüsse hörte, kurz darauf kamen ihm ein paar Männer entgegen. Er fragte sie, was passiert sei, und sie antworteten ihm, dass die Kämpfe Dutzende Tote in den Reihen von Kommandant Liu gefordert hätten, seine Truppe habe nun aufgegeben.

Am Ortseingang von Shuicaopu stieß er auf ein paar Bewaffnete, die sich mitten auf der Straße um zwei Leichen versammelt hatten. Er sah nur flüchtig hin, dennoch wühlte ihn das Bild der Toten auf: Der eine – er war gut gekleidet – lag auf dem Bauch, mit dem Gesicht zum Boden; der andere trug ein langes, dreckiges Gewand über einer hochgekrempelten Hose, aus der seine knochigen Beine ragten, seine Haut war gelb. Er hatte keine Schuhe.

Kommandant Liu stand über dem Leichnam des spindeldürren Mannes gebeugt, und Yong Sheng hörte ihn sagen: »Die Kugel war so groß, dass sie ihm den ganzen Schädel zertrümmert hat!«

Yong Sheng drehte sich um. Tatsächlich klaffte ein riesiges blutiges Loch im Kopf des Toten, und darüber hing ein Auge.

»Nur Bleikugeln können solche Löcher reißen«, mischte sich einer der Umstehenden ein.

»Es heißt, dass He Longs Männer mit Bleikugeln ausgerüstet sind. Wahrscheinlich hat er sich deswegen bis Guizhou vorgewagt, um Xiao Ke zu Hilfe zu kommen«, sagte Kommandant Liu.

Bleikugeln, dachte Yong Sheng, davon hatte er zwanzig Stück in der Tasche. Der Schmied aus Nanjing hatte sie ihm mitgegeben, zusätzlich zu dem Gewehr.

»Eine Kugel aus Blei kann eine Ziegelmauer von zehn, zwanzig Zentimetern Dicke durchschlagen«, hatte er gesagt. »Da muss ich dir wohl nicht erst erzählen, was sie bei einem Menschen anrichten kann.«

Tags darauf erreichte Yong Sheng nach einem strammen Marsch Yanhe. Wenn er auch die Rote Armee noch nicht eingeholt hatte, so begegnete er zumindest wieder ihren revolutionären Parolen in der vertrauten Handschrift.

Die strohgedeckten Häuser in Yanhe wirkten ziemlich heruntergekommen, vergeblich suchte man in diesem Nest eine Herberge, und niemand wollte ihm, trotz seiner flehentlichen Bitten, eine Unterkunft bieten. Wütend zog er weiter, entschied sich für den Weg ostwärts, bis er einen taoistischen Tempel entdeckte – den Kristalltempel. Hier könnte er die Nacht verbringen, überlegte er, und näherte sich dem Gebäude. Verwundert starrte er auf eine Bekanntmachung, die jemand an das Portal genagelt hatte: ein Brief, adressiert an die christliche Kirche von einem Imperialistenehepaar. In den Augen der Revolutionäre waren alle Raben schwarz, es interessierte sie nicht, ob es einen Unterschied zwischen Christentum und Taoismus gab. Was zählte, war, dass es sich in beiden Fällen um eine Religion handelte. Der Brief war auf einem Hektografiergerät gedruckt worden. Bisher hatte die Sechste Kolonne ihre Propaganda mit Parolen auf Mauern verbreitet, dass sie plötzlich Flugblätter herstellte, ließ möglicherweise darauf schließen, dass sie zu den Truppen von He Long im Westen aufgeschlossen hatte, und die verfügten anscheinend nicht nur über Bleikugeln, sondern auch über Hektografen.

Es versteht sich von selbst, dass dieser öffentliche Brief in wenigen Sätzen, auf Englisch und Chinesisch, eine Schmähschrift wider die Religion war, dieses Opium, mit dem man das Volk betäubte. Wahrscheinlich war das Pamphlet erst von einem Offizier der Roten Armee auf Chinesisch formuliert, dann von den Browns ins Englische übersetzt worden, und am Ende musste ein Offizier, der des Englischen mächtig war, es durchgesehen und korrigiert haben – denn an einer Stelle war der Ausdruck »to act as agents« durchgestrichen und mit einer anderen Schrift durch ein »to be agents« ersetzt worden.

Pastor Brown hatte seinen Namen sorgfältig und deutlich lesbar unter den Text gesetzt. Marys Schriftzug hingegen schien über das Papier zu rauschen wie ein zorniger Drache im Wind, der seine Krallen in alle Richtungen ausfuhr. Die fünf Buchstaben ihres Nachnamens waren kaum zu entziffern, von ihrem Vornamen erkannte man mit viel gutem Willen das hingekritzelte »M«, dessen drei Grundstrichen eine ganze Kaskade von Strichen folgte, ein Auf und Ab, das so zackig war wie das Gebirge von Guizhou.

Yong Sheng nahm das Flugblatt mit einer gewissen Erleichterung zur Kenntnis, denn es bedeutete, dass He Long die beiden Amerikaner noch nicht freigelassen hatte. Anscheinend war die Vermittlung durch den Briten Bo Gefei, auf den Mary gesetzt hatte, gescheitert.

Die Informationen, die drei Tage später in Yuyang zu ihm drangen, stützen diese Vermutung.

Als er dort ankam, hatte die Rote Armee die Stadt bereits wieder verlassen. Die Einwohner standen jedoch immer noch unter dem Eindruck der Feierlichkeiten, die anlässlich des Zusammenschlusses von He Longs Zweiter und Xiao Kes Sechster Kolonne vor dem Glockenturm des Osttors in der Altstadt abgehalten worden waren. Die Straßen dort waren mit unförmigen Kieselsteinen gepflastert, die Häuser und Geschäfte mit Steinplatten in engen Reihen gedeckt. Nur der Glockenturm hatte ein Pagodendach. Davor, so erzählte man Yong Sheng, hatte eine Menschenmenge rote Fahnen geschwenkt und revolutionäre Gesänge angestimmt, die durch die ganze Stadt wogten. Noch nie hatte Yuyang solch ein Spektakel erlebt.

»Schon wieder eine Revolution!«, hatten die Alten gebrummt. »Alle sechzig Jahre verkünden sie eine.«

In der Tat war man siebenundsechzig Jahre zuvor in ebendiesem Viertel Zeuge einer heiklen Affäre geworden, eines Konflikts zwischen Christen und Einheimischen: Jean François Rigaud, ein katholischer Missionar aus Frankreich, auch bekannt unter dem chinesischen Namen Li Guo, hatte in der Stadt eine Kirche erbauen lassen und um sie herum eine Mauer. Zu seinem Schutz hatte er sich außerdem Gewehre zugelegt und ein kleines Heer aufgestellt. Wie es das Unglück wollte, kam es zu einer Auseinandersetzung mit den Einwohnern, die, angestachelt von He Cai, einem ortsansässigen Kommandanten, die Kirche in Brand steckten und Rigaud auf den Glockenturm zerrten, wo er verbrannte. Frankreich plante daraufhin einen militärischen Vergeltungsschlag, doch der Botschafter riet davon ab und plädierte für Verhandlungen mit Li Zao, dem Premierminister der Qing-Dynastie, der He Cai denn auch vor dem Glockenturm enthaupten ließ und Frankreich eine Entschädigungssumme von dreißigtausend Silberunzen zahlte.

An dieser historischen Stätte also hatten He Long und Xiao Ke zur Zeremonie zusammengefunden, der eine mit Lederhut, der andere mit grauer Kappe, und auf beiden leuchtete der fünfzackige rote Stern. Seite an Seite hatten die beiden Befehlshaber von der Spitze des Turms aus die Parade ihrer tapferen Kämpfer abgenommen, die mit erhobener Waffe, den Blick auf ihre militärischen Führer gerichtet, vorbeidefilierten und aufrührerische Parolen brüllten.

Der eindrucksvollste Moment der Massenkundgebung war ohne jeden Zweifel die Übergabe der Gefangenen gewesen: Mehrere Dutzend uniformierter Soldaten und Offiziere der Kuomintang-Armee, unter ihnen General Cang Han, der das Kommando über einundvierzig Garnisonen hatte, knieten hinter Mary und Samuel Brown. Ein Offizier der Roten Armee war auf den Glockenturm gestiegen und las ihnen die zweiseitige Anklageschrift vor.

»Am Tag vor unserer Ankunft in Yuyang wurde dem Ehepaar Brown nach einer Unterredung mit He Long klar, dass die Intervention des Missionars Bo zwecklos gewesen war, und noch am selben Abend unternahmen sie einen Fluchtversuch. Doch sie kannten sich in der Umgebung nicht aus, und die Bewohner der Region sahen es als ihre Pflicht an, die beiden anzuzeigen. Dadurch ist es uns gelungen, sie wieder zu fassen.«

Pastor Brown, am Boden kniend, nahm all seinen Mut zusammen: »Wir Kirchenleute gehören nicht zu den Reichen, wir haben so gut wie nichts, wir sind Proletarier!«

He Long warf den Kopf in den Nacken und lachte laut los, Xiao Ke tat es ihm gleich. Und schließlich hallte das Lachen Tausender Soldaten über den Platz.

»Gewiss! Man muss euch nur ansehen in eurer dreckigen Kleidung. Echte Proletarier!«, gab He Long ironisch zurück.

Xiao Ke setzte noch einen drauf: »Pastor Brown, sagen Sie mir, warum wollten Sie fliehen? War die Rote Armee nicht gut zu Ihnen?«

»Obwohl unsere Organisation für ihre Ausdauer bekannt ist«, antwortete Brown, »waren die sechsundzwanzig Tage, die ich mit Ihnen marschiert bin, sehr anstrengend. Ich konnte nicht mehr, es ging über meine Kräfte ...«

Mary fiel ihm ins Wort, trotzig rief sie:

»Wir wollten nach Hause, um Weihnachten zu feiern.«

Einige Sekunden lang herrschte Totenstille, dann ging ein Raunen durch die Menge. Kaum jemand wusste, was »Weihnachten« bedeutete.

Ein entfernter Verwandter Xiao Kes – ein junger Mann mit einer langen Narbe im Gesicht –, der ebenfalls auf dem Glockenturm stand, flüsterte den beiden Befehlshabern etwas zu, die daraufhin einen erstaunten Blick wechselten.

Schließlich sagte He Long zu Xiao Ke: »Es sind deine Geiseln, entscheide du also.«

Sie konnten nicht ahnen, dass Mary nur drei Tage später abermals fliehen würde, diesmal zum Berg Biandan am Fluss Yu. Und genau dort gelang es Yong Sheng endlich – dank des Durcheinanders, das Marys Verschwinden auslöste –, die Truppen der Roten Armee einzuholen.

Von Yuyang aus waren die Soldaten weiter Richtung Westen gezogen, durch die Provinzen Sichuan, Guizhou und Hunan. Die Route führte sie zwangsläufig durch eine schwer zugängliche Gebirgslandschaft ins

Gebiet der Han und anderer Minderheiten, auch Miao und Yi lebten hier. Yong Sheng war den Rotarmisten dicht auf den Fersen, die Suchflugzeuge der Kuomintang erwiesen ihm dabei einen großen Dienst. Selbst wenn sie nicht zu sehen waren, konnte er sich am Dröhnen ihrer Motoren orientieren. Manchmal sah er sie in der Ferne über den Bergen ihre Kreise ziehen wie kleine Insekten. Ein sicheres Zeichen, dass die Rote Armee sich dort aufhielt.

Ohne dass er verstand, warum, veränderte sich die Lage plötzlich, es ging alles sehr schnell. Von Weitem erblickte er seinen Freund Xiao Ming und lief, seinen Namen brüllend, zu ihm hin. Doch Xiao Ming hörte ihn nicht und verschwand im Strom seiner Kameraden. Allerdings hatte der Offizier einer anderen Garnison ihn rufen hören, kam auf ihn zu und wollte wissen, ob er Xiao Ming kannte und genau wie er andere Sprachen spreche. Yong Sheng nickte.

»Wir haben zusammen studiert.«

»Perfekt. Die Revolution braucht Leute wie dich. Kommandant Xiao Ke hat Order gegeben, die Gegend nach einer imperialistischen Spionin zu durchforsten.«

»Einer Spionin?«

Sein Blick trübte sich, und die Welt vor seinen Augen verschwamm. Er hatte sie wieder verloren.

Herr im Himmel! Aber ihm blieb keine Zeit, Mary zu verfluchen, sein Gewehr zu verstecken oder sich gar eine Kappe mit rotem Stern aufzusetzen. Ehe er sichs versah, war er Teil des Suchtrupps geworden.

Mary hatte ihre Flucht nicht geplant. Es war ein Luftangriff, der ihr die Gelegenheit bot davonzulaufen.

Sie ging an diesem Tag zu Fuß, da sie das Pferd – dieses Privileg gestand man ihr immer noch zu – ihrem malariakranken Mann überlassen hatte. In Yuyang hatte man ihm eine starke Dosis Chinin verabreicht, deren Wirkung jedoch nach zwei Tagen verflogen war. In der Nacht vor ihrem Marsch über den Berg Biandan streckte ihn ein neuer Schub nieder. Er fröstelte und fieberte abwechselnd und fand, geplagt von höllischem Durst, keinen Schlaf. Er bat um Wasser, aber niemand scherte sich um sein Flehen und seine Qualen. Am Morgen war das Fieber zwar gesunken, doch sein ganzer Körper brannte vor Schmerz, und er bekam keinen Bissen herunter. Angesichts seines jämmerlichen Zustands gestattete man ihm immerhin, die Strecke auf dem Pferd zurückzulegen.

Um die Verluste bei den Luftangriffen so gering wie möglich zu halten, teilte die Sechste Kolonne sich in mehrere Bataillone auf, dabei wurden die Browns getrennt, waren aber nie sehr weit voneinander entfernt.

Der Tag versprach gutes Wetter. Die Sonne ging über den Bergen auf, die im Süden an einen dichten Dschungel grenzten. Hin und wieder zeigte sich ein Militärflugzeug am Himmel, ein kleiner silberglänzender Punkt, der hinter einer Wolke auftauchte. Auf die Entfernung sah man die Bomben nicht fallen, genauso wenig wie den Rauch und das Feuer nach den Explosionen. Die Detonationen hingegen hörte man, sie folgten in kurzen Intervallen aufeinander, als würden Arbeiter mit einem Rammbock immer wieder gegen die dicken Mauern eines Hauses stoßen, um es zum Einsturz zu bringen.

»Für den Biandan muss man robust sein. Runter kommt man ins Rutschen, rauf aus der Puste.«

Nach drei mühsamen Stunden bergauf legte die Truppe in Qingmenkou eine Rast ein, bevor es an den Abstieg ging. Mary nutzte die Pause, um sich im Wald zu erleichtern. Sie spähte durch die Äste der Bäume, im Tal glitzerte der Yu, über den eine Hängebrücke führte. Und als sie den Kopf hob, entdeckte sie einen, dann zwei, drei silberne Punkte, die rasch über sie hinwegflogen. Gleich darauf vernahm sie eine ganze Serie an Schüssen. Die Kuomintang schienen nicht weit von hier mit Maschinengewehren zu feuern. Tack-tack-tack-tack! Ein Geräusch wie von einer Nähmaschine.

Ihre Einheit nahm die Route als Erste wieder auf. Sie blickte sich nach ihrem Mann um und bemerkte, dass sein Pferd hinkte. Brown klammerte sich an den Hals des Tieres, die Zügel um seinen Arm gewickelt, die Hände in den Taschen des Lumpens, der einmal ein Mantel gewesen war. Zu Beginn ihrer Gefangenschaft hatte sie sich noch die Mühe gemacht, jeden Riss auszubessern, womit auch immer. Inzwischen war der Mantel mit unzähligen, verschiedenfarbigen Flicken aus Baumwolle, Leinen, Hanf besetzt, manchmal einer auf den anderen genäht.

Sie brauchten zwei Stunden hinunter ins Tal zu der Hängebrücke. Oben im Wald hatte Mary den Fluss nur als glitzerndes Band wahrgenommen. Jetzt, da sie davorstand, schlug das Wasser schäumend an schroffen Felsen hoch, auf denen sich eine üppige Vegetation ausbreitete. Wie ein Donner grollte der Yu, und seine Gischt peitschte die vier schwingenden Ketten, die das eine Ufer mit dem anderen verbanden; auf den beiden unteren lagen Holzplanken, die beiden oberen dienten als Brüstung.

Kaum hatte Marys Treck die Brücke passiert, begann der Aufstieg auf der gegenüberliegenden Seite. An einer Biegung kreisten plötzlich drei Flugzeuge bedrohlich tief über ihnen. Mary wandte sich zu der Brücke um, über die gerade die nachfolgende Einheit vorrückte.

Mein Gott!, schoss es ihr durch den Kopf, als sie im Sprühnebel ihren Mann ausmachte. Wie soll er es bloß ans andere Ufer schaffen? Die Holzplanken waren so wacklig, dass sein Pferd nur einmal falsch auftreten musste, und dann würden sie beide ins Wasser stürzen und ertrinken.

Sie brüllte ihm etwas zu, doch ihre Stimme kam gegen das Tosen nicht an. Die Schatten der Flugzeuge wuchsen zu beängstigender Größe an. Und dann fielen die Bomben, die Explosionen waren ohrenbetäubend.

»Ich werde meinem Mann helfen«, rief sie ihrem Offizier zu. »Er ist so geschwächt durch die Malaria, dass er es kaum allein mit dem Pferd über die Brücke schaffen wird.«

Ohne eine Antwort abzuwarten, stürmte sie los, so kopflos, dass sie fast in eine Schlucht gefallen wäre.

Eine Bombe schlug in den Fluss ein, sogleich schoss eine riesige Wassersäule in die Höhe. Unbeirrt rannte Mary weiter, vorbei an den Soldaten, die mit erhobenem Gewehr niederknieten und sie nicht aufhielten.

Die Flugzeuge entfernten sich wieder. Atemlos erreichte Mary die Hängebrücke, durch Wasser und Nebel konnte sie kaum etwas erkennen, doch dann hörte sie das Getrappel von Hufen, es kam vom anderen Ende der Brücke. Entschlossen setzte sie ihren Fuß auf die erste Planke und hatte es etwa bis zur Mitte geschafft, als sie begriff, dass der verstörte Gaul bockte.

Die Bretter waren so lose, und die Ketten schwangen so stark hin und her, dass ihr schwindlig wurde. An einer Stelle fehlte eine Bohle, darunter rauschte der reißende Strom.

Auf einmal tauchten die Flugzeuge wieder auf, und im nächsten Moment ratterten die Maschinengewehre.

Samuel Brown war inzwischen abgestiegen, hatte seinen Gürtel gelöst und drosch auf das Pferd ein, ohne Erfolg, es bewegte sich keinen Millimeter vorwärts. Im Gegenteil. Mit gesenktem Kopf und wackeligen Beinen setzte es zum Rückzug an. Mary näherte sich dem Tier, sein Fell war schweißnass. Sie streckte ihre Hand nach den Zügeln aus, doch in dem Moment galoppierte es mit dampfenden Nüstern los und riss den Pastor hinter sich her.

»Lass los!«, schrie sie ihrem Mann zu.

Er wandte den Kopf nach ihr um, als wollte er antworten, und schwang sich – woher auch immer er die Kraft nahm – auf den Rücken des Pferdes.

Mary stand auf der schwankenden Brücke, es herrschte mit einem Mal eine unheimliche Stille. Im nächsten Augenblick explodierte eine Bombe auf der Brücke, ringsum wirbelten Trümmer durch die Luft, sie sah ihren Mann in die Fluten stürzen. Ihr wurde schwarz vor Augen, als hätte ihr jemand einen Schlag in den Nacken versetzt. Sie glaubte schon, von einer Kugel getroffen worden zu sein, bis sie kapierte, dass die Druckwelle sie umgerissen hatte. Sie prallte gegen das Kettengeländer, spürte, wie sich das Metall in ihrem Rücken hin und her bewegte, und rechnete damit, dass die Explosion die Halteringe gesprengt hatte. Doch als sie die Augen öffnete, stellte sie fest, dass die Kette intakt war.

Sie rappelte sich auf und lief, so schnell sie konnte, die Brücke hinunter, die wie eine Schaukel auf und ab schwang, bis zum anderen Ende.

Auch als sie endlich das Ufer erreicht hatte, lief sie weiter. Instinktiv nahm sie nicht Kurs auf den Hang, wo die Soldaten auf sie warteten, sondern hielt sich am Fluss. Die Soldaten vermuteten, dass sie den Leichnam ihres Mannes suchte, erst als sie auf einen anderen Hügel zusteuerte, dämmerte es ihnen.

Sie hatte abermals die Flucht ergriffen.

Und war im Wald verschwunden.

Später sah der Suchtrupp etwas an der Oberfläche des Flusses schwimmen, das hin und wieder von einem Strudel in die Tiefe gezogen wurde. Es war weder ein Bambuskorb noch ein zerbrochenes Ruder, und es waren schon gar keine Bootsseile, nein, es war tatsächlich der Leichnam eines Mannes – des Missionars Samuel Brown, Marys Ehemann, so sagte man Yong Sheng. Wie ein schlammiger Schatten trieb der geflickte Mantel auf dem Wasser, wurde mal von einem Wirbel verschlungen, dann wieder ausgespien. Das Gesicht des Toten war nicht zu erkennen, es hatte eine erdige Tönung angenommen, was mit seinem grau melierten Haarschopf kontrastierte, der, obschon nass, ihn immer noch wie eine dichte Löwenmähne umwallte.

Mit jedem Auftauchen schien Browns Körper wieder ein Stück geschrumpft zu sein, seine Haltung war gebeugter, seine Füße verkrampfter. Es sah aus, als ob er betete.

Die Strömung hatte einige Baumstämme mitgerissen, die in regelmäßigen Abständen gegen den Toten stießen, einmal so heftig, dass er einen Bogen in der Luft zeichnete, am Ufer aufschlug und erst dann wieder ins Wasser rutschte. Diesmal allerdings verschlang ihn der Fluss endgültig.

Die Wasserbestattung war vollzogen.

Marys ganzer Körper war in Alarmbereitschaft, wie der eines gehetzten Tiers. Sie hatte den gegenüberliegenden Hang scharf im Auge. Nichts rührte sich. Nirgends war auch nur der Schemen eines Soldaten zu entdecken. Die obere Hälfte der Anhöhe war bewaldet, unten rauschte der Fluss. Sie hielt inne, um sich auf die Geräusche in der Umgebung zu konzentrieren – weder das Tosen des Wassers drang zu ihr durch noch die Stimmen der Männer, die nach ihr suchten. Alles war ruhig. Kein Vogel sang. Kein Blatt bewegte sich. Sie hörte nur ihren eigenen Atem.

Sie holte so tief wie möglich Luft, um zu tun, was sie tun musste: rennen.

Das Laub der Lorbeerbäume in der Talsohle raschelte, als das Tier – ein Fuchs, ein Hase? – einen Satz nach vorn machte. Wie ein Schatten huschte das Wild weiter, es war Mary, die mit letzter Kraft über einen Graben sprang, eine Lichtung querte, in einen Wald hineinlief, wo sie endlich wagte, ihr Tempo zu drosseln, um kurz zu verschnaufen, bevor sie weiterrannte, bis sie nicht mehr konnte. Der Wald wurde immer dichter und wilder, oft standen die Bambusrohre so eng nebeneinander, dass sie sich, die Hand schützend vorm Gesicht, erst einen Weg bahnen musste. Knackte das dornige Unterholz unter ihren Füßen, blieb sie abrupt stehen und horchte auf. Auch wenn sie weder Stimmen noch Schritte hörte, wusste sie doch, dass die Soldaten ihr auf der Spur waren. Immer wieder verfingen sich ihre Füße in Lianen, und sie stürzte, doch nie gab sie den geringsten Laut von sich. Trotz Erschöpfung, Hunger und Durst gönnte sie sich keine Pause. Einmal scheuchte sie eine Schar Stare auf, die entrüstet davonflatterten.

Wer achtete schon auf ein paar auffliegende Stare?, versuchte sie sich einzureden. Am Ende des Herbsts sind sie überall im Gebirge zu sehen, niemand würde deswegen stutzig werden.

Sie störte nur, dass es so viele waren, zu Hunderten schlugen sie mit den Flügeln und schwebten wie dunkel schillernde Seidenfetzen über dem Wald. Dort versammelten sie sich zu einem fast schwarzen Schwarm, der erst heller wurde, als die Vögel sich zu einer spitzen Lanze formierten und in gleichmäßigem Abstand weiterflogen. Dem aufmerksamen Blick ihres Verfolgers entging dieses Schauspiel nicht, doch war er kein Soldat der Roten Armee.

Der Mann stand auf einem felsigen Grat und lauerte auf jede Bewegung. Der Starenschwarm fiel ihm sofort auf. Mehrmals gingen die Vögel im Sturzflug nieder, als folgten sie dem Lockruf eines Geliebten, doch kaum waren sie auf Höhe der Wipfel, stiegen sie, ohne ihre Formation zu verlassen, wieder auf in den Himmel.

Muss man noch erwähnen, dass es sich bei diesem Mann um Yong Sheng handelte?

Er war froh, allein zu sein. Dass er keinen Soldaten an der Seite hatte, dem die Stare ebenfalls auffielen. In fiebriger Eile schulterte er sein Gewehr und lief in Richtung des Waldes.

Die Sonne schien in langen Streifen zwischen den Bäumen hindurch. Es war niemand in der Nähe. Yong Sheng richtete seine ganze Aufmerksamkeit auf die Geräusche um ihn herum. Er zog seine Stiefel aus, um jedes verdächtige Knirschen zu vermeiden und lief barfuß weiter. Ein weißer Schmetterling flog aus dem Schatten zur Sonne hin und verschwand im Unterholz. Die abgebrochenen Zweige schürften ihm die Fußsohlen auf, sodass er wohl oder übel wieder in seine Stiefel steigen musste. Plötzlich fiel vor ihm etwas von einem Baum. Er fuhr zusammen, stellte dann aber fest, dass es nur eine Spinne war, deren konischer schwarzer Bauch rot, gelb und weiß gefleckt war. Über ihm zitterte das geometrische Netz, das sie fein säuberlich zwischen den Ästen gesponnen hatte. Rasch krabbelte sie auf ihren kupferroten Beinen, die aussahen wie Angelhaken, davon.

Auf einmal durchströmte Yong Sheng ein warmes Glücksgefühl, er spürte, dass er seinem Ziel nahe war: Dort, wo die Spinne eben hingefallen war, schimmerte ein Damenkamm im Gestrüpp.

Mary hob die Nase, es roch nach Stechginster und Moos. Die Luft war feuchter und schwerer geworden, und ihre Schritte hörten sich anders an.

Sie spürte ein feines Rieseln unter ihren Sohlen. Dann entdeckte sie, ein Stück abseits, einen Tümpel. Als sie näher kam, versanken ihre Füße im Sumpf. Sie zog ihre Schuhe aus, in dem weichen Morast war es angenehmer, barfuß zu gehen. Die Sonne spiegelte sich zwischen dem Ginster auf dem Wasser und verlieh dem Tümpel einen metallischen Glanz.

Für einen Moment genoss Mary die friedliche Stimmung, das Summen unsichtbarer Insekten, das sanfte Wiegen der Gräser und das leise Rascheln des Laubs, das auf der nassen Erde verrottete und einen klebrigschwammigen Teppich bildete.

In der Ferne hörte sie Schreie, dann fiel ein Schuss, so weit weg, dass er ihr unwirklich vorkam, wie losgelöst von der materiellen Welt. Hatte man auf ein wildes Tier, eine Python oder auf ein Gespenst geschossen?

Am Rand des Tümpels streckte sie sich für einen Moment aus. Es wimmelte hier von etwas, was sie zunächst für Wasserpflanzen hielt, sich bei näherem Hinsehen jedoch als ein Schwarm Kaulquappen entpuppte, der sich, als sie danach langte, blitzschnell in alle Richtungen zerstreute.

Sie beugte sich vor, berührte erst mit der Nase, dann mit dem Mund das Wasser und schlürfte schließlich gierig davon. Es war eiskalt und schmeckte nach Schlamm.

Ein schwarzer Adler flog von einem Baum auf und stürzte sich jäh in den Tümpel. Als er sich wieder aufschwang und über ihr kreiste, sah sie, dass er eine Schlange zwischen den Krallen hielt.

Sie formte die Handflächen zu einer Kelle, schöpfte Wasser, um sich das Gesicht zu waschen, und legte sich die kühlen Fingerspitzen auf ihre müden Augen. Als sie schließlich ihren Kamm hervorholen wollte, um sich die Haare zu ordnen, hielt sie inne. Er war weg.

Im selben Augenblick hörte sie ein Geräusch.

Es war nicht das Summen unsichtbarer Insekten, das sanfte Wiegen der Gräser oder das diffuse Knacken und Knirschen des Waldes.

Was sie hörte, waren Schritte, nicht von Strohsandalen, wie die Soldaten der Roten Armee sie trugen, sondern schwere Schritte, wie von Lederstiefeln.

Sie sah keinen anderen Ausweg, als Zuflucht im Wasser zu suchen. Vorsichtig stieg sie in den Tümpel, doch es war unmöglich, dabei leise zu sein, denn bei jedem Schritt versank sie so tief im Schlick, dass sie erst ihren Fuß wieder befreien musste, um den nächsten machen zu können, was nicht ohne Gurgeln und Plätschern zu bewerkstelligen war.

Das Beste wäre gewesen, sich einfach flach auf die Erde zu legen. Doch dafür war es zu spät.

Der Verschluss eines Gewehrs klickte. Sie streckte ihre Hände in die Luft.

Yong Sheng betrachtete sie: ihr nasses, hochgestecktes Haar, das ihren feinen Nacken freigab. Im Gegenlicht war sie nur dunkler Schattenriss, doch ein paar

Sonnenstrahlen fielen durch die Bäume seitlich auf ihren Hals, und ihre zarte Haut schien das Licht wie ein Schwamm aufzusaugen. In der schwülen Atmosphäre leuchtete sie wie eine Koralle.

»Ich bin hier, um Sie zu töten«, sagte er und dehnte dabei jede einzelne Silbe.

Seine finsteren Worte explodierten wie eine Bombe in Marys Ohren. Benommen wandte sie sich um.

Sie sagte etwas, das Yong Sheng nicht verstand, oder vielmehr schrie sie. Er ging zu ihr ins Wasser und drückte ihr den Lauf seiner Waffe gegen die Brust.

Sie atmete flach, ihr Busen hob und senkte sich krampfartig unter der nassen Kleidung. Sie zitterte am ganzen Leib. Schillernde Wassertropfen perlten von ihrer Bluse auf den Gewehrlauf. Sie versuchte die Waffe wegzustoßen, Yong Sheng spürte die Kraft, die sie dabei aufbrachte. Und endlich erfasste er, was sie ihm entgegenbrüllte:

»Ihre Revolutionsregierung hat mich bereits zu sechs Monaten Gefängnis verurteilt. Ein Soldat der Roten Armee ist seiner Regierung zu Gehorsam verpflichtet, oder nicht? Wollen Sie sich etwa über dieses Urteil hinwegsetzen, indem Sie mich erschießen?«

Yong Shengs Muskeln spannten sich an, er drückte das Gewehr fester gegen ihren Oberkörper.

»Ich habe nichts mit der Roten Armee zu tun. Ich will Sie einfach nur töten.«

Sie sah ihn prüfend an und verstummte. Er trug tatsächlich keine Kappe mit rotem Stern auf dem Kopf, und auch sein Gewehr war anders als die, die sie von den Soldaten der Revolutionsarmee kannte.

Sie verfielen in eisiges Schweigen.

Nach einer Weile zuckte Mary mit den Schultern und erklärte herablassend:

»Ich muss los. Schön, Sie kennengelernt zu haben, aber jetzt muss ich meinen Mann suchen.«

Doch sie rührte sich nicht. Das Gewehr stach ihr immer noch in die Brust.

»Sie tun mir weh!«, stöhnte sie und wollte nach der Waffe greifen.

Er packte sie am Arm.

»Lassen Sie mich los! Fassen Sie mich nicht an!«, zischte sie, als wollte sie einen unliebsamen Verehrer zurückweisen. Sie wagte es nicht zu schreien, aus Angst, die Soldaten könnten auf sie aufmerksam werden.

Yong Shengs Finger umklammerten ihren Arm mit aller Gewalt. Er war nicht mehr ganz bei Sinnen, es war nicht sie, die er packte, sondern seine Ehefrau Heling. Unwillkürlich bohrte er ihr seine Nägel tiefer ins Fleisch, drückte so fest zu, dass er ihr fast die Knochen brach.

»Warum wollen Sie mich töten?«, keuchte Mary, während sie versuchte, sich aus seinem Griff zu befreien.

»Meine Frau hat ein Kind zur Welt gebracht, das von Ihrem Vater gezeugt wurde, von Pastor Gu!«

Sie hielt abrupt inne und starrte ihn neugierig an. Ihr Blick bekam kurz etwas Weiches, aber schnell legte sich Enttäuschung darüber, dann Abscheu.

»Das ist unmöglich, mein Vater ist tot.«

»Einige Monate vor seinem Tod hat er mich angestellt, damit ich mich um seine Tauben kümmere, und meine Frau hat für ihn gekocht. In dieser Zeit hat er sein Verbrechen begangen. Der Moment ist gekommen, dass jemand dafür bezahlt.«

»Und Sie haben beschlossen, dass ich dieser Jemand sein soll.« Sie sprach so hastig, dass ihr die Luft ausging.

Er nickte stumm.

»Sie sollten Ihre Frau umbringen! Denn ich bin diejenige, die sie zur Verantwortung ziehen müsste. Ohne diese Hure hätte mein Vater vielleicht ein paar Jahre länger gelebt!«

Es war das erste Mal, dass Yong Sheng das chinesische Wort für Hure aus dem Mund einer westlichen Frau hörte.

Kaum war diese Grausamkeit ausgesprochen, gab Mary sich kindisch. Sie zog einen Schmollmund, der Verachtung ausdrücken sollte, und musterte ihr jämmerliches Gegenüber. Hochmütig stieß sie das auf sie gerichtete Gewehr beiseite, kehrte Yong Sheng den Rücken und stakste weiter in den Tümpel hinein.

»Bringen Sie Ihre verdammte Frau um!«, rief sie noch einmal.

Ein Schuss fiel.

Die Kugel zischte an ihr vorbei. Mary geriet ins Wanken, fasste sich jedoch rasch wieder, erstaunt, dass sie unversehrt geblieben war. Lachend schritt sie voran.

Doch der Schlick am Grund des Tümpels schien sie aufzusaugen, mit jedem Schritt sackte sie tiefer. Es fühlte sich an, als liefe sie auf einer unsichtbaren Leiter, die sich immer tiefer in den Schlamm grub. Bald würde sie bis zu den Knien darin versinken.

Yong Sheng holte Mary ein und rammte ihr den Lauf seiner japanischen Flinte so brutal gegen den Schädel, dass sie taumelnd ins Wasser fiel.

Sie versuchte sich aufzurappeln, aber sie steckte nun bis zu den Hüften fest. Als es ihr endlich gelang, ein Bein zu heben, riss es sie sofort wieder um.

Yong Sheng schaute zu, wie sie zappelte und mit den Armen ruderte, schließlich bis zum Hals im Morast stand. Sein Herz krampfte sich zusammen. Der Hauch eines alten Mannes streifte sein Ohr, zweifellos Pastor Gu, und im selben Augenblick sah er die welken, von dicken Venen durchzogenen Hände seines einstigen Mentors vor sich, sah, wie sie den Nacken einer jungen Chinesin streichelten. Unterdessen hatte Mary sich aus dem Sumpf freigekämpft. In kleinen Rinnsalen lief das dreckige Wasser über ihre bebende Brust, die sich unter der nassen Bluse abzeichnete. Yong Sheng glaubte zu spüren, wie die knochigen Finger des Pastors in Helings Busen kniffen und sie wie ein verängstigter Spatz zitterte. Er stellte sich vor, wie der Alte, an die Haltestangen geklammert, sie von Zimmer zu Zimmer verfolgte, wie sie sich hinter dem Schrank versteckte, in dem er die Kladden mit seinen Sonntagspredigten aufbewahrte. Dort erwischte er sie, und sie rührte sich nicht vom Fleck, schwer atmend, aber lächelnd, denn sie war ein freundlicher, argloser Mensch. »Mein Mann ist einkaufen gegangen. Er wird sicher bald zurück sein«, brachte sie mit feuchten Augen hervor, reichte ihm dabei aber ihre Hand und öffnete ihre Arme.

Er legte den Finger an den Abzug und dachte an das große Loch, das im Hinterkopf der Tochter des Pastors klaffen würde – Bleikugeln konnten eine Mauer durchschlagen.

Doch der Schuss löste sich nicht.

Marys Kopf bewegte sich immer noch vor der Kimme. Und als er erneut abdrücken wollte, fühlte er sich mit einem Mal so erschöpft, dass er nur daran dachte, einen Ort zu finden, an dem er sich hinlegen und schlafen konnte.

Es war passiert, was passieren musste. Niemand kann verhindern, was im Buch des Himmels geschrieben steht. Die Tochter des Pastors zu töten würde es nicht rückgängig machen.

In diesem Augenblick ertönten Stimmen aus dem Wald.

»Wer hat hier geschossen? Habt ihr die Flüchtige gefunden?«

»Sie hat sich den Osthang hinaufgeschlagen«, brüllte Yong Sheng. Er stieg aus dem Wasser, hielt das Gewehr zu Boden und ging in die Richtung, aus der die Stimmen der Soldaten kamen.

Als er außer Sichtweite war, kroch Mary langsam aus dem Schlamm ans Ufer des Tümpels.

Kapitel 9

Helai

Vor seiner Hütte empfing den Heimkehrer ein halb entwurzelter Aguilar.

Am Stamm des Baums tat sich ein gähnendes Loch auf, das sicher nicht von Menschenhand gegraben war. Kein Strohhalm deckte mehr das Dach der Küche, und im Gemeinschaftsraum war das einzige Fenster zerborsten. Er dachte an den heftigen Sturm, der ihn zwei Tage zuvor auf seinem Heimweg überrascht und offenbar auch hier gewütet hatte.

Der Riese war in die Jahre gekommen – angesichts seiner fünfzehn Meter Höhe durfte man wohl zu Recht von einem Riesen sprechen. Schon vor seinem Aufbruch nach Nanjing an die theologische Fakultät war der Stamm so dick gewesen, dass Yong Sheng, so sehr er sich auch streckte, ihn nicht mehr umfassen konnte. Damals hatte das dichte Laub ausgesehen wie der Hut eines gigantischen grünen Pilzes; ein Hut aus Tausenden eiförmigen Blättern, die spitz zuliefen und deren Ränder gezackt waren. Die Zweige an den Ästen hatten sich wie der Bart eines Drachen gekringelt, und die Luftwurzeln hatten sich wie ein Netz über die Erde ausgebreitet, bis sie irgendwann wieder in der Tiefe verschwanden.

Das Tal am Fuß des Hügels war in trüben Nebel gehüllt. Der Stamm des Aguilars hing so schräg in der

Luft, dass die Äste den Boden berührten und einige der freigelegten Wurzeln auf dem moosbewachsenen Brunnenrand ruhten. Niemand hatte sich des Baums angenommen oder nur versucht, ihn wieder aufzurichten. Der versehrte Riese hatte wahrlich schon bessere Tage gesehen. Der Anblick der verdrehten und ineinander verschlungenen nackten Wurzeln erschütterte Yong Sheng. Sie erinnerten ihn an die Schnittzeichnungen in der Fakultätsbibliothek oder auch an die schematische Darstellung des Blutkreislaufs der Amphibien. Sie bildeten ein Netz aus sich kreuzenden Strömen, Flüssen und Bächen mit manchmal unübersichtlichen Windungen. Allmählich stieg der Nebel den Hügel bis vor die Hütte hinauf, schlang sich um den Aguilar und bedeckte dessen Wurzeln mit einem hauchdünnen milchigen Film.

Das Heim aus vergangenen Tagen war zu einem verwaisten, baufälligen Haus heruntergekommen. Seine Frau hatte es einige Monate zuvor mit ihrem Baby verlassen, wie sein Vater ihn in seinem Brief hatte wissen lassen:

»Plötzlich verspürte ich eine ungeahnt jugendliche Kraft in meinen alten Händen, so groß war die Lust, ihr den Hals umzudrehen. Deine Frau hat ein Kind von Pastor Gu zur Welt gebracht und sich dann wie eine Diebin davongestohlen.«

Wie ein General, der nach dem Gefecht das Schlachtfeld begutachtet, inspizierte Yong Sheng den Obstgarten. Auch hier hatte der Sturm seine Spuren hinterlassen, hatte zwei Birnbäume, eine Magnolie und vier Litschibäume aus der Erde gerissen.

Er spaltete sie mit einer Axt, schichtete das Holz auf und zündete es an. Es war vollkommen windstill, und er hatte darauf verzichtet, Petroleum auf die Scheite zu gießen, dennoch gingen sie sofort in Flammen auf. Es war bereits nach Mitternacht, aber da der Nebel sich inzwischen gelichtet hatte, konnte man das lodernde Feuer und die dicken Rauchschwaden, die über den Aguilar und die Hütte hinweg in den kalten Himmel zogen, in einem Umkreis von vielen Kilometern sehen.

Gedankenvoll stocherte Yong Sheng mit seiner Axt in der Glut herum. Als sie ihm dabei aus der Hand glitt und er sie fluchend und um den Preis eines verkohlten Ärmels aus den Flammen rettete, wünschte er sich sein altes japanisches Gewehr zurück. Doch das hatte er im Yu versenkt, ein paar Stunden, nachdem er Mary hatte laufen lassen. Jetzt könnte er die Flinte gebrauchen, um das Feuer anzufachen.

Nach einer Weile beschloss er, auch den Aguilar zu verbrennen. Er schleifte zunächst den dicken Ast, der auf den Brunnenrand gefallen war und weißes Harz absonderte, zu der Feuerstelle hinüber. Schwitzend und mit zerschundenen Händen zerrte er das meterlange, schwere Trumm auf den glühenden Haufen.

Das Holz fing sofort an zu knistern und zu prasseln, Funken sprühten. Im Nu hatten die Flammen einen Meter Ast verschlungen.

Auf einmal fiel ihm auf, dass etwas Klebriges ins Feuer tropfte, wie geschmolzenes Wachs.

Wenn er noch Saft hat, ist er nicht tot, schoss es Yong Sheng durch den Kopf.

Als er sich vorbeugte, um der Sache nachzugehen, fegte ein Windstoß über die Feuerstelle und blies ihm einen zarten, kaum wahrnehmbaren Duft ins Gesicht.

Was ist das?, fragte er sich verwundert.

Denn es war mehr als ein Duft. Es war eher ein Gefühl, nicht greifbar, eine Art Vorahnung.

Yong Sheng schloss die Augen und atmete tief ein. Zu seinem großen Bedauern hatte sich der Wohlgeruch bereits verflüchtigt.

Plötzlich aber war er wieder da, für den Bruchteil einer Sekunde wehte er ihm um die Nase und streichelte seine Sinne – er hatte so etwas noch nie erlebt. Ein glänzendes Blatt fiel herab, schwebte wie eine jadegrüne Feder über dem Ast und segelte, leicht und still, den züngelnden Flammen entgegen.

Der Duft kam und ging in Wellen, als wollte er Verstecken spielen, er spottete Zeit und Raum, die er mal dehnte, mal in Tausende kleine Teilchen zerlegte. Von dem Blatt, das ins Feuer gefallen war, war bald nur noch grüner Saft übrig.

Sobald der Duft verschwand, fürchtete Yong Sheng jedes Mal, ihn für immer verloren zu haben, und versuchte ihn zu wittern, bis er begriff, dass das göttliche Aroma von dem brennenden Ast ausging.

Ihm kamen die Gaben der Heiligen Drei Könige in den Sinn, sie hatten Jesus Gold, Myrrhe und Weihrauch dargebracht. Das Harz des Aguilars kam ihm weitaus betörender vor, es verströmte einen Duft wie das Nardenöl, mit dem Maria Magdalena Jesus die Füße gesalbt hatte. Es hatte eine animalische Kraft, weckte die Instinkte, wie der Geruch der Moschustiere, die im Hochgebirge von Tibet, Sichuan und Guizhou lebten.

Als der Duft abermals verflogen war, flehte er Gott an, er möge ihn wiederkehren lassen. Es war das erste Mal seit den Selbstmordgedanken auf dem Schwalbenfels, dass er betete. Danke, Herr! Der Duft kehrte zurück. Yong Sheng atmete tief ein, bis er ganz trunken davon war. Das Aroma war intensiver und deutlicher wahrnehmbar als zuvor, er konnte einen Hauch von Milch und Honig ausmachen – er erinnerte sich daran, wie er damals, als Fünfjähriger, die Milch aus Marys Brust in weißen Perlen vom Rand des silbernen Kelchs hatte heruntertropfen sehen und an den wohltuenden Geruch, der den Alkoven erfüllt hatte.

Die Umgebung verschwamm vor seinen Augen, der göttliche Duft bemächtigte sich seines ganzen Wesens und trug ihn weit fort.

Am nächsten Morgen erwachte er neben der Feuerstelle, sein Körper war mit einer dicken Schicht Asche bedeckt. Er rieb sich die Augen und erkannte im Morgendunst auf einer Wand seines Häuschens ein stark beschädigtes Fresko, in dem er nur mit Mühe das Werk des versoffenen alten Malers aus Zaolin erkannte. Von der goldenen Krone des weißen Kranichs war nichts mehr zu sehen, unter der abgeblätterten Farbe kam der Lehm des Mauerwerks zum Vorschein. Die Rückseite des Hauses wirkte weniger mitgenommen. Ein Großteil des Strohdachs war erhalten geblieben, ein paar Halme bogen sich im Wind.

Er kannte nun den Zauber, der sich offenbarte, wenn man das Harz des Aguilars verbrannte.

Allmächtiger Gott!, rief Yong Sheng im Stillen. Nach all den Demütigungen hast du mir die Gnade dieses himmlischen Dufts zuteilwerden lassen. Ist das ein Zeichen, dass ich Pastor werden und mein Leben in deinen Dienst stellen soll?

Zwei Männer schälten sich aus den Nebelschleiern, sie waren barfuß, hatten keine Mäntel und Strohhüte auf dem Kopf. Einer von ihnen trug ein Kind auf dem Arm, es war in ein Tuch gewickelt.

Sie traten näher und starrten lange auf die Wand mit dem Fresko. Das Kind schien zu schlafen, jedenfalls gab es keinen Laut von sich.

»Ich glaube, wir sind richtig hier«, meinte der Erste. »Allerdings ist er sehr jung für einen Pastor.« Er ging auf Yong Sheng zu. »Sie müssen Yong Sheng sein, wenn das da auf Ihrer Wand ein Kranich ist.«

»Ja, ich bin Pastor Yong.«

»Väterchen Schnaps schickt uns. Wir sind Fischer aus demselben Dorf.«

»Heling ist tot«, ergänzte der andere.

»Ihr Vater hat uns gebeten, Ihnen die Tochter zu bringen, die sie hinterlassen hat.«

Yong Sheng sagte kein Wort und machte keine Anstalten, das Kind entgegenzunehmen.

Er griff nach einem Spaten und begann, das Loch um den entwurzelten Aguilar zu vergrößern. Die beiden Fischer sahen ihm eine Weile beim Schaufeln zu, die Erde wimmelte von Käfern und Würmern. Schließlich half ihm der mit den freien Händen, trockene Wurzelballen und kleinen Steine beiseitezuschaffen. Woraufhin der andere Yong Sheng das Kind in den Arm drückte, zum Obstgarten hinüberlief, um dort mit bloßen Händen einen Korb mit feuchten schwarzen Klumpen zu füllen, die nach Dung rochen und die er in das Erdloch kippte.

Zu zweit zogen die Fischer den Aguilar bis an die Kante der Grube und richteten ihn, wie das Holzgerippe eines Hauses, unter Ächzen und Brüllen auf.

Dann lasen sie die Asche von der Feuerstelle auf – sie war fein wie Mehl –, siebten sie und verstreuten sie anschließend am Fuße des Baums.

Endlich fand Yong Sheng seine Sprache wieder. Das Kind im Arm, fragte er die Männer:

»Wie ist ihr Name?«

»Helai«, antwortete ihm einer der beiden. »Yong Helai.«

»Sie heißt Yong?«, fragte Yong Sheng erstaunt.
»Sie ist dein Kind, wie sollte sie sonst heißen?«

Zusammen mit seiner Tochter ging er an Bord eines Sampans, der Sand transportierte, stieg südlich von Putian aus und begab sich auf direktem Weg zum Sitz der amerikanischen protestantischen Kirche, wo die jährliche Synode abgehalten wurde.

Die Organisation versammelte fünf Kongregationen unter ihrem Dach. Das Gebäude, in dem sie untergebracht war, stach durch seine Mischung aus traditioneller chinesischer und abendländischer Architektur hervor. Mit seinem Dach, dessen Form den Flügeln einer Schwalbe nachempfunden war – ein Symbol für den Wunsch davonzufliegen –, seinen Stufen aus weißem Stein, der im Norden Chinas abgebaut wurde, und vor allem seinen imposanten roten Säulen sah es von Weitem aus wie ein kleiner Palast.

Rechts neben dem Eingangsportal saß ein Pförtner hinter einem Schalterfenster. Ein Chinese, um die vierzig, in einem Hemd mit Kragen und einer Weste mit einer goldenen Taschenuhr. Seine Füße hatte er auf der Kante eines Ofens abgelegt.

Stammelnd trug Yong Sheng die Bitte vor, mit einem Verantwortlichen zu sprechen.

»Einem Verantwortlichen für welche Kirche?«, erkundigte sich der Pförtner.

Die Rückfrage traf Yong Sheng unvorbereitet, er wusste keine rechte Antwort darauf. Pastor Gu gehörte den Baptisten an, während seine Dozenten in Nanjing mehrheitlich Mitglieder der presbyterianischen Kirche waren.

»Einem Verantwortlichen der Synode«, sagte er schließlich.

»Wollen Sie mit einem Berater sprechen? Wir haben mehrere, sie sind alle Chinesen.«

»Entschuldigung, ich weiß nicht, was ein Berater ist.«

»Sie wissen nicht, was ein Berater ist? Das ist ein Zuständiger auf der untersten Hierarchiestufe. Auf Englisch sagt man *exhorter*«, fügte er stolz und mit starkem Putian-Akzent hinzu.

»Ah, nein, also ich müsste eher …«

»Über den *exhorters* stehen die *lay preachers*, sie stammen alle aus Putian. Wenn Sie mit jemand Wichtigerem sprechen wollen, dann wenden Sie sich an einen *preacher*. Die *preachers* haben mehr als vier Jahre Berufserfahrung und dürfen das Evangelium außer Haus verkünden …«

»Und wer steht über ihnen?«

»Die *deacons*, unter ihnen finden sich sowohl Chinesen als auch Westler. Dann kommen die *pastors*, das höchste Amt, das ein Chinese erreichen kann. Darüber gibt es nur noch die *district-superintendents* und schließlich die *superintendents*[4], aber diese Funktionen sind ausschließlich den Westlern vorbehalten.«

»Dann möchte ich einen *superintendent* sprechen«, sagte Yong Sheng.

»Und in welcher dringenden Angelegenheit, bitte schön?«, wollte der chinesische Pförtner wissen und zuckte mit den Schultern, eine Geste, die er sich bei den Amerikanern abgeguckt haben musste. »Bedaure, aber ein *superintendent* empfängt nicht jeden x-beliebigen Besucher.«

Mit diesen Worten wollte er sein Fensterchen schon schließen, doch Yong Sheng hinderte ihn, indem er seine Hand dazwischenschob.

---

4 Superintendent: Vorsitzender Bischof.

»Ich möchte meine Tochter taufen lassen.«

»Dafür haben wir drei Pastoren, einen Amerikaner und zwei Kanadier.«

»Ich bin selbst Pastor.«

»Sie? Sie sind Pastor?«

»Ja.«

»Sie meinen bestimmt, dass Sie Pastor werden wollen«, korrigierte der Pförtner, bevor er seinem Ärger Luft machte, als hätte Yong Sheng seine Vorfahren beleidigt. »Wissen Sie, was das bedeutet, Pastor zu sein? Ein Pastor teilt das Abendmahl aus, betet für die Kranken und Sterbenden, tröstet sie, hält Predigten, vollzieht Hochzeiten und Beerdigungen. Das Gehalt eines Pastors beläuft sich auf vier Silberpiaster, wenn er Frau und Kind hat, erhält er einen zusätzlichen Piaster. Und erlauben Sie mir die Anmerkung, dass in Putian noch nie ein Chinese Pastor geworden ist!«

Schließlich beruhigte er sich und änderte die Tonlage: »Verbleiben wir doch so: Sie gehen jetzt freundlicherweise nach Hause und schreiben einen Brief, in dem Sie erklären, dass Sie zu konvertieren wünschen. Wenn Sie dann zum christlichen Glauben übergetreten sind, können Sie vielleicht Berater werden, dann Laienprediger. Und wer weiß? Eines Tages haben Sie diese Stufen möglicherweise erfolgreich durchlaufen und erfüllen die Voraussetzungen, sich für das Amt eines Pastors zu bewerben.«

Nach dieser Sonntagsansprache schloss er sein Fenster ohne ein weiteres Wort.

Die Blätter des Aguilars wuchsen mit neuer Kraft nach, und bald war das Laub sogar dichter als vor dem Sturm. Zu Beginn des Frühjahrs brachte Yong Sheng einige Tage damit zu, das Dach seines kleinen Hauses neu mit

Stroh einzudecken. Von dort oben konnte er seinen Besitz in vollem Umfang betrachten: seinen Obstgarten mit den Litschi-, Mispel- und Longanbäumen, deren Blätter anfingen, sich silbergrau zu verfärben, und natürlich seinen stolzen Aguilar, dessen Astwerk ein hohes dunkelgrünes Gewölbe bildete. Obwohl kein Wind ging, bewegten sich die Blätter sanft wie Federn, und ihr leises Rascheln machte ihn glücklich.

Den Obstgarten übergab er der Kirche, und einen Teil seines Hauses gestaltete er zu einem Gebetsraum um, so entstand das erste protestantische Gotteshaus von Jiangkou.

Seine offizielle Ernennung zum Pastor fand genau an diesem Ort statt, und die erste Taufe, die er vollzog, war die seiner eigenen Tochter. Niemals würde er den Augenblick vergessen, da er ihr das Wasser über die Stirn goss und sanft über den Kopf strich. Sein Herz lief über vor Liebe zu diesem kleinen Wesen.

Von jenem Jahr an nannte man ihn nur noch »Pastor Yong«. Und mit der Zeit geriet auch der Name des großen Baums in Vergessenheit, der sich majestätisch auf dem Hügel erhob: Man sprach fortan vom »Baum des Pastors«.

Zweiter Teil

Kapitel 1

Vater sein

»Papa«, fragte die fünfjährige Helai eines Tages, »warum sind manche Steine dunkel und andere heller?«

Sie sammelten Muscheln in einem trockenen Flussbett, um Halsketten daraus zu machen. Der Kiesel, den das kleine Mädchen ihrem Vater hinstreckte, war hellgrün und mit weißen Adern durchzogen.

»Dieser hier möchte dir vielleicht etwas erzählen. Manchmal sind Steine schweigsam, manchmal sehr gesprächig, und nicht immer verstehen wir, was sie sagen«, gab Yong Sheng ihr zur Antwort.

»Was glaubst du, wie lange der Stein da leben wird?«

»Papa weiß nicht, ob Steine ein Leben haben.«

Er war seit fünf Jahren Pastor, und nicht nur bekleidete er als erster Chinese Putians dieses Amt, er hatte sich als Verkünder des Evangeliums sogar überaus bewährt. Er hätte seiner Tochter genauso gut erklären können, dass Gott die Welt erschaffen hatte und nur er über die Farbe und Existenz der Steine entschied. Aber es schien ihm noch zu früh, mit ihr über den Allmächtigen zu sprechen. Vor jeder Mahlzeit sagte er ein Dankgebet auf, für ihn eine Selbstverständlichkeit, doch nie verlangte er von der Kleinen, dass sie es ihm gleichtat.

Das Flussbett war sehr breit, und sein aschfarbener Sand gab dem Tageslicht etwas Gleißendes und verlieh der Umgebung eine karge Schönheit. »Der Fluss aus weißem Sand«, wie alle ihn nannten, befand sich im

Norden von Jiangkou, von ihrer Hütte aus lief man etwa einen Kilometer dorthin. Im Sommer, wenn die Gebirgsbäche anstiegen und ihn fluteten, toste das Wasser hier so laut wie am Mulan. Später, bei Niedrigwasser, konnte man die dort wuchernden Pflanzen bewundern, und durch diesen Wald schlängelten sich kleine Rinnsale, die sich irgendwann zu Tümpeln stauten. Es war der ideale Ort, um Büffel weiden zu lassen. Bei ihren Ausflügen zum Muschelsammeln trafen Yong Sheng und seine Tochter nicht selten auf Jungen, die eine Herde hüteten. Sie schlossen schnell Bekanntschaft, oft spielten die Kinder zusammen im Flussbett, denn dort durften sich die Tiere frei bewegen, trinken und fressen.

Als die kleinen Hirtenjungen das Mädchen mit den blauen Augen, halb Chinesin, halb Westlerin, zum ersten Mal sahen, waren sie wie vom Donner gerührt.

Und auch Yong Sheng konnte die unbeschreibliche Schönheit seiner Tochter kaum fassen. Einmal, als er im Sommer mit einem Freund im Gemeinschaftraum bei einem Reisschnaps zusammensaß, stand sie gegen Mitternacht plötzlich nackt und verschlafen auf dem Treppenabsatz, das lockige schwarze Haar fiel ihr auf die blassen Schultern herab. In diesem Moment sah sie aus, als wäre sie geradewegs einem Gemälde der italienischen Renaissance entsprungen, er hatte das Gefühl, ihm sei ein Engel erschienen.

Helai fand es merkwürdig, dass die Büffelhirten Pastor Yong nicht kannten. Denn wenn sie mit ihrem Vater durch die Straßen von Jiangkou ging, grüßten ihn alle ehrerbietig. Kaum tauchte er irgendwo auf, hörten die Männer auf zu streiten, und die jungen Leute ließen von ihren Pöbeleien ab. Nur die Jungen mit den Büffeln – sie waren zwischen sieben und dreizehn Jahre alt, allesamt Sprösslinge nicht christlicher Bauernfamilien aus

Guanhou – hatten keine Ahnung, wer er und was ein Pastor überhaupt war. Wahrscheinlich benahmen sie sich deshalb in seinem Beisein auch so ungezwungen.

Sie waren ganz versessen darauf, sich mit ihm im Steinweitwurf zu messen, und obwohl sie schmächtig waren, steckte mehr Kraft in ihnen als in einer Armbrust. Helai ließ lieber flache Kiesel übers Wasser springen. Wie ein um fünfundvierzig Grad geneigter Turm stand sie jedes Mal da und folgte lange, ein Auge geschlossen, mit dem anderen blinzelnd, der sanften Welle, die von Zeit zu Zeit, je nach Lichteinfall, ihre Augenfarbe annahm. Dann holte sie abrupt zum Wurf aus, und der Stein hüpfte über das Wasser, schnellte immer wieder in die Höhe, als säße er auf einer Sprungfeder, bis er schließlich, wie eine Libelle, eine letzte Spur auf die Oberfläche malte und versank. Manchmal sprang er so weit, dass Helai ihn nicht mehr sehen, nur noch erahnen konnte, dank der kleinen Falten, die er warf. Wenn das Wasser endlich wieder glatt wie ein Spiegel vor ihr lag, zerschmetterte sie diesen lachend mit dem nächsten Stein in tausend flüssige Scherben.

Bisweilen sah man auch eine Gruppe »Schildkröten« über den Sand kriechen. Mit gesenktem Kopf und rundem Rücken tapsten sie linkisch auf allen vieren voran. Die kleine rote, ihre Anführerin – es war Helai, sie trug ein rotes Hemdchen –, näherte sich vorsichtig dem »Büffel«, gefolgt von den Hirtenjungen. Es sah verblüffend echt aus, wie sie die Schildkröten nachahmten. Sie kreisten den Büffel ein.

Helai hatte sich für die Taktik des Frontalangriffs entschieden (die Strategien von Kindern beim Spielen ähneln häufig ihrem Vorgehen als Erwachsene in den Schlüsselmomenten ihres Lebens). Natürlich ging sie mit dieser Methode ein Risiko ein, und fast im selben

Augenblick bereute sie, sich nicht für ein raffinierteres Manöver entschieden zu haben, zum Beispiel für einen Scheinangriff von der einen Seite, um dann von der anderen über den Gegner herzufallen. Aber es war zu spät. Schon hatte das Knirschen von Sand und Steinen unter ihren Füßen den Büffel in Alarmbereitschaft versetzt. Der Abstand zwischen ihnen schrumpfte zusehends, es trennten sie nur noch wenige Meter. Der Büffel gewahrte bereits ihren Atem und ihr pochendes Herz, witterte ihren Schweiß. Als sie innehielt, hatte sie das Gefühl, dass die Welt um sie herum plötzlich stillstand und nur darauf wartete, dass sie als Erste angriff.

Das Spiel hieß »Eier brüten«. Wer brütete, war der Büffel und musste mit gebeugtem Körper, die Hände und Füße am Boden, als hätte er vier Hufe, die Kieseleier unter seinem Bauch schützen. Die Schildkröten umzingelten ihn und versuchten, die Brut zu stehlen; er durfte sie zwar wegstoßen, aber nur mit den Füßen, ohne Einsatz der Hände. Wenn ein Eierdieb nicht aufpasste oder zu langsam war und einen »Huftritt« abbekam, musste er als Nächster in die Rolle des Büffels schlüpfen.

Yong Sheng war der Büffel. Er lag auf der Lauer, und sobald sich nur ein Lüftchen regte, schlug er mit seinen Hufen aus, wirbelte mächtig Sand auf, ohne jemals eine Schildkröte zu treffen.

Die Hirtenjungen gingen besonnener vor als Helai, sie hielten sich zunächst im Hintergrund und warteten ab, bis sich eine gute Gelegenheit zum Angriff bot. Nur die Tochter des Pastors wagte sich so nah an den Büffel heran, dass sie unter seinen Bauch greifen konnte. Nachdem sie ein, zwei Huftritten ausgewichen war, gelang es ihr schließlich, einen Kiesel, so groß wie das Ei eines Pterodaktylus, zu erbeuten. Stolz rollte sie sich zur Seite und wollte sich mit ihrer Trophäe in Sicherheit bringen, als sie glaubte, ein komplizenhaftes Zwinkern ihres Vaters aufzuschnappen. Hatte er sie etwa gewinnen lassen? Aber schon in der nächsten Sekunde war jeder Zweifel verflogen, und mit lautem Siegesgeschrei rannte sie aus der Gefahrenzone.

Als hätte er eine bittere Niederlage erlitten, nahm der Büffel seinen Kopf in die Hände und ließ sich, vor Verzweiflung stöhnend, auf die Erde fallen.

Das war der Moment, auf den die anderen Schildkröten gewartet hatten. Sie preschten auf den Büffel zu, klauten ihm seine restlichen Eier und sprangen, vor Freude kreischend, davon.

In solchen Stunden glich dieser karge Landstrich einem irdischen Kinderparadies.

Abgesehen von den Spielen am Fluss aus weißem Sand gehörte auch der Tanz der Leuchtkäfer, den Helai in einer Sommernacht mit ihrem Vater vor dem Haus beobachtete, zu den paradiesischen Momenten ihrer Kindheit. Dieses Haus, in den Augen der Kleinen viel zu groß für ein Haus, denn sie verlief sich ständig darin, hatte sich mit der Zeit zu einem Anwesen gewandelt, das von einem Erdwall eingefriedet und um einen Bambushain erweitert worden war, durch den ein Bach plätscherte. Vor dem neuen großen Eingangsportal, das Yong Sheng hatte bauen lassen, streckte sich der Aguilar in die Höhe – mittlerweile galt der Baum in Jiangkou als Symbol für die christliche Religion. Mit der bescheidenen Hütte von einst hatte dieser Wohnsitz nicht mehr viel zu tun. Hinter dem Portal begann ein von Bäumen gesäumter Weg, der eine sanfte Ruhe ausstrahlte und den Besuchern den Eindruck vermittelte, eine heilige Stätte zu betreten. Sonntag für Sonntag nahmen die

Gemeindemitglieder diesen Weg, um im Haus des Pastors die Messe zu feiern. Yong Sheng selbst wohnte mit seiner Tochter in einem Anbau, an den sich der Obstgarten in seinen vertrauten Dimensionen anschloss: Zwei Ar waren mit Litschi-, fünf Ar mit Longanbäumen bepflanzt, und auf einem weiteren Ar wuchsen Chinesische Gleditschien. Um den Hof des Anbaus hatte er Feigen- und Olivenbäume gesetzt.

Eines Nachts im Sommer machte Yong Sheng seine Tochter auf eine hellgrün leuchtende Spirale aufmerksam, deren Strahlen die ferne Milchstraße, die sich wie ein weißer Pinselstrich am Himmel abhob, zu durchbohren schienen. Unter dem großen Aguilar, wo es oft von Glühwürmchen wimmelte, hatte er ein weißes Laken gespannt, das Helai mit einer Sturmlampe ausleuchtete. Wie auf Kommando flatterte plötzlich eine ganze Wolke bis dahin unsichtbarer Nachtschwärmer herbei. Sie waren bunt und vielförmig, manche sahen elegant herausgeputzt aus, andere wirkten zunächst eher wie kleine Vagabunden, entpuppten sich dann aber, kaum dass sie ihre Flügel ausgebreitet hatten, als türkisfarben und safrangelb gestreifte Schönheiten. Jeder von ihnen trug einen Flecken Licht mit sich, der sich, sobald sie flogen, in blinkende Partikel teilte, die einen feinen Leuchtstreifen hinterließen. Sie überboten sich gegenseitig darin, vor dem angestrahlten Laken die apartesten Drehungen zu vollführen und die kühnsten Purzelbäume zu schlagen. Der Einsatz, den diese außergewöhnliche Talentschau forderte, war sehr hoch: Manche bezahlten mit ihrem Leben dafür, sie taumelten am Ende wie ein unter Beschuss geratenes Flugzeug erschöpft zu Boden und landeten in dem Karton mit Blütenstaub, den Helai aufgestellt hatte.

Ein anderes unvergessliches Erlebnis bescherte Yong Sheng seiner Tochter an dem Tag, da er versehentlich kochendes Wasser verschüttete und sie damit verbrühte. Die Kleine schrie auf vor Schmerz und weinte bitterlich. Yong Sheng versuchte sie zu beruhigen, indem er sie huckepack nahm und eine Runde mit ihr ums Haus drehte. Doch es half nichts, Helai hörte nicht auf zu schluchzen. Also durfte sie auf ihm reiten, einmal über das ganze Gelände, und er sang dabei Lieder für sie – aber nichts von alldem vermochte die Kleine zu trösten. Schließlich setzte er sie wieder ab.

»Helai«, sagte er dann. »Weißt du, was dein Vater von Beruf ist?«

»Pastor.«

»Und was macht ein Pastor?«

»Er predigt.«

»Hör zu«, raunte er verschwörerisch, »ich werde dir jetzt ein Geheimnis verraten, von dem niemand weiß.« Und er flüsterte ihr ins Ohr: »Ein Pastor kann zaubern.«

Sie blickte ihn zweifelnd aus tränennassen Augen an.

Er nahm sie wieder auf seinen Rücken, zusammen durchquerten sie den Hain mit den großen Fleckenbambussen, folgten dem Wasserlauf, den er selbst angelegt hatte und in dem sie manchmal angelten oder Krebse fingen, bis zu einem Zwergbambuswäldchen.

»Na, was sagst du, sind diese kleinen Bambushalme nicht süß?«, fragte er. »Sie sehen zart aus, aber so nah, wie sie beieinanderstehen, schützen sie sich gegenseitig. Deshalb nennt man sie auch den ›Bambus der hundert Familien‹.«

Tatsächlich waren die Pflanzen so dicht gesetzt, dass kein Wind ihnen etwas anhaben konnte. Ihre Blätter waren rau und runzlig, und ihre fleckige Oberfläche wirkte wie von Rost zerfressen. Als er seine Hand zwischen zwei Büschel schob, um sie zu trennen, stieg warme, feuchte Luft von der Erde auf, und Vogelkot kam zum Vorschein.

Er forderte seine Tochter auf, es ihm nachzutun. Helai spürte einen angenehmen Flaum unter ihren Fingern, dann aber stach ihr trockenes Stroh in die Haut, und mit einem Mal wichen ihre Tränen einem Lachen: Sie hatte ein Vogelnest entdeckt.

»Sie nisten gern zwischen den kleinen Bambuspflanzen, auch wenn die Sonne nie bis dorthin vordringt«, erklärte er ihr und kostete seinen Erfolg als Zauberer aus. »Du kannst ruhig ganz vorsichtig hineingreifen.«

Zögernd streckte Helai ihr Händchen aus und zog es sogleich erschreckt wieder zurück. Doch der Zauberer lächelte ihr aufmunternd zu. Sie tastete sich noch einmal in das Nest vor und bekam ein feuchtes hellbraunes Ei mit fleckiger Schale zu fassen. Als sie es gegen die Sonne hielt, erkannte sie in seinem Innern einen grünlichen Schatten, den sie lange und eingehend betrachtete. Nichts und niemand, dachte Yong Sheng, kann diesem kristallklaren Blick widerstehen.

»Sieht aus, als wäre ein kleiner Drache da drin«, rief sie staunend.

»Es ist ein Vogelbaby«, stellte ihr Vater richtig, »es hat noch keine Federn.«

Er nahm ihr das Ei aus der Hand, legte es wieder in das Nest und ließ die Blätter schützend davor zurückfallen.

Die Erinnerung an das Ei beschäftigte Helai nachhaltig. Und so zog es sie, ein paar Tage später, wieder zu dem Bambuswäldchen, während ihr Vater seine sonntägliche Predigt vorbereitete.

Traumwandlerisch lief sie durch den Obstgarten, sie

erinnerte sich nicht mehr genau an den Weg, den ihr Vater eingeschlagen hatte, als er sie auf seinem Rücken trug. Die Bäume um sie herum schienen sich auf einmal vervielfacht zu haben, man konnte im Nu die Orientierung verlieren. Und anstatt, wie sie dachte, eine Abkürzung zu nehmen, fand sie sich bald nicht mehr zurecht. Sie beschloss umzukehren, damit ihr Vater ihre Abwesenheit nicht bemerkte und sie deswegen ausschimpfte. Im nächsten Moment aber fand sie diese Überlegung unsinnig und marschierte weiter, kreuz und quer, zuckte immer wieder zusammen, wenn sie ein Geräusch vernahm oder glaubte, einen Schatten vorbeihuschen zu sehen.

Sie irrte zwischen riesigen Bambusrohren umher, die sie im Zwielicht gefangen hielten. Einmal, als sie beinahe in den kleinen Bach gefallen wäre, entdeckte sie in seinem klaren Wasser Garnelen und einen Krebs mit rotem Panzer. Das Flüsschen war an dieser Stelle etwas tiefer, dennoch krempelte sie sich die Hose hoch und wagte sich bis zu den Knien hinein. Ihre nackten Füße versanken in einem weichen Teppich aus moderndem Laub. Unterdessen flüchtete sich der rote Krebs in die Höhle unter einem Blatt, was Helai nicht entging, rasch streckte sie ihre Hand nach dem Blatt aus und beförderte es an die Oberfläche. Das listige Krustentier ahnte, dass es in der Falle saß, und rührte sich nicht. Das Mädchen befürchtete schon, dass der Krebs tot war, und öffnete die Faust – augenblicklich sprang der Krebs zurück ins Wasser. Helai verfolgte ihn kreischend, bis sie plötzlich vor den Zwergbambuspflanzen stand.

Zielsicher schob sie die Halme beiseite und fand das Nest. Doch als sie hineinlangte, ertastete sie nicht die Schale eines Eis. Ihre Finger schlossen sich um etwas Weiches, Warmes, und als sie ihre Hand hervorzog, bewegte sich ein winziger Vogel darin. Rote Äderchen zeichneten ein marmorgleiches Muster unter der dünnen Haut seiner graubraunen Flügel. Ein feuchter gelber Flaum schmückte seinen Sterz, als hätte man ihn mit einer feinen Farbschicht angestrichen.

Die Konvertiten, die Pastor Yongs Messe besuchten, waren hauptsächlich Fischer, Kaufleute oder Matrosen, die auf Handelsschiffen arbeiteten. Oft nahmen sie ihre Kinder mit auf Reisen, weshalb die Kleinen in ihren jungen Jahren schon an vielen Orten gewesen waren und einiges erlebt hatten. Durch sie erfuhr Helai beispielsweise, dass es Marionetten gab. Manche hatten in Xiamen die für Fujian typischen Handpuppen entdeckt; andere waren bis Quanzhou gekommen und hatten dort Vorführungen mit »Ellbogen-Marionetten« besucht: Der Name rührte daher, dass die Marionettenspieler hinter einem Vorhang hockten, während sie die an Fäden befestigen Puppen über ihren Köpfen bewegten, sodass man nur ihren Ellbogen sah. Helai stellte sich bei den Erzählungen ihrer Kameraden immer einen menschenüberfüllten Platz vor, auf dem man eine kleine Bühne mit schwarzem Vorhang aufgebaut hatte. Und wenn sie die Augen schloss, hörte sie die Trommelwirbel und das Läuten des Gongs, die das Schauspiel begleiteten. Sobald Wind aufkam, erzählten die Seefahrerknirpse weiter, knatterte der mit bunten Pfauen bestickte Vorhang wie ein Schiffssegel. Zu Beginn der Aufführung drängte sich das Publikum auf Zehenspitzen vor der Bühne, um bloß nicht den martialischen Auftritt des Generals zu verpassen. Er trug eine glänzende Rüstung mit bemalten Schuppen, in der er wie ein mit Bannern und Ketten verzierter Fisch aussah.

»Und wie heißt dieser General?«, erkundigte sich Helai.

»Sein Name ist unwichtig. Auf jeden Fall hat er ein schwarzes Gesicht und einen großen Säbel«, sagte eines der Kinder.

»Ich weiß, wie er heißt«, krähte ein anderer. »Es ist General Gui Yan aus den Streitenden Reichen.«

Als Yong Sheng später einmal mit seiner Tochter einen Schneider aufsuchte, um eines neues Kleid für sie in Auftrag zu geben, horchte Helai plötzlich auf: Aus nicht allzu weiter Ferne drangen die dumpfen Klänge eines Gongs zu ihnen, gefolgt von Trommelwirbeln. Der Schneider war gerade dabei, ihre Maße zu nehmen, da packte die Kleine aufgeregt die Hand ihres Vaters und zog ihn in die Richtung, aus der die Geräusche gekommen waren. Sie erreichten einen Platz, auf dem sich eine bunte Menschenmenge versammelt hatte. Und da es aussichtslos war, sich einen Weg nach vorn zu bahnen, setzte Yong Sheng Helai auf seine Schultern.

»Sind das Ellbogen-Marionetten?«, wollte sie von dem Mann wissen, der neben ihnen stand.

»Was für Ellbogen-Marionetten?« Der Mann schüttelte den Kopf. »Das ist ein Schattentheater!«

Vor die Bühne – auf der, wie sich zeigte, durchaus ein Puppenspiel stattfand – war ein altes, mehrfach geflicktes Laken gespannt, nicht größer als ein Tisch. Dahinter vollbrachte ein einzelner Puppenspieler das Kunststück, mit seinen zwei Händen ein ganzes Ensemble von Figuren auftreten zu lassen, die er mit unterschiedlichen Stimmen sprechen und singen ließ, und außerdem noch den Gong zu schlagen, der an einem seiner Knie festgebunden war.

Obwohl es sich um eine sehr einfache Inszenierung handelte, folgte Helai dem Schauspiel fieberhaft. Ihre Lieblingsszenen waren die, in denen der Tiger über den Vorhangrand schaute. Sie quietschte vor Vergnügen, sobald sie sein schwarz-gelb gestreiftes Fell entdeckte, er mit dem Kopf oder Schwanz wackelte oder einen gefährlichen Satz nach vorn machte. Sie fand ihn schön und gefährlich, egal, was er tat. Und mittendrin hatte sie auf einmal das Gefühl, dass er ihr ein Zeichen gab. Ja, doch, das konnte sie nicht geträumt haben: Er hatte ihr zugezwinkert, als wäre sie eine alte Freundin.

Sie war erst sechs, aber sie wusste, dass sie im Jahr des Tigers geboren war, und meinte nun, in dem Tier auf der Bühne eine verwandte Seele zu erkennen. Deshalb krampfte sich auch ihr Herz zusammen, als ein Trunkenbold namens Wu Song den Tiger angriff. Im Gegensatz zum übrigen Publikum jubelte sie innerlich bei jedem Stockschlag des Trinkers, der ins Leere ging. Und als Wu Song den Tiger am Rücken traf (was die Puppe mit einem »Bumm« zum Ausdruck brachte), zog sie mit schmerzverzerrtem Gesicht den Kopf ein, als wäre sie es, die man geschlagen hätte. Plötzlich fauchte der Tiger laut auf, streckte seine Hinterläufe durch und legte Wu Song seine Pranken auf den Kopf. Helai ballte ihre kleine Hand zu einer Faust und frohlockte: »Ja, töte ihn!« Mensch und Tier wälzten sich auf dem Boden, schlugen um sich, und am Ende erledigte Wu Song das Tier mit einer Reihe von Fausthieben. Eiskalte Schauer durchliefen Helai, und als der mit dem Tode ringende Tiger ein letztes Mal röchelte, hatte sie den Eindruck, als breite sich über ganz Jiangkou ein strenger Raubtiergeruch aus.

Am Abend verweigerte sie ihre Mahlzeit, aus Solidarität mit dem massakrierten Tier.

Yong Sheng, der das Temperament seiner Tochter kannte, wusste, dass man sie in solchen Situationen am besten in Ruhe ließ. Er zündete eine Lampe an und begann, mit seinem Taschenmesser ein Stück Bambus zu bearbeiten. Als sie sich erkundigte, was er da mache, antwortete er: »Eine Puppe.« Sie erwiderte, dass richtige Puppen aus echtem Holz seien, woraufhin er bemerkte, dass er dafür nicht die richtigen Werkzeuge habe.

Als er mit dem Schnitzen fertig war, setzte er auf ein Ende des Bambusrohrs eine Papierkugel, die den Kopf darstellen sollte.

»Die Tigerpuppe konnte die Schultern heben«, sagte Helai verächtlich, »und dabei haben sich die Streifen am ganzen Körper bewegt. Deine kann gar nichts.«

Yong Sheng tunkte schweigend einen Pinsel in ein Töpfchen mit gelber Farbe und malte Haare auf die Papierkugel.

Sie fragte: »Warum hat sie gelbe Haare?«

Er antwortete: »Warte ab! Ich bin noch nicht fertig. Ihre Haare sollen die Farben des Regenbogens bekommen.«

Dann malte er die Augen und setzte zwei schwarze Reiskörner als Pupillen dazwischen. Im Licht der Lampe sahen die Augen täuschend echt aus. Schließlich riss er sich ein Haar aus und teilte es in viele winzige Haare, die er eins nach dem anderem über den Augen festklebte.

»Es ist ein Mädchen!«, rief Helai, die zunehmend Gefallen an dem Werk ihres Vaters fand. »So lang, wie ihre Wimpern sind.«

Sie hatte recht, es sollte ein Mädchen werden. Aus weißem Papier schnitt Yong Sheng ein Kleid zurecht, das von einem roten Wollfaden in der Taille zusammengehalten wurde.

»Wie heißt sie?«, fragte Helai.

»Aschenputtel.«

Aus einem weiteren Bambusrohr schnitzte der Pastor eine zweite Figur, für die er einen Samtumhang, Hut und Stiefel bastelte.

»Und wer ist dieser schöne Junge?«

»Ein Prinz.«

Er schuf noch zwei hässliche Schwestern und eine ältere Frau, die ganz in Schwarz gehüllt war. Und als er seine Besetzung zusammenhatte, baute er ein Podest aus Karton, das etwas größer war als eine Reisschale.

Die Alte in Schwarz betrat die Bühne als Erste.

»Sie sieht zum Fürchten aus!«, fand Helai. »Ist sie eine Hexe?«

»Nein. Sie ist die Stiefmutter von Aschenputtel.«

»Was ist eine Stiefmutter?«

»Wenn ich nach dem Tod deiner Mutter eine andere Frau geheiratet hätte, wäre sie deine Stiefmutter.«

»Wie alt ist sie? Sie kommt ja kaum vorwärts, wie sie da herumstolpert.«

»Sie ist noch keine fünfzig, aber sie denkt die ganze Zeit darüber nach, womit sie das Aschenputtel, das in der Küche schlafen muss, noch quälen könnte. Und weil sie sich nur auf ihre Gemeinheiten konzentriert, stolpert sie eben … Tack, tack, tack!« Er machte ein unsanftes Türklopfen nach und krächzte garstig. »Aschenputtel! Es ist schon hell. Geh zum Brunnen und hol Wasser, und zwar schnell, sonst zwirbel ich dir deine Schwarte!«

»Was bedeutet ›deine Schwarte zwirbeln‹?«

»Die Stiefmutter kneift die Leute gern. Das macht sie, indem sie deren Haut zwischen ihre Finger nimmt und sie sehr fest zusammendrückt. Das ist so schmerzhaft, dass man wie ein abgestochenes Schwein schreit.«

Er imitierte das Geräusch einer Tür, die sich knarrend öffnete.

Aschenputtel trat heraus, und sogleich fiel die Alte über das Mädchen her.

»Du Faulenzerin! Zur Strafe wirst du hundert Eimer Wasser schöpfen.«

»Aber der Tank ist fast voll.«

»Du wagst es, mir zu widersprechen! Willst du, dass ich dich auspeitsche?«

Yong Sheng ließ ein Stoffband über den Tisch schnellen. Der Peitschenhieb wirkte so echt, dass Helai zusammenzuckte.

»Hat Aschenputtel wirklich hundert Eimer Wasser getragen?«, fragte sie entsetzt.

»Sie musste beim dreiundachtzigsten aufhören.«

»Weil sie vor Erschöpfung zusammengebrochen ist?« Bange Tränen glänzten in den Augen seiner Tochter.

»Nein, nicht deswegen. Eine ihrer Stiefschwestern hat nach ihr gerufen.« Und mit böser Stimme fuhr er fort: »Aschenputtel! Wo bist du nur wieder? Komm her und mach die Fenster auf, ich will aufstehen.«

Aschenputtel verbeugte sich mehrmals hintereinander vor der Stiefschwester und schob unzählige Vorhänge zurück. (Es folgte das Geräusch von Stoffbahnen, die über eine Leiste gezogen wurden.)

»Weißt du, wie viele Vorhänge sie aufziehen musste? Die Stiefschwester bewohnt eine ganze Etage mit zwanzig Fenstern. Beim zehnten …«

Aschenputtel taumelte zu Boden.

»Sie wird sterben, wenn ihr keiner zu Hilfe kommt!«, schrie Helai.

Ihr Vater ließ die zweite Stiefschwester auftreten.

»Aschenputtel!«

»Wer ist das?«, fragte Helai.

»Die andere Tochter der Stiefmutter, sie wohnt im Stockwerk darüber … Aschenputtel, beeil dich!«, fuhr Yong Sheng mit dem Spiel fort. »Bring mir zehn Schalen Reissuppe, zehn Scheiben geröstetes Brot und zehn mit Schweinefleisch und Schnittlauch gefüllte Teigtaschen.«

»Hör auf!«, brüllte Helai die Puppe an. »Bitte! Aschenputtel ist schon ganz müde wegen deiner Mutter und deiner Schwester.«

Doch die Stiefmutter funkte dazwischen.

»Aschenputtel, geh rüber in den Stall und mach die Schweine sauber!«

»Haben sie viele Schweine?«, erkundigte Helai sich besorgt.

»Über dreihundert.«

»Oh! Papa … Und der Prinz? Er soll Aschenputtel retten!«

»Der Moment ist noch nicht gekommen.«

»Worauf wartet er?«

»Geduld! Einer seiner Knechte poliert ihm noch die Stiefel, ein anderer bürstet seine Kleidung, ein dritter rasiert ihn. Gerade bindet er sich vor dem Spiegel seine Krawatte. Er bereitet sich auf den großen Ball vor, wo er Aschenputtel begegnen wird.«

»Wird er sie retten?«

»Er wird mit ihr tanzen. Aber vor Mitternacht muss sie zu Hause sein, sonst wird sie bestraft. Sowie die Uhr zwölf Mal schlägt … Helai, wenn du willst, dass der Prinz Aschenputtel rettet, musst du erst etwas essen … Abgesehen davon, was meinst du, wie er sie in der großen Stadt wiederfinden könnte?«

»Sag mir, wie er sie wiederfindet. Ich will es sofort wissen.«

»Aschenputtel wird etwas verlieren.«

»Was?«

»Das erfährst du, sobald du deinen Teller leer gegessen hast.«

In der Nacht zog ein Gewitter auf, und alles – der Fluss in der Ebene, der Aguilar oben auf dem Hügel, der Obstgarten, die Hütte – löste sich still im Regen auf.

Yong Sheng war noch nicht zu Bett gegangen, er sann über seine Sonntagspredigt nach. Er liebte seinen Beruf und den Kontakt mit den Gläubigen; vor allem aber liebte er die Momente, da er allein am Tisch im Lampenschein saß und schrieb. Umgeben von nächtlicher Ruhe, skizzierte er Wort für Wort und Satz für Satz das für die Menschen nicht sichtbare Leben, das zu fassen ihm nur gelang, indem er versuchte, nichts zu verfälschen. Manchmal, wenn er spürte, dass er eine hervorragende Predigt zu Papier gebracht hatte, durchströmte ihn ein Glücksgefühl, das sich anfühlte wie ein Spaziergang durch den Obstgarten nach einem leichten Regenguss.

Gegen Mitternacht kam seine Tochter mit einer Petroleumlampe die Treppe heruntergetapst. Wie damals, in jener Sommernacht, war sie barfuß und unbekleidet und wirkte im flackernden Licht wie ein Engelchen mit lockigem Haar.

»Papa«, sagte sie mitten auf der Treppe. »Ich will keine Stiefmutter haben.«

»Was redest du denn da?«, wunderte sich Yong Sheng.

»Ich will keine Stiefmutter.«

»Liebes, du weißt doch, dass Papa Pastor ist«, erwiderte er. Dann legte feierlich seine rechte Hand auf die Bibel und fügte hinzu: »Ich, Pastor Yong, schwöre vor Gott, dass Helai niemals eine Stiefmutter haben wird.«

Kapitel 2

Das Waisenhaus

Die Schwarz-Weiß-Aufnahme vor dem Eingangsportal des Hauses in Jiangkou stammte von einem Amateurfotografen. Sie war bei schönem Wetter entstanden, unter traumhaften Bedingungen zum Fotografieren: Die Landschaft badete in angenehmem Sonnenlicht, am Himmel trieben weiße Schäfchenwolken. Es muss Herbst gewesen sein, denn die dunkle Vegetation auf den Hügeln im Hintergrund deutet darauf hin, dass die Pflanzen noch grün waren, während die Blätter des großen Aguilars, rechts im Bild, hellgrau glänzten, wie hell tönende Trompeten. In der Mitte des Fotos konnte man aufgewirbelten Staub erkennen, der wie eine weiße Rauchschwade vom Boden aufstieg. Ein paar Kinder hatten Mannschaften gebildet, um ihre Kräfte beim Seilziehen zu messen; die Riege im Vordergrund stand mit dem Rücken zum Objektiv, die andere sah man von vorn.

Bei all diesen Kindern handelte es sich nicht um die kleinen Büffelhirten, mit denen Helai im Bett des Flusses aus weißem Sand gespielt hatte, und auch wenn ihre Kleidung nicht im allerbesten Zustand war – Gott schien nicht viel für neue Anziehsachen übrig zu haben, und hatte Jesus nicht gesagt: »Selig, die arm sind?« –, machten die Jungen und Mädchen nicht den Eindruck, als wären sie Bauernkinder. Einige mussten sechzehn, siebzehn Jahre alt sein, sie hatten bereits eine sehr ausgeprägte Muskulatur; die jüngsten waren fünf oder sechs.

Die Kinder, die ihr Gesicht dem Objektiv zuwandten, sah man schreien. Die meisten von ihnen, sie waren etwa ein Dutzend, hatten ihr Hemd abgelegt und offenbarten ihre hervorspringenden Rippen. Die Erste in der Reihe war Helai, sie zog aus Leibeskräften an dem Seil, den Körper nach hinten gestemmt. Dunkle Blüten schmückten ihren weißen Rock, um ihren Hals hing eine Muschelkette. Sie hatte ihre Haare zu einem Pferdeschwanz gebunden, Schweiß lief ihr über Stirn und Wangen. Ihre staubbedeckten Füße, nur einer steckte noch in einem Schuh, wirkten wie fest mit dem Boden verschraubt. Es machte nicht den Eindruck, als besuchte irgendwer aus der Gruppe eine Schule, nirgends waren Taschen zu entdecken, nur Bambuskörbe. Einer davon war umgekippt, unzählige Longanfrüchte waren unter den Aguilar gerollt. Von einem Ast hing eine Waage herab, auf der Erde lagen Fischernetze und Fischkörbe herum – mit einer Lupe hätte man auf dem Foto womöglich noch die Krebse erkannt, die sich daraus befreit hatten.

Yong Sheng hatte die Rolle des Schiedsrichters übernommen. Mit Trillerpfeife im Mund und im Trikot seiner Basketballmannschaft an der theologischen Fakultät verfolgte er jede Bewegung der Mitstreiter. Er wirkte immer noch flink und beweglich, und doch hatten seine Züge ihre jugendliche Weichheit eingebüßt. Eine lange Haarsträhne hing ihm ins Gesicht, vermutlich wegen des Windes. Im Hintergrund war auf einem Blechschild über dem Eingangsportal zu lesen: *Christliches Waisenhaus von Jiangkou.* Ein Datum am unteren Rand des Fotos verriet, dass es im Oktober 1942 aufgenommen worden war.

In der Tat hatte Yong Sheng sein Haus im Frühjahr 1942, nach dem Angriff auf Pearl Harbor, in ein Waisenheim umgewandelt.

Pearl Harbor! Was für ein seltsamer, bis dahin unbekannter Name. Wer hätte gedacht, dass der Feuersturm, den japanische Bomben an einem Ort, weit von China entfernt, auslösten, bis in ein friedliches chinesisches Bergdorf reichen und die christliche Kirche dort, der mehrere Generationen von Missionaren ihr Leben geweiht hatten, in einer einzigen Nacht zu Fall bringen würde?

Man kam nicht umhin zu erkennen, dass dem Krieg eine eigene Logik innewohnte. Sie war einfach, direkt und unerbittlich: 1939 waren die Deutschen in Polen eingefallen, und das Vereinigte Königreich hatte Deutschland den Krieg erklärt. Zu diesem Zeitpunkt hatte Japan bereits einen großen Teil Chinas besetzt. Vor dem Angriff auf Pearl Harbor waren britische Bürger und Missionare aus Kanada, das zum Commonwealth gehörte, von den Japanern in Kriegsgefangenenlager gesteckt worden. Am 7. Dezember 1941 – die Geschichtsbücher und Enzyklopädien können über dieses Detail nicht hinweggehen: Es war ein Sonntag – zogen Japan und die USA gegeneinander in den Krieg, und die amerikanischen Missionare (sprich neunzig Prozent der Missionare, die sich in Putian aufhielten) begaben sich mit ihren Familien auf die Flucht, ohne den offiziellen Evakuierungsbefehl abzuwarten. Am 10. Dezember, in einer mondlosen Nacht, bestiegen sie zwei Planwagen; in einem hantierte ein Vertreter der Episkopalkirche mit einem radioähnlichen Gerät herum, das eine Folge von Lauten aussendete: »tack-tack-tack«. Drei Tage später gingen sie in Shanghai an Bord eines Ozeandampfers, der sie in die Vereinigten Staaten brachte. Kurzum: Obwohl die japanische Armee nie einen Fuß in die Stadt Putian gesetzt hatte (nach der Inbesitznahme von Fuzhou war sie zwar weiter Richtung Putian gezogen, hatte dann aber den Kurs geändert, aus welchem Grund auch immer) und ihre Einwohner der Okkupation entkommen waren, sahen sich die Kirchen, Krankenhäuser und karitativen Einrichtungen der ganzen Region – darunter auch Waisenhäuser – über Nacht ihrer finanziellen Mittel beraubt und in Anarchie versinken. Pastor Yong, der nun nicht mehr in Lohn und Brot stand, hatte sich nicht vorstellen können, dass ein Mann, der so sehr in der Realität verankert war wie er – ein so unauffälliger, gewöhnlicher Mann, ganz und gar seiner Arbeit verschrieben –, eines Tages mit der großen Geschichte in Berührung kommen würde.

Die große Geschichte, das war für ihn das Gegenteil von Realität. Ihre Dramaturgie ähnelte in seinen Augen eher einer Fiktion. Ein einfacher Pastor vom Land, der nie den Wunsch verspürt hatte, eine besondere Rolle oder überhaupt eine Rolle zu spielen, würde am Ende in die lokale Geschichte eingehen, in die er durch andere hineingezogen wurde, die ohne diese Geschichte nicht existieren konnten.

Sein Name taucht zum ersten Mal 1946, in Band 49 der vom Bezirksarchiv herausgegebenen Annalen von Putian auf, einem Band, der sich der »Wohltätigkeit« widmet. Zwei Jahre später, in einer Neuauflage, findet sich seine Biografie in Band 66, unter der Überschrift *Persönlichkeiten aus Religion und Kirche*. Da der Eintrag nicht sehr lang ist, sei er hier in vollem Umfang zitiert:

> *Yong Sheng, geboren 1911 in Jiangkou, ist der Sohn des Zimmermanns Yong. 1935 wurde er offiziell von der Hierarchie zum Pastor berufen und damit zum ersten chinesischen Pastor von*

Putian. Er gestaltete sein Haus in eine Kirche um, die von allen nur »die große Strohhütte« genannt wurde. Vor dem Eingang wuchs ein Aguilar in die Höhe, allgemein bekannt als der »Baum des Pastors«. Im Januar 1942 begab sich Pastor Yong, nicht wissend, dass alle ausländischen Missionare evakuiert worden waren, in die Stadt, um, wie jeden Monat, beim Amtssitz seiner Organisation seinen Lohn in Empfang zu nehmen; überrascht stellte er fest, dass sämtliche Büros verlassen waren. Jedoch traf er vor Ort auf eine meuternde Gruppe von Schülern aus dem Waisenhaus, die nach Essen verlangten und ihn in Geiselhaft nahmen. Das Waisenhaus befand sich außerhalb der Stadt, im sogenannten Lichttempel, einem alten, leer stehenden Gebäude. Ursprünglich wurde das Heim von der republikanischen Regierung finanziert, die es, zu Beginn des Kriegs, der protestantischen Kirche überantwortet hatte. Die Lehrer, die im Dienst der Kirche standen, legten bedauerlicherweise brutale Methoden an den Tag, sie schlugen die Kinder, die sich bald zur Wehr setzten. Die meisten Waisen waren Kleinkriminelle, sie waren es gewohnt, auf der Straße zu betteln, wo sie sich zu gewaltbereiten Banden zusammenrotteten. Sie attackierten ihre Lehrer mit Steinen und Schulbänken und verletzten sie dabei zum Teil schwer. Als die amerikanischen Mäzene mit Eintritt ihres Landes in den Krieg die finanzielle Unterstützung einstellten, hatten die Kinder nichts mehr zu essen. Der Lichttempel, neben einem alten Friedhof zu Zeiten der Qing-Dynastie erbaut, wurde, einem Gerücht zufolge, von umherirrenden Seelen und Geistern heim-

gesucht. Um sie zu besänftigen, ließ man, eigens für sie, einen kleinen Pavillon errichten. 1931, als man den großen Gebetsraum des Tempels in ein Klassenzimmer für Waisenkinder umwandelte, wurde auch der kleine Geisterpavillon einer neuen Bestimmung zugeführt: Er diente nun als Schlafsaal. Mit der Zeit brach an manchen Stellen der Boden ein, sodass man unter und zwischen den Betten in eine Gruft mit halb geöffneten Särgen blickte. Dort hielten die Waisen Pastor Yong gefangen und nötigten ihn, in einem der Särge zu schlafen. Der Pastor trat daraufhin in den Hungerstreik, verweigerte sogar die Aufnahme von Flüssigkeit und verbrachte Stunde um Stunde im Gebet. Als er sich nach ein paar Tagen immer noch bei guter Gesundheit zeigte, verehrten die Kinder ihn wie ein göttliches Wesen. So kam es zur Gründung des Waisenhauses von Jiangkou. Im Hof seines Domizils richtete er eine Schlafstätte ein, seine Privaträume nutzte er zum Unterrichten. Seinen acht Hektar großen Obstgarten gab er in die Obhut der Jungen und Mädchen, sodass sie sich selbst versorgen konnten und nie mehr um ihr tägliches Brot fürchten mussten.

Helai wollte unbedingt sehen, wo man ihren Vater eingesperrt hatte.

Der Lichttempel lag zwei Kilometer vom Osttor Putians entfernt. Wie das Haus des Pastors stand er auf einem Hügel, von wo aus man einen Blick über die Ebene hatte: auf Bewässerungskanäle und den Mulan, der sich wie ein Band aus goldenem Satin durch Reisfelder, Sümpfe und Tümpel schlängelte, bis man ihn im Dunst des Horizonts aus den Augen verlor.

Da die Ernte aus dem Obstgarten in jenem Jahr außergewöhnlich gut war, machten sich die älteren Schützlinge von Pastor Yong eines Tages mit Körben voller Litschis auf den Weg nach Putian, wo sie die Früchte verkaufen wollten. Helai nutzte die Gelegenheit und schloss sich ihnen an. Sie war erst sieben und arbeitete noch nicht, wie die Großen, im Obstgarten, aber immerhin teilte sie mit ihnen die Schulbank im Unterricht des einzigen Lehrers der Einrichtung. Der Lichttempel lag nicht auf ihrem Weg, sondern auf der anderen Seite der Stadt, aber auf dem Rückweg gelang es Helai, einen sieben Jahre älteren Klassenkameraden, einen Mandschu namens Weiße Mähne, zu überreden, ihr den Ort zu zeigen, an dem man ihren Vater gefangen gehalten hatte.

Der Junge führte sie zum »Ehrenmal« des Pastors – der Gruft unter dem Schlafsaal – und erzählte ihr, wie Zhao der Fünfte eines Nachts, als er gerade eingeschlafen war, plötzlich spürte, wie sich sein Bett bewegte. Zhao war aufgestanden und stellte fest, dass ein Stück des Bodens weggesackt war und unter seiner Pritsche ein Loch klaffte, durch das man auf einen alten Sarg sehen konnte. Danach wollte niemand mehr dort schlafen, nur dem Pastor hatten sie keine andere Wahl gelassen. Er musste gleich mehrere Nächte hintereinander dort verbringen, in denen sie sich immer neue Qualen für ihn ausdachten. Ein paar von ihnen hatten sich als Teufel, wilde Tiere oder Raubvögel verkleidet, um ihn zu erschrecken. Andere als junge Mädchen, um ihn zu verführen. Sie hatten ihm Kakerlaken und tote Ratten unters Kopfkissen gelegt, jede Nacht geschrien, gebrüllt und gestöhnt, sodass er nicht eine Minute zur Ruhe kam.

Weiße Mähne, der behauptete, er sei der uneheliche

Sohn eines mandschurischen Wegelagerers mit dem Beinamen »Göttlicher Leichenfledderer«, hatte die meiste Zeit damit verbracht, über Strategien zu brüten, wie er dem Pastor ein Foto abluchsen könnte, das dieser in seinem Geldbeutel aufbewahrte.

»Es war kein Geld mehr in dem Portemonnaie, das hatten wir ihm als Erstes geklaut. Nur noch dieses Foto, auf das er aufpasste, als handelte es sich um ein Heiligtum.«

Angeblich hatte der biologische Vater von Weiße Mähne seine Talente zu einer hohen Kunst entwickelt. Niemand hatte es vor ihm so weit in seinem Fach gebracht: Stets warnte er seine Opfer vor – »Achtung, ich klaue Ihnen jetzt Ihren Geldbeutel« –, und noch bevor der andere aufmerken und schützend die Hand auf seine Habe legen konnte, hatte der Göttliche Leichenfledderer die Geldbörse bereits geleert und wieder an ihren Platz zurückgesteckt. Weiße Mähne selbst war weit von dieser Perfektion entfernt. So sehr er seine Atmung auch unter Kontrolle und die entsprechenden Handgriffe geübt hatte, Pastor Yong war ihm jedes Mal zuvorgekommen, wenn er sich angeschlichen hatte, um ihm das Portemonnaie zu stehlen. Am Ende waren immer alle in lautes Lachen ausgebrochen.

Auch Helai lachte, aber nicht, weil Weiße Mähne sich ungeschickt angestellt hatte, sondern weil es ihr insgeheim schmeichelte, dass er so scharf auf dieses Foto gewesen war, das sie im Alter von drei Jahren zeigte.

Der Staub tanzte in den Lichtstrahlen, die durch ein Fenster in die offene Grabkammer fielen. Die Gruft war lange nicht so düster, wie Helai sie sich zusammenfantasiert hatte. Es waren nur vier Steinplatten, verschüttet in einem Loch, das auf der einen Seite tiefer war als auf der anderen. Eine Platte lag etwas weiter links, zwei andere weiter rechts, und dazwischen wuchs Unkraut. Nicht irgendein Unkraut mit feinen, langen Halmen, sondern eine verschlungene Ranke. Den Sarg am Boden ahnte man mehr, als dass man ihn sah: eine braune Kiste aus rohem Holz, die durch das Gewicht der Steine und der Erde an ein paar Stellen beschädigt war und von der ein modriger Geruch ausging.

Weiße Mähne kniete am Rand der Gruft. Helai kauerte sich neben ihn.

»Guten Tag!«, rief Weiße Mähne in Richtung des Sargs.

»Guten Tag!«, wiederholte Helai.

Ihre Stimmen hallten lange in der Grube nach.

»In der ersten Nacht, als wir deinen Vater gezwungen haben, da unten zu schlafen, ist er zu dem Sarg hin und hat höflich gesagt: ›Tut mir leid, dass ich Sie stören muss!‹«

»Heute bin ich es, die Tochter von Pastor Yong, die Ihnen Guten Tag sagt«, rief Helai. Dann wandte sie sich zu Weiße Mähne um, sie hatte plötzlich eine Idee. »Glaubst du, dass der in dem Sarg mit meiner Mutter in der anderen Welt Kontakt aufnehmen kann?«

»Vielleicht.«

»Ich könnte ihn fragen, ob er ihr eine Nachricht überbringt, oder? Eine ganz kurze.«

»Kostet ja nichts, es zu probieren.«

Sie kramte Bleistift und Zettel hervor und bat Weiße Mähne, nicht zu lesen, was sie schrieb. Er schloss die Augen, während sie eifrig ein paar Wörter zu Papier brachte: »Mama, du fehlst mir.«

Feierlich setzte sie ihren Namen unter den Satz und warf den Zettel in die Grube. Wie ein weißer Schmetterling segelte er zwischen den Steinplatten und der Ranke in die Tiefe, ein kleiner weißer Punkt, der allmählich im Dunkeln verschwand.

Kapitel 3

Die Arche Noah

Eines Abends fragte Helai ihren Vater: »Warum sind meine Augen blau und nicht schwarz, wie bei den anderen Kindern?«

Yong Sheng blickte irritiert auf, dann aber fasste er sich und sagte: »Weil ein Regenbogen in deine Augen gefallen ist.«

»Wann ist das passiert?«

»Die anderen Kinder wurden von ihrer Mutter auf die Welt gebracht, du aber bist aus dem Himmel gekommen, ein weißer Kranich hat dich hergetragen. Mit seinem Schnabel hat er das Tuch zusammengehalten, in das du eingewickelt warst. Du bist als hübsches Paket hier eingetroffen, der Kranich hat dich dort, unter unserem Aguilar, abgelegt.«

Er saß in seinem Sessel, als er seiner Tochter die Geschichte erzählte. An dieser Stelle aber sprang er auf, hockte sich auf die Armlehne und machte das heisere Klappern des Kranichs nach, das sie gleich wiedererkannte, weil sie in den Zeiten des Vogelzugs ständig davon umgeben war.

Zum ersten Mal bemerkte Helai Falten auf der gewölbten Stirn ihres Vaters, sie fühlte sich bei seinem Anblick an den von Furchen durchzogenen Stein erinnert, den sie am Fluss aus weißem Sand gefunden hatte.

Yong Sheng war nachlässig gekleidet, alles, was er am Leib trug, bis hin zur Unterhose, war mit Farbe bekleckst. In seinem Gesicht tanzten bunte Tupfer, und sogar seine Bartstoppeln waren scheckig – er hatte vergessen, sich zu rasieren.

Im flackernden Licht der Petroleumlampe, die Helai vor seiner Nase hin und her schwenkte, wirkten seine Züge friedlich, gleichwohl sprachen aus den blutunterlaufenen Augen Betroffenheit, Überraschung und Zweifel.

Langsam erhob er sich von dem Sessel und verließ das Zimmer. Wie ein langer dünner Faden zog sein Schatten über die blauen Augen des kleinen Mädchens, bis er sich in einem Winkel ihrer Pupillen verlor.

Seine immer fernere Silhouette schmolz allmählich zu einem hellen Punkt zusammen: Er hatte eine graue Trachtenjacke mit Stoffknöpfen an, es war seine Arbeitskluft, die er überstreifte, wenn er nicht als Pastor in Erscheinung trat, sondern malte.

Er arbeitete an einem großen Fresko der Arche Noah, das die Südfassade des Hauses schmücken sollte.

1945, nach der Kapitulation Japans, waren die christlichen Kongregationen nach Putian zurückgekehrt, um an ihre Aktivitäten der Vergangenheit anzuknüpfen. Da das Waisenhaus von Jiangkou sich selbst trug, war es nicht auf Subventionen der protestantischen Kirche angewiesen, allerdings nahm Yong Sheng ihre großzügigen Bücherspenden mit offenen Armen entgegen, er hatte sogar eigens eine Bibliothek dafür geschaffen, zu deren Verwalter er sich ernannte. Unter den vielen Werken, die Christen aus aller Welt beisteuerten, fanden sich hauptsächlich illustrierte Kinderbücher, aber auch Kunstbände, die sich mit der Arche Noah befassten. Neugierig blätterte Yong Sheng immer wieder darin herum und ließ sich in eine faszinierende, ihm fremde

Welt entführen. Mit jeder Seite entdeckte er neue Geschichten, Farben und Formen, es war, als schaute er durch ein Kaleidoskop, das ihm unendlich viele bunte Muster offenbarte.

So hingebungsvoll, wie er seinerzeit Leonardos Skizze kopiert hatte, machte er sich nun daran, die Arche Noah mit all ihren Rudern, Masten und Segeln wiederzugeben, mit ihren zwei Decks und den auf drei Etagen verteilten Kabinen, die aussahen, als seien sie für reiche Leute gemacht, wenn sie eine Seereise unternahmen. Das Schiff war so groß, es hätte fünfhundert Tonnen mit Ware oder fünfhundert Soldaten transportieren können, und um seine Segel und Seile zu bedienen, waren mindestens vierhundert Matrosen vonnöten. Er fügte Pavillons für die Adligen hinzu und einen prachtvollen Palast, damit auch der Kaiser von China seinen Platz an Bord hätte. Sein Fresko würde eine Fülle an Details bergen, besonders üppig staffierte er den Bug aus – wie bei Schiffen aus dem Abendland üblich: Verschiedenste Galionsfiguren zeigten christliche Heilige, mythologische Tiere und Sagengestalten.

Zur selben Zeit begab er sich nach Fuzhou, um an einem Kongress von Pastoren aus der Region teilzunehmen. Er nutzte die Gelegenheit für einen Besuch bei seinem Vater, der immer noch in dem berühmten Viertel der drei Straßen und sieben Gassen wohnte (seine Mutter war während einer Choleraepidemie gestorben). Tags darauf ging er in das größte Malergeschäft der Stadt und reichte dem Verkäufer eine lange Liste mit Angaben zu Pinseln und Farben, die man für ein Mauerfresko benötigte. Auf dem Heimweg machte er Station in Putian und besorgte ein paar Eimer weißer Farbe für die Grundierung der Fassade, die fünfundzwanzig Meter in der Länge und acht in der Höhe maß.

Während der erste Anstrich trocknete, trug er den Schülern des Waisenhauses auf, lange Bambusrohre zu fällen, und ließ Handwerker aus Quanzhou kommen, die ihm halfen, entlang der Hauswand ein acht Meter hohes Gerüst aufzubauen. Aus losen Planken zogen sie Zwischenebenen ein, errichteten Leitern und ein Flaschenzugsystem, mit dem man die Farbtöpfe bequem hochziehen oder runterlassen konnte.

Nicht in seinen kühnsten Träumen hätte Yong Sheng sich vorzustellen gewagt, dass er eines Tages an einem Seil mehrere Meter über dem Boden schweben würde – fast wie auf einer Wolke –, um ein Fresko zu schaffen, das von der Bibel inspiriert war.

Ein Fresko, das seiner Religion eine ungemeine Aufmerksamkeit brachte. Die Neuigkeit verbreitete sich wie ein Lauffeuer, von überallher kamen Schaulustige, um dem Pastor beim Malen zuzusehen. Das Ereignis nahm eine beinahe heilige Dimension an, manche Leute kamen mit Gaben zu ihm, legten ehrfürchtig Geflügel, Eier, Gemüse und Obst am Fuß des Gerüsts ab.

Von Tag zu Tag strömten immer mehr Menschen herbei, und nach zwei Wochen herrschte Hochbetrieb auf dem Pfad, der sich den Hügel zur großen Strohhütte hinaufschlängelte. Diejenigen, die ihn wieder hinuntergingen, schwärmten den Entgegenkommenden von dem Fresko vor, ohne genau sagen zu können, was sie eigentlich gesehen hatten.

»Schauen Sie es sich selbst an. Es ist wirklich riesig!«

In der Tat: Vom Bug bis zum Heck dehnte sich das Schiff über die gesamte Breite der Südwand des Waisenhauses. Yong Sheng hatte nicht einen einzigen Tropfen Wasser gemalt, und doch vermittelte die Neigung des Schiffs dem Betrachter sofort das Gefühl, dass starker Wellengang herrschte und das entfesselte Meer die

Arche jeden Moment verschlingen könnte. Unbewusst wichen die Leute einen Schritt zurück. Das gewaltige, aus Bambusrinde geflochtene Großsegel blähte sich im Seewind wie ein Ballon, es saß auf einem waagerechten Balken und spannte sich über zwei Drittel des Masts in die Höhe. Die Ausführung wirkte so realistisch, dass man glaubte, das Knarren der Bambuslamellen zu hören. Die Toppsegel am Haupt- und am Fockmast waren aus grobem Tuch und so exakt wiedergegeben, dass man eine genaue Vorstellung davon bekam, wie sich das Gewebe anfühlte. Und auch die verschiedenfarbigen Flicklappen, die er auf imaginäre Risse gesetzt hatte, damit es noch realistischer wirkte, sahen so echt aus, dass man fürchten musste, der Wind würde sie herunterreißen.

Die Idee zu den Stoffsegeln war Yong Sheng durch die Kunstbände aus dem Westen gekommen. Das Großsegel, das wie eine Bambusmatte anmutete, war wiederum jedem vertraut, der aus der Region stammte – wer wollte es dem Pastor verdenken, dass er auf diese Weise seiner Heimat die Ehre erwies?

Als er den Pinsel beiseitelegte, war er selbst verblüfft. Sollte er, Yong Sheng, tatsächlich ein Werk von solchen Ausmaßen zustande gebracht haben, ein Fresko, das aussah wie Science-Fiction?

In der Genesis sagt Gott zu Noah:

> *Mach dir eine Arche aus Zypressenholz! Statte sie mit Kammern aus und dichte sie innen und außen mit Pech ab! So sollst du die Arche bauen: Dreihundert Ellen lang, fünfzig Ellen breit und dreißig Ellen hoch soll sie sein. Mach der Arche ein Dach und hebe es genau um eine Elle nach oben an!*

Den Eingang der Arche bring an der Seite an! Richte ein unteres, ein zweites und ein drittes Stockwerk ein! Ich will nämlich die Flut über die Erde bringen, um alle Wesen aus Fleisch unter dem Himmel, alles, was Lebensgeist in sich hat, zu verderben. Alles auf Erden soll verenden. Mit dir aber schließe ich meinen Bund. Geh in die Arche, du, deine Söhne, deine Frau und die Frauen deiner Söhne! Von allem, was lebt, von allen Wesen aus Fleisch, führe je zwei in die Arche, damit sie mit dir am Leben bleiben; je ein Männchen und ein Weibchen sollen es sein. Von allen Arten der Vögel, von allen Arten des Viehs, von allen Arten der Kriechtiere auf dem Erdboden sollen je zwei zu dir kommen, damit sie am Leben bleiben.

Mit den drei Etagen hatte Yong Sheng sich beim Malen der Arche streng an die biblische Beschreibung gehalten. Vom ersten Stockwerk – das heißt dem Frachtraum, der sich unter Deck befand – sah man lediglich die mit gelbem Kupfer verzierten Bullaugen, das Innere blieb dem Betrachter verborgen. Im Ganzen waren es vier Reihen mit je vierzig runden Fenstern. Von Weitem wirkten sie wie hundertsechzig einfache Kupferringe, erst wer näher kam, stellte fest, dass jeder Ring ein Paar Insekten umschloss, ein Männchen und ein Weibchen.

Zu den Neugierigen, die das Wunder des werdenden Freskos angelockt hatte, zählten auch eine Menge Kinder, die mit großen Augen der Schöpfung einer immensen Vielfalt wirbelloser Tiere beiwohnten.

Yong Sheng hatte mit einem Paar Wespen begonnen, deren spindelförmigen Körper jedes Kind in Jiangkou sofort zuordnen konnte, und während er malte, ahmten die Kleinen das Summen der Insekten beim Fliegen im

Chor nach. Glücklich, der Sintflut entkommen zu sein, tanzten Pastor Yongs gelb gegurtete Wespen im schwarzem Korsett hinter dem Bullauge des Schiffs, an dessen Bord sich nach und nach die ganze Welt zu versammeln schien.

Jeden Tag fand sich eine neue Art ein. Anfangs wussten die Kinder noch, um welche Tiere es sich handelte: Zikaden, Grashüpfer, Grillen, Feldheuschrecken, Gottesanbeterinnen, Libellen, Schmetterlinge, Skarabäus-Käfer … Bald aber, als Yong Sheng sich den Käfern widmete, auf die er in den gespendeten Büchern gestoßen war, gerieten die Knirpse an die Grenzen ihres entomologischen Wissens. Die Gliederfüßer wurden immer exotischer, schillerten metallisch oder glänzten wie Diamanten: Woher kamen diese Kreaturen, die anstelle eines Kopfes nur einen Mund hatten? Oder die, deren Fühler so lang wie Elefantenrüssel waren? Und die dort, ohne Deckflügel, deren goldene Punkte oder grüner Strich auf dem Panzer aussahen wie die Grenzlinien, Seen und Berge auf einer Landkarte Chinas?

Während auf den kleinen Bullaugen der riesigen Arche, die im Hinterland Putians vor Anker lag, allmählich hundertsechzig von Gott auserwählte Insekten Platz nahmen, sah Helai einer Prüfung in der Stadt entgegen, der sich alle Kinder der Region stellen mussten, die im vierten Schuljahr waren und privat unterrichtet wurden.

Am Abend zuvor ging sie zum Brunnen und leerte einen Eimer Wasser, der stets dort bereitstand, über ihrem Kopf aus. Erfrischend lief ihr das kühle Nass durchs Haar in den Nacken und am Körper hinunter. Das Hemd, das ihr in der Hose steckte, bauschte sich unter dem Schwall auf.

Bei dem »Brunnen«, wie alle ihn nannten, handelte es

sich in Wahrheit um eine von großen Steinen geschützte Quelle, die so klar war, dass man jedes Sandkorn und jeden Stein auf dem Grund erkennen konnte. Auf der Wasseroberfläche platzten Blasen, und man sah grün schillernde Kaulquappen aufgeregt mit ihren Schwänzen hin und her rudern. Helai tauchte ihre Hände ins Wasser und löschte mit einem kräftigen Schluck ihren Durst.

In der Nacht wurde sie von heftigen Hustenanfällen geschüttelt, die in Wellen durch ihre Brust gingen und sie bisweilen zu ersticken drohten.

Yong Sheng ging hinaus, schnitt ein Stück Rinde vom Aguilar ab und bereitete einen Sud daraus zu. Normalerweise erwies sich der Trank als äußerst wirkungsvoll, aber ausgerechnet in dieser Nacht wollte der Husten nicht abklingen, schlaflos wälzte Helai sich in ihrem Bett.

»Wie soll ich das morgen bloß schaffen?«, schluchzte sie.

Nicht zur Prüfung zu erscheinen kam für sie, die es gewohnt war, überall die Beste zu sein, nicht infrage. Zumal man anhand ihrer Leistung zum ersten Mal auch die Unterrichtsqualität ihres Vaters im Waisenhaus bewerten würde.

Yong Sheng überlegte fieberhaft, was er tun könnte, damit seine Tochter wenigstens drei oder vier Stunden Schlaf fand, die ihr erlaubten, den nächsten Tag in Würde hinter sich zu bringen.

Als ich damals aus Guizhou heimkehrte, entsann er sich, hat mich der Duft des brennenden Aguilars wie einen Stein schlafen lassen.

Wieder ging er hinaus, schnitt einen Zweig des Baums ab und brachte ihn ins Zimmer seiner Tochter. Doch das Holz war zu feucht, was er auch anstellte, es wollte kein Feuer fangen.

Plötzlich kam ihm ein Bild in Erinnerung: eine Kolonie aus Tausenden Ameisen, die ein Stück Rinde zu ihrem Bau schleppten wie ein Bataillon Soldaten, das eine große Kanone transportierte. Kaum wahrnehmbar hatte sich die Rinde vorwärtsbewegt. Nach einer Minute schien sie sich noch gar nicht vom Fleck gerührt zu haben, und auch nach zwei, drei weiteren war die überwundene Distanz minimal.

Als ein neuer Hustenanfall durch die nächtliche Stille ging, verließ Yong Sheng, ausgerüstet mit einer Sturmlampe und einer Kelle, zum dritten Mal an diesem Abend das Haus. Zielsicher steuerte er auf eine Ulme zu, hinter der sich ein kleiner Hügel befand, an dem mehrere Generationen Ameisen sich an Blättern und Halmen zu schaffen gemacht hatten.

Mit der Kelle trug Yong Sheng die obere Schicht des Haufens ab. Dann leuchtete er ins Innere. Vor seinen Augen tat sich ein raffiniertes Labyrinth aus Gängen, Kammern und Kanälen auf, die sich auf mehreren Ebenen kreuzten. Überall in den Tunneln wimmelte es von Ameisen, die geschäftig auf die Kelle zustrebten.

Nachdem er die komplexe Struktur eingehend studiert hatte, entdeckte er schließlich die größte Kammer, das neuralgische Zentrum des Baus. Er holte aus und ließ die Kelle darauf niedersausen. Sogleich krabbelten die Insekten aufgeregt durcheinander, als hätte man sie mit heißem Wasser übergossen.

Er hatte den Palast der Königin getroffen, der etwa zehn Mal so groß war wie die anderen Kammern und in diesem Umfeld wie eine Halle anmutete. Die Königin unterschied sich von ihrem Hofstaat durch zwei überproportionale Flügel und deutlich hervorspringende Augen; um sie herum wuselten Arbeiterinnen und andere, fruchtbare Weibchen, die man an ihrem auffallend großen Hinterleib erkannte. Sie tollten auf einem ausgehöhlten Stück Rinde herum, die vermutlich vom Aguilar stammte, krochen durch kleine Löcher hinein, pressten sich mit ihrem prallen Körper durch andere Öffnungen wieder heraus, sodass man jeden Augenblick damit rechnete, ihre Larven schlüpfen zu sehen.

Vorsichtig fischte Yong Sheng den Streifen Rinde mit zwei Bambusstäbchen heraus und besah ihn sich im Licht seiner Sturmlampe. Er war mit einem glänzenden Film überzogen, überall dort, wo die Ameisen die Rinde durchlöchert hatten, schwitzte sie eine ölige dunkle Flüssigkeit aus. Sie war in ihrer Beschaffenheit kaum wiederzuerkennen, bestand nur noch aus Fäden, die durch eine klebrige Substanz zusammengehalten wurden. Als Yong Sheng sie aufhob, versanken seine Nägel in einer weichen Masse. Er biss hinein und war überrascht von der betäubenden Schärfe, die sich in seinem Mund ausbreitete.

Dann geschah das Wunder: Kaum hatte er das Stück Rinde im Zimmer seiner Tochter angezündet, hörte die Kleine auf zu husten. Umhüllt von süßlich duftenden Schwaden verfiel Helai in eine sanfte Lethargie. Für einen kurzen Augenblick versuchte sie, gegen den Schlaf anzukämpfen, um zu beobachten, wie das, was an einen verschrumpelten Lederlappen erinnerte, in den Flammen schmolz und sich rot verfärbte. Der süßliche Duft entwickelte zunehmend eine andere Note, wurde stechender. Gleichzeitig verloren die Dinge um sie herum an Kontur.

Was passiert mit mir?, dachte Helai ängstlich.

Vor ihren Augen begannen Myriaden von Glühwürmchen inmitten wuchernder Pflanzen zu tanzen. Sie schwirrten immer höher, formierten sich zu einem leuchtenden Rad. Sterne kamen hinzu, und gemeinsam überwanden sie eine Mauer, tanzten immer weiter, bis sie schließlich als Lichtflocken auf Helais Körper hinunterstoben.

Die Kleine schlief friedlich bis zum Morgengrauen und bestand ihre Prüfung als Beste der Region.

Die zweite Ebene der Arche Noah bevölkerte Yong Sheng mit Wirbeltieren aller Art. Er hatte dabei Professor Adams im Ohr, der ausdrücklich darauf hingewiesen hatte, dass die hebräische Fassung der Bibel an dieser Stelle eine präzisere Beschreibung lieferte als die lateinische, die sehr pauschal mit »Vieh« übersetzte, wo die hebräische von »Vierbeinern« sprach.

Begonnen hatte er damit, dass er eine der Kabinen in einen Käfig für ein Tigerpärchen verwandelte. Eigentlich wollte er die Raubkatzen dabei zeigen, wie sie sich, berauscht von der eigenen Schönheit, über die schwarzen Streifen ihres Fells leckten. Aber der Käfig war zu klein, er musste sich darauf beschränken, ihre beiden Köpfe zu malen. Er gab sich alle Mühe, die beeindruckende Wangenmuskulatur, die langen, wie Messerklingen zulaufenden Schnurrhaare an Schnauze und Kinn und ihre struppigen Brauen wirklichkeitsgetreu abzubilden, doch das Ergebnis enttäuschte ihn: Es war ihm nicht gelungen, die Schönheit und Kraft des Lieblingstiers seiner Tochter zu vermitteln.

»Sie werden in deinem Käfig ersticken«, murrte Helai. »Wie viele Säugetiere sollen eigentlich in der Arche unterkommen?«

»Hundertsechzig.«

»Es wird hässlich aussehen, wenn du hundertsechzig Käfige in dieses Stockwerk quetschst!«

»Gott hat an alles gedacht. Wären sie nicht in Käfige gesperrt, würden die Tiger die anderen Tiere auffressen.«

Trotz solcher Beteuerungen stieg er am nächsten Tag mit einem Eimer weißer Farbe auf das Gerüst und übertünchte den Käfig. Sein Entschluss stand fest: keine Raubtiere an Bord seiner Arche.

Stattdessen entstand auf dem zweiten Deck des Schiffs nun ein märchenhafter Garten mit kleinen Felsen und samtweichen Wiesen, mit Grotten, Weihern und Springbrunnen, Treppchen aus weißem Marmor und Affenschaukeln. Die Ersten, die in den Genuss dieses Gartens Eden kamen, waren die Elefanten. Wassertropfen glitzerten auf ihrer rauen Haut, man musste die Dickhäuter nur anschauen, um den Regen riechen zu können. Das stattliche Männchen schüttelte den schweren Kopf, um sich zu trocknen, während seine Gefährtin ihm mit dem Rüssel auf die Schulter tippte.

Helai war hingerissen von diesem Elefantenpaar, vor allem die langen Rüssel hatten es ihr angetan. So etwas hatte sie noch nie gesehen, sie konnte den Blick gar nicht davon lösen. Yong Sheng hatte die Illustration aus einem Bildband perfekt kopiert und um ein eigenes Detail erweitert: Das Männchen balancierte einen Kiefernzapfen auf seinem Rüssel, wie auf einem langen, flinken Finger.

Die Nächsten, die in den Garten vorgelassen wurden, waren zwei Zebras, Tiere, die niemand in Putian je zu Gesicht bekommen hatte. Das Männchen war massiv gebaut, hatte stämmige Schenkel und eine stramme, gewölbte Kruppe. Das Weibchen nahm sich im Vergleich dazu äußerst feingliedrig und elegant aus, es begrüßte die Betrachter mit rosigen Nüstern, die wie Mundstücke kleiner Trompeten aussahen. Beim Anblick dieser völlig unbekannten Tierart drängten sich den Besuchern Fragen auf: Waren das Pferde? »Nein«, waren sich die einen sicher, »ihre Beine sind zu kurz, sie eignen sich nicht zum Reiten. Und seht nur ihren mickrigen Schwanz, kaum ein Haar dran. Vielleicht ist es eine neue Rasse.« Andere beschäftigte das schöne Fell, dessen Streifen am Kopf und bis zur Mitte des Körpers von oben nach unten, dann, zum Schwanz hin, quer verliefen. Sie waren überzeugt, dass es sich um besonders edle Rösser handelte. Wieder andere bemerkten, dass die Füße nicht gestreift, sondern weiß wie bei Schimmeln seien, und dass ihre feinen Hufe, vor allem die des Weibchens, an eine junge, noch nicht beschlagene Stute erinnerten.

Immer wieder zog es die Menschen in der Zeit, da Yong Sheng an seinem Fresko malte, zur großen Strohhütte hin. Manche kamen jeden Nachmittag, um ja nicht zu verpassen, wenn wieder eine neue, unbekannte Art an Bord der Arche Platz nahm.

Und so sahen sie sich eines Tages einem Paar graubrauner Vierbeiner gegenüber, die massig waren wie Stiere und denen ein Horn aus der Nase ragte. Ihre zentimeterdicke Haut war am Halsansatz und an den Beinen so stark gefaltet, dass es den Anschein hatte, sie steckten in einer Ritterrüstung. Auf den ersten Blick hatten sie kein Fell, nur sehr aufmerksame Beobachter entdeckten, dass der Künstler ihnen am Schwanzende und an den Spitzen der Ohren ein paar Haare gemalt hatte.

»Das sind Nashörner«, sagte ein belesener Mann, der wegen seines großen Wissens im ganzen Ort bekannt war. »Zu Zeiten der Song-Dynastie trugen die Beamten zweiten Grades, die Kulturberater und die Minister des Kaisers ein gesticktes Abbild dieser Tiere auf ihrem Ornat.«

Nashörner! In dem Wort schwang eine Bedeutung

mit, die jeden Mann sofort aufhorchen ließ. Welcher Chinese hatte noch nicht den Wunsch verspürt, vom Pulver des Nashorns zu kosten? (Dieses Horn war den meisten lediglich in pulverisierter Form ein Begriff, und nur wenige Glückliche waren überhaupt bisher damit in Berührung gekommen.) Es galt als das teuerste Heilmittel im amtlichen Arzneibuch Chinas (ein Gramm davon war wertvoller als ein Gramm Gold). Zum ersten Mal hatten sie das exquisite Horn in seiner natürlichen Form vor Augen, wie es dem kräftigen Tier aus dem Gesicht wuchs.

Als Yong Sheng den Pinsel beiseitelegte, um zu Abend zu essen, stürmten die Anwesenden sein Gerüst und begrapschten den wunderversprechenden Nasenwuchs, der wie ein Dolch in der untergehenden Sonne glänzte.

Yong Sheng verbrachte hundertsechzig Tage damit, die Vierbeiner auf seinem Schiff unterzubringen, wie bei den Insekten brauchte er für jedes Paar einen Tag.

Die letzten Gäste auf diesem Deck waren Giraffen. Es herrschte ein großes Gedränge vor dem Fresko, alle wollten sehen, was es mit diesen seltsamen Tieren auf sich hatte.

Dass ein Amateurkünstler die exotischen Tiere mit solcher Genauigkeit wiederzugeben vermochte, war ungewöhnlich. Pastor Yong hatte einen Rotton gemischt, der das echte Kolorit ihres Fells sehr viel besser traf als das blasse Gelb der Illustrationen, die er studiert hatte. Rasch und ohne vorab eine Skizze anzufertigen, kletterte er auf das Gerüst und malte drauflos, als fürchtete er, die Farbe könne verblassen.

An jenem Tag arbeitete er ohne Unterbrechung, und am Abend hörte Helai ihn murmeln:

»Wenn man sie betrachtet und dabei den Kopf zur Seite neigt, sieht es aus, als bewegten sie sich.«

Die Sonne war gerade untergegangen, und die Lichtverhältnisse veränderten sich in der Dämmerung von einer Sekunde auf die andere. Helai ließ ihren Blick auf und ab wandern, trat ein paar Schritte zurück und wieder vor, und jedes Mal hatte sie das Gefühl, als folgten die Flecke auf dem Fell der Giraffe ihren Bewegungen, je nach Lichteinfall nahmen sie unterschiedliche Formen an. Wie eine lebendige Weltkarte, dachte das Mädchen, auf der Flüsse und Berge sich im Tanz drehen.

Das dritte und letzte Stockwerk der Arche widmete Yong Sheng den Vögeln.

Er schuf zunächst einen Bereich, in dem sie sich zerstreuen konnten, einen Obstgarten ähnlich dem des Waisenhauses, mit Gleditschien, Longan- und Litschibäumen, die nach einem Sommerschauer in frischem Grün erstrahlten. Das Klima war angenehm, die Zweige der Bäume bogen sich unter dem Gewicht ihrer reifen Früchte, in dem dichten Laub perlten noch ein paar Regentropfen, der Boden war bedeckt mit roten Litschis.

Ganz nach dem Vorbild des Taubenschlags der Familie Ge in Fuzhou malte er dann eine Reihe mit Grasteppich ausgelegter Nischen, damit die Vögel einen Ort zum Ausruhen hatten.

Zum Schluss setzte er ringsum Akazien, Ahorn-, Mahagoni- und Pistazienbäume und deutete mit blaugrauen Pinselstrichen eine sanfte Brise an, die durch die Blätter rauschte.

Wer wohl die ersten Bewohner dieses paradiesischen Obstgartens wären? Helai stellte sich ein Paar prächtiger Pfauen in blau-grünem Federkleid und mit langer Schleppe vor, auf die große, irisierende Augen gezeichnet waren. Oder vielleicht ein Paar Goldfasane, auf deren Scheitel eine goldgelbe Haube wie eine kleine Laterne leuchtete.

Zu ihrer großen Überraschung war es ein Paar schwarzer Raben.

Yong Sheng erklärte ihr, dass er gute Gründe für diese Entscheidung habe, denn in der Bibel stehe, dass Noah einen Raben hatte ausfliegen lassen, der nachsehen sollte, ob das Wasser schon gesunken sei.

Für die Putianer stand fest, dass sie mit Yong Sheng zwar einen chinesischen Pastor gewonnen, zugleich aber einen außergewöhnlichen Maler verloren hatten – so legt es ein Abschnitt aus den Annalen der Stadt nahe:

Außerhalb von Hanjiang nistete auf der Spitze eines von Unkraut überwucherten Trümmerhaufens ein Rabenpaar. Eines Tages, als sie auf der Suche nach Nahrung an der protestantischen Kirche von Jiangkou vorbeiflogen, entdeckten sie auf der Südwand des Gebäudes ein anderes Paar. Von einer Böschung aus beobachteten sie ihre Artgenossen eine Weile, verglichen deren pechschwarzes, samtiges und leicht rosa schimmerndes Gefieder mit ihrem eigenen Federkleid, das im Abendlicht denselben Glanz hatte. Doch am nächsten Morgen waren ihre Mäntel wieder dunkel wie eh und je, während die der anderen immer noch rosa schimmerten. Also griffen sie ihre gemalten Verwandten an, hackten wild mit ihren Schnäbeln auf ihnen herum – noch heute zeugen unzählige Löcher von diesem Wutausbruch.

Nun waren die Tauben an der Reihe. Die erste, die an Bord der Arche ging, war schneeweiß. Ihre Begleitung hingegen trug ein purpurfarbenes Köpfchen auf einem smaragdgrünen Hals, ihre Seiten und Deckflügel waren grau, die Brust so weiß wie die Kehle, auf der eine rote Flamme leuchtete.

Niemand ahnte, dass er sich im Fall der ersten Taube von den weißen Lieblingen von Pastor Gu hatte inspirieren lassen. In den Bildbänden der Bibliothek des Waisenhauses hatte er ausschließlich Abbildungen von Straßentauben gefunden, wie sie einem in der westlichen Welt begegneten, schrecklich ordinäre Vögel, die dem Vergleich mit den Prachtexemplaren der Züchter hierzulande in keiner Weise standhielten. Und schon gar nicht dem Vergleich mit den edlen Jade-Tauben, die ihn noch manches Mal in seinen Träumen verfolgten.

»Jetzt verstehe ich«, flüsterte Helai ihm ins Ohr. »Deine Lieblingsvögel sind Tauben.«

»Stimmt«, erwiderte er, ohne den Pinsel abzusetzen. »Früher habe ich sogar Flöten für sie geschnitzt.«

»Flöten für Tauben?«, rief seine Tochter erstaunt.

Er hielt inne. Er hatte die schmerzhaften Erinnerungen ruhen lassen wollen und es stets vermieden, seiner Tochter von einer Vergangenheit zu erzählen, in der er Taubenflöten hergestellt hatte und als Taubenhüter bei Pastor Gu, ihrem leiblichen Vater, angestellt gewesen war.

Obwohl er nach Vorlage malte, begann er niemals mit den Konturen eines Tiers. Er stellte sich nie das Ganze vor, sondern konzentrierte sich auf ein bestimmtes Detail: Als Erstes malte er die Augen (oder eher: ein Auge), um eine Beziehung zu dem Wesen herzustellen, das er schuf. War die Kommunikation erst einmal etabliert, wusste er, dass alles Weitere ganz selbstverständlich unter seinem Pinsel entstehen würde, Nase, Maul,

Ohren, Fell, Gefieder. Der Umriss des Kopfs ergab sich dann von selbst.

Auch Noah, der einzige Mensch auf Yong Shengs Arche, entstand auf diese Weise.

Helai wohnte der Schöpfung des Patriarchen mit bangem Herzen bei. Denn Yong Sheng hatte zunächst eine blaue Iris aufgetragen – ganz genau wie ihre –, in der sich Angst und Schrecken spiegelten. Er malte kein zweites Auge, fügte dem ersten jedoch schwarze Wimpern hinzu, die ebenfalls aussahen wie ihre eigenen. Und dabei beließ er es fürs Erste.

Er besorgte sich mehrere Bambusmatten (sie waren drei Meter breit und mehrere Meter lang, die Bauern trockneten darauf Reis), mit denen er das Gerüst abdeckte. Tagsüber setzte er sich davor und gab acht, dass sich niemand, auch nicht Helai, seinem Fresko näherte. Als es dunkel wurde, verschwand er mit einer Petroleumlampe hinter den Matten. Bis zum Morgen hörte man ihn unentwegt vor seiner Wandmalerei auf und ab schreiten. Und als er endlich wieder ins Freie trat, wirkte er erschöpft wie ein Soldat nach der Schlacht.

So verging erst eine Woche, und dann eine weitere – doch Noah nahm keine Gestalt an.

Das ganze Jahr über hatte Yong Sheng mit Leichtigkeit jeden Tag eine neue Tierart gemalt, und nun verlangte ihm das Bildnis Noahs bereits einen Monat ab.

Helai vernahm in dieser Zeit nicht ein einziges Mal den Klang seiner Stimme. Und da er auch keine Mahlzeit mehr zusammen mit ihr einnahm, war sie dazu übergegangen, ihm das Essen in einen Korb zu legen, den sie wortlos auf dem Tisch neben dem Gerüst abstellte. Dort saß er, gedankenverloren, und schien sie nicht zu bemerken.

Eines Tages, kurz vor Einbruch der Dunkelheit, als sie ihm gerade das Abendessen bringen wollte, hörte sie plötzlich seine Stimme.

»Ich bin bald fertig. Es dauert nicht mehr lange, dann ist es vollbracht.«

In jener Nacht leuchtete der Mond außergewöhnlich hell in ihr Zimmer. Sie stand auf, eigentlich, um sich in der Küche etwas zu trinken zu holen, doch unbewusst hatte sie die entgegengesetzte Richtung eingeschlagen. Barfuß lief sie über die Wiese mit den Ringelblumen zum Fresko ihres Vaters.

»Ich bin es«, rief sie. »Darf ich zu dir kommen?«

Da niemand ihr antwortete, schlüpfte sie unter die Matten.

»Papa!«

Stille.

Neugierig näherte sie sich der Fassade, auf die der Schatten eines Mannes fiel, der, zwei Meter über dem Boden, auf dem Gerüst saß.

Der Schatten rührte sich nicht.

Möglichst lautlos kletterte Helai das Gerüst hinauf. Sie zog sich an den dicken Bambusstangen hoch und tapste auf nackten Füßen über die Plattformen, bis sie sich auf gleicher Höhe mit dem Schatten befand.

Als sie aufsah, fuhr ihr der Schreck durch alle Glieder: Noah blickte ihr geradewegs ins Gesicht. Oder vielmehr: Ein alter Säufer, nackt wie ein Wurm, schwankte vom oberen Deck der Arche auf sie zu.

Sie klammerte sich am Gerüst fest, wagte kaum zu atmen und wollte nur noch eines: diesem Anblick entkommen. Doch dann beruhigte sie sich und betrachtete Noah genauer. Er hatte wahrhaftig den Körper eines Greises, die Haut hing ihm schlaff von den Knochen, sein Bauch war weich und aufgebläht. Die Schamhaare zwischen seinen Schenkeln ähnelten einer Handvoll grauer Strohhalme, und mittendrin baumelte traurig sein verkümmertes Genital.

Die Kenntnis, die Helai von der Anatomie des anderen Geschlechts hatte, beschränkte sich auf ihre Kameraden aus dem Waisenhaus. Sie wusste also nicht viel.

Noah, schätzte sie, musste um die sechzig, siebzig Jahre alt sein. Plötzlich empfand sie eine unbestimmte Traurigkeit: Noah glich einem alten Vogel, der Schutz unter einem Baum suchte – einem Longanbaum, der in Putian sehr häufig zu sehen war. Der alte Mann weinte nicht, doch er hatte ganz offensichtlich Angst.

Wovor? Hatte er ein unverzeihliches Verbrechen begangen?

Vielleicht fürchtete er auch Zeugen seines Verfalls?

Helai war zu jung, sie kannte diese Passage aus der Bibel noch nicht:

Noah wurde der erste Ackerbauer und pflanzte einen Weinberg. Er trank von dem Wein, wurde davon betrunken und lag entblößt in seinem Zelt. Ham, der Vater Kanaans, sah die Blöße seines Vaters und erzählte davon draußen seinen Brüdern. Da nahmen Sem und Jafet einen Überwurf; den legten sich beide auf die Schultern, gingen rückwärts und bedeckten die Blöße ihres Vaters.

Sie hob den Kopf, ein köstlicher Duft umwehte sie. Er erinnerte sie an den Geschmack der Mandelplätzchen, mit denen die Missionare sie zu Weihnachten versorgten, nur dass er noch intensiver war, er hatte etwas von dem Alkohol, den ihr Großvater, Zimmermann Yong, manchmal aus dem Keller holte: ein süßer und zugleich scharfer Geruch, in den sich das salzige Aroma von Meerwasser mischte.

Und auf einmal wusste sie es wieder: Genau so hatte es in der Nacht vor ihrer Prüfung gerochen, als sie krank gewesen war.

Der Duft drang ihr durch alle Poren in den Körper und vernebelte ihr den Verstand. Unversehens zog es sie hin zu etwas, das im Dunkeln kauerte und auf sie zu warten schien.

Sie trat auf Noah zu, und ganz so, als glaubte sie nicht, dass es sich bloß um eine Malerei handelte, legte sie ihre Hand in die knittrige Hand des Greises – sie war nicht kalt und nicht warm, Helai spürte, dass sie noch voller Leben steckte und etwas vollbringen wollte.

Über ihr begann der Lichtschein einer Petroleumlampe zu flackern, die kurz darauf erlosch.

Papa muss eingeschlafen sein, überlegte sie, er bemerkt nicht, dass er gar kein Licht mehr hat.

Glücklicherweise schien der Mond so hell, dass sie das Gerüst auch ohne Lampe gefahrlos weiter hinaufklettern konnte.

Yong Sheng saß auf einer Holzplanke und schlief fest. Sein Kopf ruhte auf seinen Armen, die wiederum einen Bambusstock umschlossen, der quer über seinem Schoß lag. Vor ihm brannten die letzten Reste eines Zweigs herunter. Er stammte vom Aguilar, wie Helai feststellte.

Kapitel 4

Das Leiden des Gottesknechts

Es war ein Tag im Jahr 1950, als die Gestalt eines Mannes in der Krone des Aguilars sichtbar wurde.

Yong Sheng hatte den Waisenkindern immer verboten, auf den Baum zu klettern, was den erwachsenen Mann nicht scherte, der sich, gekleidet wie ein Bauer und gesichert durch ein Seil, von Ast zu Ast hangelte, um zu testen, welcher sich unter seinem Gewicht als der stabilste erwies.

Vom Fuß des Baums blickte ein einarmiger Revolutionär hinauf in den Wipfel, Yong Sheng schätzte ihn auf etwa fünfundzwanzig – er war es, der das Verhör führte. Der leere rechte Ärmel seiner ausgewaschenen Militäruniform bewegte sich hin und her, wie das Pendel einer Uhr. Unter der Kappe mit dem fünfzackigen roten Stern lugten unbändige Haarbüschel hervor. Er trug einen breiten Ledergürtel um die Hüften, und aus dem Halfter, das daran befestigt war, ragte der Griff einer Pistole. Er wirbelte erstaunlich geschickt mit seiner einen Hand herum, bekam rasch die Seilenden zu fassen, die der Bauer ihm von oben zuwarf, und zog fest daran. Das straff gespannte Seil quietschte, der Ast knackte und bog sich, doch er brach nicht. Und dann fiel der mysteriöse Satz:

»Den nehmen wir!«

Der Einarmige hatte einen starken nordchinesischen Akzent, den man im Süden des Landes nur schwer verstand, nun allerdings hatte er die einzelnen Silben so gedehnt, dass sie für jedermann verständlich waren.

Der Bauer sprang vom Baum hinunter auf die Erde, wo ein anderer – beide dienten sie dem Revolutionär als Assistenten – seine Worte wiederholte: »Den nehmen wir!«

Unter dem Aguilar drängte sich eine kleine Menschenmenge. Außer Helai, die das Gymnasium in Hanjiang besuchte, waren alle Kinder und Jugendlichen des Waisenhauses anwesend. Sie sahen einander ratlos an, hatten keine Ahnung, welche Absichten die Besucher verfolgten.

»Den nehmen wir!«, tuschelte einer dem nächsten ins Ohr. Und so ging der Satz wie eine Beschwörungsformel reihum.

Der Mann, den das Trio gerade verhörte, stand, beide Hände auf den Rücken gebunden, hinter dem Aguilar. Der revolutionäre Wortführer trat zu dem Gefangenen hin und zog ihn unsanft an seiner Fessel vor die Kinder.

Yong Sheng wusste nicht, wer sein Peiniger war. Die Verhaftung hatte ihn vollkommen überrascht, wie aus heiterem Himmel waren die drei Männer plötzlich in das Waisenhaus gestürmt, hatten ihn geschlagen und zu Boden geworfen. Der Einarmige hatte ihm zwar seinen Namen genannt, doch Yong Sheng hatte ihn nicht verstanden.

Mit seinem unverständlichen Akzent verkündete der Revolutionär nun:

»Das ist deine letzte Chance.«

Yong Sheng versuchte zu begreifen, was der Mann meinte. »Was sagen Sie? Könnten Sie es bitte wiederholen?«

»Wo hast du das Gold versteckt?«, grollte der Revolutionär.

»Welches Gold?«

»Das Gold dieser fremden Kirche! Stell dich nicht dumm. Die Ausländer haben alles gestanden.«

»Ich habe niemals Gold von der Kirche bekommen.«

»Haben sie dir Geld gegeben?«

»Auch nicht. Die Einrichtung trägt sich selbst. Wir finanzieren uns mit dem Verkauf unseres selbst angebauten Obstes und den Beiträgen, die externe Schüler entrichten müssen.«

»Es reicht! Für wie doof hältst uns? Allein beim Anblick der Kanonen unserer Befreiungsarmee haben den dreisten Westlern die Knie geschlottert, und sie haben ihr Gold fortgeschafft, nach Jiangkou. Hier, in deinem Waisenhaus, haben sie es versteckt, bevor sie abgehauen sind.«

»Ich habe keine Ahnung, wovon Sie sprechen.«

»Wir wissen, wo das Gold liegt. Im Grunde brauchen wir dich nicht, um es zu finden. Aber wir wollen dir die Gelegenheit geben, mit uns zusammenzuarbeiten. Und wenn du schlau bist, machst du das auch.«

»Ich weiß wirklich von nichts.«

»Noch einmal: Es ist deine letzte Chance, du solltest sie dir nicht entgehen lassen, denn sie wird nicht wiederkommen. Womöglich hast du von dem reaktionären Pastor aus Xianyou gehört, der soeben von der Volksregierung erschossen wurde.«

»Es gibt kein Gold in diesem Waisenhaus.«

»Aber vielleicht unter einem Baum?«

Yong Sheng schüttelte den Kopf.

»Unter diesem hier, zum Beispiel, den alle den ›Baum des Pastors‹ nennen, als wäre er dein Sklave und der deiner Kirche.«

Yong Sheng verneinte abermals.

»›Der Baum des Pastors‹! Dieser Name stinkt zum

Himmel! Ich würde ihn eher den ›Baum des Sklaven der Imperialisten‹ nennen. Oder bist du da anderer Meinung?«

Yong Sheng blieb stumm.

»Bist du etwa nicht der Sklave der Westler?«

»Nein.«

»Wenn das so ist, verrate uns, wo das Gold ist, damit könntest du uns eventuell milde stimmen.«

Yong Sheng sagte kein Wort.

Der Revolutionär stieß ihn unter den kräftigen Ast, an dem das Seil hing. Er bückte sich nach einem der Enden und knüpfte, einarmig, wie er war, beeindruckend flink eine Schlinge. Mit wenigen zielgerichteten Handgriffen steckte er das andere Ende zuerst durch Yong Shengs Fessel, dann durch die Schlinge und vergewisserte sich, dass alles fest saß.

Seine beiden Helfer zerrten erbarmungslos an dem Seil, und Yong Sheng baumelte bald in der Luft.

Es herrschte Totenstille, nur das Knirschen des Asts war zu hören.

Diese Methode nannte man »Die über dem Wasser schwebende Leiche«. Wie ein Soldat, der von einer Kugel oder einem Granatsplitter getroffen wurde, spürte Yong Sheng den Schmerz nicht gleich, die erste Reaktion seines Körpers bestand in einer empfindungslosen Erstarrung. Er war erleichtert, dass Helai nicht mit ansehen musste, wie man ihn demütigte.

Wie lange würde man ihn hier so hängen lassen? Drei Minuten? Zehn? Eine Stunde? Und was war das für ein Geflüster über seinem Kopf?

Es war das Rascheln des Laubs im Wind.

Unter sich vernahm er Stimmen. Der Einarmige verfügte in der Tat über eine reiche Palette an Talenten. Er führte nicht nur Verhaftungen und Verhöre durch, wusste Schlaufen zu binden und Folterungen aufzuerlegen, er zeigte sich vor allem auf dem Gebiet zwischenmenschlicher Beziehungen als Experte. Die Waisen brachten Behinderten eine natürliche Sympathie entgegen, und so war es einfach für ihn, ihr Vertrauen zu gewinnen. Er setzte sich in ihre Mitte und ließ sie den Stumpf in seinem leeren Ärmel berühren. Sie sahen ihn an wie einen Helden.

Würde er zum Glauben übertreten, dachte Yong Sheng, während er von seinem Aguilar herabhing, gäbe er sicher einen hervorragenden Pastor ab.

Gerade zog der Held der Volksbefreiungsarmee den Revolver aus dem Halfter, nahm das Magazin heraus und leerte es. Es waren im Ganzen sechs Patronen, die er auf dem Boden vor sich ausbreitete, bevor er die Waffe einem Kind reichte.

»Nimm sie mal in die Hand.«

Der Junge zögerte kurz, griff nach der Pistole und ließ sie, überrascht von ihrem Gewicht, beinahe fallen.

Der Einarmige lachte wohlwollend: »Wenn meine Waffe nicht so schwer wäre, wie könnte ich dann das Volk damit befreien?«

Die Pistole machte die Runde unter den Waisenkindern, die Vorwitzigsten taten so, als würden sie sie durchladen und auf einen ihrer Kameraden zielen.

Ein kleiner Sieben- oder Achtjähriger trat auf den Revolutionär zu.

»Könnten Sie unseren Direktor jetzt wieder herunterlassen?«

»Du darfst ihn nicht mehr ›Direktor‹ nennen, sondern nur noch ›imperialistischer Scheißkerl‹!«

»Könnten Sie unseren Imperialisten jetzt wieder herunterlassen, bitte?«

»Gut. Lassen wir ihn also für dich wieder runter und gehen zum zweiten Teil des Verhörs über.«

Er gab seinen Gehilfen ein Zeichen.

Sofort lockerten sie das Seil, und die Kinder jubelten. Aus einem Reflex heraus winkelte Yong Sheng die Beine an wie eine Katze, die in die Tiefe stürzt, um nicht zu hart aufzusetzen.

Als er sich erheben wollte, zitterten seine Beine so sehr, dass sie ihm den Dienst verweigerten und er gezwungen war, auf Knien dazuhocken.

Sein Peiniger ging vor ihm auf und ab.

»Und, Herr Pastor, ist dir die Erinnerung inzwischen zurückgekommen?«

Yong Sheng öffnete den Mund, doch ihm versagte die Stimme, und er schüttelte nur den Kopf.

»Das Gold, verdammt! Sag uns, wo es liegt!«

Yong Sheng schüttelte abermals den Kopf.

Der Revolutionär schnaufte wütend, fing sich aber sogleich wieder und wedelte mit seiner Hand in Richtung der beiden Bauern, als wollte er ein Auto durchwinken. Die Männer zogen mit aller Kraft an dem Seil. Erneut sah Yong Sheng sich in der Luft hin und her schwingen. Über ihm stießen die Äste gegeneinander, wie von einer heftigen Sturmbö geschüttelt. Das Seil ächzte, ein Geräusch, so unangenehm wie das Schaben einer Metallklinge auf Glas. Bald hatte er nur noch diesen schrillen Ton im Ohr, der ihm fast das Trommelfell platzen ließ.

Er strampelte mit den Beinen, als säße er auf einem unsichtbaren Fahrrad. Sein Körper kam aus dem Gleichgewicht, wurde herumgerissen, sodass er mit dem Kopf nach unten hing. Er hatte den Mund weit aufgesperrt, aber er war unfähig, auch nur einen Laut hervorzubringen.

Der Einarmige beendete das grausame Schauspiel mit einer knappen Geste.

In das nachlassende Ächzen des Seils mischte sich Yong Shengs Stöhnen. Er vollführte eine akrobatische Pirouette in der Luft und gelangte in seine senkrechte Ausgangsposition.

Als die Bauern sich schon anschickten, ein weiteres Mal an dem Seil zu ziehen, befahl der Einarmige:

»Stopp!«

Mit gerecktem Arm und geballter Faust stand er da wie ein Dirigent beim Schlussakkord.

»Loslassen!«

Anders als zuvor ließen die Gehilfen das Seil nicht nach und nach los, sondern auf der Stelle, und Yong Sheng fiel wie ein Stein auf die Erde. Durch die Geschwindigkeit des Sturzes erhöhte sich die Kraft des Aufpralls. Er glaubte zu zerspringen und brüllte wie ein tödlich verletztes Tier. Als er aufschlug, hatte er das Gefühl, dass seine inneren Organe explodierten, ihm die Knochen brachen und der Schädel barst.

Um ihn herum wurde alles schwarz, er verlor das Bewusstsein. Der Einarmige befragte ihn aufs Neue zum Verbleib des Goldes, doch Yong Sheng konnte nicht antworten, er hörte ja nichts. Sie hievten ihn wieder in die Höhe, ließen ihn brutal hinunterstürzen, stellten ihm dieselbe Frage. Und da die Antwort ausblieb, begannen sie von vorn …

»Ich habe Durst.«

Es waren seine ersten Worte, als er zu sich kam. Es war bereits dunkel, und er hing immer noch am Baum, die Hände auf dem Rücken gefesselt.

Der Einarmige hatte, bevor er die Kinder losschickte, um jeden Winkel auf dem Grundstück zu durchforsten, zu den beiden Bauern gesagt: »Wir werden sehen, wie lange er durchhält. Er scheint fest entschlossen zu sein, nicht preiszugeben, wo das Gold versteckt ist, aber am Ende wird er doch reden.«

»Ich habe Durst«, wiederholte Yong Sheng, erstaunt, sich selbst die Worte sagen zu hören, die er so oft im Johannesevangelium gelesen hatte. Waren es nicht diese Worte, die, zweitausend Jahre zuvor, auch der Märtyrer am Kreuz ausgesprochen hatte?

Das Einzige, was sie offenbar nicht zerstören konnten, überlegte er, ist mein Gedächtnis.

Um seine These zu stützen, unternahm er die Anstrengung, die Namen der zwölf Apostel aufzusagen.

»Simon Petrus« – für einen Chinesen bezeichneten diese zwei Wörter nicht unbedingt einen Namen. Sie klangen seltsam, wie das Geräusch eines trockenen Seils auf einer Brunnenwinde. »Andreas« – eine weiche, tief klingende Silbe, auf die eine helle, kecke folgt.

Yong Sheng hätte nie gedacht, dass es ihn so viel Mühe kosten würde, diese zwei Namen über die Lippen zu bringen. Er fühlte sich erschöpft und unterbrach seine Gedächtnisübung.

Allerdings hatte er damit die Aufmerksamkeit der beiden Bauern geweckt, die am Fuße des Aguilars wachten.

»Hast du das gehört? Was hat er gesagt?«

»Könnten Namen gewesen sein.«

»Wir sollten sie notieren, um morgen früh dem Chef davon zu berichten.«

»Sie notieren? Wie denn, kannst du etwa schreiben?«

»Wir notieren sie im Kopf. Wahrscheinlich hat er das Gold der Kirche bei diesen Leuten versteckt.«

»Vielleicht sind es Kontakte in ihr Spionagenetz.«

»Das Erste war irgendwas mit ›Xi‹.«

»Ximén Qing[5]!«

»Und das Zweite ging mit ›An‹ los.«

»›An‹? Nein, ich glaube nicht.«

Sie hielten inne. Vom Baum her hörten sie, wie Yong Sheng mit schwacher Stimme hervorstieß:

»Judas, Matthäus, Johannes.«

Sie lauschten konzentriert, aus Angst, ihnen könnte eine Silbe entwischen.

»Das sind ausländische Namen. Reaktionäre Decknamen. Nicht gerade einfach zu merken. Das schaffen wir nie.«

Nachdem Yong Sheng die Namen der zwölf Apostel einmal aufgezählt hatte, wiederholte er sie, glücklich, dass sein Erinnerungsvermögen intakt war.

Er dachte darüber nach, wie schwer es werden würde, eine weitere Nacht zu überstehen, und dass es kein großes Verdienst für einen Prediger der Heiligen Botschaft darstellte, vor seinem Tod bloß die Namen der zwölf Apostel herzusagen. Bevor er seinen letzten Atemzug tat, sollte er wenigstens eine zusammenhängende Passage aus der Bibel zitieren.

Er flehte den Herrn an: »Du, der du mir das Leben geschenkt hast, bitte gewähre mir noch einen Augenblick, damit ich mir ein paar Sätze aus der Heiligen Schrift ins Gedächtnis rufen kann. Es wäre für mich der Beweis, dass es dich gibt und dass mein Leben einen Sinn hatte.«

Über dem Obstgarten erhob sich ein Wind, der bald wie ein Sturm über den ganzen Hügel blasen würde. Oder wie der Atem eines Riesen, dem das Herz bis zum Hals schlug.

---

5 Figur eines großen Frauenliebhabers aus dem Roman *Jin Ping Mei*, der als (anonymes) Meisterwerk der erotischen und satirischen chinesischen Literatur aus dem 16. Jahrhundert gilt.

Offenbar hatte Gott der Bitte seines Dieners stattgegeben.

Yong Sheng wusste nicht, wie viel Zeit der Allmächtige ihm einräumte. Ein paar Minuten, eine halbe Stunde? Welche Bibelstelle würde sein Leben am besten auf den Punkt bringen?

Ihm kam als Erstes das Buch Hosea aus dem Alten Testament in den Sinn. Er hatte schon immer eine besondere Zuneigung für diesen Propheten empfunden, dessen Gott eher von Liebe als von Autorität geprägt war – die Liebe erzwingt nichts, und jemandes Wohl erlangt man nicht durch Schläge. Nur die Liebe besitzt die Macht, Menschen zu retten. Was Yong Sheng aber vor allem mit dem Propheten verband, war eine schmerzhafte Vergangenheit (auch wenn er nicht genau wusste, ob Hosea von seiner eigenen Frau oder von Israel sprach). Ihm war seine erste Ehe jedenfalls auch missglückt, er hatte sich eine Frau ausgesucht, die mit anderen Männern Unzucht trieb, sie daraufhin verlassen, sich seine Liebe für sie jedoch bewahrt. Als die Liebhaber sich von der Ehebrecherin abwandten, sagte sie: *Ich kehre um und gehe wieder zu meinem ersten Mann; denn damals ging es mir besser als jetzt.* Und Hosea nahm sie wieder auf.

Eine geeignete Stelle aus dem Buch Hosea auszuwählen war indes nicht ganz einfach, denn die Art und Weise, wie der Prophet von sich selbst erzählte, folgte keiner Ordnung: Sein Lebensbericht bestand aus über die ersten drei Kapitel seiner Weissagung verstreuten Sätzen, und Yong Sheng fühlte sich nicht imstande, sie in wenigen Minuten zu einem kohärenten Ganzen zusammenzufügen. Er stand unter Zeitdruck, denn er wollte nicht sterben, bevor er etwas aus der Heiligen Schrift zitiert hatte. Er musste eine andere Wahl treffen.

Ihm fiel der Prophet Jeremia ein, nicht wegen der fürchterlichen und blutigen Verkündigungen, die sein Buch füllten, sondern wegen der Qual seiner inneren Kämpfe. Auch Yong Sheng hatte Gott den Rücken gekehrt, als er Mary verfolgte, um sie zu töten. Aber weder Jeremia noch er waren von ihrem Weg dauerhaft abgekommen. Der Mensch konnte seinem Schicksal nicht entrinnen, und all seine Versuche, sich ihm zu widersetzen, gehörten dazu.

Er zögerte, welche Absätze aus dem Buch Jeremia am passendsten wären, und entschied sich für Kapitel 30 und 31, die sogenannte Trostschrift. Sie lieferten viele historische Details aus dem Leben des Volkes Israel, und Gott formulierte darin, mit Worten, die er seinem Propheten in den Mund legte, den neuen Bund:

Seht, es werden Tage kommen, so spricht der Herr, in denen ich mit dem Haus Israel und dem Haus Juda einen neuen Bund schließen werde, nicht wie der Bund war, den ich mit ihren Vätern geschlossen habe, als ich sie bei der Hand nahm, um sie aus Ägypten herauszuführen.

Da Yong Shengs Minuten gezählt waren, brauchte er keinen neuen Bund mehr. Er wollte lediglich eine Lebensbilanz ziehen.

Plötzlich drängte sich ihm aus den Tiefen seiner Erinnerung ein anderer Text auf, und wie selbstverständlich formte sein Mund die Worte.

Es handelte sich um eine lange Passage aus dem Buch Jesaja, die manche Chinesen als »Das Leiden des Gottesknechts« kannte: ein paar Hundert Worte, die mit großer emotionaler Kraft einen gebrochenen Mann beschreiben. Yong Sheng sagte die Zeilen auf, ohne innezuhalten und ohne ein einziges Wort auszulassen.

»So sei es!«, schloss er und rief dann: »Ich habe Durst!«

Die beiden Bauern glaubten, dass die Gelegenheit günstig sei und er, wenn sie ihm nur etwas zu trinken gäben, alles gestehen würde.

Sie befestigten eine mit Wasser gefüllte Schale am Ende einer zwei Meter langen Bambusstange und führten sie an seine Lippen.

Halb ohnmächtig schloss Yong Sheng die Augen und leerte die Schale mit der Hast eines Ertrinkenden, der sich an jeden Strohhalm klammert. Das Wasser rann ihm das Gesicht hinunter.

Er bekam keine Luft mehr.

Er wusste nicht, wann die Zerstörung seines Freskos begonnen hatte.

Nach einigen Stunden, die er am Baum hing, wurden seine Hände nicht mehr durchblutet, und wenig später hatte er auch kein Gefühl mehr in den Armen. Er spürte nur noch die schweren, harten Knochen seiner Gliedmaßen, deren Nerven taub und deren Venen ausgedörrt zu sein schienen.

Das Seil, an dem er baumelte, zeigte sich dagegen überaus lebendig. Bald zog es ihn nach unten, dann wieder nach oben, und jedes Mal dachte er, im nächsten Moment würden ihm die Sehnen reißen.

Wobei, es ist nicht ganz richtig, zu behaupten, dass er etwas *gedacht* habe, denn er balancierte auf der hauchdünnen Grenze zwischen Wachzustand und Koma und war nicht recht bei Sinnen.

Plötzlich kroch ein leises Geräusch aus der Ebene den Hügel hinauf, bis in die Spitze des Aguilars. Es war, als malmte jemand mit den Zähnen. Das Geräusch kam immer näher, legte sich um seinen Körper. Dicke Regentropfen fielen dumpf von den Blättern auf ihn herab.

Um ihn herum war alles dunkel. Seine beiden Wächter waren fortgegangen, wann und wohin auch immer. Vielleicht hatten sie Schutz vor dem Regen gesucht oder wollten dem Einarmigen die Wortfetzen zutragen, die sie aufgeschnappt hatten.

Der Regen wurde immer dichter, peitschte ihm ins Gesicht. Gerade als er die Augen aufschlug, riss ein Blitz den Himmel entzwei, dann ein zweiter, dem ein bläulicher Funkenschauer folgte.

Sein Gesicht nahm mit einem Mal einen anderen Ausdruck an, es wirkte zusammengeschrumpft. Sein Blick war wie versteinert auf etwas gerichtet, das nicht allzu weit vor ihm lag.

Ein dritter Blitz durchbrach die Dunkelheit wie eine Lanze und entfesselte einen Strudel glühender Teilchen. Immer wieder leuchtete die Südwand der großen Strohhütte im Gewitterlicht taghell auf.

Von dem hohen Ast aus, an dem er hing, konnte er deutlich sehen, was sich vor der Hauswand abspielte: Ein Mann war auf das Gerüst geklettert und schlug mit einer Axt auf sein Fresko ein. Ein Ärmel seiner Jacke wehte schlaff im Wind.

Seine Arche Noah hatte sich in einen Hort von Tierkadavern verwandelt, die im Blut schwammen. Nicht eine einzige Kreatur war dem Massaker entkommen.

Ein weiterer Blitz zuckte über die Fassade und zeigte vor Schreck erstarrte Elefanten, Giraffen, Zebras, Pfauen. Ein Donnerschlag erschütterte die Hütte, das Grollen unterstrich den Gewaltakt, den der Einarmige mit seiner Axt im Takt der Blitze vollzog. Die einst so lebendigen Tiere verschwanden nacheinander in den

Kratern, die der Revolutionär auf der Fassade hinterließ.

Mit einem Hieb enthauptete er das Zebra, dessen Kopf durch die Luft wirbelte, während das Blut seinem Schlächter, der mit irrem Gebrüll immer weiterdrosch, ins Gesicht spritzte – ein sinnloses Gemetzel, denn das Tier war ja längst tot. Auch als ihm das Blut in den Haaren und in allen Poren klebte, hörte der Einarmige nicht auf, um sich zu schlagen. Selbst das Gerüst war voller Blut. Seinem Blut. In seinem Zerstörungswahn hatte er das Gleichgewicht verloren und sich den Kopf an der Hauswand aufgeschlagen.

Vom zweiten Deck der Arche sah ein kleiner Hund zu ihm herüber. Er hatte die Ohren aufgestellt und die Augen weit geöffnet, er schien das frische Blut zu wittern, das ihm über den Körper rann. Der Revolutionär bemerkte ihn und räumte ihn gnadenlos aus dem Weg, ohne ihm die Zeit zu lassen, ein letztes Mal zu bellen.

Eine Kolonie Fledermäuse flatterte in schwarzen Spiralen um den Kopf des toten Vierbeiners. In kleinen Gruppen stürzten sie auf ihn nieder, pikten ihn und machten blitzschnell wieder kehrt, es sah aus, als vollführten sie einen letzten Tanz zum Gedächtnis der unglückseligen Opfer der Arche Noah.

Yong Shengs Miene verzerrte sich zu einer Schmerzensmaske, er rang nach Atem. Wie Tränen strömte ihm der Regen über die Wangen. Keuchend wiederholte er die Passage aus der Bibel:

Herr, wer hat unserer Botschaft geglaubt? Und der Arm des Herrn – wem wurde seine Macht offenbar?

Die Worte Jesajas klangen plötzlich anders in seinen Ohren, sie schienen das Ende einer Epoche anzukündigen. Und ihm war, als verberge sich hinter den Sätzen des Propheten auch sein eigenes Schicksal:

Vor seinen Augen wuchs er auf wie ein junger Spross, wie ein Wurzeltrieb aus trockenem Boden. Er hatte keine schöne und edle Gestalt, sodass wir ihn anschauen mochten. Er sah nicht so aus, dass wir Gefallen fanden an ihm.
Er wurde verachtet und von den Menschen gemieden, ein Mann voller Schmerzen, mit Krankheit vertraut. Wie einer, vor dem man das Gesicht verhüllt, war er verachtet; wir schätzten ihn nicht.
Aber er hat unsere Krankheit getragen und unsere Schmerzen auf sich geladen. Wir meinten, er sei von Gott geschlagen, von ihm getroffen und gebeugt. Doch er wurde durchbohrt wegen unserer Verbrechen, wegen unserer Sünden zermalmt. Zu unserem Heil lag die Strafe auf ihm, durch seine Wunden sind wir geheilt. … Er wurde misshandelt und niedergedrückt, aber er tat seinen Mund nicht auf. Wie ein Lamm, das man zum Schlachten führt, und wie ein Schaf angesichts seiner Scherer, so tat auch er seinen Mund nicht auf.

Dritter Teil

Kapitel 1

Die Rückkehr

An einem regnerischen Abend, sechs Jahre nach der Zerstörung des Freskos an der Wand der großen Strohhütte, legte bei Flut ein Motorboot vom Wusong-Kai in Shanghai ab und bahnte sich einen Weg zwischen den großen Schiffen im Hafen. Zumeist waren es Frachtschiffe, und als das Boot sich ihnen auf Reichweite näherte, erfassten ihre Scheinwerfer die Silhouette einer Frau, die einsam an Deck stand. Obwohl sie eine weiße Jacke chinesischer Machart und eine lange schwarze Hose trug, war offensichtlich, dass es sich um eine Ausländerin handelte. Sie musste etwa Mitte fünfzig sein, doch ihre resolute Haltung, ihre vorteilhafte Figur und ihr langes, offenes Haar verliehen ihr einen Charme, der keinem Mann verborgen blieb.

Die anderen Passagiere schienen sich im Innern des Boots aufzuhalten, während sie die vorbeiziehenden Ozeanriesen betrachtete, die mit ihren Lichtern durch die Nacht strahlten.

Es war nicht das erste Mal, dass Mary im Hafen von Shanghai an Bord eines Schiffs ging, und wie immer klangen das Surren der Motoren und Schiffsschrauben, das Quietschen der Seil- und Ankerwinden, das Stimmengewirr der Leute in den Kabinen und an Deck in ihren Ohren wie die Melodie ihrer fernen Jugend, an die sie sich in solchen Momenten wie an einen süßen Traum erinnerte.

Reihen grüner Leuchten glitten an ihr vorüber, dann blinkte ein rotes Licht auf: Das Motorboot machte an einem Kreuzfahrtschiff fest. Genau genommen an einem großen Pott, der bereits unzählige Havarien erlebt hatte. In seinen glanzvollen Zeiten hatte er über Jahre die Verbindung zwischen Hongkong und England sichergestellt, bis er von Chen Yubo, dem größten Reeder von Macau, aufgekauft worden war. 1945 war das Schiff in den Besitz der Shanghaier Kompanie Orient Cruise übergegangen; als der Präsident des Unternehmens 1955 jedoch von Gerüchten Wind bekam, dass eine Verstaatlichung privater Firmen durch die kommunistische Regierung drohe, spendete er den alten Kahn von sich aus dem Staat, der ihn auf den Namen *Großer Shun*[6] taufte – ein Ausdruck dafür, dass die gegenwärtige Obrigkeit sich für bedeutender hielt als den legendären Kaiser der Antike. Der Name prangte in goldenen Schriftzeichen umrankt von Wellen- und Sturmmotiven auf dem Heck des Schiffs.

Mary las den Namen des Dampfers, den sie besteigen würde, laut vor. Sie hatte eine angenehme Stimme, und wenn sie sprach, erkannte man den Dialekt von Putian, den sie sich vierzig Jahre zuvor angeeignet hatte, zugleich hörte man die Mundart von Guizhou heraus, die, wie das Sichuanische, nicht zwischen »t« und »d« unterschied.

Sie war nicht besonders stolz auf ihre Aussprache des Chinesischen, denn rechnete man ihre Aufenthalte im Land zusammen, kam man immerhin auf über ein Vierteljahrhundert.

---

6 Shun ist ein legendärer Herrscher der chinesischen Antike.

Kurz vor Sonnenaufgang und lange, bevor sie Guangzhou erreichten, hatte das Schiff auf offener See eine Panne.

Auf einmal wurde es unerträglich still an Bord. Sämtliche Lichter erloschen. Es war stockfinster, niemand sagte ein Wort. Als Mary gerade ihre Kabine verlassen wollte, sah sie die Besatzung an Deck stürzen. Sie hörte die Männer flüstern:

»Stehen wir?«

»Was machen wir jetzt?«

»Ich habe den Eindruck, das Schiff fährt noch.«

»Also, alle wieder auf ihre Posten, oder was?«

Das Meer war ruhig, ganz so, als wäre es eingeschlafen. Oder tot. Der *Große Shun* wirkte wie gelähmt, ein riesiger Container, den man in der steinernen Weite ausgesetzt hatte.

Aus der Kapitänskajüte drang das Prasseln eines Telegrafen: Der Kommandant sendete ein SOS-Signal. Zweihundertsiebenundachtzig Passagiere befanden sich an Bord, darunter eine amerikanische Lehrerin, die chinesische Staatsbürgerin war.

Die chinesische Schifffahrt war damals in einem erbarmungswürdigen Zustand, eine organisierte Seenotrettung gab es nicht, und nicht ein einziger Hafen entlang der Küste Chinas verfügte über einen Schlepper, der stark genug gewesen wäre, um einen Ozeandampfer abzutransportieren. Letztlich schickte der Hafen von Ningbo die beiden einzigen, die er hatte: die 161 und die 111.

Ein dickes Kabel lag in einer Ecke der feuchten und von Rost befallenen Kommandobrücke. Eines seiner Enden hing wie eine lange Schlange vom Bug herab und pendelte sanft hin und her.

Zwei Stunden nach Sonnenaufgang machten die

Matrosen ein erstes Schiff im Morgennebel aus, sie setzten die Flagge auf halbmast, zum Zeichen der Seenot.

Leider handelte es sich nicht um den erhofften Schlepper, sondern um ein malaiisches Schiff, das gleich darauf wieder in den Dunstschleiern verschwand. In der unheimlichen Stille, die seit Stunden auf dem *Großen Shun* lastete, klangen seine Motorengeräusche wie die schönste Musik der Welt.

Zehn Minuten später tauchte es wieder auf, wie ein strahlender Turm wuchs sein weißer Rumpf aus dem Wasser.

Die Passagiere auf beiden Schiffen winkten und riefen einander zu. Da sie jedoch nicht dieselbe Sprache sprachen, war die Verständigung schwierig.

Die dunkle Haut der malaiischen Matrosen bildete einen augenfälligen Kontrast zu ihrem schneeweißen Schiff. Gestenreich bekundeten sie ihr Mitleid mit den Reisenden des havarierten Dampfers und sahen dabei aus wie gutmütige Erwachsene, die versuchen, verängstigte Kinder zu trösten. Ihre Oberkörper waren übersät mit bunten Tätowierungen.

Der Kapitän des *Großen Shun* ordnete an, ein Beiboot zu Wasser zu lassen, und bat Mary, ihn als Dolmetscherin zu begleiten. Vier Matrosen ruderten sie zu den Malaien hinüber, und kaum hatten sie das kleine Boot an das große angeleint, kletterte Mary mit einer Leichtigkeit, die der des zwanzig Jahre jüngeren Kapitäns in nichts nachstand, eine Strickleiter hoch.

Auch die Übersetzung bereitete ihr keinerlei Schwierigkeiten, denn sie beherrschte das Chinesische bis hin zur Beschreibung technischer Details. Gewandt streute sie idiomatische Wendungen ein, mit denen sie die Kapitäne schwer beeindruckte.

Sie freute sich über die Komplimente der beiden

Männer noch, als sie an Bord des *Großen Shun* zurückkehrte. Während sie zuschaute, wie das Beiboot wieder hochgezogen wurde, dachte sie:

Wäre ich nicht all die Jahre fortgewesen, hätte ich ihnen noch mehr imponieren können.

Sie hatte China für vierzehn Jahre verlassen, von 1935 bis 1949.

Nach ihrer Rückkehr in die Vereinigten Staaten durchlebte sie eine lange Phase der Depression. Um sie auf andere Gedanken zu bringen, nahm Pastor Chivas Regal, ein Freund ihres verstorbenen Mannes, sie eines Tages mit in ein Tonstudio, wo eine Jazzband gerade eine Platte einspielte. Eddie Condon, Frontmann und Seele der Band, entsprach so gar nicht der Vorstellung, die Mary von einem Jazzmusiker hatte. Zwar war er Alkoholiker, aber weder war er ungepflegt noch drogenabhängig. Ein überaus feinfühliger, höflicher Mensch, der niemals laut lachte, sondern eher mit kühlem Humor punktete. Er spielte ein Instrument, das sie nicht kannte, eine Art Gitarre mit vier Saiten. Die Band war mit der Aufnahme des Stücks *Bixie Land* beschäftigt, das Bix Beiderbecke beim Genuss rauer Mengen schottischen Whiskys komponiert hatte. Bix war ein tragischer, selbstzerstörerischer Charakter, der von Ohnmacht und der Nichtigkeit des Lebens sang, aber erstaunlicherweise schien Mary das nichts auszumachen, sie wirkte rundum fröhlich, entspannt und schlagfertig. Zwei Zeilen, die Eddie improvisiert hatte, gingen ihr auch später nicht mehr aus dem Kopf:

Ich habe keine Lust, mich zu entschuldigen,
nicht einmal vor Pastor Chivas Regal.

Sie trällerte sie in Endlosschleife vor sich hin, summte manchmal auch nur die Melodie, wie früher als Kind.

Und eines Tages brachten Eddies Worte sie auf die Idee, ihre Erfahrungen als Gefangene der Roten Armee niederzuschreiben. Sie widmete diesem Vorhaben einige Wochen, das Ergebnis war ein Memoirenband mit dem Titel *Die Hand Gottes*. Nur so konnte sie mit der Situation fertigwerden, die sie seinerzeit im hintersten Winkel der Berge von Guizhou erlebt hatte, als ihr im Sumpf ein Soldat der revolutionären Truppen sein Gewehr vors Gesicht hielt, das Gesicht einer flüchtigen Imperialistin. Eine Minute lang hatte er sie aus nächster Nähe im Visier gehabt, dann aber seine Waffe sinken lassen. Für sie stand fest, dass Gott seine Hand im Spiel gehabt haben musste, dass er es war, der den nach Schießpulver riechenden Lauf von ihr abgewendet hatte.

Die Hand Gottes kletterte in den Vereinigten Staaten an die Spitze der Bestsellerliste, und von den Tantiemen reiste Mary durch Europa, besuchte Frankreich, Italien und Spanien, bis die deutsche Armee in die Tschechoslowakei einmarschierte und Frankreich und das Vereinigte Königreich wenig später in den Krieg gegen Deutschland eintraten. Sie strandete in Genf, wo sie sich beim Internationalen Roten Kreuz engagierte, das sie Ende 1942 nach Stalingrad schickte, um eine Gruppe Freiwilliger anzuleiten. Nach dem Krieg ließ sie sich in Moskau nieder und arbeitete als Sprecherin für das englischsprachige Programm des sowjetischen Radios. Ihr Chinesisch verblasste allmählich, doch dann sorgte ein glücklicher Zufall dafür, dass sie Wu Yuan begegnete, einem chinesischen Dramaturgen, der in Moskau studierte. Es war das erste Mal, seit sie China zwölf Jahre zuvor verlassen hatte, dass sie einen Menschen aus Fleisch und Blut Gedichte aus der Zeit der Tang- oder Song-Dynastie aufsagen hörte, dass jemand Opern von Guan Hanqing vortrug, die zu Zeiten der Yuan-Dynastie entstanden waren. Wu, der zehn Jahre jünger als sie war, stammte aus Xianyou in Fujian. Er konnte sich fließend im Dialekt von Putian ausdrücken und kannte unzählige lokale Opernarien. In seiner Gesellschaft kamen ihr plötzlich wieder das sanfte Licht jener Gegend, der salzige Meereswind und der Duft der Litschibäume ins Gedächtnis, sie glaubte, die Frösche auf den Reisfeldern quaken und den Gesang der Pirole zu hören, erinnerte sich an den erdigen Geruch des Kanals und den Geschmack von Krebsen mit Sojasauce. Sie wusste auf einmal, dass alles, was sie bisher geleistet hatte, dass der ganze lange Weg, den sie bis hierher, in die UdSSR, gegangen war, nicht der Weg zur Erlösung von Korruption, Gewalt und Niedergang war, wie man es ihr als Kind beigebracht hatte, sondern der Weg, der sie in den Fernen Osten zurückbringen würde. Zwei Jahre lebte sie mit Wu Yuan zusammen, dann verschwand er plötzlich spurlos aus ihrem Leben. Er tauchte nie wieder in ihrer »Wohnung« auf, einem Zimmer ohne Küche und Bad im dritten Stock des Gebäudes, in dem die Angestellten des Radiosenders einquartiert waren. Keiner konnte ihr sagen, was aus ihm geworden war.

Im Frühjahr 1949 brach sie schließlich nach Peking auf, um ihn zu suchen, den Mann, mit dem sie zwar nicht auf dem Papier verheiratet war, der jedoch sein Leben mit ihr geteilt hatte. Damals befand sich die Stadt noch in den Händen der Kuomintang, aber die Volksbefreiungsarmee belagerte sie bereits seit mehreren Wochen. Dank des Empfehlungsschreibens eines amerikanischen Professors, der sich ganz und gar der kommunistischen Sache verschrieben hatte, gelang es ihr, die Schutzzone zu durchqueren, bis sie das von der Befreiungsarmee besetzte Gebiet erreichte, wo sie Wu Yuan allerdings nicht fand. Jedoch erfuhr sie von seiner Berufung. Sie arbeitete wieder als Englischlehrerin, zunächst an einer regulären Schule in Peking. 1955 nahm sie die chinesische Staatsbürgerschaft an und erhielt im Jahr darauf einen Ruf an die Jinan-Universität in Guangzhou.

Als es zu dämmern begann, schlug der milde Südwestwind unversehens in einen heftigen Sturm um und verwandelte das Meer in eine weite, mit Schaumkronen bedeckte Fläche. Wirkte der Himmel zuvor noch zum Greifen nah, verbarg er sich nun hinter dicken schwarzen Wolken, die über die entfesselten Fluten hinwegzogen.

Mächtige Wellen peitschten die beiden Schiffe, sprühten Gischt wie fauchende Furien. Die Malaien sahen sich gezwungen, die Maschinen zu stoppen, als das am Heck gespannte Drahtseil plötzlich riss. Der *Große Shun*, der seit Stunden mit seinen zweihundertsiebenundachtzig Passagieren vor sich hin dümpelte, hob mit einem Mal über den Wellen ab, als schwebte er zwischen Himmel und Meer. Dann fiel er jäh in ein Wellental zurück, schlug so hart auf der Wasseroberfläche auf, dass es das ganze Schiff bis ins Innerste durchrüttelte. Marys Herzschlag setzte für eine Schrecksekunde aus.

Doch das war nur der Anfang allen Unglücks.

Nach dem Kabelriss betätigte der malaiische Kommandant sofort die Notsirene, deren Heulen inmitten des donnernden Ozeans jedoch kaum deutlicher zu hören war als das erstickte Wimmern eines Kindes. Die Scheinwerfer seines Schiffs fegten über die wilden Wasserwirbel, während der *Große Shun* zwischen den Brechern seine Sprünge vollführte. Fast konnte man meinen, die beiden Dampfer lieferten sich einen akrobatischen Wettbewerb. Der erste wirkte wie eine Libelle im Gleitflug, der zweite sah aus wie ein dressierter, auf einem Bein herumhüpfender Gockel. Während der eine durch die Luft schwirrte, krächzte der andere sich die Lunge aus dem Leib. Da die beiden Kapitäne sich nicht zu verständigen wussten, mussten sie abermals Marys Hilfe in Anspruch nehmen. Schwankend und völlig durchnässt erreichte sie die Brücke, sie konnte sich kaum aufrecht halten, so sehr wurde das Schiff von den emporschlagenden Wellen durchgerüttelt. Ein Hagelschauer brach aus den tintenschwarzen Wolken hernieder. Der Kapitän spannte einen Schirm auf, den eine Sturmbö jedoch sogleich mit sich fortriss. Wütend trommelten die harten Graupeln aufs Deck, ließen jeden, der dort zu tun hatte, wie einen Gummiball auf und ab springen. Mary hielt sich schützend die Arme vors Gesicht, vergeblich, die Eiskörner trafen ihre Haut wie Nadelstiche, und so versuchte sie, mit bangem Blick auf das tobende Meer, sich auf ihre Übersetzung zu konzentrieren. Der malaiische Kapitän verlor sich in ausufernden Erklärungen, grob zusammengefasst bot er den Passagieren des *Großen Shun* an, auf sein Schiff zu wechseln. Er hatte seinen Satz noch nicht beendet, als der Dampfer wieder einen Satz in die Luft machte und wie ein Kormoran mit gespreizten Flügeln über dem Wasser segelte. Mary wurde herumgeschleudert, sie sah den Malaien mit seinen Armen rudern wie ein hilfloser Krebs. Unsanft setzte der *Große Shun* wieder auf, Mary fiel hintenüber, das Wasser stürzte in Kaskaden über sie herein und bedeckte sie mit Schaum. Das Schiff kippte auf die Seite, neigte sich zu den Meeresstrudeln hin, sie schaffte es gerade noch, sich an der Reling festzuhalten, um nicht über Bord zu gehen. Der malaiische Kapitän wedelte immer noch wie wild mit seinen Krebszangen, sein Rufen schien aus einer anderen Richtung herüberzuschallen, als gehörten die Arme und die Stimme nicht zu ein und derselben Person. Mary schrie wie ein verwundetes Tier und war erstaunt über die Kraft, die ihr in der Kehle steckte. Den Kommandanten des *Großen Shun* hatte es ebenfalls zu Boden gerissen, er schimpfte und zeterte, was sein malaiischer Kollege in dem Tumult jedoch nicht mitbekam, obwohl nur wenige Meter die beiden Schiffe trennten. In seiner Verzweiflung schien er vergessen zu haben, dass Mary wiederum an seiner Seite war und ihn sehr wohl verstand, mit Gesten bedeutete er ihr, ihm ans Heck zu folgen. Immer noch an die Reling geklammert, kraxelte sie mühsam zum hinteren Teil des schräg abfallenden Schiffs, kämpfte gegen die Wellen an, die sich krachend am Rumpf brachen und sie hin und her wanken ließen. Eine traf sie in den Rücken, sie stürzte, schlug mit dem Kopf auf, schluckte Wasser und konnte für einen Moment nichts mehr sehen und hören. Sie versuchte, sich wieder hochzurappeln, doch ihr Körper war wie gelähmt. Sie blickte in den Himmel, und was sich vor ihren Augen abspielte, erfüllte sie mit Schrecken. Der Sturm hatte eine dunkle Wolke entzweigerissen, ein unnatürlich fahles, bedrohliches Licht fiel aufs Meer und schien vom Ende der Welt zu künden. Es war der Mond. Noch nie hatte sie ihn so gesehen, noch nie ein solches Leuchten, wie ein zügelloses Pferd galoppierte er rückwärts über das Firmament.

Am Horizont tauchten zwei gigantische schwarze Schildkröten auf, gleichzeitig schob sich eine Wolke vor den Mond. An Deck herrschte wieder Dunkelheit, und Mary verlor das Bewusstsein.

Bei den zwei Schildkröten handelte es sich um die Schlepper aus dem Hafen von Ningbo, die seit über zwanzig Stunden das Meer nach dem havarierten Schiff durchkämmten.

Am frühen Morgen spiegelte sich ein schwacher Lichtschein auf dem düsteren, inzwischen wieder friedlichen Ozean: Langsam tuckerte der schwer beschädigte *Große Shun* hinter den beiden Schleppern zurück in Richtung Hafen.

Glücklicherweise war keiner der Passagiere oder Besatzungsmitglieder bei dem Sturm über Bord gegangen, aber es gab viele Verletzte, darunter Mary, die man bewusstlos, mit geschwollenen Lippen und blauem Auge, in ihre Kabine getragen hatte.

Die Wasserkessel funktionierten nicht mehr, aber in einer Thermoskanne entdeckte der Kapitän einen Rest warmen Wassers und bat den Koch, Mary einen Kaffee zuzubereiten, damit sie wieder zu Kräften käme.

Sie nippte zwei Mal an der Tasse und musste sich sogleich übergeben.

Seit ihrem Sturz hörte sie schlecht. Alle Geräusche drangen wie aus weiter Ferne zu ihr, selbst das Jubelgeschrei ihrer Mitreisenden beim Anblick der Küste vernahm sie nur als schwaches Stimmengewirr, nicht lauter als das Kratzen der Kakerlaken auf dem Boden ihrer Kabine.

Erst als sich zwei Stunden später das gleiche undeutliche Murmeln regte und der Kapitän mit der frohen Botschaft zu ihr kam, dass sie bald anlanden würden, begriff sie, dass die übrigen Passagiere vor Freude schrien.

Die Küste rückte immer näher, ein Fluss spaltete das Gestade. Der Kapitän sagte den Namen des Ortes, der an der Mündung lag, aber Mary war zu sehr mit ihren Erinnerungen beschäftigt, als dass sie ihn sich gemerkt hätte.

Achtunddreißig Jahre zuvor, mit siebzehn, war sie ebenfalls mit dem Schiff in China angekommen. Als sie damals die Bucht erreichten, hatte sie neben ihrem Vater gestanden und aufs Festland gedeutet, das allmählich vage hinter den Nebelschleiern sichtbar wurde – Pastor Gu hatte prompt ein Kirchenlied angestimmt. In der Abenddämmerung war ihr Dampfer in den Hafen eingelaufen, und die schlenkernden Laternen an den unzähligen kleinen chinesischen Booten hatten sie wie Glühwürmchen empfangen. Sie sah die im Wind flatternden Segel der Sampans noch vor sich, es gab sie in vielfachen Varianten: neue Segel aus dickem weißem Stoff, geflickte Segel, die alle Wechselfälle des Lebens kennengelernt hatten, Lamellensegel aus geflochtenem Bambus und einfache Laubsegel. Zum ersten Mal in ihrem Leben bekam Mary einen chinesischen Leuchtturm zu Gesicht, der nicht etwa auf einer Felsklippe stand, sondern im Wasser, auf einem einfachen Holzkahn, wo er im stetigen Auf und Ab der Wellen sein rotes Licht aussendete. Am meisten aber beeindruckte sie der Steuermann des Sampans, der sie und ihre Eltern an den Kai brachte: ein chinesischer Junge, der mit nacktem Oberkörper hinten im Boot stand und dessen langer Zopf ihm im Rhythmus seiner Bewegungen gegen den Rücken schlug. Geschmeidig wie eine Flosse ließ er sein Ruder durch das Wasser gleiten. Die weite schwarze Hose des Jungen wehte in der Abendbrise um seine Beine. Als der Zopf ihm einmal im Weg zu sein schien, ruderte er mit einer Hand weiter und wickelte ihn sich mit der anderen in Sekundenschnelle um den Hals. Lässig nahm er dann seinen routinierten Zickzackkurs zwischen den Motor- und Fischerbooten wieder auf.

Im Schlepptau der beiden Boote lief der *Große Shun* nun in das Flussdelta ein, wo man große Mengen Erde zu einem undefinierten Deich aufgeschüttet hatte und der Kiel des alten Ozeanriesen regelmäßig den Grund berührte. Bei jeder Erschütterung schaukelte die Glühbirne hin und her, die nackt an einem Kabel von Marys Kabinendecke herunterhing. Ihr Gehör hatte sich inzwischen erholt, sie war nun wieder in Lage, einzelne Geräusche voneinander zu unterscheiden, etwa das Surren der Schleppermotoren, das allmählich schwächer wurde, bis es ganz zum Erliegen kam und das Schiff ins Trockendock glitt. Ein Matrose ließ das Lot ins Wasser und gab in gebrochenem Mandarin die Tiefe durch. Taue wurden über das Deck geworfen, sie hatten endlich den rettenden Hafen erreicht.

Sie konnte die Docks nicht sehen, die man entlang des verlassenen Golfs gebaut hatte, genauso wenig wie die Werften, die Kais und die Mole, denn sie wurde auf einer Trage an Land geschafft; allein die riesigen Arme der Kräne erblickte sie und die Dächer von Häusern inmitten eines Palmenwalds. Sie fragte die Träger, wo man sie hinbrachte, aber die Männer waren so sehr auf den miserabel befestigten Weg konzentriert, dass sie nichts anderes wahrnahmen und nur mit dem Schmatzen ihrer Schritte im Schlick antworteten.

Sie setzten die Trage auf einem kleinen Steamer ab, der einen Fluss hinaufschipperte. Niemand wechselte ein Wort mit ihr, zwei Männer lenkten das Boot, die beiden Krankenträger saßen an Deck und ließen die Beine über dem Wasser baumeln. Irgendwann wurde die Fahrrinne breiter und tiefer, Mary lauschte dem Plätschern der Wellen, die sanft gegen die Bordwand schlugen, und plötzlich erinnerte sie sich, dass der Kapitän des *Großen Shun* ihr den Namen eines Dorfs genannt hatte. Sie kramte in ihrem Gedächtnis, doch der Name wollte ihr einfach nicht einfallen.

Je weiter sie dem Flusslauf folgten, desto dichter standen die Bäume am Ufer, und bald durchquerten sie einen üppigen Wald, durch den kaum Licht drang. Schlängelnd passierte das Schiffchen eine Litschiplantage, hier und da schlugen Zweige gegen die Scheibe. Vögel schrien und Insekten zirpten, dazwischen hörte man das Schnarren der Schiffsschraube. Konzentriert hielten die Steuermänner den Blick nach vorn gerichtet, um Wurzeln und Steine zu umfahren, die in der Strömung nicht gleich zu erkennen waren. Als ihnen ein Stück Holz in die Quere kam, sprangen sie ins Wasser, um es einzusammeln – sie würden es später zum Kochen verfeuern.

Nach einer Weile wurde der Fluss wieder schmaler und führte links und rechts an Reisfeldern vorbei, auf denen Bauern mit Bambushüten sich abmühten, ihre Gesichter und Hände waren schlammbedeckt. In der Ferne, auf einem schroffen Abhang, tummelten sich Menschen, kaum größer als Ameisen, um ein paar Hütten und dunkle Steinhaufen, vermutlich handelte es sich um eine Mine. Auf einmal bebte die Erde, ohne dass Mary zuvor eine Explosion gehört hätte, und eine dicke Rauchwolke stieg über dem Abhang auf. Der Steamer fuhr unter einer steinernen Bogenbrücke hindurch, und dahinter konnte Mary im blendenden Sonnenlicht nichts mehr von der Landschaft erkennen.

Nachdem das Boot angelegt und man Mary am Ufer abgesetzt hatte, verschwanden die Träger ohne ein Wort des Abschieds aus ihrem Blickfeld. Zwei andere Männer transportierten sie in ein Dorf, und dieses Mal ging es schneller und sanfter voran.

In den Gassen duftete es nach geröstetem Brot, Sojasauce, mariniertem Gemüse, Reissuppe und Dampfnudeln, aber nirgendwo waren Stimmen zu hören. Die Menschen, die eben noch zu Hause oder in einem Lokal vor gefüllten Schalen und Tellern saßen, schienen ihre Stäbchen beiseitegelegt zu haben und plötzlich vom Erdboden verschluckt worden zu sein.

Mary malte sich aus, dass die Bewohner dieses Dorfs noch nie eine Westlerin zu Gesicht bekommen hatten und bei ihrem Anblick verstummt waren, weil sie womöglich fürchteten, sie sei ein Geist; ein Geist, der noch dazu auf einer Trage lag.

Sie konnte nichts weiter sehen als die im Sonnenlicht flirrenden Strohdächer der Häuser, die die Sträßchen zu beiden Seiten säumten.

Das örtliche Krankenhaus – eine einfache Station – befand sich außerhalb der Ortschaft, etwa zehn Gehminuten entfernt. Es war das einzige Gebäude im Umkreis, das mit Ziegeln gedeckt war und an einen hübsch hergerichteten Hof grenzte. Doch waren weit und breit kein Arzt und keine Krankenschwester aufzufinden, nur eine alte Frau, die strickend in einem Fenster saß. Nirgends stand ein Bett oder ein Infusionsständer, nichts wies erkennbar auf medizinische Ausrüstung hin.

An einer der Wände hing das Porträt des Parteivorsitzenden Mao. Ansonsten war der Raum nur mit einem Tisch ohne Schubladen möbliert, der sich in seiner Eleganz von der Kargheit ringsum abhob. Er musste einem gebildeten Menschen aus alten Zeiten gehört haben. Jemand hatte eine leere Flasche Alkohol dort abgestellt, in deren Hals eine Kerze steckte, was darauf hindeutete, dass es keine Stromversorgung gab. In einer Ecke befand sich eine Bambusliege, die bedenklich knirschte, als die Träger Mary darauf hievten.

Die Alte ließ ihr Strickzeug sinken. Sie trat zu Mary hin, streifte ihr wortlos die Jacke ab, drehte sie auf den Bauch und begann sie zu massieren.

Sie hatte sanfte Hände, und das Klappern ihrer Armreifen übte eine beinahe hypnotische Wirkung auf Mary aus.

»Lockern Sie sich! Sie sind ja ganz verspannt.«

Mary spürte, wie etwas in ihr aus der Fassung geriet, sich löste und ihr unwillkürlich Tränen in die Augen trieb. Es war das erste Mal seit acht Jahren – so lange lag Wu Yuans Verschwinden nun zurück –, dass sie den Dialekt von Putian hörte.

Und im selben Moment kam ihr der Name des Dorfs in den Sinn, den der Kapitän des *Großen Shun* genannt hatte.

»Jiangkou! Ich bin in Jiangkou! Wie kann es sein, dass ich auf diesen Namen nicht gleich reagiert habe?«

Kapitel 2

Die Ölmühle

Sonnenlicht drang durch das Fenster und malte einen Schatten der Kerze auf den antiken Tisch, dessen Silhouette sich auf dem Boden des Raums abzeichnete. Mit fortschreitender Stunde wanderten die Schatten weiter und veränderten ihre Gestalt.

Mary lag ausgestreckt auf der alten Liege, als sie Stimmen vernahm. Ein Mann rief etwas, das aus der Entfernung in ihren Ohren nicht lauter als das Zwitschern eines Vögelchens klang. Es waren drei ihr unverständliche Wörter, auf die nach kurzer Stille ein Echo folgte. Als sie den Mann schließlich laut rufen hörte, begriff sie, dass es sich gar nicht um ein Echo handelte, sondern dass andere Männer seine Worte wiederholten. Die Stimme ertönte ein drittes Mal, der Chor antwortete verlässlich, und wie zuvor glaubte Mary, drei Wörter zu erkennen, diesmal aber andere – oder war es nur ein anderes Wort, eines mit drei Silben?

Mary musste an die Treidler vom Jinsha in Guizhou denken, deren Gesänge, wenn sie tief vorgebeugt und schwitzend vor Anstrengung die Kähne zogen, allerdings sehr viel schleppender waren.

Sie stand auf und trat vor die Tür. Auf dem Hügel hinter dem Gebäude stand ein riesengroßer Baum.

»Früher hat man ihn den Baum des Pastors genannt«, krächzte die Alte vom Gemüsegarten herüber. »Heute traut sich das keiner mehr … Es ist ein Aguilar.«

Baum des Pastors?, dachte Mary. Sollte es außer ihrem Vater einen anderen Pastor in der Gegend gegeben haben?

Auf wackligen Beinen stieg sie den Hügel hinauf, und obwohl er nicht sehr steil war, musste sie bald anhalten, um Atem zu schöpfen. Sie hatte etwa die Hälfte der Strecke geschafft, als sich das blendende Nachmittagslicht der Sonne allmählich rot färbte und schwächer wurde. In der Ferne lösten sich die Konturen der Bucht im Dunst auf.

Wieder hörte sie die Stimmen der Männer, sie kamen aus der Richtung des großen Hauses mit dem Strohdach, das sich hinter dem Aguilar verbarg und wie eine Kirche anmutete.

Seltsam, dass sie, bevor sie Putian den Rücken gekehrt hatte, nie an diesem Ort gewesen war. Und auch seit ihrer Rückkehr nach China hatte es sie nicht in diese Gegend verschlagen.

Wie sie richtig vermutet hatte, rührte das Gebrüll von der großen Hütte her, und auf jedes Rufen folgte ein dröhnender Hammerschlag, der die Erde erzittern ließ.

Neben dem Eingang türmten sich Steinfrüchte zu kleinen Haufen. Sie nahm sich eine davon, schälte sie und hielt sie sich unter die Nase – es war die Nuss eines Lichtnussbaums[7], woraus sie schlussfolgerte, dass sie vor einer Ölmühle stand. Es gab eine Menge Plantagen in der Region, die bekannteste, »Der Hügel der tausend Ölbäume«, befand sich zwischen Hanjiang und Jiangkou. Zum Frühlingsbeginn war der ganze Hang voll weißer Blüten. Und sobald die Bäume Früchte trugen,

---

7 Ein Ölbaumgewächs, auch »Ölbaum« oder »Abrasinbaum« genannt, dessen Öl zur Herstellung von Lacken und Glasuren genutzt wird.

tummelten sich dort Frauen und Kinder, die mit Stangen an den Ästen rüttelten und fleißig ernteten, was zu Boden fiel. Ihre Ausbeute lieferten sie später bei einer Mühle ab.

Mary spähte in die Werkhalle hinein und wich unwillkürlich einen Schritt zurück. Sie hatte das Gefühl, am Tor zu einer schaurig finsteren Welt zu stehen.

Durch eine kleine Luke fielen die letzten Strahlen der Abendsonne, im Halbdunkel bewegten sich massige Körper, die sie nicht zuordnen konnte. Als ihre Augen sich an die spärlichen Lichtverhältnisse gewöhnt hatten, sah sie, dass es sich um einen kleinen Trupp rotbrauner Ochsen handelte, die träge in ihre Richtung trotteten, angetrieben von einem Mann, der drohend seinen Stock schwang. Jeweils zwei waren unter ein Joch gespannt, das über eine Eisenkette mit einer enormen Walze verbunden war. Die Tiere blähten vor Anstrengung die Nüstern, und in ihrem trüben Blick spiegelte sich eine freudlose Gleichgültigkeit. Unfassbar langsam, wie in Zeitlupe, umrundeten die Ochsen im perfekten Gleichschritt eine gigantische Steinplatte, die gut ein Drittel des Raums einnahm. Behäbig zogen sie die schwere Walze um die Achse der Steinplatte und zerquetschten die getrockneten Früchte. Die Schalen platzten und knackten wie kleine Knochen in einer Häckselmaschine.

Im hinteren Teil der kleinen Halle knisterte Feuer in einem Ofen, der von einem großen Kessel überragt wurde. Zwei Menschen – Mary vermochte nicht zu sagen, wie alt sie waren und ob es sich um Männer oder Frauen handelte – hoben seinen schweren Deckel an und leerten einen Sack mit zerstoßenen Nüssen in den Bottich. Ihre Arme verschwanden in einer dichten Dunstwolke, die sie bald vollständig verschluckte.

Neugierig näherte Mary sich, und mit jedem Schritt brannten ihr die Dämpfe unangenehmer auf der Haut. Doch eine Umkehr war nicht möglich, denn die Ochsen versperrten ihr den Weg. Ein unaufhörliches Stampfen dröhnte über ihrem Kopf. Sie setzte einen Fuß vor den anderen und trat dem Herzen dieses düsteren Orts entgegen.

Die eigentliche Ölpresse sah aus wie ein Folterinstrument auf volkstümlichen Darstellungen der Hölle, mit dem man einen Übeltäter zermalmte. Sie bestand aus einem massiven, ausgehöhlten Baumstamm, der bis unter das Dach reichte. Kleine Fetzen Tageslicht, die durch eine Reihe Glasziegel fielen, hingen wie alte Putzlappen an den Balken und strahlten auf den oberen Teil des Stamms ab, während der Rest des Baums sich in Dunst und Dunkel verlor. An manchen Stellen blitzten die Metallreifen auf, mit denen das Holz umfasst war. Am Fuß des hohlen Kolosses machten sich äußerst knapp bekleidete Männer – sie waren nackt bis auf einen ledernen Lendenschurz – an einem riesigen Hammer zu schaffen, neben dem sie wie Insekten wirkten.

Mary fühlte sich bei diesem Anblick in einen der Paläste der zehn Höllenfürsten katapultiert, um genau zu sein, in den siebten, den schrecklichsten von allen, über den der König vom Berge Tai gebot. Auch dort stand, so hieß es, ein zwei Meter hoher Baumstamm, durch den eine vierzig Zentimeter breite, mit Löchern versehene Röhre lief, an die sich eine schmalere Rinne anschloss. Der siebte Palast der Hölle war Grabräubern vorbehalten und Männern, die sich an kleinen Mädchen vergangen hatten. Wurde einer der Halunken vorstellig, steckten die Soldaten des Höllenfürsten ihn in die Röhre und trieben mit einem riesigen Hammer Pflöcke in die Löcher des Stamms. Ein grausiger und zugleich faszinierender Mechanismus: Die Pflöcke zerquetschten den Körper des Gemarterten, verwandelten ihn in eine zähflüssige Masse aus Fleisch und Fett, die in die schmalere Rinne tropfte, wo sie mit kleineren Stecken zu Saft gepresst wurde, der dem Stamm langsam den Rachen hinunter- und dann in einen Holzkübel floss.

Mary wagte sich weiter vor. An der Presse wirbelten zahlreiche Arme und Beine durcheinander, um den schweren Hammer in Bewegung zu setzen, der an einem Balken befestigt war und dessen Kopf im Widerschein des Ofenfeuers rot glühte.

Andere waren damit beschäftigt, die zerstampften und gedämpften Ölbaumfrüchte heranzuholen, die, von Metallreifen zusammengehalten, nun wie kleine Oblaten aussahen. Als wären sie Schmiede, die heißes Eisen bearbeiten, legten die Arbeiter die Oblaten in die Presse und trieben, wie die Soldaten des siebten Höllenfürsten, mit dem Hammer Bolzen in den Stamm. Mit jedem Schlag gruben diese sich tiefer in die Löcher und drückten die aufgeweichten Früchte fester zusammen.

Dann schrie einer der Männer:

»Hier der Regen!«

Alle anderen brüllten ihm nach:

»Hier der Regen!«

Mary fragte sich, ob diese Schreie, die dem siebten Höllenpalast durchaus würdig waren, ihr galten: War es eine Verwünschungs- oder eine Begrüßungsformel?

Allmählich traten die Züge der einzelnen Männer, die sie bisher nur als geisterhafte Gestalten wahrgenommen hatte, deutlicher hervor. Plötzlich schrak sie zusammen.

Zwei Augen, die ihr vertraut vorkamen, blitzten im Dunkeln auf. Der Mann musste sie ebenfalls wiedererkannt haben, zwar sah er mit undurchdringlicher

Miene zu ihr hin, doch seine Hand auf dem Hammer zitterte verräterisch.

Mary starrte ihn an, der Glanz, der seinen Blick für einen Moment belebt hatte, trübte sich sogleich wieder, wie bei einem Sterbenden. Dann erlosch er vollkommen.

»Es ist eiskalt hier drinnen«, sagte sie zu ihm im Dialekt von Putian.

Er sah sie mit leerem Ausdruck an.

»Der reaktionäre Pastor Yong Sheng darf nicht mit einer reaktionären Offizierin sprechen«, presste er hervor.

»Ich bin keine reaktionäre Offizierin, sondern eine einfache Lehrerin«, gab sie zurück und schob flüsternd hinterher: »Yong Sheng?«

Der schwere Hammer krachte auf die Bolzen, unter Marys Füßen bebte der Boden.

Der Wortführer rief in scharfem Ton:

»Da der Donner.«

Die anderen wiederholten im Chor:

»Da der Donner.«

Sie brauchte einen Moment, um zu begreifen, dass der Soldat der Roten Armee, der sie erschießen wollte, um sich an ihrem Vater, Pastor Gu, zu rächen, niemand anderes war als Yong Sheng.

Kurz glaubte sie in den Augen des matten, dürren Vierzigjährigen den glühenden Blick des Fünfjährigen aufflammen zu sehen, mit dem sie vor langer Zeit ein Zimmer geteilt hatte. Doch das Glühen verglomm rasch wieder hinter seinen halb geschlossenen, schweren Lidern.

Der Wortführer schmetterte:

»Und der Nachttopf ...«

Die anderen grölten:

»... ist zersprungen!«

Ein erster bernsteinfarbener Tropfen fiel in einen Holzkübel auf dem Boden, ihm folgte ein ganzes Rinnsal einer tranig fettigen Flüssigkeit.

Die Verwaltungsbehörden waren in Windeseile über die Ankunft einer Amerikanerin im Ort informiert, und die Verantwortlichen der Provinzhauptstadt schickten einen Jeep – das einzige Auto weit und breit –, der sie in ein Bezirkskrankenhaus bringen sollte. Aber kaum hatte der Wagen die Stadt hinter sich gelassen, hatte er eine Panne. Und so musste Mary die Nacht in der Krankenstation des Dorfs verbringen.

Zu jener Zeit war die Gegend noch nicht an das Stromnetz angeschlossen, aber auch im schwachen Licht der Kerze sah sie die Holzspäne auf dem Boden. Sie stammten von den Dachbalken, an denen sich die Ratten gütlich getan und dicke Spinnen ihre Netze gewoben hatten. Die angriffslustigen Nager lieferten sich unerbittliche Kämpfe, zerstörten die Netze, sodass sie in langen Fäden von der Decke hingen. Die wurmstichigen Fensterrahmen und Trennwände waren schon vor längerer Zeit den Termiten zum Opfer gefallen, aus ihnen rieselte feines Sägemehl.

In diesem heruntergekommenen Gebäude, das jeden Moment einzustürzen drohte, versuchte Mary, inmitten des Zirkus, den die Ratten veranstalteten, Schlaf zu finden. Vergeblich. Ob mit geöffneten oder geschlossenen Augen, bei brennender oder gelöschter Kerze – was sie in der Ölmühle erlebt hatte, ließ sie nicht los. Wieder und wieder hatte sie die Ochsen vor Augen, die sich mit der Walze abmühten, dann die geisterhaften Gestalten, die sich über das Fass beugten, und den gewaltigen Hammer, den Yong Sheng und die anderen Männer unter großen Anstrengungen in einer synchronen Auf-und-ab-Bewegung zum Schwingen brachten.

Sie fragte sich, wer diese erstaunliche Maschine erfunden hatte. Hatte die Menschenpresse in der Hölle die Erfindung der Ölpresse angeregt, oder war es genau umgekehrt?

Nach und nach verschwammen die Arbeiter in ihrem Kopf mit den Sündern, denen in den Palästen der zehn Höllenfürsten die grausamsten Foltern auferlegt wurden, wenn man den Darstellungen auf Kirchenfresken und alten Gemälden glauben durfte: Jeder Verstorbene, der die Grenze zwischen irdischer und unterirdischer Welt passierte, musste sich zwangsläufig dem Tribunal der zehn Höllenfürsten stellen. Neben der »Menschenpresse« im Reich des Königs vom Berge Tai gab es etliche andere Folterinstrumente, zum Beispiel im Palast des Königs Chujiang, genannt die »Messerhölle«, wo Dämonen sich mit Freuden eidbrüchiger Beamter und Ehebrecherinnen annahmen, indem sie sie einen mit Klingen gespickten Felsen hinunterwarfen. Zeugen, die falsch ausgesagt hatten, wurden in die »Hölle der eisernen Mühle« geschickt und von zwei kleinen Teufeln erwartet, die ihre Köpfe in einen Schredder steckten. Ihr Blut spritzte zu allen Seiten und wurde, zusammen mit ihren pulverisierten Knochen, durch eine Abflussrinne in einen Napf geleitet, über den sich schlabbernd ein Rudel heißhungriger Hunde hermachte. Diejenigen, die ihr Leben lang ihren Vorteil aus dem Unglück anderer gezogen hatten, erhielten ihre Strafe in der »Kupferhölle«, wo ein gigantischer Kessel mit kochendem Wasser für sie bereitstand, und wer seine Eltern nicht respektierte, landete in der »Eishölle«.

Das Bild des übergroßen Hammers und eines bis auf die Knochen abgemagerten, gedemütigten Yong Sheng, dessen Schamgefühl nur durch einen lächerlichen Lederschurz gewahrt wurde, ließ ihr keine Ruhe. Yong Sheng erinnerte sie an einen großen Vogel, den sie einmal als Kind gesehen hatte und dessen Name ihr entfallen war: Er hatte auf einem dürren Ast in einem Käfig gesessen, über und über bedeckt mit seinen eigenen Exkrementen.

Eine weitere Methode, die man im Höllenpalast des Fürsten Song anwandte, kam Mary in den Sinn, und wenn sie es recht bedachte, war sie die schlimmste aller Qualen: Sie galt den Undankbaren, die ihren Wohltätern absichtsvoll geschadet hatten, und wurde in der »Schinderhölle« abgebüßt. Man band die Frevler an einen Pfahl und häutete sie mit einer scharfen Klinge bei lebendigem Leib. Manchmal schickte man sie aber auch in die »Kratzerhölle«, wo man ihnen die Augen herausriss. Egoisten, die jede Form der Mildtätigkeit ablehnten, jagte man in der »Nagelhölle« lange Metallstifte in den Körper, während Betrüger, die Rechnungen gefälscht hatten, aufgeknüpft in der »Galgenhölle« endeten und windige Ehekuppler die »Hölle der abgetrennten Füße« kennenlernten.

Obwohl sie nicht mehr alle Namen der Höllenpaläste aufzählen konnte, hatte sie die dort praktizierten Quälereien lebhaft vor Augen: In der »Hölle des ewigen Rutschens« waren Verkäufer von falschen Arzneien dazu verurteilt, bis in alle Ewigkeit Felsen hinaufzuklettern, die mit kochend heißem Öl übergossen waren. Sie wusste auch noch, dass es darüber hinaus eine sechzehnte Ebene[8] gab, speziell für diejenigen, die krimi-

8 Die Hölle setzt sich aus zehn Palästen (oder Höfen) zusammen, über die jeweils einer der zehn Könige (oder Richter) gebietet, und achtzehn Ebenen, auf denen die Sünder für ihre Verbrechen büßen.

nelle Gedanken gehegt hatten, ohne zur Tat zu schreiten: Sie wurden erst aufgeschlitzt, dann warf man ihre dampfenden Eingeweide Hunden und Raubvögeln zum Fraß vor, bevor ihnen die Dämonen schließlich noch das Herz aus der Brust rissen und es zerfetzten. Die Atmosphäre in der »Brühhölle« ähnelte der in öffentlichen Bädern, weiße Fontänen schossen wie Geysire aus brodelnden Wassern, in denen bereits unzählige fahle Körper trieben. Daneben hatten kleine Teufel alle Hände voll damit zu tun, die von Maden, Larven und Blutegeln wimmelnden Leichname mit Lanzen zu durchbohren, die man zuvor mit Skorpionengift bestrichen hatte.

In einem schlafwandlerischen Dämmerzustand verließ Mary gegen Mitternacht die Krankenstation und lief barfuß zur Ölmühle hinauf. Es regnete, der Boden war schlierig, sie rutschte aus und landete im Entwässerungsgraben.

Das Gurgeln ihrer Schritte ließ sie daran denken, wie Yong Sheng Jahre zuvor im tiefsten Bergland von Guizhou durch den Morast gewatet war. Sie erinnerte sich daran, was sie damals empfunden hatte, als sie bis zu den Hüften im eiskalten Schlamm steckte, und sofort stach ihr der Gestank faulender Pflanzen wieder in die Nase.

Es regnete ohne Unterlass, und Nebelschwaden verschleierten die Umrisse der großen Strohhütte. Der Weg dorthin kam Mary so ungangbar vor wie ein endloser Sumpf.

Ihr schlug das Herz bis zum Hals.

Beruhige dich!, ermahnte sie sich selbst. Du benimmst dich geradeso wie eine Oberschülerin, die ihrem ersten Rendezvous entgegenblickt. Es kann ja wohl nicht sein, dass dir an diesem kleinen Hang die Puste ausgeht!

Endlich tauchte die Ölmühle vor ihr auf, nachts wirkte sie noch unheimlicher als am Tag.

Der Regen prasselte auf das Dach.

In Marys Brust trommelte das Herz.

War all das, was sie hier beobachtete, Wirklichkeit oder nur ein Traum? Ihr einstiger Schüler saß allein in der verlassenen Werkhalle, wie ein Vogel kauerte er auf einem Holzschemel. Im Lichtschein einer Petroleumlampe sah sie seinen nackten Oberkörper, sein ergrauendes Haar, das ihm in wilden Büscheln vom Kopf abstand. Er hatte den Mund geöffnet.

Sie fürchtete, er würde aufschreien, sobald er sie entdeckte.

Doch sie täuschte sich. Er gab keinen Laut von sich.

Seinen Mund allerdings sperrte er immer weiter auf, und der lang und länger werdende Schatten seiner Zunge breitete sich über dem Glasschirm der Lampe aus.

Mary erschauderte.

Er hob seine rechte Hand an, zwischen dem Daumen und dem Zeigefinger seiner Linken blitzte etwas auf.

Eine Nadel, zwei, drei Zentimeter lang.

Er hielt sie fest zwischen seinen Fingern, seine runzlige Hand zuckte krampfhaft.

Kaum, dass die Nadelspitze sie berührte, schnellte seine Zunge zurück in den Mund, wie ein erschreckter Hase in seinen Bau. Erbarmungslos zog er sie wieder hervor.

Der Schatten auf dem Schirm der Lampe zitterte, Yong Sheng hingegen rührte sich nicht, als gäbe es zwischen ihm und dem gemarterten Organ keine Verbindung.

Mary schloss die Augen, sie ahnte, was nun passieren würde.

Im Geiste sah sie die feine Nadel vor sich, die auf einmal zu besorgniserregender Größe anwuchs und alles andere in den Hintergrund drängte. Auch wenn sie wusste, dass es unmöglich war: Sie hörte, wie die Nadel sich in die Zunge bohrte.

Als sie die Augen wieder aufschlug, hatte sich die Nadel in Luft aufgelöst, und kleine rote Kugeln tropften in einen Becher. Der reaktionäre Pastor griff nach einem Pinsel, tunkte ihn in sein Blut und begann ein erstes Wort in sein Heft zu schreiben.

Nun wieder glaubte Mary, das leise Rascheln der Pinselhaare auf dem Papier zu hören und auch, wie die Flüssigkeit langsam die Fasern des Papiers durchdrang.

Sie meinte sogar, das Blut riechen zu können.

»Tut mir leid, wenn ich dich störe.«

Ihre Stimme drang durch die Dunkelheit, dann erst traten ihre nackten Füße aus dem Schatten – selbst der Schlamm vermochte nicht zu kaschieren, wie weiß und zierlich sie waren. Ihre Hose wurde nach unten hin weiter, wie eine Trompete.

Yong Sheng sprang von seinem Hocker auf und verbeugte sich tief vor ihr.

»Was machst du denn da?«

»Nichts.«

»Warum dann dieser Bückling?«

Sie kam näher, sodass er ihren Duft wahrnahm. Den sinnlichen Duft ihrer Haut, den auch ihre regennasse Kleidung nicht verbergen konnte.

Er fühlte sich in seine Kindheit zurückversetzt, sah den schwach beleuchteten Alkoven wieder vor sich, ihre Brust, die wie ein Vögelchen zitterte, und die Milch, die auf die Holzstatue des Gekreuzigten spritzte.

»Ich verbeuge mich, weil Sie ein Gast aus dem Ausland sind.«

»Ein Gast? Ich bin chinesische Staatsbürgerin und unterrichte an der Universität in Guangzhou.«

»Eine Universitätsprofessorin ist eine revolutionäre Führungskraft.«

Sie war zwei oder drei Zentimeter größer als er und strich ihm, wie einem Schuljungen, eine Haarsträhne aus dem Gesicht. Er zuckte zusammen. Denn was er spürte, war nicht die Hand der Fünfundfünfzigjährigen, die vor ihm stand, sondern die sanfte Berührung der jungen Lehrerin von einst, die mit ihren feinen Fingern durch sein zerzaustes Haar fuhr.

Der flüchtigen Geste folgten keinerlei weitere Zärtlichkeiten. Er rührte sich nicht, versuchte, so gut es ging, die Kontrolle über seinen rasenden Puls wiederzugewinnen.

»Setz dich«, sagte sie.

»Das ist verboten. Ich bin ein reaktionärer Pastor, den man durch Arbeit umerzieht.«

»Ich hätte niemals gedacht, dass ich dich bei meiner Rückkehr nach Putian an einer Ölpresse antreffen würde.«

»Ich hatte schon alle möglichen Aufgaben hier. Zuerst habe ich die Ochsen geführt, ein Jahr lang. Dann haben sie mich zwei Jahre an den Ofen gestellt, bevor ich an den Hammer durfte.«

»Ist das der verantwortungsvollste Posten hier?«

»Nein. Die wichtigste Rolle haben die Arbeiter, die die Presse füllen.«

»Ich bin in der Krankenstation untergebracht, aber

da wimmelt es von Ratten, die einfach keine Ruhe geben wollen.«

Er glaubte, den Regen von draußen zu hören, aber vielleicht war es auch das leise Seufzen, das Mary entschlüpfte.

Es war lange her, dass er sie im Regen überall gesucht hatte, um ihr ihre geflickten Gummistiefel zu bringen.

Er schloss die Augen, um sich auf ihren Duft zu konzentrieren, als sie plötzlich mit ihrer Nasenspitze sein Ohr streifte. Ein Feuerwerk explodierte in seinem Kopf und strahlte auf seinen ganzen Körper ab, er bekam eine Erektion.

»Es regnet, ich bin ausgerutscht und in den Graben gefallen«, sagte Mary.

»Der Ofen brennt noch. Zieh deine nassen Sachen aus, dann trocknen wir sie.«

Er öffnete die Ofenklappe und stocherte mit einem Schürhaken in der Glut, um das Feuer wieder anzufachen.

Die Lampe in der Hand, ging er hinaus, um aus einer Hütte hinter dem Haus frische Holzscheite zu holen. Dabei warf er einen kurzen Blick in die Baracke, in der die Arbeiter nächtigten. Die fünfzehn Männer schliefen tief und fest.

Marys Kleidung verströmte eine feuchte Wärme.

Yong Sheng hatte das Gefühl, einem kleinen Wunder beizuwohnen: Die nassen, unförmigen Stoffteile, die er vor dem Feuer zum Trocknen ausgebreitet hatte, nahmen, als er sie wendete, Marys Gestalt an, er meinte, ihren schwitzenden Körper unter seinen Händen zu spüren.

Sie stand vor ihm, nur mit Unterwäsche bekleidet. Zum ersten Mal in seinem Leben sah er einen Büstenhalter, er kannte nicht einmal das Wort dafür. Er hatte nie etwas anderes zu Gesicht bekommen als die groben Stoffbänder, die »Brustwäsche«, die die Frauen in Putian trugen. Das verblichene Wäschestück, das Marys Busen verhüllte, hatte zwei seidig glänzende Träger, die wie Antennen aufragten und an den Schultern unter ihrem vollen Haar verschwanden.

Dunstschleier legten sich um ihre nackte Haut.

Womöglich bildete er sich das alles ein, und sie war nur ein Trugbild, das im nächsten Augenblick wieder verschwunden wäre. Er wandte sich ab.

Vorsichtig strich sie ihm über die geschwollene Narbe, die ihm quer über den Rücken lief.

»Haben sie dich gefoltert?«

»Ja.«

»Warum?«

»Es war ein Irrtum. Sie dachten, die Kirche hätte Gold in meinem Waisenhaus versteckt.«

Für einen Moment herrschte Stille, die nur durch das leise Knacken des brennenden Holzes im Ofen gestört wurde. Mary ließ noch einmal ihre Finger über die Narbe gleiten, nicht ahnend, in welchen Aufruhr sie Yong Sheng damit versetzte.

»Ich habe dich eben, bevor ich reinkam, beobachtet. Du hast dir mit einer Nadel in die Zunge gestochen.«

»Du hättest dich nicht verstecken müssen. Ich habe nichts getan, was ich verheimlichen müsste.«

»Zeig mir deine Zunge.«

Er folgte der Aufforderung, und Mary besah sich die kaum sichtbare Spur, die die Nadel hinterlassen hatte.

»Ist es schmerzhaft?«

»Bist du schon mal mitten im Winter schwimmen gegangen?«

Sie schüttelte den Kopf.

»Wenn du in eiskaltes Wasser springst, glaubst du,

deine Haut würde von Messern durchbohrt. Genauso fühlt es sich an, wenn du dir in die Zunge stichst. Ich habe vorher oft Angst, es zu tun. Bei rituellen Opferhandlungen ist man inzwischen dazu übergegangen, das menschliche Blut durch Hahnenblut zu ersetzen, und beim Verfassen heiliger Texte nimmt man Tinte statt Goldpulver. Aber das Blut der Zunge ist durch nichts zu ersetzen. Nichts anderes erzeugt in dir diese Angst, von der ich spreche, und es ist das Medium, das zur Vollkommenheit gereicht oder, wie wir Christen sagen, zu einem Zustand der Glückseligkeit.«

»Schade, dass du nicht katholisch bist. Du hättest vom Vatikan heiliggesprochen werden können.«

»Ich bin weit davon entfernt, ein Heiliger zu sein.«

»Kennst du das Jiuhua-Gebirge?«

Er verneinte.

»Es zählt zu den heiligen Bergen des Buddhismus.«

»Ich kenne mich im Buddhismus nicht aus.«

»Ich war wegen einer Tagung für Professoren dort und habe bei der Gelegenheit den Tempel des Fürsten Dizang besucht. Wie du hat er sich in die Zunge gestochen, um die heiligen Texte mit seinem Blut abzuschreiben. Vierzehn Jahre lang, jeden Tag. Als sein Körper Monate nach seinem Tod immer noch nicht verwest war, wurden ihm sämtliche Ehren eines Heiligen zuteil.«

»Der Unterschied ist, dass ich keinen heiligen Text kopiere.«

»Du überträgst keine Passagen aus der Bibel?«

»Aus der Bibel? Nein! Ich schreibe die Gedanken des Vorsitzenden Mao ab.«

Erst jetzt bemerkte Mary das kleine Buch, das aufgeschlagen auf dem Tisch lag, der Schein der Petroleumlampe fiel auf seine vergilbten Seiten. Es war eigentlich kein richtiges Buch, sondern eine Sammlung von Abzügen, die noch nach Tinte rochen. In großen Zeichen verkündete der Titel: *Dem Volke dienen*. Sie nahm die Blätter zur Hand.

Yong Sheng starrte auf den Docht der Lampe, der allmählich herunterbrannte und feine schwarze Rauchspiralen ausspie. Mary griff nach dem Heft, in das sie ihn hatte schreiben sehen, die dünnen Seiten darin zitterten wie Insektenflügel im Wind, als sie es anhob. Das Blut war noch nicht vollständig getrocknet. Die Wörter schimmerten auf dem Papier, als wären sie mit leuchtend roter Ölfarbe gemalt.

Es regnete durch das Dach. Tropfen um Tropfen fiel auf den Mühlstein und den ausgehöhlten Baumstamm herab. Langsam drang das Wasser in die Adern des Holzes ein.

Mit der Spitze ihres Zeigefingers zeichnete Mary jedes einzelne Wort nach, das mit dem Blut eines Christen – dem Blut aus der Zunge eines Pastors – zu Papier gebracht worden war, und las laut vor:

> *Gewiss, die Menschen sind sterblich; aber der Tod des einen ist gewichtiger als der Berg Tai, der Tod des anderen hat weniger Gewicht als Schwanenflaum. Genosse Zhang Side starb für die Interessen des Volkes, und sein Tod ist gewichtiger als der Berg Tai.*[9]

Ein Regentropfen traf auf das Heft, zerfloss nach allen Richtungen und hinterließ einen großen Blutfleck, in dem die Wörter sich auflösten.

»Vor einundzwanzig Jahren starb meine Frau und

---

9 *Dem Volke dienen* (8. September 1944). Ausgewählte Werke von Mao Zedong, Band III.

hat mir eine kleine Tochter von gerade mal einem Monat hinterlassen. Sie heißt Helai und trägt meinen Familiennamen. Helai war ein ausgesprochen intelligentes Kind und eine fleißige Schülerin. Sie hat als Beste bei den regionalen Prüfungen der Viertklässler abgeschlossen. Auf der weiterführenden Schule gehörte sie ebenfalls immer zu den fünf Besten, war außerdem politisch sehr aktiv. Sie war verantwortlich für die Wandzeitung. Und immer hilfsbereit, wenn ihre Klassenkameraden in Schwierigkeiten steckten. Nie hat sie sich beschwert, wenn die Klassenräume geputzt werden mussten, hat jedes Pult und jeden Hocker repariert, wenn sie kaputtgegangen waren. Als ein Mitschüler sich das Bein brach, hat sie ihm eine Krücke gebaut. Und trotzdem konnte sie meinetwegen nie Klassensprecherin werden.«

»An der Universität, an der ich unterrichte, werden die Sprecher von ihren Kommilitonen gewählt.«

»In der Schule auch. Aber als Pastorentochter darf man sich nicht zur Wahl stellen. Aus demselben Grund durfte sie nie in den Kommunistischen Jugendverband eintreten.«

»Hat sie einen schriftlichen Antrag eingereicht?«

»Schon mit vierzehn, aber sie ist nie aufgenommen worden. Sie hatte gehört, dass man dafür regelmäßig Gesinnungsaufsätze schreiben musste. Also setzte sie sich hin und verfasste jede Woche einen, bis zum Ende ihrer Schulzeit. Genützt hat es ihr nichts.«

»Was hat sie geschrieben?«

»Sie hat es mir nie gezeigt. Als ich sie danach fragte, sagte sie, sie habe geschrieben, dass sie bereit sei, jede Verbindung zu mir abzubrechen. Außerdem habe sie gegen die christliche Religion gehetzt und verraten, dass ich heimlich die Bibel lese. Vor drei Jahren, als sie die Schule abgeschlossen hatte, nahm sie an der Aufnahmeprüfung für die Universität teil. Deutlich schlechtere Mitschüler erhielten der Reihe nach ihren Zulassungsbescheid, sie aber hatte am 15. August immer noch keine Post bekommen. Das war der Stichtag, danach durfte sie nicht mehr auf eine Aufnahme hoffen. Sie sperrte sich den ganzen Tag in ihr Zimmer ein, zeichnete und weinte. Damals hatte man unsere Bleibe noch nicht beschlagnahmt. Ich arbeitete zwar schon in der Mühle, durfte aber noch zu Hause schlafen. Heute übernachte ich mit den anderen Arbeitern unter einem Dach.

Ich habe meinen Beruf als Pastor vierzehn Jahre lang ausgeübt, bis 1949. Die meiste Zeit verbrachte ich damit, Menschen zuzuhören, die mir von ihrem Schicksal erzählten. An Tränen war ich gewöhnt, aber ich habe noch nie jemanden so weinen hören wie Helai an jenem Augusttag. Es zerriss mir das Herz. Am Abend war auch mir klar, dass der Briefträger nicht mehr kommen würde. Ich hatte ihr Leben ruiniert. Als Pastorentochter bekam man keinen Studienplatz. Mit ihren achtzehn Jahren hatte sie schon keine Perspektive mehr. In der Nacht setzte ich mich mit einer Lampe aufs Bett und sprach Verse aus der Bibel. Sie klopfte an meine Tür, nahm neben mir Platz und hörte einen Augenblick zu. Dann unterbrach sie mich: ›Willst du nicht ins Gemeinschaftszimmer kommen?‹ Ich fragte sie, warum. ›Um für mich zu beten.‹ Als ich den Raum betrat, traute ich meinen Augen kaum: An der Wand hing die Zeichnung, mit der sie den ganzen Tag beschäftigt gewesen war: ein riesiges Mao-Porträt. Da sie nicht meine leibliche Tochter ist, kann ich schlecht behaupten, sie habe mein Talent geerbt, aber ich muss zugeben, dass sie begabt ist. Jedes Detail im Gesicht dieses Mannes war scharf beobachtet. Man spürte, dass sie ihr Herzblut in dieses Bild gelegt hatte. Das Ergebnis war verblüffend: Es war ein dreidimensionales Porträt des Vorsitzenden, man hatte das Gefühl, nicht vor einer Zeichnung, sondern vor einer Statue zu stehen. Er wirkte lebendig, wie er so den Kopf leicht anhob, die schwarzen Haare – glänzend, als wäre er gerade aus dem Wasser gestiegen – nach hinten gekämmt. Es vermittelte tatsächlich den Eindruck, dass es sich um eine große Persönlichkeit handelte. Seine Gesichtszüge waren weich, er sah jung aus. Und alles hatte sie freihändig gezeichnet. Ohne vorher eine Skizze anzufertigen oder ein Raster, um die Proportionen richtig wiederzugeben. Nirgends musste sie hinterher nachbessern. Nicht mal den Leberfleck auf seinem Kinn hatte sie vergessen.«

»Sie wollte, dass du, ein Pastor, vor einem Mao-Porträt betest?«

»Sie sagte: ›Papa, ich weiß, dass du gläubig bist. Vielleicht lässt der Vorsitzende Mao mich studieren, wenn du ein Gebet an ihn richtest.‹«

»Sie weiß, dass du nicht ihr leiblicher Vater bist?«

»Ja, sie hat es von einem Lehrer am Gymnasium erfahren … Jedenfalls konnte ich ihr den Wunsch nicht abschlagen, schon gar nicht als Pastor. Sie war so verzweifelt. Jeder Unbekannten, die mich in ihrer Ratlosigkeit darum gebeten hätte, hätte ich, ohne zu zögern, beigestanden. Das galt natürlich erst recht für Helai, wie du dir denken kannst.«

»Das musst du mir nicht erklären. Ich bin selbst Tochter eines Pastors, und mein verstorbener Ehemann war auch einer. Wenn sie eines konnten, dann beten.«

»Ohne groß nachzudenken, kniete ich also nieder, hatte dabei aber nicht das Gefühl, zu beten … Das Gebet zählt für mich zu den wunderbarsten Dingen der Welt. Aber in dieser Situation fühlte ich mich eher wie ein Schuldiger, der auf Knien seine Verbrechen gesteht und um seine Strafe bittet. Und weil es kein Gebet war, habe ich mich dem Bildnis zu Füßen geworfen.«

»Du hast dich vor einem Mao-Porträt auf den Boden gelegt?«

»Es war das zweite Mal, dass ich auf diese Art um etwas bitten wollte.«

»Und dann?«

»Mein Mund weigerte sich, die Bitte auszusprechen. Instinktiv sträubte sich die störrische Zunge des alten Pastors, der ich bin. Keinen Laut habe ich über die Lippen gebracht, alles, was ich hörte, war das Rauschen meines Bluts und das Rumoren meiner Eingeweide. Mein ganzer Körper war erstarrt und ich unfähig, eine Bitte zu formulieren. Ich blieb einfach liegen und wartete. Eine Stunde, zwei Stunden. Als in der Ferne der Hahn krähte, war der Boden unter mir aufgeweicht, feucht und klebrig – es war ein Boden aus gestampfter Erde. Ich glaubte, dass er mich aufsaugen wollte, dass ich im Begriff war, mich aufzulösen, dass ich, aus Staub entstanden, nun wieder als Staub zur Erde zurückkehren würde. Ich war wirklich überzeugt, ein Sauggeräusch in der Tiefe zu hören. Es wurde Tag. In einer Art Halbschlaf betrachtete ich das Mao-Bildnis. Ich hatte einen metallischen Geschmack im Mund. Es war Blut. Ich muss mir auf die Zunge gebissen haben. Und in dem Augenblick habe ich vor unserem Vorsitzenden einen Schwur abgelegt: Sollte Helai studieren dürfen, würde ich all seine Schriften mit dem Blut meiner Zunge abschreiben, und wenn ich nur ein oder zwei Wörter am Tag schaffte. Kurz nach Sonnenaufgang klopfte es an der Tür. Es war der alte Zhang, unser Postbote. Er hielt einen dicken Umschlag in der Hand, auf dem in Rot geschrieben stand: Fudan-Universität. Helai war an einer der renommiertesten Hochschulen des Landes angenommen worden.«

Kapitel 3

Der Einarmige

Zehn Jahre nach Marys Besuch in ihrer alten Heimat brach die »Große Kulturrevolution« orkanartig über China herein.

Yong Sheng war gerade fünfundfünfzig geworden.

Für ihn hatte der Begriff der Zeit schon lange die Bedeutung verloren. Was für seine Ankläger nicht galt, sie zeigten sich bei jedem Verhör oder jeder Kritiksitzung regelrecht versessen auf zeitliche Angaben: Sie haben in jenem Monat, an jenem Tag, zu jener Stunde dies oder das getan. Doch sein Kopf war leer. Er erinnerte sich kaum mehr daran, dass er der Sohn eines Zimmermanns war und gelernt hatte, wie man Taubenflöten herstellte. Er wusste lediglich, was man ihm vorwarf: dass er ein konterrevolutionärer Pastor sei, ein Geheimagent im Dienste des Imperialismus und ein Propagandist geistigen Opiums. Es erstaunte ihn, dass er überhaupt so alt geworden war. Mein Gott! Warum haben sie mich nicht zum Tode verurteilt, anstatt mich mit der Arbeit in dieser primitiven Mühle zu bestrafen? Wann wird mein müder Körper endlich unter die Steinwalze, die Hufe der Ochsen oder den Hammer geraten, am Heizkessel zusammenbrechen oder in den hohlen Baumstamm fallen und zu Brei verarbeitet?

Am Abend des 1. Juni 1966 legte sich eine tiefe Dunkelheit über die Ölmühle. Nach und nach verschwand das

Mao-Porträt an der Wand im Dunkeln – es war die Bleistiftzeichnung, die Helai am Abend vor ihrer Zulassung an der Universität angefertigt hatte. Zuerst legte sich der Schatten über das Haar des Vorsitzenden, dann über seine lachenden Augen, bis er das Gesicht mit den vorspringenden Wangenknochen schließlich ganz verschlang. Nur der hellgraue Kragen seiner Jacke (die jahrzehntelang Teil der Uniform aller führenden Parteikräfte und chinesischen Beamten werden sollte) blieb zurück, doch auch der löste sich allmählich in der Düsternis auf. Allein der Leberfleck an seinem Kinn schien sich beharrlich gegen die Nacht zu wehren. Ein anderes Porträt des »Großen Vorsitzenden« thronte über dem Eingang zum Kommunalbüro, das in einer ehemaligen Kirche Quartier bezogen hatte. Es war keine Zeichnung, die man dort bewundern konnte, nein, es handelte sich um eine überdimensionale Fotografie in schreienden Farben: Der Staatspräsident trug eine kakifarbene Kappe mit rotem Stern, dazu eine Militärjacke, auf deren Kragenspitzen ebenfalls die rote Insignie der Volksbefreiungsarmee prangte. Er hatte den rechten Arm angehoben, und zwischen zwei Fingern steckte eine brennende Zigarette. Sein Gesicht war aufgedunsen, und sein Blick, durchdrungen von einem quasi göttlichen Funken, umarmte eine Menschenmenge, die sich vor dem Büro versammelt hatte.

Zu Beginn der Fünfzigerjahre waren im Rathaus von Jiangkou fünf, sechs Leute beschäftigt gewesen, seit das Regime jedoch das alte System der territorialen Aufteilung reformiert hatte und Jiangkou zu einer Volkskommune geworden war, hatte man über hundert Parteifunktionäre in die Verwaltung eingegliedert. Dabei war ein riesiger Apparat entstanden – unterteilt in verschiedene Kabinette, Dienststellen und Kommissionen –, und um alle unterzubringen, waren die benachbarten Häuser in Beschlag genommen worden.

Vor der ehemaligen Kirche gegenüber der Guanghou-Bergkette erstreckte sich eine weite Freifläche, die der Mulan von Nord nach Süd durchquerte. Die alte Holzbrücke, die über das Wasser führte, war mit einem Säulengang und einem Ziegeldach versehen, Bänke luden die Passanten zum Verweilen ein. (Anfang der Fünfzigerjahre, als die Partei das gesamte Ackerland verstaatlicht hatte, wurde der Sandstrand östlich der Brücke zum Schauplatz von Hinrichtungen, die man an Konterrevolutionären vollzog. Ein Landbesitzer und ein Kuomintang-Offizier waren dort erschossen worden.)

An jenem Abend des 1. Juni 1966 herrschte dichtes Gedränge an der Brücke, das gesamte unbebaute Areal war schwarz von Menschen. Sämtliche Führungskräfte der Volkskommune Jiangkou und alle Mitglieder der Kommunistischen Partei, des Kommunistischen Jugendverbands und der Volksmiliz waren versammelt, außerdem hatten sich arme und mittelarme Bauern (die man als Verbündete der Revolution betrachtete), Nudelverkäufer und andere einfache Händler sowie die Arbeiter der Ölmühle eingefunden, um dem politischen Programm des Zentralen Volksradios zu lauschen: Es sollte das erste marxistisch-leninistische »Dazibao«[10] verlesen werden, das Nie Yuanzhu von der Universität Peking verfasst hatte. Das Licht der Glühbirnen, die man im Zentrum des Geschehens installiert hatte, ließ die Gewehrläufe der Milizionäre aufblitzen.

10 Wörtlich übersetzt: »Plakat in Großschrift«; solche Plakate wurden zu Denunziationszwecken oder als Kritik verfasst und galten während der Kulturrevolution als vierter Pfeiler der Volksherrschaft.

Dem konterrevolutionären Pastor Yong Sheng war die Teilnahme untersagt worden, er hatte seine Bürgerrechte – und dazu zählte das Radiohören – verwirkt. Er blieb zurück bei der Arbeit, zusammen mit Qiu Xiangui, einem Mann, dem man seine Rechte ebenfalls aberkannt hatte und der seit Beginn der Sechzigerjahre in die Mühle »verbannt« worden war.

Qiu hatte nie verstanden, wie ihm dergleichen widerfahren konnte. Er war dabei gewesen, als die Stadt Putian 1950 durch die Kommunisten befreit wurde – er selbst hatte mit seiner einen Hand die Schlinge in das Seil geknüpft, mit dem Yong Sheng am Aguilar aufgehängt worden war. Später war er mit der Befreiungsarmee bis nach Tibet gezogen. Es war die Zeit, in der jedes Jahr ein bestimmter Prozentsatz junger Soldaten auf einfache politische Empfehlung eines Vorgesetzten an der Universität zugelassen wurde; Qiu Xiangui allerdings, den alle nur den »Einarmigen« nannten, verdankte seinen Studienplatz ausschließlich seinem brillanten Abschneiden bei der landesweiten Aufnahmeprüfung. Er hatte sich im Bereich Journalismus an der Fudan-Universität in Shanghai eingeschrieben, wo er schnell die Aufmerksamkeit seiner Professoren auf sich zog. 1957, als die »Hundert-Blumen-Bewegung« in vollem Gange war, sollte er auf Wunsch der Partei öffentlich seine Meinung zum politischen Kurs des Regimes kundtun. Qiu entsprach dieser Bitte, doch nach seiner Erklärung sah er sich plötzlich beschuldigt, ein Rechter zu sein, man schloss ihn aus der Partei aus, jagte ihn von der Universität und schickte ihn nach Xianyou zurück, seinem Geburtsort in Fujian, wo er sich in klobigen Holzsandalen als Gehilfe eines Metzgers verdingen musste. Dank seines wachen Geistes kannte er sich schon nach einem Monat mit allen Feinheiten des Fleisches vom Rind, Schaf oder Schwein aus und war bei den Kunden bald als »der fabelhafte einarmige Metzger« bekannt. Sie behaupteten, dass das von seiner Hand geschnittene Fleisch tausendmal zarter und geschmackvoller sei als anderswo. Die Leute standen Schlange vor dem Laden, noch ehe er öffnete, um nur ja von ihm bedient zu werden. Und es vergingen kaum zwei Jahre, da wurde er auf Betreiben seiner Kunden rehabilitiert, man ließ den Vorwurf rechter Entgleisung fallen. Dennoch konnte seine bemerkenswerte Fähigkeit, Fleisch zu tranchieren, den Lauf seines unglücklichen Schicksals nicht verändern. Um 1960 herum wurde China drei Jahre in Folge von Naturkatastrophen und Hungersnöten heimgesucht, die Metzgereien mussten eine nach der anderen schließen. Er hatte sich damals um einen Posten als Lehrer in einem Bergdorf beworben, den ihm die Behörden verweigerten, als sie in seiner Akte den Vermerk zu seiner angeblichen rechten Vergangenheit fanden. Nun fügte es sich, dass der Koch der lokalen Regierung in Putian ein großer Bewunderer von Qius Künsten war. Es gelang ihm, den Bezirkschef davon zu überzeugen, dass man den Einarmigen in der Kantine anstellte, doch da das Fleisch im Land knapp war, wurde er übergangsweise in der Ölmühle von Jiangkou untergebracht (einer sozialistischen Einrichtung, die als Umerziehungsstätte für Konterrevolutionäre bekannt war). Er erhielt einen monatlichen staatlichen Zuschuss von zehn Yuan. Zwei Jahre vergingen, bis das Land einen wirtschaftlichen Aufschwung erfuhr und die Metzgereien ihre Wiedereröffnung feierten. Zu seinem Pech hatte das Programm der »sozialistischen Erziehung« zu dieser Zeit Fahrt aufgenommen, was bedeutete, dass alle Fälle ehemaliger »Feinde« noch einmal aufgerollt wurden. Trotz seiner Rehabilitierung stempelte man ihn als ehemaligen Volksfeind ab, und der Tag, an dem er als Metzgermeister einer staunenden Kundschaft seine Talente vorführen durfte, rückte in weite Ferne. So hatte sich sein Arrest in der Mühle von Jiangkou auf unbestimmte Zeit verlängert.

Neunzig Prozent der Mühlenarbeiter waren arme Bauern oder stammten aus mittelarmen Bauernfamilien, wodurch sie automatisch als Verbündete der Revolution galten und ihre Arbeit ruhen lassen durften, um sich die Direktübertragung der Radiosendung jenes historischen 1. Juni 1966 anzuhören. Bevor sie loszogen, schwenkten sie rote Fahnen und brüllten politische Parolen, es herrschte ein heilloses Durcheinander in der Mühle. Der Sicherheitsbeauftragte der Kommune kam vorbei und zitierte den konterrevolutionären Pastor sowie den ehemaligen Rechten vor den Ofen. Der Schein der Flammen tanzte auf seinem Gesicht, und sein gehässiger Ton mischte sich mit dem Gurgeln des kochenden Wassers in dem großen Bottich.

»Du, Pastor, Feind des Volkes und der Diktatur des Proletariats, du wirst hierbleiben, bis das Programm da draußen vorbei ist.«

Während er sprach, griff er nach der Feuerzange, hielt sie in den Ofen, bis sie glühte, nahm sie dann wieder heraus, um damit vor Yong Shengs Gesicht herumzufuchteln.

»Sieh sie dir nur gut an! Solltest du dir einfallen lassen zu faulenzen, werde ich dir den kläglichen Rest deiner Eier rausreißen!« Dann wandte er sich an Qiu Xiangui: »Die Akte zu deiner rechten Vergangenheit ist immer noch im Besitz des Volkes. Vergiss nicht, dass sie jederzeit neu bewertet werden kann. Wenn du nicht spurst, werde ich mit dieser Zange deinen Stumpf ein bisschen bearbeiten!«

»Soll er doch versuchen, mich mit seiner Scheißzange anzugehen, dann schmeiß ich ihn in den Kessel«, zischte der Einarmige.

Yong Sheng war verblüfft von seiner Kühnheit. Er hätte so etwas nicht einmal zu denken gewagt. Der Sicherheitsbeauftragte war schließlich ein Vertreter der Diktatur des Proletariats, und es war ganz und gar undenkbar, einen wie ihn ins kochende Wasser zu befördern.

Es war ein warmer Sommerabend, der sanfte Wind trug den Lärm, den die Versammlung veranstaltete, bis hinauf zur Ölmühle. Die Ausstrahlung hatte noch nicht begonnen, aber die Leute grölten und sangen bereits, begleitet von Trompetengeschmetter. Das Getöse schallte über die Lautsprecher der Kommune durch die zum Schneiden dicke Luft in der Mühle, durch den ganzen Mief aus Fett, Kuhmist und Dunggrube, bis zu den beiden Volksfeinden.

Die beiden Männer waren schweißgebadet. Schwarzer Staub klebte Yong Sheng auf Gesicht und Körper. Er kippte körbeweise getrocknete Früchte auf den riesigen runden Mahlstein, während der Einarmige mit einem Stock die Ochsen antrieb.

Die Ochsen! Diese sanften, bemitleidenswerten Geschöpfe, die sich, ohne zu murren, in ihr Elend in dieser menschlichen Hölle fügten. Sie waren ein Vorbild, ja, sie schienen geradezu dafür gemacht, den Menschen zu zeigen, wie viel unvorstellbares Leid man zu ertragen imstande ist. Und das bis ans Ende seiner mühsamen Tage. Das Ende sah für jeden anders, aber gleichermaßen traurig aus. Von Generation zu Generation gaben sie das weiter, was sie das Schlimmste aushalten ließ: ihre physische Kraft.

Die Früchte rollten unter die Walze, ein paar büxten zu den Seiten aus, Yong Sheng fing sie auf und schob sie zurück in die Mitte. Das Krachen der Schalen konnte das Spektakel im Dorf nicht übertönen, und auch wenn er nicht genau verstand, was gesagt wurde, war klar, dass die Radiosendung nun begonnen hatte.

Der Sprecher hatte eine so laute, kräftige Stimme, dass den Volksfeinden der Schreck in alle Glieder fuhr. Auch die sechs dürren Ochsen, die schon Hunderte Runden gedreht hatten – allein an diesem Abend kamen sie auf mindestens zehn Kilometer –, wirkten von der feierlichen Ansprache aufgescheucht. Sie machten nun größere Schritte, und einer von ihnen holte sich zwischen den Schalenresten und Steinen einen Hornspalt, aber es war zu früh, um ihn zu erlösen. Er musste bis zur Rückkehr der übrigen Arbeiter durchhalten, auch wenn sie erst spät wiederkommen würden, weil sie womöglich nach Ende der Sendung noch mit ihren Fahnen und Fackeln durch den Ort zögen. Auf dem Rücken eines anderen Ochsen waren tiefe Kerben zu sehen, es herrschte zunehmend Unruhe unter den Tieren. Auf einmal warf der älteste Ochse seinen Kopf in den Nacken, riss die Augen auf und brach seitlich aus. Doch weit kam er nicht, denn das Halfter drohte ihn zu ersticken.

Der Einarmige tätschelte ihm den Kopf und wollte ihn in die Spur zurückführen. Das Tier wankte ein paar Schritte.

»Es gibt ein Problem«, rief er zu Yong Sheng hinüber. »Er kann kaum noch aufrecht stehen.«

Der keuchende alte Ochse war in der Tat nicht mehr in der Lage, eine weitere Runde um die Steinplatte zu drehen. Seine Leidensgenossen hielten inne, sahen ihn taumeln. Der Einarmige versuchte mit aller Kraft, ihn zu halten, und brüllte, dass Yong Sheng ihm zu Hilfe kommen solle. Doch schon im nächsten Moment ging das Tier zu Boden. Yong Sheng nahm ihm das Joch ab, zusammen mit dem Einarmigen zerrte er an den Riemen, um ihn wieder aufzurichten, vergeblich, das Tier kam nicht mehr auf die Beine. Sie ließen die Peitsche knallen, bis der Ochse sich mühsam erhob. Auf dem Weg in den Stall rutschte das arme Vieh jedoch aus und brach im Gras zusammen. Yong Sheng streifte ihm das Halfter ab, während der Einarmige einen Eimer Wasser holte. Der Ochse lag mit angewinkelten Beinen auf der Seite, er hatte nicht mehr die Energie, den Kopf zu heben, um zu trinken. Nicht einmal das Maul konnte er noch öffnen, als der Einarmige ihm das Wasser darüber goss. Der Körper des Tiers hob und senkte sich im Rhythmus seiner keuchenden Atmung, die immer langsamer wurde. Das Wasser rann ihm am Kopf hinunter und versickerte im Gras.

In diesem Augenblick schallte die Stimme des Radiosprechers deutlich zu ihnen herüber:

»Möge das Volk die Fahne der Großen Kulturrevolution des Proletariats hochhalten, um das Land von seinen Feinden zu säubern.«

Der Ochse sah die beiden Männer aus seinen halb geöffneten, tränenden Augen an.

»Sieht fast so aus, als hätte er verstanden, dass von uns die Rede ist«, bemerkte der Einarmige.

»Ich bin hier der Volksfeind«, korrigierte Yong Sheng ihn. »Du bist rehabilitiert worden.« Dann sagte er nach einem kurzen Schweigen: »Er wird sterben. Ich möchte ihm ein paar Worte aus der Bibel mit auf den Weg geben.« Er beugte sich hinunter zum Ohr des mit dem Tode ringenden Ochsen und flüsterte:

Der Herr ist mein Hirte, nichts wird mir fehlen.
Er lässt mich lagern auf grünen Auen,
und führt mich zum Ruheplatz am Wasser.

Es war ein Psalm, mit dem Pastoren gläubige Christen in ihren letzten Stunden begleiteten. Er war Yong Sheng spontan über die Lippen gekommen, Wort für Wort, obwohl er seit sechzehn Jahren keine Messe mehr abgehalten und nicht mehr an der Seite eines Sterbenden gesessen hatte. Ein Wunder des Gedächtnisses.

Dann stimmte er ein englisches Kirchenlied an, das den Einarmigen, der kein Englisch verstand, so tief bewegte, dass er es mitsummte.

»Ist es ein religiöses Lied?«, fragte er schließlich.

»Ja, es heißt *Schau ich zu jenem Kreuze hin*. Ein englischer Dichter aus dem 18. Jahrhundert hat es geschrieben.«

Sie schwiegen. Auch die Lautsprecher gaben für einen Moment Ruhe.

»Ich hätte gern, dass du mich … mich …«, stotterte der Einarmige und schluckte. »Pastor Yong, ich möchte, dass du mich taufst.«

»Bist du verrückt geworden?«, rief Yong Sheng und sah sich besorgt um. »Zum Glück ist niemand hier, der uns hören kann. Warum willst du getauft werden? Du bist in den Krieg gezogen, hast gemordet, Christen gefoltert …«

»Weil Helai Christin ist.«

Wer hätte gedacht, dass an diesem historischen Tag zu Beginn der Kulturrevolution ein ehemaliger Revolutionär, der seinen Arm für ein neues China geopfert hatte, heimlich in der Ölmühle von Jiangkou die Taufe empfing und zum Christentum übertrat?

Wie jede Nacht stahl sich Yong Sheng, sobald die anderen Arbeiter schliefen, mit einer Taschenlampe hinüber in die Mühle und trat vor die Reistruhe, die links des hohlen Baumstamms in der Ecke stand. Im Lichtschein glänzten die Spinnweben. Die Truhe, ein fast zwei Meter langes Möbel aus Longanholz, ruhte auf spiralförmig gedrechselten Füßen und verstaubte seit Jahren. Früher, als das Waisenhaus noch existierte, hatten sie darin ihre Reisvorräte aufbewahrt, und nachdem das Heim in eine Ölmühle umfunktioniert worden war, hatte sie eine Zeit lang als »Tresor« gedient. Als die Geschäfte irgendwann blühten, war dort, wo die Truhe ursprünglich stand, ein Buchhalterbüro eingerichtet worden, und das Möbel, dessen Ähnlichkeit mit einem Sarg nicht zu leugnen war, wurde hierher verbannt.

Seither spielte sich jede Nacht die gleiche Szene ab: Ein Mann betrat gegen Mitternacht die Werkhalle und schob im Strahl seiner Taschenlampe das knarzende Holz beiseite, das als Deckel der Truhe fungierte. Sie war voll mit altem Werkzeug und allem möglichen Plunder, irgendwo dazwischen lag auch ein Stoffbündel, in das Zweige des Aguilars eingeschlagen waren. Yong Sheng langte in das Durcheinander hinein und griff zielsicher nach einer Petroleumlampe, den Schriften des Vorsitzenden Mao, einem Heft, einem Porzellanbecher und einem Pinsel. Dann schob er das quietschende Brett wieder zurück an seinen Platz. Er entzündete die Lampe, nahm den Glasschirm ab, hielt seine Nadel in die Flamme, streckte die Zunge heraus – und stach zu. Das Blut tropfte in den Becher. Er zog den Korken von einem Flakon, in dem sich eine mit Goldpulver angerührte Flüssigkeit befand, mischte ein paar Tropfen davon unter sein Blut, tunkte den Pinsel in die Mixtur und setzte seine Kopie der Worte des Großen Vorsitzenden fort.

Plötzlich geschah etwas, das er sich nicht erklären konnte. Als er sich den Satz durchlas, den er gerade abgeschrieben hatte, wurde er von einem Schauder gepackt:

»Ich habe mein Schaf wiedergefunden, das verloren war.«

Kalter Schweiß bedeckte seinen Rücken.

Diesen Satz hatte der Vorsitzende Mao niemals gesagt, jeder gute Pastor wusste, dass er aus dem Gleichnis vom verlorenen Schaf stammte, wie es in Kapitel 15 des Lukas-Evangeliums steht:

Alle Zöllner und Sünder kamen zu ihm, um ihn zu hören.
Die Pharisäer und die Schriftgelehrten empörten sich darüber und sagten: Er gibt sich mit Sündern ab und isst sogar mit ihnen. Da erzählte er ihnen ein Gleichnis und sagte: Wenn einer von euch hundert Schafe hat und eins davon verliert, lässt er dann nicht die neunundneunzig in der Steppe zurück und geht dem verlorenen nach, bis er es findet? Und wenn er es gefunden hat, nimmt er es voll Freude auf die Schultern, und wenn er nach Hause kommt, ruft er seine Freunde und Nachbarn zusammen und sagt zu ihnen: Freut euch mit mir; ich habe mein Schaf wiedergefunden, das verloren war.

Instinktiv blies er die Lampe aus, er fühlte sich wie auf frischer Tat ertappt.

Dass mir so ein Satz unterläuft, ist nur mit der Aufregung zu erklären, dass der Einarmige sich bekehrt hat, dachte er. Yong Sheng, du bist wirklich ein unverbesserlicher konterrevolutionärer Pastor! Worauf wartest du noch? Los, zerreiß den Beweis deiner verbrecherischen Gedanken!

Er zündete die Lampe wieder an und konnte nicht umhin, den Satz noch einmal zu lesen. Doch anstatt die Seite zu vernichten, stach er sich erneut in die Zunge und schrieb das Ende des Gleichnisses nieder: *Ich sage euch: Ebenso wird auch im Himmel mehr Freude herrschen über einen einzigen Sünder, der umkehrt, als über neunundneunzig Gerechte, die es nicht nötig haben umzukehren.*

Die Schlafstätte der Arbeiter umfasste drei Räume, in denen Strohmatten ausgelegt waren. Yong Sheng und der Einarmige schliefen Seite an Seite. In jener Nacht, als die anderen um sie herum schnarchten, las Yong Sheng dem Bekehrten das Gleichnis vor. Verborgen zwischen den Anschauungen Maos, wurde es von diesem Tag an zu ihrem gemeinsamen Geheimnis.

Bald allerdings erfuhr eine dritte Person davon, denn der Einarmige weihte Helai in die Angelegenheit ein.

Es hatte Mitternacht geschlagen.

Yong Sheng durchquerte die Reisfelder, denn den direkten Weg nach Putian zu nehmen oder am Mulan entlangzulaufen erschien ihm zu riskant.

Es war dennoch waghalsig, darüber war er sich im Klaren, und sobald er nur einen Frosch quaken hörte oder einen Stein, der unter seinen Schritten knirschte, schrak er zusammen.

Du gehst nur in die Stadt, um die öffentlichen Bekanntmachungen zu lesen, versuchte er sich zu beruhigen. Wovor hast du Angst? Wenn du erwischt wirst, bleibst du einfach bei der Wahrheit: dass du die Dazibaos lesen wolltest, die am Gymnasium aushängen, an dem deine Tochter unterrichtet.

1958, nachdem Helai erfolgreich ihr Studium an der Fudan-Universität absolviert hatte, war ihre Bewerbung um eine Dozentenstelle an allen namhaften Hochschulen des Landes wegen der politischen Probleme ihres Vaters zurückgewiesen worden. Und da kein wissenschaftliches Forschungslabor gewillt war, sie einzustellen, hatte der Staat sie kurzerhand in ihre Heimatregion abgeordnet, als Lehrkraft am Gymnasium Nummer 5 von Putian. Acht Jahre unterrichtete sie dort, dann brach die Kulturrevolution aus, was dazu führte, wie Yong Sheng erfahren hatte, dass die Lehrer zum beliebten Gegenstand der Kritik ihrer Schüler wurden. Dem dienstältesten Pädagogen am Gymnasium Nummer 1, der Literatur lehrte, hatten sie nicht nur verbal zugesetzt, sondern sogar ein Bein gebrochen. Ein anderer am Gymnasium Nummer 3, der ihre Demütigungen nicht mehr ertrug, hatte Selbstmord begangen – er stürzte sich in den Fluss.

Schon ragte die Stadtmauer vor Yong Sheng auf.

»Ach du liebe Güte!«, entfuhr es ihm, als er sah, dass sie über die gesamte Breite mit Dazibaos tapeziert war. »Wie viele Tonnen Papier und Klebstoff sie dafür wohl gebraucht haben?«

Im schwachen Licht der Laternen konnte er kaum entziffern, was dort alles stand. Lediglich die Schriftzüge auf den großen Transparenten, die über den Straßen im Wind wehten, waren lesbar.

Ihm hämmerte das Herz bis in den Hals: Ob am Gymnasium Nummer 5 genauso viele Plakate hingen? Und waren auch welche darunter, die Helai angriffen und denunzierten?

Kaum hatte er das Stadttor passiert, schlug ihm ein

übler Geruch nach Verbranntem und Klebstoff entgegen. Das Feuer der Kulturrevolution hatte sich bis in die kleinste Gasse ausgebreitet. Sie war erst wenige Wochen zuvor ausgerufen worden, und dennoch, stellte Yong Sheng verblüfft fest, waren viele Straßennamen schon geändert worden. Die »Klein-Indien-Straße«, in der er oft eine Schale Nudeln gegessen hatte, hieß nun »Straße des Großen Sprungs nach vorn«, und die nächste hatte man in »Straße der vorbildlichen Revolutionsarmee« umgetauft. Aus der kleinen Brücke, die früher die »Halbe Brücke« hieß, war inzwischen die »Siegesbrücke« geworden. An jeder Ecke, die auf seinem Weg lag, beschlich ihn das Gefühl, dass die Stadt geplündert worden war. In den meisten Straßen loderte ein Feuer, ganze Regalwände früherer Generationen wurden von ihren Nachfahren den Flammen übergeben. Die Luft war gesättigt von schwarzen Rauchsäulen. In einer Gasse schwirrten verkohlte Fetzen wie düstere Nachtfalter im Wind – die Überreste verbrannter Bücher. Sie klebten Yong Sheng im Gesicht und auf der Kleidung, er konnte sie kaum abklopfen.

Endlich erreichte er das Gymnasium Nummer 5. Zu beiden Seiten des Eingangs lagen Pinsel in jeder Größe, Eimer mit Tinte und aus Mehl angerührtem Klebstoff, der einen fauligen Geruch verströmte. Überall, auf den Mauern des Gebäudes, den Anschlagtafeln und sogar in den Blumenbeeten, klebten Dazibaos. Die Wände längs des Korridors, der quer durch die Schule führte, waren ebenfalls übersät mit Plakaten. Zusätzlich hatte man eine große Wand aus Palisaden errichtet, um Platz für noch mehr Aushänge zu schaffen. An vielen Stellen waren mehrere Schichten übereinandergekleistert. Außer ein paar Faltern, die sich vom Licht der Glühbirnen angezogen fühlten, die über den Palisaden baumelten, regte sich nichts an diesem Ort.

Yong Sheng überflog die Bekanntmachungen – hätte er sie alle einzeln lesen wollen, wäre er noch im Morgengrauen damit beschäftigt gewesen.

Ihn interessierte nur, ob irgendwo Helais Name auftauchte. Und nachdem er einige Dutzend Plakate gesichtet hatte, spürte er Erleichterung. Nirgends fand seine Tochter Erwähnung. Es grenzte fast an ein Wunder, dass ausgerechnet die Tochter eines Pastors dem Pranger der Revolutionäre entkam.

In diesem Moment vernahm er ein Geräusch, und als er sich umwandte, sah er einen Mann, der mit wütender Geste das Werk der Großen Kulturrevolution sabotierte.

Wie er selbst hatte sich dieser Mann mitten in der Nacht auf das Gelände des Gymnasiums geschlichen und riss nun mit seiner einzigen Hand, der linken, Hunderte Dazibaos in Schnipsel, während der rechte Ärmel seiner Jacke lose hin und her schwang.

Auch der Einarmige hatte sich also, wie Yong Sheng, nach Putian davongestohlen, um mögliche Dazibaos zu beseitigen, die Helai betrafen.

Nur wenige klagten sie wegen konterrevolutionärer Aussagen an. Die meisten bezogen sich auf den Umstand, dass sie mit dreißig noch immer nicht verheiratet war, oder beleidigten sie wegen ihr blauen Augen. Alles, was sie tat oder unterließ, jedes Verhalten, das sie einem Mann gegenüber an den Tag legte, wurde unter die Lupe genommen, analysiert und kritisiert, alles unter dem Gesichtspunkt des Klassenkampfes. An manchen Stellen wurde auch behauptet, dass sie als Pastorentochter von Natur aus eine verachtenswerte Bourgeoise sei und in ihrem Labor teuflische Kreaturen züchtete, die tiefen

Einblick in ihr düsteres, perverses Wesen gaben: missgestaltete Vögel, die den Mund voller Zähne hatten und verdrehte Flügel, die zusammengeflickt waren aus Organen unterschiedlicher Arten. Sie habe sogar eine Flüssigkeit hergestellt, die tote Tiere durchsichtig werden lasse, und nun trieben die Kadaver, in Glasbehälter gestopft, auf ewig darin herum.

Yong Sheng hatte sich hinter den Palisaden versteckt und zitterte am ganzen Leib. Das Zerreißen und Zerfetzen der Aushänge erschien ihm ohrenbetäubend laut. Am liebsten hätte er sich auf den Einarmigen gestürzt, um ihn daran zu hindern, sich in Gefahr zu bringen, aber er wagte es nicht, sich zu rühren. Er stand gegen eine Plakatwand gelehnt und konnte die Tränen, die in seiner Brust aufstiegen, nicht mehr zurückhalten: Es gab noch einen anderen Menschen in dieser grausamen Welt, der seiner Helai eine tiefe und unerschütterliche Liebe entgegenbrachte.

Der Biologieraum befand sich hinter den beiden Hauptgebäuden des Schulkomplexes. Das erste war ein vierstöckiger Ziegelbau aus den Sechzigerjahren, dort wurden die jüngeren Schüler unterrichtet. In dem zweiten, einem grauen Gebäude, das zu Beginn des 20. Jahrhunderts entstanden war, verteilten sich auf zwei Etagen die höheren Jahrgangsstufen. Früher war darin eine von der christlichen Kirche finanzierte Mädchenschule gewesen, erst Anfang der Fünfzigerjahre wurden auch Jungen zugelassen. Ihre Architektur war eine Mischung aus westlichem und chinesischem Stil, der sich vor allem in dem roten Säulengang und dem geschwungenen Dach widerspiegelte. Um die beiden Gebäude vor Feuchtigkeit zu schützen, hatte man sie auf eine riesige, ein Meter fünfzig hohe Steinterrasse gebaut, auf die die

Schüler hinausströmten, sobald es zur Pause klingelte. Und auf der sie sich später jeden Morgen in Reih und Glied aufstellen mussten, um den Reden des Direktors zu lauschen und revolutionäre Lieder zu singen. Kaum war die Kulturrevolution angestoßen, fanden hier fast jeden Tag Versammlungen aller Art statt. Und auch nachts traf man sich bei Fackellicht auf der Terrasse. Die Steinplatten bebten unter dem fanatischen Getrampel der Roten Garden, die ihre Arme in die Höhe reckten, rote Fahnen schwenkten und Revolutionsparolen grölten.

Am Ende solcher Kritiksitzungen kehrte vorerst wieder Ruhe in der Schule ein, eine relative Ruhe. Denn bald schon stimmten die Zikaden, die in den beiden hundert Jahre alten »Das Liebespaar« genannten Ginkgos vor dem Biologiesaal saßen, ihr Konzert an. Das exzentrische Zirpen brandete in Wellen auf und endete abrupt, als gehorchten die Insekten dem Taktschlag eines unsichtbaren Dirigenten. Und herrschte tatsächlich einmal Stille, nahm man nichts weiter wahr als die Karikaturen der Volksfeinde, auf denen in großen roten Pinselstrichen deren Namen prangten.

Der Biologieraum hatte Fensterscheiben so dick wie die eines Aquariums, und seine schweren Samtvorhänge waren einer Theaterbühne würdig, kein Geräusch drang herein, weder das Gebrüll der Schüler noch die Nachtmusik der Zikaden. Ein Bunker, abgeschnitten von der Außenwelt. Ein Universum für sich. In den Regalen, die bis unter die Decke reichten, standen sorgfältig aufgereiht Glasbehälter, deren Deckel im Dunkeln glänzten. Darin badeten Proben unterschiedlicher Spezies in Formalin. Sie wurden zu stummen Zeugen der Entstehung einer Liebesgeschichte, deren romantische Helden eine Biologielehrerin um die dreißig und ein zehn Jahre älterer Einarmiger waren.

Auf dem Etikett eines der größeren Behälter war zu lesen: *Muster vom Mittel- und Innenohr eines Säugetiers.* Helai, die einzige Biologielehrerin an der Schule, hatte diese wenigen Worte mit sichtlicher Begeisterung auf das Schildchen geschrieben: Die senkrechten Striche bohrten sich wie Schwerter in den jungfräulichen Klebezettel, während aus den horizontalen große Sanftheit sprach. Die beiden Ohrsegmente hatten einmal einem Schwein gehört, und es schien, als entginge ihnen nicht das leiseste Geräusch im Klassenraum: das kaum vernehmliche Rascheln der Vorhänge, das leichte Vibrieren des Parketts, das Krabbeln eines Insekts auf der Wand, das unhörbare Rieseln feiner Teilchen von den Flügeln eines Nachtfalters, der plötzlich, wer weiß woher, aufgetaucht war.

Helai hatte auch Datum und Ort der Probenentnahme auf dem Etikett festgehalten: *Mondfest 1965. Guanghou, Gemeinde von Jiangkou, Putian.*

In jenem Jahr war das Mondfest auf Ende September gefallen, und Helai war nach Jiangkou zurückgekehrt, um bei der Hochzeitsfeier eines entfernten Verwandten dabei zu sein. Yong Sheng als ehemaligem Pastor war es verboten, an derlei Familienzusammenkünften teilzunehmen. Doch am Tag vor der Zeremonie hatte er dem Brautpaar ein kleines Geschenk vorbeigebracht: eine Flasche Lichtnussbaumöl aus der Mühle. Die Familie des Bräutigams empfing ihn mit großer Ratlosigkeit: Der Koch und seine Gehilfen waren zwar eingetroffen, doch sie hatten niemanden gefunden, der das Schwein schlachtete. Yong Sheng versprach, ihnen jemanden zu schicken.

Am nächsten Morgen klopfte der »fabelhafte Metzger« an die Tür und stellte sein außergewöhnliches Talent vor den Gästen unter Beweis. Eine gewisse Biologielehrerin zeigte sich besonders beeindruckt von seinen Künsten. Fasziniert verfolgte sie, wie geschickt der Mann mit dem Messer umging, das geschmeidig, einem feinen Wasserstrahl gleich, durch die Muskeln glitt. Er ging mit großer Leichtigkeit zu Werke, die Gelenke zerfielen unter seiner Klinge, kaum dass er sie berührt hatte. Alles, was sie aus ihren Büchern zur Anatomie des Schweins gelernt hatte, wurde ihr an diesem Tag leibhaftig vor Augen geführt.

Tatsächlich war sie dem Einarmigen bereits mehrmals auf dem Campus der Fudan-Universität in Shanghai begegnet, doch sie hatten nie ein Wort miteinander gewechselt. Die meisten Studenten kannten ihn, denn er leitete damals die Fachschaft der Journalismus-Studenten. Er war ein brillanter Redner, seine Wortmeldungen hinterließen immer Eindruck: Sie waren inhaltlich von Belang, rhetorisch elegant, und seine Stimme hatte ein angenehm tiefes Timbre. Ein solcher Star hatte natürlich nie Zeit, sich mit einer einfachen Biologiestudentin abzugeben. Aber nun stand dieses Genie in diesem armen Dorf vor ihr und schlachtete für eine bäuerliche Hochzeitsgesellschaft ein Schwein – was ihre Bewunderung für den jungen Mann nur noch steigerte.

»Dürfte ich dich bitten, ein Ohr des Schweins für mich abzuschneiden?«, fragte sie ihn. »Ich bin Biologielehrerin am Gymnasium Nummer 5 in Putian. Das Ohr wäre hilfreich für meinen Unterricht zur Anatomie der Säugetiere.«

»Willst du das Mittel- oder das Innenohr?«, antwortete er und hob den Kopf. Seine Hand steckte in den noch warmen Eingeweiden des Tiers, während sein Blick in den blauen Augen der jungen Frau versank.

Seine Gegenfrage verblüffte sie, offenkundig verfügte er über Kenntnisse in dem Bereich.

»Beides wäre sehr nützlich, wenn ich das Gehör durchnehme.«

»Wenn die Gehörknöchelchen sauber sind, wirst du ideales Anschauungsmaterial haben.«

Er befreite den Schädel vom Fleisch und öffnete das Ohr mit einem routinierten Schnitt, sodass man die durchsichtige Membran erkennen konnte, die den äußeren Gehörgang vom Mittelohr trennte.

»Perfekt!«, rief Helai begeistert. »Man kann das Trommelfell sehen. Darf ich es mal berühren?«

Vorsichtig strich sie über die dünne Haut, die ihr widerstandsfähiger vorkam, als sie vermutet hatte.

Mit einem Taschenmesser, wie Kinder es zum Anspitzen ihrer Bleistifte benutzen, legte der Einarmige anschließend die Paukenhöhle bloß.

Drei winzige Knochen kamen zum Vorschein, die Helai sogleich zu benennen wusste: »Hammer, Amboss …«

»… und Steigbügel«, ergänzte er und förderte behutsam die drei kleinen, gelenkig verbundenen Gehörknöchelchen aus ihrer Höhle zutage. »Unter den Metzgern von Putian gilt die Regel, dass man nichts sagen darf, wenn man sich am Ohr eines Schweins zu schaffen macht. Sonst wird man taub.«

»Wirklich?«

Schuldbewusst klappte sie ihren Mund zu und hielt den Atem an.

»Ich mache nur Spaß!«, sagte er lachend.

Nachdem er auch die Eustachische Röhre mit der Spitze seines Taschenmessers herausgenommen hatte, drang er zum Herzstück des Gehörs vor: dem Innenohr.

»Siehst du diese Einbuchtungen? Das ist das Labyrinth«, erklärte er.

Mit großen Augen bestaunten Helais Schüler später die beiden Proben, manche fertigten sogar Skizzen davon an, die nun den Umschlag ihrer Biologiehefte schmückten. Diese unschuldigen jungen Menschen hatten noch keine Ahnung, dass sie zu Rotgardisten werden würden, die ihrem Hass auf die Wissenschaft unerbittlich Ausdruck verliehen.

Zwei Wochen später nutzte Helai ihre zwei freien Tage anlässlich des Nationalfeiertags, um mit dem Fahrrad nach Jiangkou zu fahren und dem Einarmigen eine Taubenflöte zu schenken, als Dank dafür, dass er zum Erfolg ihres Unterrichts beigetragen hatte.

Es war das erste Mal, dass er ein solches Instrument in den Händen hielt, nicht größer als eine Glasmurmel und ringsum mit feinen Rohren aus Bambus und Schilf versehen. Ein ausgesprochen raffiniertes Stück. Der Resonanzkörper sah aus wie eine winzige Kalebasse. Die violette Bemalung hatte Risse, stellenweise war auch die Farbe abgeblättert, es musste sich um ein altes Stück handeln. Er hielt die Flöte gegen das Sonnenlicht, um sie genauer zu betrachten, und entdeckte zwei Zeichen am verstärkten Boden des kleinen Kürbisses: »Yong der Jüngere.«

»Wer ist das, ›Yong der Jüngere‹? Yong Sheng?«

»Ja. Er hat sie geschnitzt. Sein Vater hat die Flöten mit ›Yong der Ältere‹ signiert.«

»Ich wusste nicht, dass dein Vater Taubenflöten herstellt.«

»Seit seinem Studium an der theologischen Fakultät von Nanjing hat er keine mehr gemacht. Außer dieser hier, er hat sie mir zum siebten Geburtstag geschenkt. Sie heißt ›Der violette Tollpatsch mit den dreizehn Rohren‹.«

Der Einarmige nahm die dünne Seidenschnur, die am oberen Ende des Instruments befestigt war, und wirbelte es über seinem Kopf durch die Luft. Völlig verzaubert von dem langen feinen Ton, der dadurch entstand, ließ er die Flöte immer schneller rotieren, bis ihm schwindlig wurde. Sie beschrieb Kurven und Kreise und entfaltete dabei ihre gesamte Klangpalette: Tief und feierlich waren die Töne, die aus dem bauchigen Körper kamen, fein und hoch und immer wieder anders die aus den Rohren.

Angelockt von dem vertrauten Gesang der Flöte hatte sich eine Taube auf dem Dach der Mühle niedergelassen und reckte den Hals wie ein Zuschauer im ersten Rang eines Konzertsaals.

In einem Anflug kindischer Schelmenhaftigkeit – oder wollte er vielleicht zeigen, wie überaus geschickt er mit seiner einen Hand war? – packte der Einarmige die Taubenflöte in einen Weidekorb, dessen Deckel er mit einem Stock blockierte, an dem wiederum eine Schnur hing, die er bis in die Mühle legte.

Dann versteckten Helai und er sich links und rechts vom Eingang.

Die Taube verließ ihren Platz auf dem Dach, landete neben dem Korb und umrundete ihn zögerlich, aber neugierig. Von ihrem Versteck aus bewunderte Helai den zierlichen Schnabel des Vogels, der oben schwarz und unten zartrosa war, seine weißen Lider und die kleinen roten Augen mit dem goldenen Schimmer.

»Nächste Woche muss ich meinen Schülern die Atmung von Vögeln erklären. Diese Taube könnte ich dabei gut gebrauchen«, überlegte sie laut.

Der Einarmige bedeutete ihr zu schweigen. Und als der Vogel, der inzwischen auf dem Rand des Korbs hockte, sich zu der Flöte hinunterbeugte, zog er mit einem Ruck an der Schnur. Sofort klappte der Deckel zu, die Taube saß in der Falle. Helai hörte, wie sie aufgeregt mit den Flügeln gegen das Weidengeflecht schlug.

Was eignete sich besser als Proben von lebender Materie, um den Schülern einen Einblick in die Struktur und das Funktionieren der inneren Organe zu geben?

Helai machte sich auf, alle kaputten Tischtennisbälle in der Schule des Dorfs einzusammeln, der Einarmige steuerte eine alte Zahnbürste bei (er und der Pastor waren die Einzigen unter den Arbeitern, die sich täglich die Zähne putzten), dann erwärmten sie die Ausbeute in einem Tiegel. Die noch warme Plastikschmelze injizierte Helai in die Lunge der Taube – die Spritze hatte sie sich in der Krankenstation besorgt. Als der Kunststoff abgekühlt und ausgehärtet war, bepinselte sie das Weichteilgewebe mit Salzsäure, sodass nur der Abguss übrig blieb.

Kaum hatte sie ihn im Biologiesaal in Formalin eingelegt, fächerten sich die Verzweigungen der beiden Lappenbronchien auf, sie sahen aus wie zwei weiße Korallenäste auf dem Grund des Meeres. Die beiden Lungenflügel öffneten und schlossen sich wieder, als wollten sie ein letztes Mal nach Luft schnappen. Die Bronchiolen, fein wie Seidenfäden, dehnten sich und zogen die silberfarbenen Lungenbläschen an den Alveolargängen mit sich.

Der neue Besitzer der von »Yong dem Jüngeren« signierten Taubenflöte hatte beschlossen, Helai zum Geburtstag ein Geschenk zu überreichen – das Datum hatte er Yong Sheng unauffällig entlockt. Dafür war er bereit, seine gesamten Ersparnisse zu opfern (er hatte es geschafft, von den achtzehn Yuan, die er monatlich für seinen Lebensunterhalt erhielt, ein paar Dutzend zur

Seite zu legen). Er ging in das große Kaufhaus, das gerade in Putian eröffnet hatte und in dessen Schaufenster eine Menge reizvoller Dinge ausgestellt waren. Gedankenverloren strich er über ein paar Stoffreste aus Seide, ließ sich glitzernde Ketten und Armreife vorführen, doch am Ende fiel seine Wahl auf eine Bifokalkamera der Marke Mouette. Er konnte es kaum erwarten, sie damit an ihrem Geburtstag zu fotografieren. Zitternd schaute er durch den Sucher und sah immer nur Helais blaue Augen. Bis schließlich eine ganze Bilderserie in seinem Kopf ablief, wie im Film, Helais Geburtstag, ihre Hochzeit, bei der er als Bräutigam an ihrer Seite stand, mit frisch geschnittenem Haar und sorgfältig gestutztem Bart.

Die Kamera kostete hundertachtzig Yuan, ein astronomischer Preis. Er hätte noch drei weitere Jahre sparen müssen, um sie sich leisten zu können.

Da ihn der Rückweg durch Hanjiang führte, machte er noch einen Abstecher zur Transportgesellschaft Ostwind, um sie zu bitten, den Müll in der Mühle abzuholen. Und ausgerechnet im vollgerümpelten Hof dieser Firma stieß er auf das ideale Geschenk. Er war gerade dabei, einen Becher Wasser auszutrinken, den man ihm angeboten hatte, und war in Gedanken noch bei dem Fotoapparat, als sein Blick auf einen blutigen Ballen fiel, eine Art Ballon, in dem ein zusammengerolltes dunkelbraunes Etwas kauerte. Er besah sich den Fund aus der Nähe, der Ballen entpuppte sich als Fruchtblase, und man erkannte deutlich den Körper mit den vier Gliedmaßen, dem langen Hals und den großen geschlossenen Augen, den sie umhüllte.

Er hatte den Fötus eines Fohlens vor sich, der noch mit der Plazenta verbunden war.

Ein Angestellter erzählte ihm, dass am Abend zuvor

eine Stute niedergekommen war, vierzig Tage zu früh, der erst achtmonatige Fötus habe sich als nicht lebensfähig erwiesen.

Das Herz des Einarmigen öffnete sich für dieses kleine Wesen, das gestorben war, ehe es überhaupt die Augen aufgeschlagen hatte.

»Ich werde dir ein neues Leben schenken«, sagte er zu ihm. »Du wirst das schönste Anschauungsexemplar des Biologieunterrichts und mein Geburtstagsgeschenk für Helai sein. Du wirst zum unsterblichen Zeugen unserer Liebe werden.«

Die Buchhandlung von Hanjiang befand sich gleich gegenüber, und obwohl sie nicht sehr groß war, bot sie eine Vielzahl an Büchern feil, unter denen er eine Broschüre mit dem Titel *Verfahren zur transparenten Mumifizierung* ausfindig machte.

Gab es ein schöneres Geschenk für eine Biologielehrerin als den konservierten Fötus eines Fohlens?

Gemäß den Anweisungen in der Broschüre nahm er einen Arterienschnitt vor und massierte vorsichtig das Blut aus dem Fötus.

»Der Schlüssel zum Erfolg ist, nur sehr sanft zu drücken«, erklärte der Autor des Hefts. »Denn auch das kleinste Gefäß kann, wenn es reißt, den ganzen Vorgang zunichtemachen.«

Die Mitarbeiter von Ostwind hatten sich neugierig um den Einarmigen geschart. Für gewöhnlich lärmten und brüllten diese Männer herum (die meisten zogen mit der bloßen Kraft ihrer Arme Wagen durch die Gegend, manche waren auch Kutscher, und nur ein einziger konnte einen Traktor fahren, weshalb er deutlich über den anderen rangierte), doch jetzt standen sie still und feierlich vor dem Tierkadaver, als handelte es sich um ein heiliges Objekt.

Als der Leichnam blutleer dalag, spritzte der Einarmige ihm eine rote, zähflüssige Lösung in die Venen, eine Mischung aus Mehl und Zinnober – beides hatten ihm die Arbeiter zur Verfügung gestellt. Laut Anleitung hätte man sie mit hundert Gramm Äthylalkohol verdünnen sollen, den er kurzerhand durch Wasser ersetzt hatte, da die Apotheke geschlossen war. Als er damit fertig war, suchte er das Krankenhaus von Hanjiang auf, wo ein Laborangestellter ihm im Tausch gegen Zigaretten Formalin aushändigte. Damit füllte er eine Aluminiumwanne und legte den Fötus hinein. Zwei Tage später kam er wieder und stellte zufrieden fest, dass der Kadaver vollständig erstarrt war – die erste Etappe hatte er erfolgreich gemeistert. Die Mitarbeiter der Transportfirma versammelten sich erneut um ihn und beobachteten, wie er die Haut des toten Tiers sorgfältig mit einem Stück Gaze trocknete. Der Liebesbeweis, den dieser gehandicapte Mann der Auserwählten seines Herzens erbringen wollte, rührte sie zutiefst, weshalb sie zusammenlegten, damit er sich einen Fünf-Liter-Eimer Ethanol kaufen konnte. Darin weichte er den Fötus ein, dessen Haut er zuvor mit einer Nadel durchlöchert hatte. Nach fünf Tagen war das Präparat ganz und gar ausgetrocknet.

Von seinem Ersparten kaufte der Einarmige schließlich einen riesigen Glasbehälter, den er mit Benzol volllaufen ließ. Nach und nach wurde der Kadaver des Fohlens darin transparent, immer deutlicher traten die feinen Verästelungen des Blutgefäßsystems hervor, das an ein dichtes Geflecht aus Baumwurzeln erinnerte.

»Ich weiß gar nicht, was ich sagen soll …« Helai kämpfte mit den Tränen, als sie ihr Geburtstagsgeschenk entgegennahm. Und dann tat sie etwas, womit sie endgültig besiegelte, dass fremdes Blut in ihren Adern floss: Sie küsste den Einarmigen.

Vom Mondfest des Jahres 1965 bis zum 1. Juni 1966, dem Datum der Volksradio-Ausstrahlung des ersten Pekinger Dazibao, stellten sie mehr als zwanzig Präparate gemeinsam her, zwölf davon durch »transparente Mumifizierung« und fünf durch Austrocknung. Den übrigen Tieren zogen sie die Haut ab und weideten sie aus, verstauten sie in einer luftdichten Kiste mit Würmern, die sich daran satt fraßen, bis am Ende nur noch die Skelette übrig blieben.

Sie hatten sogar Froschlaich in unterschiedlichen Entwicklungsstadien für den Biologieunterricht gesammelt.

Als Helai den Einarmigen noch nicht kannte, hatte sie den Reisbauern, in deren Feldern es von Lurchen nur so wimmelte, jedes Jahr zur Paarungszeit, die in Putian im April war, von ihrem eigenen Geld ein paar Exemplare abgekauft und sie einer künstlichen Befruchtung unterzogen: Vorsichtig drückte sie erst die Eier aus dem Unterleib eines Weibchens, dann entnahm sie einem Männchen das Samenbläschen, zerkleinerte es und mischte es zur Befruchtung unter die Eier. Die Etappen auf dem Weg zum ausgewachsenen Tier konnte sie damals nur an die Tafel malen.

Nach der Regenzeit bevölkerten die Frösche nahezu jede Wasserpfütze. Und eines Abends machten sich Helai und der Einarmige, ausgerüstet mit Eimer und Kelle, auf in die Reisfelder, wo die Bauern ihre Setzlinge noch nicht verpflanzt hatten und die Lurche einander den Hof machten. Kaum hatten sie das Schulgelände hinter sich gelassen, atmete Helai tief durch. Sie war schon immer eine große Naturliebhaberin gewesen, und der feuchte, sehr eigene Duft der Reisfelder versetzte sie in einen angenehmen Taumel. Sie zog ihre Schuhe aus, lief überschwänglich wie ein Kind über die kleinen Erdaufschüttungen, schrie ihre Freude hoch zu den Sternen, und ihr Schreien wirkte wie ein Echo auf den Liebesgesang der Frösche.

Auch der Einarmige war barfuß, suchend stapfte er mit seiner elektrischen Taschenlampe durch die Wasserlachen. Schließlich krempelte er sich die Hosenbeine hoch und watete weiter in den Sumpf hinein. Luftblasen stiegen an seinen Füßen auf, und er versank bis zu den Knien im Morast. Er machte kehrt, verstaute seine Uhr in einem seiner Schuhe, die er auf einem Erdhügel abgestellt hatte, ging wieder zurück ins Wasser und entdeckte im Licht seiner Lampe ein kopulierendes Lurchpaar. Er konnte so eben noch den leuchtend grünen Kopf mit den zwei goldenen Streifen des Männchens erkennen, als das Weibchen rasch abtauchte und zusammen mit seinem Partner im Wasser verschwand.

Helai spürte als Erste einen Laichballen auf. Sie stand am Rand des Felds und rief ihrem Gefährten zu, er möge den Eimer mit ein wenig Wasser und ein paar Pflanzen füllen. Er tat, worum sie ihn bat, wollte allerdings nicht Hand an den Laich legen, da er fürchtete, die schützende Membran um die Eier zu zerstören. Also nahm Helai ihm die Kelle ab und schöpfte den Ballen selbst vorsichtig aus dem Sumpf.

Als sie sich die Eier im Licht der Taschenlampe genauer besah, konnte sie ihre Enttäuschung nicht verbergen. »Sie sind nicht gerade erst gelegt worden. Sieh mal, die dicke Erdkruste hier.« Bedauernd legte sie den Laich zurück an die Stelle, wo sie ihn gefunden hatte.

Im selben Augenblick erhob sich ein Wind, Wolken

überschatteten die Sterne, und ein heftiger Schauer ging auf sie nieder. Sie konnten sich gerade rechtzeitig unter einen großen Baum flüchten, um nicht bis auf die Knochen durchnässt zu werden.

Der Baum – eine Eibe – war über zwanzig Meter hoch, und sein dichtes Blattwerk wölbte sich über eine Fläche von mindestens hundert Quadratmetern. Er stand in der Nähe eines Dorfes, das von einer ethnischen Minderheit, den She[11], bewohnt wurde, und war, wie es der Brauch dieser Volksgruppe wollte, mit allerlei Opfergaben behängt. In seinem Stamm klaffte eine breite Öffnung, in der Helai und der Einarmige Unterschlupf gefunden hatten.

Im Innern war diese Höhle allerdings so niedrig, dass sie sich klein machen mussten. Ihre Füße gruben sich in eine dicke Schicht modernden Laubs.

»Ich weiß, wo wir sind«, sagte der Einarmige. »Es ist ein bekannter Treffpunkt für Verliebte. Wenn ein Paar hier seine Ruhe haben will, binden sie ein rotes Tuch an den Strauch da vorn, dann weiß jeder, dass gerade besetzt ist.«

Als er ins Freie treten wollte, um ihr den Strauch zu zeigen, rutschte er auf dem Laubteppich aus, hielt sich dabei an ihr fest und riss sie mit sich nieder. Eng umschlungen fanden sie sich auf der Erde wieder, sie lag auf ihm, es roch nach Jod und Schlamm, und er hatte das Gefühl, immer tiefer in den klebrigen Moder einzusinken. Ihre Umarmung erinnerte ihn in diesem Moment an die Lurche, die er bei der Paarung überrascht hatte.

---

11 Eine der sechsundfünfzig offiziell von China anerkannten nationalen Minderheiten, die hauptsächlich im Südwesten des Landes leben.

Am nächsten Morgen um neun Uhr waren sie zurück in Putian und betraten, ihren Eimer voll frischem Laich, das Kommunalbüro an der Siegesbrücke. Es war das nächstgelegene Bürgeramt, von der Unterkunft der Lehrkräfte des Gymnasiums Nummer 5 aus gesehen.

»Wir möchten unsere Ehe eintragen lassen«, sagte Helai.

Die zuständige Bearbeiterin kannte Helai, ihre Tochter war eine ehemalige Schülerin des Gymnasiums Nummer 5. Was ein Glück war, denn sie machte keine großen Umstände. Sie verlangte keine von der Verwaltung ihrer jeweiligen Wohnstätte ausgestellte Ehebescheinigung. Sie hätten ihre Heirat nicht nachweisen können, wenn es darauf angekommen wäre. Sie wussten nicht einmal, dass man eine behördliche Bürgschaft einholen musste. Die Angestellte zog ein rotes Formular aus ihrer Schublade, bat die beiden, es mit ihren Namen, Adressen und Geburtsdaten auszufüllen, und drückte dann einen Stempel darauf.

»Was ist das?«

»Ihre Heiratsurkunde.«

Hand in Hand verließen sie das Büro wieder und gingen durch menschenleere Straßen.

»Wenn du christlich getauft wärst, wie ich, hätten wir kirchlich heiraten können«, sagte Helai.

»Wie das?«

»Wir hätten meinen Vater bitten können, unsere Ehe heimlich zu segnen.«

»Möchtest du ein weißes Kleid und eine Zeremonie haben?«

»Dafür müsstest du getauft sein. Sonst kannst du mich nicht vor einem Pastor ehelichen.«

Einige Tage später, sie hatten ihre Pläne für eine Hochzeitszeremonie noch nicht im Einzelnen klären können, brach die Große Kulturrevolution aus und machte ihnen einen Strich durch die Rechnung. Helai musste den Trauschein fürs Erste in eine Schublade verbannen, wo er bald unter einem Stapel von Flugblättern des Politbüros und Ausschnitten aus der *Volkstageszeitung* verschwand. Lange Zeit erfuhr niemand, nicht einmal Yong Sheng, dass der Einarmige und seine Tochter verheiratet waren.

Kapitel 4

Der Verrat

Obwohl die Volkskommune Jiangkou weit entfernt von der Hauptstadt lag, griff das Feuer der Großen Kulturrevolution auch hier bald auf die einst so friedfertige Bevölkerung über. Man erklärte den stellvertretenden Sekretär des Kommunalbüros zum Volksfeind, übte auf zahlreichen Dazibaos Kritik am Chef der Miliz und denunzierte den Kantinenverwalter. Wie konnte er, der lediglich ein paar Köchinnen anleitete, zu denen er ein gutes Verhältnis hatte, und den jeder schätzte, plötzlich zur Zielscheibe verleumderischer Behauptungen werden? Seit Anfang der Fünfzigerjahre war er Mitglied der Partei und als solches ein langjähriger Revolutionär. Da er aber Analphabet war, hatte er nie Gelegenheit gehabt, sich innerhalb der Organisation weiterzuentwickeln und Anspruch auf einen anderen Posten zu erheben. Niemand konnte ihm vorwerfen, »ein einflussreiches Mitglied der Partei zu sein, das sich auf den Pfad des Kapitalismus verirrt hatte«, doch weil er an einem heißen Sommertag einmal eine Matte auf der Erde ausgebreitet und seinen fünf Köchinnen, die er seine »fünf Goldblumen«[12] nannte, angeboten hatte,

12 Titel einer Komödie von Wang Jiayi (1959), in der sich ein Schmied in ein junges Mädchen namens Goldblume verliebt. Als seine Freunde ihm helfen wollen, sie wiederzufinden, begegnen sie vier anderen Mädchen, die ebenfalls so heißen. Was zu

sich für eine kleine Siesta zu ihm zu legen, nötigte man ihn im Laufe einer Kritiksitzung, einen papiernen »Schandhut« zu tragen, auf dem nur ein Wort zu lesen war: »Frauenbelästiger.« Eine der »fünf Goldblumen«, eine fettleibige Matrone in ihren Fünfzigern, trat ans Rednerpult, um unter Tränen und am ganzen Körper bebend zu schildern, welch unanständiges Angebot dieser neue Huang Shiren[13] ihr zu machen gewagt hatte, ihr, die so jungfräulich und rein war wie die arme Xi'er. Wie die meisten Bewohner der Gegend fürchtete der Verwalter der Kantine nichts mehr als Demütigung und Schande. Man trieb ihn mit den falschen Anschuldigungen in die Enge, er wusste, dass er nicht unbeschadet aus der Sache herauskommen würde, und besorgte sich ein starkes Insektengift und eine Flasche Schnaps. Damit zog er sich in das Kabuff zurück, in dem er schlief, ließ sich vor seinem Schandhut volllaufen und schluckte dann das Gift, um seinem Leben ein Ende zu bereiten.

Eines Nachmittags, als Yong Sheng und seine Kameraden gerade dabei waren, mit dem schweren Hammer die Bolzen der Ölpresse in den hohlen Baumstamm zu treiben, kam der Chef der Mühle auf ihn zu.

»Du steckst in der Scheiße! Ich habe den Befehl erhalten, dich zur alten Kirche bringen zu lassen.«

Wenn ein Volksfeind der Volkskommune Jiangkou

---

einer Reihe amüsanter Verwechslungen führt, die den Film zu einem Erfolg machten.

13 Name eines niederträchtigen Grundbesitzers, der die junge Xi'er in der Revolutionsoper *Das Mädchen mit den weißen Haaren* zur Sklavin macht. Ihr gelingt die Flucht in die Berge, wo sie sich den Revolutionären anschließt und ihr Volk vom Joch der Reaktionäre befreit.

die Worte »alte Kirche« hörte, wich ihm sofort alles Blut aus dem Gesicht. Denn bevor das Gotteshaus in ein Kommunalbüro umgewandelt worden war, hatten die Kommunisten dort, während der Agrarreform[14], ein Tribunal eingerichtet, wo sie Grundbesitzer verhörten und folterten. Inzwischen diente eines der Nebengebäude als Gefängnis für Volksfeinde.

Eskortiert von zwei Arbeitern der Mühle, erreichte Yong Sheng das Portal der alten Kirche, als der Sicherheitsbeauftragte gerade heraustrat. Es war der Mann, der einen Monat zuvor, am Abend, als das erste Dazibao aus Peking im Radio verlesen wurde, damit gedroht hatte, ihm mit der Feuerzange die »Eier rauszureißen«.

»Bringt ihn in das Gebäude hinterm Hof«, sagte er zu den beiden anderen. »Und setzt ihm einen Schandhut auf.«

Die Arbeiter sahen ihn verwirrt an, sie hatten keine Ahnung, wo sie einen Schandhut auftreiben sollten.

»Sie liegen einsatzbereit für diese Dreckskonterrevolutionäre im Versammlungsraum. Nehmt den mit seinem Namen.«

Der Gebäudekomplex hinter dem Hof der alten Kirche erinnerte an die Residenz von Pastor Gu in Hanjiang, obwohl es nur einen kleinen Innenhof zwischen den zwei Seitenflügeln gab. Der erste war den Parteimitgliedern vorbehalten; der zweite beherbergte die Dienststelle, die für alle Belange zuständig war, die in den Bereich der Agrarproduktion und der Miliz fielen sowie Frauen, Gesundheit, Kultur und Sport betrafen.

Um in den Versammlungsraum zu gelangen, musste man durch den ersten Gebäudeflügel an einer Reihe

14 Reform zu Beginn der Fünfzigerjahre, in deren Verlauf alles Ackerland verstaatlicht wurde.

kleiner Räume vorbeilaufen, die durch Ziegelwände voneinander getrennt waren. Einer seiner Begleiter ließ Yong Sheng wissen, der Kantinenverwalter habe sich hier, in einem dieser Räume, die nicht größer als ein Klosett seien, das Leben genommen. Yong Sheng nahm seinen Mut zusammen und sah hin, doch die Türen waren geschlossen. Trotzdem hatte er plötzlich das Gefühl, von einer Dunstwolke aus Schnaps und Insektengift umgeben zu sein, und bekam das Bild eines sich auf seiner Strohmatte vor Schmerzen windenden, schreienden Mannes nicht mehr aus dem Kopf.

Die beiden Mühlenarbeiter betraten den Versammlungsraum, in dem die Schandhüte aufgereiht standen, da sie aber nicht lesen konnten, baten sie Yong Sheng, sich ihn selbst herauszusuchen.

Früher war dieser Ort ein Teehaus gewesen, heute allerdings deutete nur noch die dafür typische hohe Holzschwelle am Eingang darauf hin.

»Ich weiß nicht, ob mir das zusteht«, sagte Yong Sheng zögernd. »Ich bin ein Verbrecher, ihr repräsentiert das Volk. Und das Volk sucht aus, welchen Schandhut einer wie ich aufsetzen soll.«

Sie stießen ihn in den Raum hinein.

Er stolperte über die Schwelle.

Die spitzen weißen Papierhüte, es waren ungefähr ein Dutzend, warteten auf einem großen Tisch vor dem Fenster. Unmöglich, von der Tür aus zu erkennen, was darauf geschrieben stand.

Außer diesem Tisch mit den großen Hüten, die lange Schatten auf das Parkett warfen, war der Raum leer. Sie waren mit schwarzer Tinte beschriftet, die vertikal angeordneten Zeichen verrieten den Namen des Übeltäters und das Verbrechen, dessen man ihn bezichtigte. Manche Namen waren mit einem roten Kreuz markiert, wie die auf den Gerichtsaushängen der zum Tode Verurteilten.

Yong Sheng überflog die Hüte, konnte seinen Namen jedoch nirgends entdecken.

»Der Sicherheitsbeauftragte muss sich geirrt haben. Hier ist keiner für mich dabei.«

Ein Luftzug drang durch das halb geöffnete Fenster, die Hüte, zusammengebastelt aus einfachem Packpapier, raschelten.

Genauso hatten auch die Plakate mit den Todesurteilen geraschelt, die man zu Zeiten der Agrarreform auf Holz- oder Bambustafeln befestigte und den Großgrundbesitzern auf den Rücken band, ehe sie erschossen wurden. Yong Sheng hatte wieder die dröhnenden Parolen von damals im Ohr und die schrecklichen Bilder vor Augen, wie man die Todeskandidaten erst vor Gericht zerrte, wo sie ihr Urteil in Empfang nahmen, und dann bis hinunter zum Strand schleifte, wo man ihnen mit einem Genickschuss das Hirn wegblies.

Die Spitzen der Hüte waren unterschiedlich hoch. Die längste musste etwa eins zwanzig sein, die kürzeste einen Meter.

Es ist wie mit den Teigtaschen, dachte er. Die ersten, die man macht, sind immer größer und voller als die danach. Dann wiederum überlegte er, ob die unterschiedliche Größe nicht doch beabsichtigt war, vielleicht entsprach sie der jeweiligen Schwere des begangenen Verbrechens.

Er besah sich den kleinsten Hut und stellte fest, dass leider nicht sein Name darauf geschrieben stand. Der Größe nach ging er alle Hüte durch, sein Name tauchte auf keinem auf.

Bis er beim letzten, dem mit der längsten Spitze, angelangt war.

Die Sonnenstrahlen, die durch das Fenster fielen, brachen sich auf dem weißen Papier, und wegen der Reflexion konnte er nicht genau entziffern, was auf dem Hut stand.

Er schöpfte Hoffnung. Der Sicherheitsbeauftragte scheint sich tatsächlich getäuscht zu haben, sagte er sich. Mein Name ist nicht zu finden.

Doch dann drehte er den Hut um. So ungeschickt, dass das Ungetüm vom Tisch und über den Boden rollte. In diesem Moment sah er seinen Namen, er war mit einem roten Kreuz durchgestrichen. Ein schwarzer Schleier hüllte alles um ihn herum in Dunkelheit.

Es war sein Name.

Sein Verbrechen: konterrevolutionärer Pastor.

Der Himmel spie dicke Tropfen auf seinen Schandhut.

Es war eine maßlose Demütigung. Yong Sheng fühlte sich wie eine gejagte Ratte, die alle krepieren sehen wollten. Leute, die sich einst respektvoll vor ihm, ihrem Pastor, verneigt hatten, spuckten ihn nun an. Sogar die Kinder. Die Straße in Jiangkou war zu beiden Seiten von Passagen mit kleinen Läden gesäumt. Alte Frauen, die strickend vor den Geschäften saßen, feuerten Fluchsalven auf ihn ab. Eine besonders zänkische Alte baute sich vor ihm auf und schlug ihm mit ihrem Schuh ins Gesicht.

»Hier hast du was für deine dreckige Pastorenfresse! Steck das für die rechte Wange ein! Und, hältst du mir jetzt noch die linke hin?«

Auf der schmalen Fahrbahn wimmelte es von Fahrrädern, Hand- und Schubkarren, gegen die er immer wieder stieß, weil dieser Albtraum alles vor seinen Augen verschwimmen ließ.

Ein motorisiertes dreirädriges Fahrzeug mit einem

Anhänger voll Mauer- und Dachziegeln stieß schwarzen Rauch aus und fuhr so schnell an ihm vorüber, dass der Fahrtwind seinen Schandhut mitriss.

Die Schaulustigen hatten vor Lachen Tränen in den Augen, als sie sahen, wie Yong Sheng sich damit abmühte, ihn einzufangen. Der Hut flog bis vor eine Metzgerei und landete in einer Pfütze mit blutigen Abfällen. Yong Sheng hob ihn auf und setzte ihn sich sorgfältig wieder auf den Kopf. Durch die Spucke, die bereits auf dem Papier klebte, zogen sich nun lange Blutspuren.

Der Sicherheitsbeauftragte, der ihn eskortierte, steuerte auf die Taihe-Brücke zu. Der Laden des Apothekers Lin Zhongyi war geschlossen. Vor dem Haus seiner Familie stand ein Grüppchen um achtlos abgestellte Möbel herum, die man aus der Wohnung geschafft hatte.

Yong Sheng fiel sofort Lins Lieblingsstück ins Auge: ein großer Sessel aus der Epoche der Ming-Dynastie. Er kannte die Apothekerfamilie gut, etliche Male war er bei ihnen gewesen, um Spenden für seine Kirche einzusammeln. Lin Zhongyi hatte sich immer auf einen Stuhl mit hoher Rückenlehne gesetzt, sein Sohn auf einen Holzschemel, und der Enkel musste stehen. Der alte Sessel war Gästen vorbehalten. War die Ehefrau des Patriarchen zugegen, nahm sie auf einem runden Lehnstuhl Platz – auch den hatte man auf die Straße hinausbefördert. Ein paar junge Männer, die sichtlich stolz die Armbinde der Roten Garden trugen, hievten gerade eine fein gearbeitete Frisierkommode auf die bereits übervolle Ladefläche eines Wagens. Unter den Dingen, die sie zusammengerafft hatten, erkannte Yong Sheng einen Paravent, auf dem die Acht Unsterblichen abgebildet waren, und eine Sammlung ritueller Gefäße, die bei Hochzeiten oder Trauerfeiern zum Einsatz kamen und an denen Lin ganz besonders hing.

Die Leute benehmen sich wirklich wie Banditen, dachte er.

»Du hast Glück, dass du kein Haus besitzt«, sagte der Sicherheitsbeauftragte zu ihm. »Sonst wäre es dir genauso ergangen wie Lin Zhongyi. Wir, das revolutionäre Volk, hätten deine Besitztümer konfisziert. Verstehst du das?«

»Ja.«

»Wovon spreche ich also?«

»Von Konfiszierung.«

»Und wer konfisziert was?«

»Das revolutionäre Volk konfisziert die Besitztümer von Reaktionären.«

Plötzlich entdeckte er Lin Zhongyi. Er kniete hinter dem Wagen vor einem Schallplattenspieler und einem Haufen Schellackplatten, die er mit einem Hammer zertrümmerte. Die Bruchstücke flogen durch die Luft aufs Pflaster oder trudelten in die Gosse.

Die Taihe-Brücke wurde von einer Galerie überragt, die im Volksmund nur die »Brückenlaube« hieß. Es handelte sich um eine Holzkonstruktion mit einem geschwungenen Dach, das auf Säulen ruhte, zwischen denen für gewöhnlich Straßenhändler Obst und Gemüse feilboten. An diesem Tag aber war von ihnen nichts zu sehen, und auf den Bänken, wo sich sonst immer Passanten ausruhten, saßen nun Männer, die, wie er, einen Schandhut trugen.

Noch ehe der Sicherheitsbeauftragte dazukam, ihm den Befehl zu erteilen, drängte Yong Sheng sich neben sie auf die Bank.

Er war schweißgebadet, und als wäre sein Kopf unter dem Gewicht seiner Demütigung geschrumpft, rutschte ihm der Hut immer tiefer in die Stirn. Inzwischen saß er ihm auf den Augenbrauen. Und rutschte weiter.

Auch sein Gesicht schien unter der Anspannung schmaler geworden zu sein. Es war, als wollte er verschwinden, um der Seelenqual zu entkommen.

Nach einer Stunde war ihm der Hut bis auf die Nase hinuntergeglitten. Yong Sheng nahm seine Umgebung durch das dicke Papier nur noch schemenhaft wahr. Allein das Wasser, so kam es ihm vor, das unter der Brücke plätscherte und die Sonne reflektierte, schimmerte hell. Doch bald verging auch dieser Glanz, denn die Leute fingen wieder an, ihn zu bespucken und mit schlimmsten Beleidigungen zu überschütten.

In der Nacht, als die anderen schliefen, schlich er sich in die Werkhalle, diesmal jedoch nicht, um mit dem Blut seiner Zunge etwas in sein Heft zu schreiben. Er schob den Deckel der großen Longan-Holztruhe hinter dem Baumstamm beiseite und holte die Zweige des Aguilars heraus, die er dort versteckt hatte. Sie waren alles, was er noch besaß. Wenn jemand sie fände, würde sich seine Situation weiter zuspitzen. Zusammen mit dem Einarmigen vergrub er die Zweige am Fuß einer alten Ulme hinter der Mühle.

Der Einarmige hatte ihn und auch Helai oft von dem wundersamen Aroma des Harzes schwärmen hören, aber es war das erste Mal, dass er tatsächlich damit in Berührung kam. Kaum atmete er den Duft ein, fühlte er sich an einen geheimen Ort versetzt, an dem der Pastor den Bund zwischen ihm und Helai segnete. Obwohl die Zweige alle vom »Baum des Pastors« stammten, war das Aroma, das sie verströmten, unterschiedlich intensiv, was damit zusammenhing, dass Yong Sheng sie zu unterschiedlichen Zeiten gesammelt hatte. Einige waren bei einem Sturm abgebrochen, ihre Rinde schimmerte bläulich, das Mark darunter leuchtete tiefblau, und ihr Duft erinnerte an frischen Lotus – den Einarmigen erinnerte er vor allem an seine Helai, er sah sie als junge Studentin auf dem Campus vor sich. Die wichtigsten Stücke waren für Yong Sheng die purpurfarbenen Splitter, die er aus Ameisenhaufen oder Schlangennestern gerettet hatte. Sie rochen süß und schwer, ein bisschen nach Milch. Er hielt sie dem Einarmigen unter die Nase, dem sofort die französischen Konditoreien in Nanjing und Shanghai in den Sinn kamen. Der Duft war betörend, beinahe so wie der von Helai in der Blüte ihrer Jahre.

Im Ganzen waren es sechs Zweige, drei davon so klein wie Hühnerknochen, zwischen drei und acht Zentimetern. Ein vierter war nur wenig länger. Nach einem Unwetter hatte er ein paar Tage im Schlamm gelegen, was ihm eine schillernde Patina verlieh, auf der sich das Mondlicht spiegelte. Der fünfte überraschte in seiner Gestalt am meisten: Es handelte sich um einen Zweig von ungefähr dreißig Zentimetern Länge, der einen Knick hatte und an dieser Stelle etwas dunkler und mit spitzen Dornen übersät war.

»Wenn ich den so sehe«, sagte der Einarmige, »fällt mir ein Ausspruch des Vorsitzenden Mao ein: ›Das Schwert, das das Firmament durchbohrt, hält seine Klinge unbefleckt.‹«

»Sei still!«, mahnte ihn Yong Sheng und hob einen Finger an den Mund. »Wie kannst du es wagen, so leichtfertig den Vorsitzenden Mao zu zitieren? Wenn er vom Firmament spricht, meint er das sozialistische Firmament, das Firmament des Volkes. Und wir sind Feinde jenes Volkes. Dieser Zweig hat rein gar nichts mit einem Schwert zu tun.«

»Woran denkst du denn, wenn du ihn dir anschaust?«

»An einen Thunfisch. Nicht, wenn man ihn aufrecht hält. Aber wenn du ihn hinlegst, sieht er aus wie ein Thunfisch mit einem großen gebogenen Mund.«

Den sechsten Zweig hatte Yong Sheng im Versteck einer Python gefunden, als er eine Abflussrinne grub. Auch er musste bei heftigem Wind abgebrochen sein, und wahrscheinlich hatte die Schlange ihn dann, von seinem Duft verführt, mit in ihr Nest gezogen. Wenn man darüber strich, glaubte man, ein Stück Kohle in der Hand zu haben, und an manchen Stellen schwitzte er eine leicht fettige, dickflüssige Substanz aus.

»Dem habe ich den Namen ›Berg Wuyi‹[15] gegeben, wegen seiner Form.«

»Ich würde gern wissen, wie es riecht, wenn man ihn anzündet«, sagte der Einarmige und dachte an die Hochzeitsfeier, von der Helai träumte. »Ganz in Rauch gehüllt, sieht er dem Wuyi mit seinen in einem Meer aus Wolken badenden Gipfeln bestimmt noch ähnlicher.«

Nachdem sie die aromatischen Zweige des Aguilars verscharrt hatten, kehrten sie auf leisen Sohlen wieder zurück und vereinbarten höchste Geheimhaltung. Sie beschlossen sogar, gar nicht mehr miteinander zu reden, sich wie Fremde zu begegnen, um keinerlei Aufmerksamkeit zu erregen. Da ihre Matten nebeneinanderlagen, würden sie sich im Notfall durch kleine Botschaften verständigen, die sie dem anderen unter die Decke legten.

Eines Tages erkrankte der Junge, der sich normalerweise um die Ochsen kümmerte, und man erkor Yong

---

15 Gebirge in der Provinz Fujian, das berühmt ist für die Schönheit seiner von Touristen viel besuchten Landschaft.

Sheng dazu aus, sie an seiner Stelle um den großen runden Mühlstein zu treiben.

Nachdem er dieser Aufgabe eine Weile nachgekommen war, erhob sich plötzlich ein Stimmengewirr vor der Mühle. Zwei Männer, die gerade das Fass mit zerstoßenen Früchten befüllt hatten, kletterten rasch die drei Stufen des Podestes hinunter, auf dem der Ofen stand, um nachzusehen, was los sei. Yong Sheng scheuchte unbeirrt die Ochsen um die Steinplatte und maß dem Tumult keine größere Bedeutung bei. Er unterbrach sein Tun nur, um hin und wieder ein paar zur Seite gesprungene Früchte aufzusammeln und zurückzulegen.

Unterdessen wurden die Stimmen draußen lauter.

So laut, dass sie den Lärm in der Halle übertönten. Die Arbeiter, die den Hammer schwangen, hielten inne und liefen nun ebenfalls hinaus.

Im selben Moment betraten zwei Schüler die Mühle, sie waren vielleicht fünfzehn oder sechzehn Jahre alt. Trotz der unerträglichen Hitze an diesem Sommertag trugen sie die Uniform der Volksbefreiungsarmee. Die Uniformen waren ausgeblichen, und die Jungen versanken fast darin. Vermutlich hatten sie die Montur von ihren vorbildlichen Revolutionärsvätern geerbt, nur ein Detail variierte: Den fünfzackigen roten Stern auf ihren Kappen hatten sie durch ein Konterfei des Vorsitzenden Mao ersetzt, und auf die Hemden war das Abzeichen ihrer Schule genäht, des Gymnasiums Nummer 5, an dem Helai unterrichtete.

»Bist du Yong Sheng?«

»Ja.«

Sie zerrten ihn ins Freie, wo eine Menschenmenge wartete. Außer einer Gruppe von Schülern hatte die Neugier zahlreiche Bewohner aus Jiangkou angelockt.

Tief gebeugt stand er da und starrte auf den Boden, er wagte nicht, die Leute anzusehen.

Schweigen legte sich über die Versammlung. In der Stille vernahm man nur noch das Ächzen einer Holzleiter, die jemand hinaufstieg.

Yong Sheng riskierte einen flüchtigen Blick in die Richtung, aus der das Geräusch kam, und entdeckte am oberen Ende einer Leiter eine junge Frau, die in der einen Hand ein Dazibao, in der anderen einen Eimer hielt.

Die Sonnenstrahlen, die der Metalleimer reflektierte, blendeten ihn, und überhaupt schienen seine Augen ihm übel mitspielen zu wollen, denn die junge Frau sah Helai seltsam ähnlich.

Schnell schloss er sie und traute sich nicht, sie wieder zu öffnen.

Er hörte, wie ein Pinsel in den Eimer getaucht wurde, es roch nach Mehlkleister. Dann strich der Pinsel offenbar über eine Wand, und schließlich klopfte jemand etwas fest.

Applaus brandete auf, man feuerte die Kleberin an, als vollbringe sie gerade eine bemerkenswert heldenhafte Tat.

Yong Sheng kniff die Augen bange zusammen.

Die junge Frau auf der Leiter antwortete der Menge mit revolutionären Phrasen.

Unglaublich, wie sehr ihre Stimme der von Helai glich.

»Betrogen zu werden ist kein Verbrechen!«

Er nahm die einzelnen Wörter auf, ohne jedoch den Sinn des Satzes, der sich daraus ergab, zu begreifen. Wovon war die Rede? Wer hatte wen betrogen?

Die Menschen wiederholten ihre Worte.

Und sie schrie:

»Wichtig aber ist, dass man die Betrüger zur Rechenschaft zieht!«

Obwohl er keine Ahnung hatte, worum es ging, klappte er mechanisch seinen Mund auf und brüllte mit.

Als er endlich den Kopf hob, erkannte er sie. Mein Gott, sie ist es tatsächlich! Meine Helai!

Fieberhaft hämmerte seine Tochter mit der Handfläche auf den Aushang, als wollte sie ganz sichergehen, dass er sich nicht beim ersten Windstoß löste.

Die Überschrift des Dazibaos lautete: »Das verabscheuungswürdige Geheimnis eines Pastors, der behauptet, die Werke des Vorsitzenden Mao mit seinem Blut abzuschreiben.« Er wollte einen Schritt zurücktreten, um zu lesen, was folgte, aber ihm wurde schwarz vor Augen, und er sank zu Boden.

Als er aufwachte, hatte man ihm den meterhohen Schandhut abgenommen. Stattdessen trug er eine Schlinge um den Hals, an der eine zehn Kilo schwere Zementplatte befestigt war.

Darauf klebte ein Papier:

Name des Hundes: Yong Sheng
Alter: 55 Jahre
Status: konterrevolutionärer Pastor
Geburtsort: Putian
Adresse: Ölmühle von Jiangkou
Hauptverbrechen: schwerer Betrug; heimliche Reproduktion der Bibel mit dem Blut seiner Zunge
Die revolutionären Massen sind aufgerufen, ihn zu drangsalieren, sollte er ihren Weg kreuzen.

Kapitel 5

Die Mühle in Aufruhr

Die Heldin, die soeben ihren Vater denunziert hatte, gab sich mit diesem Triumph allein nicht zufrieden. Lehrer, Schüler und Angestellte des Gymnasiums Nummer 5 kamen herbeigelaufen, um sie bei ihrem nächsten Schritt tatkräftig mit den Waffen der Kulturrevolution zu unterstützen: mit Papier, Tinte, dicken Pinseln und einem Eimer voll Kleister, dessen übler Geruch die ganze Mühle erfasste. Sie waren es auch gewesen, die die Zementplatte, die Yong Sheng um den Hals trug, mit einer Rikscha von Putian nach Jiangkou transportiert hatten.

Die Platte war ein astreines Produkt der Zusammenarbeit zwischen dem Gymnasium Nummer 5 und der ihm angegliederten Fabrik[16]. Drei Arbeiter hatten die Ursprungsidee gehabt, die eine Gruppe von Physiklehrern weiterentwickelte, und davon ausgehend waren eines Tages die Gussformen gefertigt worden. Inzwischen wurden die Platten in großen Mengen produziert und gratis in jeden Winkel der Provinz geliefert. Die Ersten, an denen man sie ausprobierte, waren sechzehn Angestellte der Schule, die man zu Volksfeinden erklärt

16 Während der gesamten Kulturrevolution war jede schulische Einrichtung an eine Fabrik angeschlossen, in der die Schüler, zwecks Ausbildung ihres revolutionären Geistes, von Arbeitern angelernt wurden.

hatte. Jeden Morgen mussten die vermeintlichen Verräter, mit der Zementplatte um den Hals, auf den Knien eine Runde durchs ganze Gebäude drehen und anschließend auf allen vieren unter einem Spalier aus dreißig Zentimeter hohen Pulten und Bänken hindurchkrabbeln – die Übung hieß »Hundehütte«.

In der Mühle gab es keine Tische, an denen Lehrer und Schüler sich ans Werk hätten machen können. Doch daran sollte es nicht scheitern! Sie rollten ihre Plakate kurzerhand auf dem Boden aus, schmetterten dabei das Lied *Die Rote Armee fürchtet die Mühsal des Langen Marsches nicht* und schrieben unter Anleitung von Helai mit dicken Pinselstrichen ihre Parolen nieder – jedes Wort traf den konterrevolutionären Pastor wie eine Kugel mitten ins Herz.

»Wenn der Feind nicht kapituliert, sollte man ihn zum Tode verurteilen!«

»Zertrümmern wir ihm den Schädel, dem Hund, der es wagt, die Worte des Vorsitzenden Mao zu verdrehen!«

»Lieber sterben wir, als die Reaktionäre unseren Großen Vorsitzenden beschmutzen zu lassen!«

Die Volkskommune Jiangkou war an diesem Tag beinahe lahmgelegt. Die Bewohner der umliegenden Dörfer und die Fischer, die in der Gegend vor Anker lagen, eroberten den Weg zur Ölmühle im Sturm. Man sah Frauen mit Kindern, die noch nicht richtig laufen konnten, den Hügel hinaufhasten. Niemand wollte das Ereignis verpassen: So etwas erlebte man schließlich nicht alle Tage. Eine Mutter, die gerade erst entbunden hatte, kam mit ihrem Säugling an der Brust hinzu, damit auch er Zeuge dieses für die Region bedeutenden historischen Moments wurde.

Die letzte Zusammenkunft dieser Größe war die Kritiksitzung einen Monat zuvor gewesen, die man gegen den alten Kantinenverwalter abgehalten hatte: Eigens für diesen Anlass hatte man eine Tribüne aus den Türflügeln des Versammlungsraums der alten Kirche errichtet. Der Hof, der gut zweihundert Menschen fasste, war heillos überfüllt gewesen. Die Kinder hatten sich kaum zwischen den Beinen der Erwachsenen hindurchschlängeln können, und Hunderte Gaffer mussten sich zu ihrer großen Enttäuschung mit einem Platz vor dem Gebäude begnügen. Noch Wochen später hingen sie den Glücklichen, die dabei sein durften, mit der Bitte in den Ohren, zu erzählen, was sie gesehen hatten. Und nur zu bereitwillig ahmten jene mit wissender Miene und einstudierter Stimme den Chef der Kantine nach, wie er jedes Detail seiner verwerflichen Beziehung zu den fünf Goldblumen zugab.

Als man die große Strohhütte Yong Shengs seinerzeit beschlagnahmt hatte, um sie in eine Ölmühle umzufunktionieren, war der Schlafsaal der Waisenkinder zu dem der Arbeiter geworden, das Zimmer des Pastors zu einer Vorratskammer und ein dritter Raum zu einer Latrine für die Männer. Für die Frauen, die sich zur Kritiksitzung eingefunden hatten, war kein Ort zur Erleichterung vorgesehen.

Und so stürzte die ins andere Lager übergelaufene Heldin des Tages, als sie ihre Plakate fertiggepinselt hatte, auf einmal davon. Der Einarmige, der seit Beginn des Spektakels darauf wartete, sie für einen Moment unter vier Augen sprechen zu können, sah die Gelegenheit gekommen und folgte ihr. Er vermutete, dass sie ein dringendes Bedürfnis zu erledigen hatte, und musste plötzlich an Hong Zhujiu denken, den Chefarzt des Krankenhauses in Putian (auch er war zum Volksfeind erklärt worden). Ihm wurde vorgeworfen, eine konterrevolutionäre These zu verbreiten, der zufolge lautstarkes Skandieren und das Plündern von Häusern denselben Effekt auf den menschlichen Organismus habe: Beides wirke auf den Schließmuskel ein. Nicht selten stieß man an Einbruchsorten auf menschlichen Kot. Ebenso erzählte man sich die Geschichte von den Vertretern einer nationalen Minderheit, die Anfang der Fünfzigerjahre an einer politischen Versammlung teilgenommen hatten. Traditionsgemäß trugen die Männer wie die Frauen lange rote Röcke. Sie hatten sich auf den Boden gesetzt und wie die anderen mit Inbrunst die ausgegebenen Parolen gebrüllt. Als sie sich am Ende der Veranstaltung erhoben, sah man, dass sie sich allesamt vollgeschissen hatten.

Der Einarmige amüsierte sich darüber, dass die These von Doktor Hong offenbar auch auf die neue Berühmtheit von Jiangkou zutraf, die ihre revolutionären Freunde sehr plötzlich im Stich lassen musste, um andere Geschäfte zu verrichten.

Da er niemandes Aufmerksamkeit erregen wollte, ließ er ihr ein wenig Vorsprung.

Obwohl das Feuer der Kulturrevolution Jiangkou ganz offensichtlich erreicht hatte, gab es deswegen noch lange keine öffentlichen Toiletten für Frauen in der jahrhundertealten Galerie der Taihe-Brücke. Helai war gezwungen, die Hauptstraße zu überqueren und die ganze Strecke bis zum Kommunalbüro in der alten Kirche zu laufen.

Dort waren die Toiletten – ein Glanzstück der Zivilisation – getrennt. Auf die linke Tür war ein Frauenkopf gemalt. Rechts ging es durch eine doppelflügelige Schwingtür zu den Herrenklosetts, wobei der eine Flügel nicht mehr richtig in den Angeln saß und sich bedenklich nach innen neigte, während der andere komplett fehlte. Vielleicht hatte ihn sich jemand unter den Nagel gerissen, um zu heizen. Oder man hatte ihn für eine Kritiksitzung entliehen, um ein Rednerpult daraus zu bauen.

Vorsichtig, um nicht von dem hängenden Türflügel erschlagen zu werden, zwängte sich der Einarmige hinein. Sofort machte sich ein Schwarm Fliegen über ihn her. Glücklicherweise war außer ihm niemand hier. Der Boden ertrank in gelblichen Pfützen, es war schwer zu sagen, ob sie vom Regen stammten, der durch das Dach tropfte, oder von den kleinen Jungen – Sprösslinge der Parteikader –, die ihren Spaß daran hatten, sich von der Tür aus im Weitpinkeln zu messen. Im Übrigen schienen die Männer sich hier nicht nur die Blase erleichtert zu haben, sie hatten bei der Gelegenheit auch den Staub der Baustellen, den Schlamm von den Reisfeldern und den Schmutz der Straße abgeladen: Alles an diesem Ort war verdreckt. Speichelreste, Spuren ausgedrückter Zigaretten und Exkremente hatten auf dem gekalkten Mauerwerk eine braune Kruste gebildet. Aus der Grube unter dem mehrere Meter langen Brett mit den Löchern, auf das die Benutzer der Toilette sich ohne jede Intimsphäre nebeneinander hockten, stieg ein beißender Geruch nach Fäkalien und Ammoniak auf.

Eine dicke Wand trennte den Raum von der Latrine der Frauen, schützte diese vor Spannern, umso mehr, da es sich in der Überzahl um Parteifunktionärinnen handelte, deren Tugend sakrosankt war. (Die untersten Ränge bekleideten die fünf Goldblumen aus der Küche.) Für die Lüstlinge von Jiangkou war diese Mauer ein echter Jammer.

Niemand kannte ihre genaue Dicke, dem Geräuschpegel auf der anderen Seite nach zu urteilen, mussten es mindestens dreißig Zentimeter sein. Eine Kugel hätte sie nicht durchstoßen können. Und als der Einarmige schon glaubte, ein weinendes Baby zu hören, handelte es sich in Wahrheit um ein ersticktes Würgen. Eine Frau ging zum Ausgang der Toiletten, dass es nicht Helai war, erkannte er an ihrem Schritt. Er vermutete, dass es die Mutter des Babys war, und drückte sein Ohr gegen die Trennwand.

Eine Frau übergab sich, es war jetzt nicht zu überhören.

»Helai, ich bin's«, rief er. »Können wir reden?«

»Ja, ich bin allein. Ich habe gesehen, dass du mir gefolgt bist.«

»Warum hast du mir nicht gesagt, was du vorhattest? Nur der Himmel, die Erde, er und ich wussten, dass er eine Passage aus der Bibel aufgeschrieben hat. Ich bin dadurch zum Verräter geworden, zumindest zu deinem Komplizen. Dabei habe ich noch nie jemanden verraten. Vor ein paar Wochen wolltest du noch mit dem Segen der Kirche heiraten, und heute denunzierst du ihn. Plötzlich kehrst du dich von …«

»Sei still und lass mich mal was sagen! Ich bin … Hörst du mich?«

»Ja. Du bist was?«

»Meine Regel ist letzten Monat ausgeblieben. Mir ist seit Tagen schlecht, ich muss mich ständig übergeben.«

»Warst du schon im Krankenhaus?«

»Ja.«

»Bist du schwanger?«

»Ja. Und deswegen habe ich das Dazibao verfasst.«

Der Einarmige musste lachen, so laut, dass er ein ganzes Heer von Fliegen aufscheuchte und ein paar Vögel, die auf dem Telegrafenkabel über dem Dach des Klosetts saßen.

»Du lachst? Du bist unmöglich! Könntest du vielleicht ein bisschen mehr Taktgefühl an den Tag legen?«

»Tut mir leid … Ich hatte nur schon gedacht, du wärst ein lebendiges Beispiel für die Thesen von Doktor Hong.«

»Was redest du da?«

»Ach, vergiss es. Es geht um das, was Einbrecher und Revolutionäre verbindet: Beide haben einen unbändigen Drang zu kacken.«

»Unsinn. Ich bin losgerannt, weil ich pinkeln gehen wollte. Aber kaum war ich hier, musste ich mich übergeben.«

»Ich habe es gehört, nur wusste ich nicht, dass du es warst, und vor allem wusste ich nicht, dass dieses Geräusch mein Glück bedeutet. Gelobt sei der Herr! Deine Schwangerschaft ist ein Geschenk Gottes. Ich würde so gern zu dir rüberkommen, um das Herz unseres Babys schlagen zu hören.«

»Zugegeben, ich habe Yong Sheng verraten, aber ich musste es tun, damit unser Kind später nicht darunter zu leiden hat, dass sein Großvater ein konterrevolutionärer Pastor ist.«

»Lass uns später noch mal darüber sprechen, ich sehe das anders.«

»Da kommt jemand. Wir haben keine Zeit mehr. Du musst Yong Sheng auch denunzieren.«

»Du willst, dass ich deinen Vater denunziere?«

»Er ist nicht mein Vater!«

»Was soll ich deiner Meinung nach sagen?«

»Was immer du willst. Wenn du es nicht tust, wirst du die Konsequenzen dafür tragen müssen.«

»Mir fällt nichts ein, was ich sagen könnte.«

»Die Revolution braucht Taten, keine Grübeleien. Wenn du es schon nicht für dich machst, dann mach es wenigstens für dein Kind! Ich frage mich, was ich verbrochen habe, um an jemanden zu geraten, der so unverantwortlich ist!«

Am frühen Nachmittag schlug das Wetter plötzlich um, und der Himmel wurde beängstigend dunkel. Die Lehrer und Schüler entschieden in Übereinstimmung mit den revolutionären Bauern, dass sie die Kritiksitzung zu Yong Sheng wegen des sehr wahrscheinlichen Sommerschauers nicht unter Helais großem marxistisch-leninistischem Dazibao, sondern in der Werkhalle abhalten würden.

Die Bauern, die seit dem Morgen dabei waren, gingen zum Mittagessen nach Hause und kehrten mit ihren Kindern zurück und mit Holzschemeln, um sich zwischendurch einmal setzen zu können. Die Teilnahme an einer Kritiksitzung war keine gänzlich politisch motivierte Sache. Nach gültiger Tarifordnung brachte ein halber Tag Präsenz einem Mann fünf, einer Frau vier und Greisen, Kranken sowie Behinderten drei Punkte ein. Führungskräfte, die vom Staat entlohnt wurden, erhielten zusätzlich zu ihrem Salär eine Prämie.

Dem Einarmigen war es bisher nicht erlaubt gewesen, an politischen Versammlungen der Kommune teilzunehmen. Man verweigerte ihm nicht grundsätzlich den kleinen finanziellen Ausgleich oder den Ruhetag, den eine Teilnahme mit sich brachte – für die Bauern und die Arbeiter war sie weniger hart als ein Arbeitstag –, es war sein Status als »Verbannter«, der seinen Fall zur Ausnahme machte. Als Metzger, der auf eine Anstellung wartete, wurde er jeden Monat vom Bezirk entlohnt, der es ihm verbot, an Zusammenkünften teilzunehmen, und ihn zur Arbeit nötigte. An jenem Nachmittag übertrug der Chef der Ölmühle ihm die Aufgabe, die Ochsen zum Flussufer zu führen und Futter zu schneiden.

Er lotste die Tiere zum Deich am Fluss aus weißem Sand, noch ganz benommen vor Freude über die Neuigkeit, dass er bald Vater werden würde. Was er empfand, war mehr als ein einfaches Glücksgefühl – er fühlte sich wie in einem Rausch. Der Boden unter seinen Füßen schien zu federn. Vom Deich aus sah er über den Wiesengrund, sah den Fluss, den Yong Sheng ihm gezeigt hatte. Und als er sich umdrehte, erblickte er den prachtvollen großen Aguilar vor der Mühle.

Er setzte sich ins Gras und schaute den Ochsen beim Weiden zu. In diesem Augenblick brach die Sonne durch die dunkle Wolkendecke. Sie verlieh der Wiese einen kupferfarbenen Glanz und ließ das Fell der Tiere rötlich schimmern. Je kräftiger das Licht wurde, desto länger wurden die Schatten unter ihren Leibern. Der drohende Regenschauer schien vorübergezogen. Ein Vogel hockte sich auf den Rücken eines der Ochsen und pickte ihm die Flöhe aus dem Fell. Der Einarmige führte die Herde zum Fluss, um den Tieren den Schmutz von den Augen zu waschen. Es war die Stelle, an der Helai als kleines Kind barfuß herumgetollt war und Steine über das Wasser hatte springen lassen.

Er dachte an Yong Shengs Kritiksitzung, und schlagartig trübte sich seine fröhliche Stimmung. Ihm wurde klar, dass er zur Mühle zurückgehen, auf die Tribüne steigen und den Pastor denunzieren sollte. Helai würde es ihm niemals verzeihen, wenn er es nicht tat.

»Ich frage mich, was ich verbrochen habe, um an jemanden zu geraten, der so unverantwortlich ist!« Ihr Vorwurf hatte ihn schwer getroffen.

War Yong Sheng tatsächlich so unbescholten? Es musste doch etwas geben, das er ihm anlasten könnte.

War er wirklich der vorbildlich Umerzogene, der er vorgab zu sein? Sollte die Abschrift der Bibelstelle sein einziger Fehltritt gewesen sein? Was könnte er noch Schlimmeres getan haben?

Helai weiß, dass er mich getauft hat, überlegte er. Aber sie hat es auf ihrem Dazibao nicht erwähnt, weil ich sonst auch dran gewesen wäre.

Nachdem er das Problem lange genug hin und her gewälzt hatte, fiel ihm endlich etwas ein, was schlimm genug, aber nicht so schlimm war, dass darauf die Todesstrafe stand. Die Sache hatte sich erst in diesem Jahr zugetragen, und zwar im »roten Mai«, wie die Bauern die arbeitsreichste Phase des Jahres nannten, wenn der Weizen geerntet und zugleich die jungen Reispflanzen gesetzt werden mussten. Es gab so viel zu tun, dass die Ölmühle geschlossen wurde und man die Arbeiter in ihre Dörfer schickte, damit sie den Bauern auf den Feldern zur Hand gingen. Die Volkskommune inszenierte damals große Kundgebungen, hielt vor der Schlacht feierliche Ansprachen an die Truppen und ließ die Kommunisten und die Mitglieder des Jugendverbands auf den Sieg der Partei schwören. Yong Sheng und den Einarmigen hatte man derweil zum Auspflanzen auf die Reisfelder geschickt, Tag für Tag standen sie im Schlamm und schufteten unter der bleiernen Sonne. Nach zwei Wochen spürten sie ihre Beine nicht mehr, und ihre Körper waren wie gelähmt, doch sie ackerten weiter, ohne sich je zu beklagen. Sie wussten ja, dass die Führungsspitze der Volkskommune am Ende dieser Periode vor der versammelten Gemeinde Bilanz ziehen würde und dass man einem Volksfeind den kleinsten Patzer als »Sabotage« auslegte. Da sie ihre Arbeit immerzu mit gekrümmten Rücken verrichten mussten, konnten sie sich abends kaum mehr aufrichten. Und dennoch müssten sie sich, sollten die Sprösslinge später nicht in einer perfekten Reihe stehen, sondern irgendwo eine leichte Schlangenlinie bilden, den Vorwurf gefallen lassen, die »landwirtschaftliche Produktion der Revolution hintertreiben« zu wollen. Eines Nachmittags trug man ihnen auf, einen Erdwall auszubessern, der die Reisfelder unterteilte. Über Stunden hinweg wiederholte Yong Sheng die immer gleiche Handbewegung: Er stand bis zu den Knien im Wasser, tauchte mit seinen Armen bis zum Grund des Reisfeldes und förderte händeweise Schlamm zutage. Der Einarmige befestigte den Wall mit seiner Hand so geschickt und schwindelerregend schnell, als wäre sie eine Maurerkelle, und bald war die Aufschüttung hoch genug, um das Wasser auf den Feldern stauen zu können, und ihre Oberfläche glatt wie ein Spiegel. Nach der stundenlangen Arbeit in der Gluthitze hatte ihr Durst das erträgliche Maß überschritten. In dieser Situation erzählte Yong Sheng dem Einarmigen eine Anekdote aus seiner Studienzeit in Nanjing: Einer seiner Theologieprofessoren, ein deutscher Missionar, habe ihn einmal einen aus Frankreich importierten Burgunderwein kosten lassen. Er erinnere sich noch an seine tiefrote Farbe, das Aroma, das ihm in der Nase gekitzelt hatte, und den vollmundigen Geschmack, der seinen Gaumen erfreut und sich im ganzen Körper ausgebreitet hatte.

»Oh, là, là!«, hatte Yong Sheng gesagt und einen langen Seufzer hinterhergeschickt. »Ein göttlicher Trank … Heute würde ich allein für einen Schluck gegorenen Reiswassers sterben.«

Es versteht sich von selbst, dass eine solche Aussage ein Verbrechen darstellte: Sie drückte Sehnsucht nach imperialistischen Werten aus und Hass gegenüber der sozialistischen Heimat.

Der Einarmige stellte seine Kiepe auf die Erde und begann, das Futter zu schneiden. Dabei kramte er weiter in seinem Gedächtnis, auf der Suche nach einem anderen Fauxpas Yong Shengs, der sich für eine Denunziation eignete.

»Natürlich!«, entfuhr es ihm. »Wie konnte ich nur das Harz des Aguilars vergessen?«

Er schulterte den randvollen Tragekorb und rannte zu der Stelle, an der sie die Zweige zusammen vergraben hatten. Die Kritiksitzung hatte vielleicht noch nicht begonnen, und seine Offenbarungen würden zweifellos wie eine Bombe einschlagen. Er stellte sich vor, wie der alte Pastor umkippen würde, wenn er sie hochgehen ließ, und rannte so schnell weiter, dass das Schilfrohr und die jungen Bambustriebe, die er auf das Futter gelegt hatte, ordentlich durchgeschüttelt wurden.

»Helai, ich komme! Ich werde dir beweisen, dass du dich in mir täuschst!«

Yong Sheng kniete auf dem Boden, um seinen Hals war eine Drahtschnur gewickelt.

Die Zementplatte zog mit ihren zehn Kilogramm so schwer an der Metallschlinge, dass sie tief in sein Fleisch schnitt. Die Schwellung, die sich um die Wunde gebildet hatte, wuchs immer weiter an und blähte sich in seinem schweißnassen Nacken zu einer braunen Wulst. Seine Halswirbel würden der Belastung nicht mehr lange standhalten, dort, wo sie hervorstachen, zeigte sich die Entzündung in einem hässlichen Blaurot.

Das lange Kauern auf dem Holzscheit marterte seine Kniescheiben, besonders die des rechten Beins. Er hatte das Gefühl, dass sie allmählich zerbröselte, und verlagerte sein Gewicht auf das linke Knie, was den Effekt hatte, dass die Zementtafel vor seiner Brust ins Pendeln geriet und ihn nach vorn riss. Auf den Schreck folgte Panik, er bekam kaum noch Luft. Man sah, wie seine Brust sich unter dem Hemd krampfartig hob und senkte. Die Schwellung in seinem Nacken verfärbte sich violett.

Nach einer Weile war die Zementplatte wieder im Gleichgewicht. Es hätte nicht viel gefehlt, und Yong Sheng wäre zusammengebrochen.

Dicke Tropfen – nicht Regen, sondern Schweiß – rannen ihm wie Tränen übers Gesicht, sammelten sich an der Spitze seines Kinns zu langen, glänzenden Fädchen und troffen auf das Holz. Unter seinem gesenkten Haupt war bereits eine kleine Lache entstanden.

Das schweißnasse Hemd klebte ihm am Körper, und sein grau meliertes Haar hing ihm in Strähnen am Schädel wie dunkle Algen. Seine Hose war an mehreren Stellen gerissen, in seinen Kniekehlen hatte sich eine braune Brühe gesammelt.

Ihm ging durch den Kopf, dass die Erfinder der Zementplatte über eine beängstigende Intelligenz verfügen mussten. Sie hatten damit im 20. Jahrhundert ein neues Kapitel zu den Gesetzen der Schwerkraft geschrieben: Je feiner der Draht war, an dem die Platte hing, desto mehr Gewicht verlieh ihr die Schwerkraft.

Er hob den Kopf, und durch den dicken Schweißfilm erkannte er undeutlich das Gesicht Maos, es wirkte wie eine Erscheinung, die von einem verschwommenen Lichthof umgeben war. Man hatte das Porträt eigens für die Kritiksitzung vor ihm aufgebaut.

Vorsitzender Mao, formulierte er im Geiste, ich bin wirklich unheilbar. Meine ideologische Infizierung ist zu weit fortgeschritten. Sie bieten mir die Gelegenheit, mich von den Massen kritisieren zu lassen, doch während ich hier vor Ihnen niederknie, ist mein krankes

Hirn mit Begriffen der Physik beschäftigt, die ich an der theologischen Fakultät gelernt habe. Das Einzige, woran ich zu denken in der Lage bin, ist das Gesetz der Schwerkraft, das ein Westler entdeckt hat. Mithilfe Ihrer Kulturrevolution hoffe ich, endlich und für immer das Band zu durchtrennen, das mich nach wie vor mit den imperialistischen Denkweisen verbindet.

Am Nachmittag hüpfte ein zaghafter Sonnenstrahl über die rote Flagge, die an dem hohlen Baumstamm in der Mühle befestigt war, dann über eine zweite, die schief gespannt an einer Wand hing. Er wanderte weiter zu dem Porträt Maos, das Helai Jahre zuvor gezeichnet hatte, verfing sich im pechschwarzen, sorgfältig gekämmten Haar des Vorsitzenden und belebte es mit golden glitzernden Reflexionen. Er fiel auf die improvisierte Tribüne vor dem Ofen, schien in die Gesichter der Bauern, die dort saßen, spielte Verstecken mit den Kindern, die zwischen den Schemeln herumsprangen, brach sich in den Brillen der Lehrer des Gymnasiums Nummer 5, leuchtete auf die nach oben gereckten Fäuste der grölenden Menge und blieb schließlich auf ein paar jungen Bambustrieben ruhen, die aus einer Kiepe ragten.

Der Einarmige wusste als Einziger, dass sich in den Tiefen seines Tragekorbs, versteckt unter dem frisch geschnittenen Futter, der Beweis für Yong Shengs Vergehen befand: die duftenden Zweige des Aguilars, die er gerade ausgebuddelt hatte.

Mit entschiedenem Schritt nahm er die drei Stufen, die zur Tribüne führten. Es war lange her, dass er sich so selbstbewusst bewegt hatte. In diesem Moment war er nicht mehr der arme Teufel, der vor allen katzbuckelte, sondern der stolze Held von früher, dessen Zorn Wind und Wolken in Aufruhr versetzte. Der nur den Arm heben musste, um die Menge zu begeistern. Der fantastische Einarmige! Die Bambuspflanzen in seiner Kiepe schaukelten im Rhythmus seiner festen Schritte, er sah aus wie einer der imposanten und furchterregenden Generäle aus den Opern früherer Zeiten, die einen Köcher mit Pfeilen auf dem Rücken trugen.

Auf der zweiten Stufe kniete Yong Sheng, so tief, dass sein Kopf fast den Boden berührte, und begann zu zittern.

Der Einarmige sah voller Stolz zu Helai hinüber, die nun das Wort ergriffen hatte, um ihren Vater bloßzustellen.

Sie schenkte dem Einarmigen nicht mehr Beachtung als irgendeinem Fremden. Verunsichert setzte er seine Kiepe ab, und zwar so ungeschickt, dass er dabei wie ein Clown wirkte, der sich in den Riemen verhedderte. Die Leute vor der Tribüne hatten das Gefühl, einer Zirkusnummer beizuwohnen, in der ein Taschenspieler im nächsten Moment einen weißen Hasen, eine Taube oder eine Eier legende Henne aus dem Hut zauberte. Aber dann purzelten nur das Schilfrohr und die Bambussprösslinge aus der Kiepe, was für allgemeine Heiterkeit sorgte. Der Einarmige suchte noch einmal Helais Blick, und wieder ignorierte sie ihn, starrte auf das versammelte revolutionäre Volk.

Der Unglückliche! Bevor er auch nur ein Wort loswerden konnte (offensichtlich war Helai sehr darauf bedacht, den Teilnehmern der Kritiksitzung zu vermitteln, dass sie nichts mit ihm zu tun hatte, was ihn augenblicklich verstummen ließ), kam der Sicherheitsbeauftragte auf ihn zu und warf ihm einen Satz an den Kopf, der in seinen Ohren wie ein Donnerschlag dröhnte.

»Das nenne ich dreist! Hast du vergessen, dass du hier nicht erwünscht bist?«

Helai wandte sich ab, sie wollte die Szene nicht mit ansehen.

»Ich habe meine Bürgerrechte zurückerlangt«, erwiderte der Einarmige mit bebender Stimme.

Der Sicherheitschef korrigierte ihn streng:

»Das heißt noch lange nicht, dass du ein Teil des Volkes bist. Deine Rechte als Bürger liegen in seiner Hand. Und das Volk kann jeden Moment entscheiden, sie dir wieder zu entziehen.«

Er streckte seine Faust in Richtung der Menge und brüllte:

»Ehemalige Rechte stehen dem Volk zu Diensten! Sie dürfen nicht einfach ins Blaue hinein reden und handeln!«

Die Arme schnellten in die Höhe, und das Publikum grölte die Worte im Chor nach. Plötzlich erkannte der Einarmige in dem Wald aus Fäusten eine Hand, die ihm sehr vertraut war. Wie oft hatte er sie gestreichelt, mit seiner Zunge jede Mulde, jeden Hügel liebkost? Und nun wurde sie drohend vor seiner Nase geschwungen. Helais geliebte Faust. Helai fügte sich nicht nur der Form halber, nein, sie wirkte wie von fanatischer Leidenschaft getrieben und brüllte aus Leibeskräften mit.

»Seht mal! Der Pastor weint!«, rief ein Kind und lenkte die Aufmerksamkeit der Versammelten ab.

Der Einarmige wandte sich um und sah, wie Yong Sheng von Schluchzern geschüttelt wurde.

Auf der Tribüne erhob sich ein jugendlicher Revolutionär im Fußballtrikot der Mannschaft des Gymnasiums Nummer 5 und trat dem alten Pastor mit der Kraft eines Profispielers in die Rippen. Der Stoß war so heftig, dass Yong Sheng sich eine Stufe tiefer wiederfand. Ihm rutschte der Draht über den Kopf, und wie ein von seinen Fesseln befreites wildes Tier sprang die Zementplatte die Treppe hinunter, schlug Kerben in die Stufen und prallte mit Wucht gegen einen Schemel, dessen Füße zu Bruch gingen. Die revolutionäre Bäuerin, die darauf gesessen hatte, stürzte zu Boden und blieb dort wie ein Maikäfer auf dem Rücken liegen. Am Ende dieses dramatischen Intermezzos war das Papier, auf dem das Vergehen des alten Pastors geschrieben stand, so zerknautscht und gerissen, dass man die Worte nicht mehr entziffern konnte.

Die Bäuerin keifte und zeterte, und das Gellen der aufgebrachten Menge machte Yong Sheng fast taub, Hände fassten nach ihm, wollten ihn aufrichten, ihm seine Tafel wieder um den Hals hängen, ihn wieder auf Knien sehen.

Wer war verantwortlich für das, was nun geschah? Es wäre vielleicht ein Thema für einen Ehestreit gewesen. In den Augen des Einarmigen trug Helai die Verantwortung dafür. Und laut Helai? Sie würde nicht auf die Frage antworten wollen, aber wenn man insistierte, würde sie wahrscheinlich dem Aguilar die Schuld geben.

Der unerfreuliche Vorfall irritierte den Einarmigen, trübte jedoch nicht seine Hellsichtigkeit.

Wenn Helai nicht öffentlich zugeben will, dass sie mich kennt, sagte er sich, dann, weil ein schrecklicher Gedanke in ihrem Kopf spukt: dass nämlich ein Mann, der nicht einmal das Recht hat, an einer Zusammenkunft von Bauern teilzunehmen, nicht der Vater ihres Kindes sein kann.

Jedoch verfügte er, was den Klassenkampf anging,

über zu viel Erfahrung, als dass er sich mit dieser simplen Analyse zufriedengegeben hätte.

Und so fragte er sich, wie er einen solchen Verrat im Keim ersticken könnte.

Nach seinem gescheiterten Versuch, auf das Podium zu gelangen, hatten die Milizionäre ihn mitsamt seiner Kiepe zum Teufel gejagt. Wie durch ein Wunder waren die Zweige des Aguilars dabei nicht herausgefallen. Sie bedeuteten seine Rettung.

Ich könnte einen davon anzünden. Wer weiß, vielleicht hindert sein Duft Helai daran, mich schändlich zu verraten?

Er war von der Tribüne zurückgedrängt worden, hatte die Mühle aber noch nicht verlassen. Das Grüppchen revolutionärer Lehrer und Gymnasiasten saß vor dem Podest, dahinter, zwischen dem Ofen und dem runden Mühlstein, hielt sich niemand auf. Die Mühle war seinerzeit den räumlichen Gegebenheiten der großen Strohhütte des Pastors angepasst worden, den Ofen etwa hatte man auf die Rednerbühne geschafft, auf der Yong Sheng seine Predigten gehalten hatte, von dort sah man ins Publikum. Früher hatte ein Vorhang den Raum in zwei Hälften geteilt: Die linke Seite war den Männern, die rechte den Frauen vorbehalten. Die akustische Situation war gut durchdacht: Wo der Pastor stand, war der Klang am besten. Dahinter, und dort befand sich der Einarmige nun, waren alle Geräusche nur noch gedämpft zu vernehmen, das Gebrüll und die Zwischenrufe der Ankläger verloren ihre Wucht, sie verpufften beinahe.

Er schlich hinter den Ofen. Als die Mühle noch eine Kirche gewesen war, war das Podium aus Stein und über drei umlaufende Holzstufen zugänglich gewesen. Um es für Versammlungen nutzen zu können, hatten die Revolutionäre den vorderen Teil des Podests mit Holzbrettern und Türflügeln erweitert, den hinteren Teil jedoch so belassen wie ursprünglich, das heißt: offen.

Der Einarmige ließ sich unter die Stufen gleiten.

Unter die Plattform drang kaum Licht durch, er musste sich im Dunkeln vorwärtsbewegen. Der Boden war uneben und sehr feucht, als versickerte hier unaufhörlich das siedend heiße Wasser aus dem Fass über dem Ofen. Plötzlich stieß er mit dem Kopf so heftig gegen den Stein, dass er Sterne sah. An einer anderen Stelle schürfte er sich den Nacken auf.

»Was für ein Tölpel muss man sein«, wetterte er wegen seiner Ungeschicklichkeit. »Dabei bin ich als Soldat durch jeden Stacheldrahtverhau gekrochen, um ihn mit der Heckenschere zu durchtrennen.«

Mühsam robbte er bis zum vorderen Teil der Tribüne. Zwischen den Stufen dort vorn konnte man hindurchsehen, nur die unterste Planke ruhte auf einem etwa dreißig Zentimeter hohen Steinblock, hinter dem er sich verstecken konnte. Ausgestreckt lag er auf den Bauch, nur wenige Schritte von der Menschenmenge entfernt. Über ihm tönte die weinerliche Stimme von Helai, deren Rede regelmäßig vom Geschrei aufgebrachter Bauern begleitet wurde.

Er bedauerte, dass ihn zwei weitere Stufen vom Podium trennten. Sonst hätte er das Harz gleich unter den bezaubernden Füßen seiner jungen Frau zum Duften bringen können. Es wusste nicht, warum sie an diesem Tag keine Schuhe trug, ob sie meinte, barfuß besser auf die Leiter klettern zu können, um ihr Dazibao anzubringen, oder ob sie den Bauern demonstrieren wollte, dass sie eine von ihnen war. Er malte sich aus, wie sich die aromatischen Rauchspiralen zwischen ihren Zehen kringelten und ihre Knöchel umschmeichelten.

Der zweite Zeh ihres linken Fußes war länger als der große Zeh.

»Helai«, seufzte er und bekreuzigte sich, »sobald du diesen Duft einatmest, wirst du keinen Gedanken mehr daran verschwenden, mich zu kritisieren oder zu verraten.«

Er hielt den »Thunfisch« bereit.

Zunächst hatte er überlegt, ein winziges Stück davon auf der Spitze seines Taschenmessers zu verbrennen, um eine Vorstellung von der Wirkung zu bekommen. Dann aber änderte er seine Meinung und entschied, das Ganze wie ein Opfer zu handhaben. Feierlich legte er den Zweig auf eine der Stufen.

Einhändig steckte er ein Streichholz an. Dabei musste er an einen amerikanischen Film denken, den er während seiner Studienzeit gesehen hatte: Die Cowboys zündeten sich ihre Zigaretten grundsätzlich mit einem Streichholz an, das sie unter ihrem Stiefelabsatz angerissen hatten. Dass er es nun genauso machte, ließ ihn schmunzeln.

Ein Rauchfaden stieg aus dem großen Mund des »Thunfischs« auf und verströmte ein süßliches, leicht milchiges Aroma.

Zum ersten Mal roch er einen solchen Duft, ein Bukett aus Honig, Milch und Seide. Er streckte sich und sog die Schwaden gierig ein, wie ein Drogensüchtiger sein Kokain. Dann blies er auf die glühende Spitze, um die Verbrennung zu beschleunigen, die Dämpfe sollten das Podium rasch erreichen.

»Los! Verzaubere die Frau, die da oben spricht. Lass ihr den Honigduft in die Nase steigen, von dem sie so oft geträumt hat. Demonstriere diesen grölenden Idioten deine Macht. Betöre sie, damit sie endlich ihren Mund halten!«

Er blies und blies und wedelte zusätzlich mit seiner Hand, damit sich der Rauch besser verteilte. Er hatte Glück, ein Luftzug kam ihm zu Hilfe, der Duft breitete sich aus, doch ehe er zur Tribüne hochzog, löste er sich im Gestank der Halle auf: einer abscheulichen Mischung aus Tinte, Mehlkleister, Ochsenmist, Latrine, ranzigem Öl, verfaultem Holz, Rattenkot, salzigem Fisch, vergammelndem Stroh und dem Schweißgeruch und Dreck Hunderter Bauern, deren Atem nach schlechtem Essen und Karies stank.

Er lauschte konzentriert, um herauszufinden, ob der Rauch irgendeine Wirkung zeigte, doch nichts im Verhalten der Versammelten deutete darauf hin. Der üble Geruch, der an diesem Ort herrschte, schien den erhofften Effekt zunichtezumachen. Oder hatten sie alle verstopfte Nasen? Waren sie erkältet, hatten sie ihren Geruchssinn verloren, oder warum skandierten sie weiter, als wäre nichts geschehen?

Als er schon kurz davor war zu verzweifeln, trat plötzlich Stille ein. Von seinem Versteck aus konnte er nicht sehen, was vor sich ging. Aus dem, was er hören konnte, reimte er sich zusammen, dass Helai, die den Duft als Erste wahrgenommen haben musste, nun auf der Suche nach seiner Quelle war. Dem kollektiven Schnüffeln und Schnaufen nach zu urteilen, schloss sich die Menge ihr offenbar an. Nur der Sicherheitsbeauftragte zeigte sich unbeeindruckt und bat darum, mit der Sitzung fortzufahren.

In der Folge, stellte der Einarmige fest, wandelte sich der Charakter der Versammlung allerdings merklich: Helais Worte wirkten plötzlich weniger aggressiv, ihre Ansprache verlor an Schärfe. Sie schien für einen Moment vergessen zu haben, dass sie eine Kritiksitzung leitete. Sie war auf einmal wieder die Biologielehrerin, die vor der Klasse stand, um ihren Schülern beizubringen, wie Froschlurche sich vermehrten. Der Sicherheitschef war der Einzige, der weiter seine revolutionären Phrasen bellte, während alle anderen nicht mehr bei der Sache waren. Keiner hörte mehr zu. Das Volk hatte abgedankt. Einige Bauern konnten sich ihr Grinsen nicht verkneifen, als sie ihn so ganz allein auf dem Podium toben sahen.

Yong Sheng kniete immer noch auf den Holzstufen, seine Augen füllten sich mit Tränen. Er atmete tief ein und weidete sich an dem zauberhaften Duft von Milch und Honig, an den nichts, nicht die teuerste Leckerei der Welt, heranreichte. Ihn mit einem Bonbon zu vergleichen wäre im Übrigen so, als vergleiche man ein paar auf der Hirtenpfeife geträllerte Noten mit einer Sinfonie. Aus Furcht, für seine Tränen bestraft zu werden, schloss er schnell die Augen. Eine andere Erinnerung drängte sich ihm auf, die das Treiben um ihn herum vorübergehend ausblendete: Er sah einen kleinen Jungen vor sich, der durch den strömenden Regen über einen Hof bis zu einem Gebetsraum lief, wo er, zitternd wie ein Vögelchen, in einem versteckten Alkoven beobachtete, wie aus einer üppigen Brust ein Strahl Milch dem Gekreuzigten mitten ins Gesicht spritzte.

Er schlug die Augen wieder auf und atmete tief durch die Nase ein. Es roch nicht nach dem Weihrauch, den man in Kirchen oder Tempeln verbrannte, auch nicht nach Myrrhe oder Storax[17], die in der Bibel erwähnt wurden, nein, der Duft war ein Universum für sich. Er

---

17 Exodus 30, 34. Einer der Duftstoffe des Altarraums (manchmal mit »Stakte« übersetzt). Der Storaxbaum ist ein mediterranes Gewächs, aus dem ein wohlriechendes Harzbalsam gewonnen wird.

war nicht nur zauberhaft, er besaß geradezu magische Kräfte: Im Nu zerstreute er die schlimmsten Grausamkeiten, die man bereit war, jemandem anzutun. Selbst Yong Sheng vergaß die schwere Platte und spürte für einen Augenblick den brennenden Schmerz in seinem Nacken nicht mehr. Niemals hätte er gedacht, dass er sich in seiner Situation – auf Knien vor einer aufgebrachten Menge, die ihn anklagte – glücklich und frei fühlen könnte. Er hätte ihnen am liebsten zugerufen: Ich führe ein außergewöhnliches und erfülltes Leben!

Er hob den Kopf und hielt vorsichtig nach dem Einarmigen Ausschau, denn nur er konnte dahinterstecken. Er musste die Zweige des Aguilars ausgegraben haben. Yong Sheng wusste nicht mit Bestimmtheit zu sagen, welchen der Einarmige angezündet hatte, aber er war sich sicher, dass es sich nicht um den »Berg Wuyi« handelte, dessen Duft so fein wie eine sanfte, durch Laub streichende Maibrise war. Der Geruch, der in diesem Moment den Raum erfüllte, ließ eher darauf schließen, dass es einer der Zweige aus dem Schlangennest war.

Yong Sheng hatte sich daran gewöhnt, dass man ihn beleidigte. Auch daran, dass keiner der Schreihälse auf dem Podium oder im Publikum ihn auch nur eines Blickes würdigte. Nur diejenigen, die sich die Mühe machten aufzustehen, um ihn zu ohrfeigen oder mit Fußtritten zu traktieren, sahen ihn an – voller Verachtung. In ihren Augen konnte man lesen, was sie dachten: Du bist weniger wert als nichts, eine Kreatur, die man nach Belieben misshandeln darf. Er bot ihnen ein willkommenes Ventil, um ihrer Wut Luft zu machen, war das geschehen, sahen auch sie über ihn hinweg.

Jetzt aber, so stellte er nicht ohne Stolz fest, sorgte sein Aguilar dafür, dass all die Denunzianten und Hetzer ihre Krallen einzogen. Immer wieder schauten sie zu ihm hin, ihre Gesichter drückten eine Mischung aus Erstaunen, Respekt und Furcht aus, als begriffen sie instinktiv die religiöse Dimension, die der Duft mit sich brachte. Als erinnerte er sie daran, dass sie sich in ihrer ehemaligen Kirche befanden, in der Yong Sheng ihr Pastor gewesen war. Viele schienen plötzlich voller Scham den Schmerz zu erkennen, den ihm der Draht um seinem Hals zufügte, sie bemerkten den Schweiß, der das Holz unter seinen Füßen aufweichte.

In ihren zuvor so grausamen Blicken lag auf einmal Mitleid. Die Kinder, die sich bisher ferngehalten hatten, näherten sich ihm ohne Angst. Ein Junge legte sogar eine geschälte Mandarine neben ihm ab, ohne dass ein einziger revolutionärer Gymnasiast sie genommen oder weggetreten hätte. Yong Sheng nahm die Frucht gerührt in die Hand. Nicht der Umstand, dass er endlich Mitleid erregte, erfüllte ihn mit einem Glücksgefühl, sondern die Tatsache, dass die Zweige des Aguilars das Unglaubliche vollbracht hatten. Die Menschen waren nicht so verwerflich, wie sie schienen. Man musste nur das duftende Harz eines Baums anzünden, den ein Zimmermann vor langer Zeit eher zufällig gepflanzt hatte, damit aus den gehässigsten Kindern (die Yong Sheng geschlagen und bespuckt hatten) liebenswürdige Geschöpfe wurden. Er hätte den Kleinen, der ihm die Mandarine geschenkt hatte, gern in seine Arme geschlossen, ihn sich auf die Schultern gesetzt, aber das wäre im Rahmen einer Kritiksitzung, die ihm galt, wohl unangebracht gewesen. Dabei war er überzeugt, dass die Mutter des Jungen nichts einzuwenden gehabt hätte, ihm sogar für seine freundliche Geste gedankt hätte, ganz wie früher.

Auch an Helai zog der Duft nicht spurlos vorüber, und auf sie hatte der Einarmige vor allem abgezielt, allerdings war die Wirkung bei ihr nur von kurzer Dauer. Sie hatte sich schnell wieder gefangen und blickte sich prüfend nach allen Seiten um: Hatte jemand mitbekommen, dass sie für einen Moment nicht Herrin ihrer Gefühle gewesen war?

Als sie sah, dass Yong Sheng sie anschaute, fröstelte es sie, und sie errötete. Für den Bruchteil einer Sekunde schien es, als wäre sie bereit, vom Podium herunterzuspringen, die Halle zu verlassen und sich dem Duft, der zu ihr aufstieg, einfach hinzugeben.

Stattdessen wandte sie sich ab und steckte ihre Nase so tief in das Papier, auf dem sie ihre Anklagepunkte festgehalten hatte, als wollte sie verhindern, dass sie einatmete. Womöglich hoffte sie, dass der Furor ihrer Worte ihr als Schutzwall gegen die Zauberkraft des Dufts diente. Wurde nicht in allen Zeitungen und im Radio behauptet, dass jedes Wort zu einer Kugel werden konnte, die man dem Feind in den Kopf jagte, zu einem Dolch, den man ihm ins Herz stieß?

Um sicher auf den Pfad der Revolution zurückzufinden, hielt sie sich schließlich die Nase zu.

Doch da hatte sie den »Thunfisch« unterschätzt, dessen Aroma sich plötzlich stärker entwickelte.

Die Konzentration des Harzes war ungleich verteilt, je nachdem, an welcher Stelle der Zweig herunterbrannte, war der Duft mal mehr, mal weniger intensiv. Am Anfang hatte er eine sehr leichte süße Note verströmt. Offenbar näherte sich die Glut jetzt dem Knick in dem Ast: Mentholdämpfe, immer noch süß, aber frischer, breiteten sich aus, stiegen den Bauern zu Kopf und weckten ihr Bewusstsein wie ein Peitschenhieb.

Der Zweig brannte weiter herunter, seinem Ende entgegen. Was nun folgte, die letzten Duftschwaden, nannte Yong Sheng das »finale Bukett«. Es war vergleichbar mit dem Anblick eines Himmels, der von den Klängen unsichtbarer Flöten erfüllt war, die ein Schwarm Tauben über den Wolken produzierte. Das finale Bukett war ebenso erlesen wie elegant mit seiner zarten Honignote und einer Prise Zimt, Zitronengras und Moschus.

Helai rang um die Rückkehr zur politischen Linie – ein langer und mühsamer Kampf. Mit den etwa zehn Seiten ihrer Rede in der der linken Hand wedelte sie sich vor dem Gesicht herum, um den Rauch zu vertreiben; die restlichen Papiere umklammerte sie mit der Rechten und hielt sie sich vor die Nase, um dem unsichtbaren Feind die Stirn zu bieten. Über dem Rand der Blätter sah man ihre blauen Augen besorgt dreinblicken.

Helai, redete sie sich zu, du hast heute die Aufgabe, deine Familie zu verraten, um den Kurs deines Schicksals zu beeinflussen. Wach auf! Greif sie an, die dich daran hindern, eine echte Revolutionärin zu sein, und dir dein Leben vermasseln! Lass diesen entscheidenden Moment nicht ungenutzt vorüberziehen!

Mit einem Satz schwang sie sich hoch auf einen Tisch und ließ ihren Blick über die Menge schweifen. Sie konnte nur auf sich zählen, um die Situation wieder zu beruhigen. Schon wollte sie ihre Faust recken und das Volk mit einer neuen Parole anstacheln, doch ihr Arm verweigerte jede Bewegung, und auch ihre Lippen öffneten sich nicht einen Spaltbreit. Ihr Verstand mochte sich der Wirkung des Duftes bisher erfolgreich entziehen, ihr Körper aber hatte bereits kapituliert. Niemand schenkte ihr noch Aufmerksamkeit. Die Sitzung war gescheitert, es war nichts mehr zu retten. Die glühendsten Revolutionäre unter den Schülern, die zuvor aggressiv und gewalttätig aufgetreten waren, knieten auf einmal nieder und vergossen heiße Tränen, als wäre ihnen der Vorsitzende Mao höchstpersönlich im Dunst erschienen. Junge Mädchen nutzten das Chaos, um benommene Genossen an die Hand zu nehmen und ein Loblied anzustimmen: »Der Vorsitzende Mao ist unsere rot leuchtende Sonne über dem goldenen Gebirge.« Der Sport- und der Musiklehrer führten einen Volkstanz zu Ehren des Großen Vorsitzenden auf.

Die Mürrischen überrumpelte der Duft und zauberte ihnen ein Lächeln ins Gesicht. Anderen verlieh er ungewohnten Schneid, beispielsweise dem Bauern, er musste um die vierzig sein, der dem Parteisekretär seines Dorfs zurief: »Du Hurensohn! Seit Jahren gehst du uns mit deiner Scheißmacht auf den Wecker!«

Das finale Bukett sorgte also dafür, dass die Masken der Reihe nach fielen und die Barrieren zwischen Führern und Geführten aufbrachen. Ehemalige Nachbarn beschimpften einander, Familienkonflikte wurden vor aller Augen ausgetragen und alte Fehden neu entfacht – die ganze dreckige Wäsche geriet an die Öffentlichkeit. »Komm schon! Sag einfach, was du denkst!«, brüllten die einen, während andere sich mit ihrem ehebrecherischen Partner zofften.

Plötzlich legte sich ein starker Meeresduft über die keifende Menge.

Das ist er!, schoss es Yong Sheng durch den Kopf. Das ist der Duft des »Berges Wuyi«! Er identifizierte das Aroma sofort und erinnerte sich an die raue Struktur der leicht fettigen Rinde, die aussah wie eine Felsklippe. Einmal hatte er ein Stück davon, so dünn wie ein Zigarettenpapierchen, über einem Eimer Wasser herausgebrochen und aus Versehen fallen lassen. Es war sofort bis auf den Grund gesunken, so dicht war es. Er hatte es aus dem Wasser gefischt und einen Krumen probiert, der augenblicklich eine Explosion in seinem Mund auslöste. Als hätte er in die Frucht eines Zanthoxylum gebissen, die man häufig in der sehr würzigen und scharfen Küche Sichuans verwendete. Sein Zahnfleisch war im Nu vollständig betäubt, er spürte weder seine Zunge noch seine Lippen, und es dauerte lange, ehe er so etwas wie einen Geschmackssinn wiederfand.

Was für ein Geniestreich! Der Einarmige musste sich fortgeschlichen haben und mühsam unter die Tribüne gekrochen sein, kein einfaches Unterfangen. Die Umsetzung eines solchen Plans erforderte die Konzentration eines Geheimagenten und die Wendigkeit eines Spitzensportlers.

Angesichts seines durchschlagenden Erfolgs trat der Einarmige seinerseits nun den Rückzug an und tauchte, mit leerer Kiepe, wieder hinter dem Ofen auf.

Auf die ersten scharfen und sehr jodhaltigen Ausdünstungen des »Berges Wuyi« folgten leichtere, blumigere, die an frisch geschnittenes Gras erinnerten. Sie legten sich beim Einatmen bald auf die Zunge, krochen in den Rachen und verschafften ein angenehmes Gefühl von Frische.

In der Mühle herrschte größtes Durcheinander. Man sang und tanzte, die Kinder kreischten wie Seeadler. Keiner achtete im allgemeinen Chaos auf den Einarmigen, der wie aus dem Nichts wiederaufgetaucht war und zu Helai auf den Tisch sprang.

Über die ernste Miene der jungen Frau huschte ein überraschtes Lächeln, in das sich Sehnsucht und Verlangen mischten. Ihre blauen Augen schienen den Einarmigen anzuflehen, sie von diesem albtraumhaften Ort fortzubringen.

»Lass uns einfach davonfliegen, meine süße Ehefrau«, flüsterte er ihr ins Ohr. Er stellte seine Kiepe vor ihr ab und bedeutete ihr, einzusteigen. Dann bückte er sich, schnallte sich die Riemen über die Schulter und nahm sie auf den Rücken.

Etwas Hartes pikste Helai in ihre nackten Füße, sie griff in die Kiepe hinein, förderte ein kleines Stück Rinde zutage und hielt es sich unter die Nase.

»Ja, lass uns davonfliegen!«, rief sie.

Und sie flogen davon.

Sie schwangen sich auf in die Höhe, hin zu der offenen Dachluke, die über dem hohlen Baumstamm einen Sonnenstrahl durchließ, der helle Tupfer auf das dunkle Holz warf.

Während der Einarmige in die Lüfte emporstieg, sog er das Aroma des »Berges Wuyi« in sich auf.

Was für ein fabelhafter Duft!, dachte er, als ein Wohlgeruch nach getrocknetem Obst seine Nase umschmeichelte. Sein Zauber war so mächtig, dass er es nicht mehr eilig hatte, die Mühle zu verlassen.

In diesem Augenblick packte der Sicherheitsbeauftragte Yong Sheng am Kragen und zog ihn an der Drahtschnur in die Mitte der Tribüne.

»So! Und jetzt wirst du uns eine Passage aus dem *Kleinen roten Buch* zitieren und unseren Vorsitzenden Mao um Verzeihung bitten.«

»Welche Passage? Lassen Sie mich kurz nachdenken.«

»Beeil dich!«

»Ich bin bereit. Sollte ich Fehler machen, so bitte ich meine Kameraden, mich zu korrigieren.«

Die Liebe ist langmütig, die Liebe ist gütig.

Vor dem Podest hatte sich eine kleine Gruppe Kinder versammelt, sie wiederholten die Worte.

Sie ereifert sich nicht.

Andere Kinder gesellten sich hinzu, auch sie sprachen die Worte nach. Sie wirkten wie ein Chor kleiner Taufanwärter, kristallklar erhoben sich ihre Stimmen an diesem düsteren Ort, der einmal eine Kirche gewesen war. Helai und der Einarmige, die über ihnen schwebten, waren so gerührt, dass sie wieder auf den Boden zurückkehrten.

Sie prahlt nicht, sie bläht sich nicht auf. Sie handelt nicht ungehörig, sucht nicht ihren Vorteil.

Nach und nach ließen die Streitenden voneinander ab, fielen in den Sprechchor der Kinder ein und wiederholten mechanisch, was Yong Sheng ihnen predigte.

Sie lässt sich nicht zum Zorn reizen, trägt das Böse nicht nach. Sie freut sich nicht über das Unrecht, sondern freut sich an der Wahrheit.

Vom Eifer der Menge angesteckt, begann auch der Sicherheitsbeauftragte, seine Lippen zu bewegen. Doch klangen die Worte Yong Shengs aus seinem Mund mehr nach dem Gekläffe eines Köters als nach einem Menschen.

Sie erträgt alles, glaubt alles, hofft alles, hält allem stand.

Diesen Satz zog Yong Sheng in die Länge wie ein Klagelied, er fühlte sich dabei an die Segnungen aus vergangenen Zeiten erinnert.

Die Liebe hört niemals auf.

Die Revolutionäre waren Feuer und Flamme, ihre Stimmen hallten wie ein Donnerschlag durch die Mühle, als sie diese Zeilen aus dem Hohelied der Liebe nachsprachen.

Schließlich nannte er ihnen, in grenzenloser Nachsichtigkeit, die Quelle seiner Predigt.

»Aus dem ersten Brief an die Korinther, Kapitel 13, Vers 4 bis 8.«

Sie hielten für einen Moment inne, dann wiederholten sie das Gesagte Wort für Wort.

»Die Passage stammt nicht aus dem *Kleinen roten Buch*«, brüllte einer der Versammelten. Der Sicherheitsbeauftragte drehte sich zu Yong Sheng um.

»Was treibst du für ein Spiel?«, zischte er.

»Ich hatte einen kurzen Aussetzer ... Ich habe mich in der Textstelle geirrt.«

»Wo hast du diese Sätze her?«

»Sie stammen aus der Bibel. Neues Testament.«

Yong Sheng hatte mit seiner Erklärung kaum geendet, als der Sicherheitsbeauftragte ihn mit einem gewaltigen Fußtritt von der Tribüne stieß. Die Zementplatte purzelte abermals wie ein Betrunkener die drei Stufen des Sockels hinunter, auf dem der Ofen stand.

Kapitel 6

Die Zukunft eines Kindes

»Seht nur, die Flammen!«

»Feuer!«

»Die Ölmühle brennt!«

Schreie hallten am 13. Januar 1967 durch ganz Jiangkou, die Bevölkerung war in Panik. Die Nachricht des Brandes verbreitete sich wie ein Wirbelwind von Haus zu Haus, die Menschen stürzten auf die Straße und sahen schwarze Rauchwolken aus der Mühle hervorquellen.

Nur eine Person erreichten die Rufe nicht: Yong Sheng.

Ein dreckiges Handtuch um den Hals, scheuerte er beharrlich die Latrinen des Revolutionskomitees. Außer dem Rauschen des Wassers, das er eimerweise über die lange Planke mit den Löchern schüttete, hörte er nichts, und das Einzige, was ihm in die Nase stach, war der abscheuliche Gestank an diesem Ort, der selbst den Geruch nach verbranntem Öl überdeckte.

Im Winter ruhte der Betrieb in der Mühle aus Mangel an Rohstoffen. Die Arbeiter kehrten in dieser Zeit zurück in ihre Heimatdörfer, und die rotbraunen Ochsen brachte man in den Stall. Lediglich Yong Sheng und der Einarmige, die beiden Volksfeinde, hielten in der Werkhalle die Stellung. Allerdings musste Yong Sheng, seit der Kritiksitzung im Sommer Volksfeind Nummer eins, jede Woche bei der Dienststelle des Komitees der

Revolutionären Rebellen[18] vorsprechen. Und nicht nur das, man erlaubte ihm außerdem keinerlei Erholung während der drei Wintermonate.

Jeden Morgen vor Sonnenaufgang machte er sich, ausgerüstet mit einem langen Bambusbesen, einem kürzeren Weizenborstenfeger, einem Schaber und einer Bürste auf den Weg nach Jiangkou, wo er die beiden Hauptstraßen, sechs Nachbargassen, den Obstmarkt und die Fischhalle zu reinigen hatte. Freitags – der 13. Januar 1967 fiel auf einen Freitag – standen zusätzlich die Latrinen des Komitees der Revolutionären Rebellen auf dem Programm.

Das Dach der Hütte, die Yong Sheng drei Jahrzehnte zuvor errichtet hatte, wurde jedes Jahr mit frischem Stroh gedeckt und brannte wohl deswegen als Erstes lichterloh. Gierig leckten die Flammen an den rußigen Balken, und je weiter sie um sich griffen, desto bunter loderten sie, wechselten ihre Farbe von Gelb zu Rot, zu Blau und Grün. Zunächst hatten sie sich über den Kalk des Mauerwerks hergemacht, dann den Lehm in einen einzigen Klumpen verwandelt. Nur die Steine hielten einstweilen der Verheerung stand. In Jiangkou gab es noch kein fließendes Wasser, geschweige denn eine Feuerwehr – gegen einen Brand war man schlecht gewappnet. Die Anwohner flehten den Himmel um einen Re-

---

18 Während der gesamten Dauer der Kulturrevolution war die Bezeichnung »Rote Garden« den Schülern und Studenten vorbehalten. Die Arbeiter wurden »Revolutionäre Rebellen« genannt. Ende 1966 rief Mao die Roten Garden und die Revolutionären Rebellen auf, die Kommunistische Partei Chinas zu übernehmen (deren Führung in Umerziehungslager geschickt wurde) und »Revolutionskomitees« zu bilden anstelle der Parteikomitees.

genschauer an, ehe die Mühle in Schutt und Asche lag, schnappten sich zugleich jeden verfügbaren Eimer und bildeten eine lange Schlange von dem Teich aus, den seinerzeit die Waisenkinder angelegt hatten, bis zur großen Strohhütte. Allerdings kamen die eilig weitergereichten Eimer nur noch halb voll bei der Brandstelle an, und mit dem restlichen Wasser ließen sich gerade ein paar Funken löschen. Ein paar Unerschrockene versuchten von der Rückseite aus, wo der Brand sich inzwischen gelegt hatte, in die Mühle vorzudringen und mit Spaten und Hacken einen Graben zu schaufeln, um das Feuer, das auf die Obstbäume überzugreifen drohte, einzugrenzen. Da sie in dem dicken Rauch jedoch beinahe erstickten, mussten sie bald wieder von ihrem Vorhaben ablassen.

Der einstige Besitzer der großen Strohhütte, zur Umerziehung durch Zwangsarbeit verurteilt, war sich der Katastrophe, die im Gange war, nicht im Geringsten bewusst.

Nach ihrer Machtübernahme hatten die Revolutionären Rebellen von Putian, die sich inzwischen als »maoistische Kampfeinheit« bezeichneten und den ehemaligen Kommunisten vorwarfen, Kapitalisten zu sein, die alte Kirche – den Sitz ihres frisch gegründeten Komitees – ganz in Rot streichen lassen und an den Ufern des Mulan, wo früher Exekutionen stattgefunden hatten, für neue öffentliche Toiletten gesorgt. Die Latrine war ein lang gestreckter Bau, in dem einige Dutzend Menschen gleichzeitig Platz fanden. Das Dach war mit grauen Ziegeln gedeckt, und in den zementierten Boden waren durch Holzwände voneinander abgetrennte Plumpsklos eingelassen. Die Benutzer hockten sich über die Grube, die Füße links und rechts des tiefen Lochs, und mussten nicht mehr fürchten, in die Gülle zu fallen, wie früher auf dem Donnerbalken. Sie hatten sogar das Vergnügen, mit bis zu den Knien heruntergelassener Hose zu beobachten, wie ihre Scheiße in das Loch fiel, und zu hören, wie sie mit einem gedämpften »Plopp« in der Sickergrube landete. All das vermittelte ihnen ein Gefühl von Unsterblichkeit, als schwebten sie über dem Nebel, der sich um die Berge schlang.

Abgeschirmt von der Außenwelt durch die dicken Mauern des modernen Aborts und vertieft in seine Fron, die er mit derselben Ernsthaftigkeit ausführte wie einst die Verkündigung des Evangeliums, bekam Yong Sheng nichts mit von dem, was ringsherum geschah. Da der Winter nicht sehr streng war, hatte er seine Kakihose ausgezogen – die einzige, die er besaß, sie war völlig abgetragen – und arbeitete in Unterhose und Hemd. Er gab sich nicht damit zufrieden, den Zementboden zu putzen und die Kotreste wegzukratzen, er übertünchte außerdem sogar die obszönen Sprüche und Karikaturen an den Wänden, was ihn die meiste Zeit kostete. Er scheuerte so lange, bis sie kaum mehr zu erkennen waren, dann ging er mit Pinsel und Farbe darüber. Oft war er erst bei Einbruch der Dunkelheit mit seinem Tagewerk fertig.

Als er an jenem Abend ins Freie trat, war er zwar erstaunt über das intensive Rot am Horizont, aber sein Hirn so vernebelt von den üblen Gerüchen, die er seit Stunden eingeatmet hatte, dass er dieses Phänomen nicht weiter hinterfragte. Um ihn herum schien die Natur zu schlummern. Ein schwacher Dunst hing über den Reisfeldern, und auf den Äckern perlte Tau über die jungen Maispflanzen. Er hatte es eilig, nach Hause zu kommen.

Seine Beine steckten wieder in der Kakihose, das dreckige Handtuch trug er immer noch um den Hals, und über sein schweißnasses Hemd hatte er die Jacke der Revolutionären Rebellen gestreift. Da er den Schandhut aus praktischen Gründen während der Arbeit kaum tragen konnte, hatte der Verantwortliche der maoistischen Kampfeinheit ihm stattdessen einen Flicken mit dem gut lesbaren Schriftzug »Dämon« auf den Rücken der Jacke nähen lassen. Ein Vorgehen, das an die Methoden im alten China erinnerte, als man den Delinquenten das begangene Verbrechen auf die Stirn tätowiert hatte. Es war noch nicht lange her, da war er auf dem Heimweg von einem Regenguss überrascht worden, und obwohl er seine Kleidung gleich zum Trocknen ausgelegt hatte, war die Jacke am nächsten Morgen immer noch feucht. Also hatte er sich eine andere, vielfach ausgebesserte übergezogen – immerhin mit Mao-Kragen. Unglücklicherweise war ihm ausgerechnet an diesem Tag ein Beauftragter des Ordnungsdienstes über den Weg gelaufen, dem die fehlende Aufschrift sofort ins Auge stach. Ein Donnerwetter war über Yong Sheng hereingebrochen, und nachdem er sich in aller Form für sein Vergehen entschuldigt hatte, nähte er noch am selben Abend einen weißen Stofflappen mit dem Wort »Dämon« auf die Jacke – er hatte sich bemüht, die Schrift des Funktionärs der maoistischen Kampfeinheit so gut wie möglich zu imitieren.

Seit Jahren lief Yong Sheng nur noch mit gesenktem Blick und gebeugtem Rücken durch die Gegend. Er fürchtete, dass man ihm, sobald er sich aufrichtete, vorwerfen würde, die arrogante Haltung eines ehemaligen Pastors zur Schau zu tragen. Selbst wenn er allein war, zog er den Kopf ein und sah auf den Boden, wie ein herumstreunender Hund, der die Bosheit der Menschen flieht.

Ein Windstoß schlug ihm ins Gesicht, und plötzlich

spürte er, dass etwas Ungewöhnliches vor sich ging. Schwarze Ascheflocken trieben in der Luft und blieben an seiner Jacke haften. Er hob den Kopf, und da sah er es: Seine einstige Strohhütte stand in Flammen, das Dach war bereits vollständig ausgebrannt. Zunächst hörte er die Stimmen derjenigen nicht, die das Feuer in den Griff zu bekommen versuchten. Er sah nur die lodernden Flammen, die den Hügel verwüsteten, die brennende Mühle, die in Glut getauchte Obstplantage.

Er wurde sich bewusst, dass er das Gelände immer noch als sein eigenes betrachtete. Man hatte sein Hab und Gut unwiderruflich beschlagnahmt, es war in den Besitz der Kommune übergegangen, und dennoch fühlte sich der Ort wie sein Zuhause an: Hierher war er immer wieder zurückgekehrt, hier hatte er gepredigt, die Bibel gelehrt und den Gemeindemitgliedern Ratschläge gegeben. Nie hatte er die Fenster oder Türen geschlossen, denn sein Haus hatte den Armen und Hilflosen offen gestanden. Er hatte sein ganzes Leben an diesem Ort verbracht, und obwohl die große Strohhütte seit über zehn Jahren eine Ölmühle war, lebte und arbeitete er immer noch hier.

Der Wind wehte unablässig Asche heran, die sich wie eine Maske über sein schweißbedecktes Gesicht legte.

»Allmächtiger Gott!«, schrie er und stürzte den Hügel hinauf.

Noch ehe er oben ankam, erblickte er den großen Aguilar. Sein Laub war verkohlt, sein ausgebranntes Skelett, das in den mit schwarzem Rauch verhangenen Himmel ragte, bot ein erbärmliches Bild.

Er bat die Brandlöscher, die einander eifrig die Eimer reichten, auch den Baum mit Wasser zu besprengen, doch niemand beachtete ihn: Offenbar erkannten sie ihn unter der Asche und mit dem zerzausten, staubigen Haar nicht wieder.

Er riss einem der Männer einen Eimer aus der Hand und leerte ihn über seinem Kopf. Das eiskalte Wasser schüttelte ihn bis in die Knochen. Dann rannte er los.

Kaum hatte er einen Fuß in die Mühle gesetzt, brach hinter ihm krachend eine Mauer ein. Funken sprühten auf ihn nieder, doch er steuerte unbeirrt weiter auf den ausgehöhlten Stamm zu, in dem sie die Früchte pressten. Die große Truhe war verschwunden. War sie verbrannt? In dem Moment schlugen hohe Flammen aus dem Inneren des Stamms empor, angefacht durch die Reste der Ölproduktion, die sich im Laufe der Jahre im Holz abgelagert hatten. Kurz darauf spaltete sich der hohle Baum, explodierte unter dem Druck der Feuerglut und setzte eine dickflüssige Masse, wie Lava, frei.

Die drei Holzstufen, die auf die Balustrade führten, brannten ebenfalls lichterloh, die Flammen bildeten einen gelborangen Lichtkreis um den gusseisernen Ofen und ließen ihn im Wasserdampf des großen Bottichs wie ein Räucherfass aussehen.

Auf einmal hörte er hinter sich Holzsandalen klappern, und eine Stimme flüsterte ihm ins Ohr:

»Ich habe das Feuer gelegt.«

Er musste sich nicht umdrehen, um zu erkennen, dass es die Stimme des Einarmigen war.

»Dir bleibt nun nichts mehr. Deshalb überlasse ich dir meine Holzschuhe.«

Mit diesen Worten rannte der Einarmige auf den brennenden Ofen zu und sprang, ohne zu zögern, in das Fass mit dem kochenden Wasser.

Fürchterliche Schreie drangen durch die Flammen. Wie versteinert stand Yong Sheng mit den klobigen Holzschuhen da und wagte nicht hinzusehen.

Der Baumstamm krachte endgültig zusammen und übertönte die Schmerzensschreie des Einarmigen. Die Flammen loderten nun meterhoch. Schützend hielt sich Yong Sheng die Schuhe vors Gesicht und versuchte zum Ofen zu gelangen, vergeblich. Schwarzer Rauch wirbelte um ihn herum, die Treppenstufen wurden vom Feuer verschlungen. Die zweite brach unter seinen Füßen in sich zusammen, und sein Blick, bevor er das Bewusstsein verlor, galt dem Flammenmeer, das über den Einarmigen hinwegrollte.

Als er wieder zu sich kam, war er überrascht, in ein kaltes, fahles Licht zu blicken, es roch nach Äther und Ozon, wie in einer Leichenhalle. Erst nach und nach begriff er, dass er bloß im Krankenhaus lag.

Er hatte mit dem Einarmigen in der Vergangenheit verabredet, nicht mehr miteinander zu sprechen; sie wollten sich über Botschaften verständigen, die sie sich gegenseitig unter die Bettdecke legten.

Der Einarmige musste es vergessen haben.

Als die Polizisten kamen, um Yong Sheng im Rahmen ihrer Ermittlungen zu verhören, zeigten sie ihm einen Brief.

Sie gingen davon aus, dass dieses Schreiben den Einarmigen dazu getrieben hatte, das Feuer in der Mühle zu legen.

Yong Sheng las die Zeilen wieder und wieder, wie Jahrzehnte zuvor die Nachricht seines Vaters.

Der Brief des Zimmermanns damals war neunundvierzig Zeichen lang gewesen, dieser hier hatte über fünfhundert. Er enthielt den Antrag auf Scheidung, den Helai ihm zur Unterschrift schickte. Sie hatte ihn auf weißem Papier mit schwarzer Tinte verfasst, nicht, wie üblich, mit blauer, als wollte sie die Endgültigkeit ihrer

Worte unterstreichen. Jeder Strich war präzise gezogen, ohne den Hauch eines Zweifels. Man spürte, dass sie erst einen Entwurf und dann, sorgfältig und in schönster Handschrift, eine Abschrift angefertigt hatte. Eine einzige Passage war durchgestrichen. Im ersten Satz des Abschnitts erläuterte sie den Grund ihres Vorgehens: »Ich denke an die Zukunft des Kindes, das zur Welt kommen wird.« Unter den Brief hatte sie das Datum gesetzt und – mit roter Tinte – ihre Unterschrift: Yong Helai.

Vierter Teil

Die Klinge des Cutters durchtrennte das transparente Klebeband um das Paket mit einem einzigen Schnitt.

Es handelte sich um eine Postsendung von einem Meter zwanzig Höhe, sechzig Zentimeter Länge und dreißig Zentimeter Breite, die nicht an den entsprechenden Adressaten ausgeliefert worden war. Auf dem Paket klebte ein vom Absender ausgefülltes Einschreibeformular.

Der Karton war übersät mit Flecken. Schwer zu sagen, ob ein anderes Päckchen, das Flüssigkeit enthielt, auf der langen Reise aufgerissen war oder ob die Schmutzflecken von schlampigen Postbeamten stammten, die Rückstände ließen keine eindeutigen Schlüsse zu. Ursache dafür konnte ein chemisches Produkt sein oder Alkohol, auch Kondensmilch oder Chilipaste waren nicht ausgeschlossen. Sogar das Formular war verdreckt. Der Absender hatte es nicht mit einem Kugelschreiber ausgefüllt, sondern mit einem Marker. Die Striche der Zeichen glichen dicken Balken – dem Sachverständigengutachten zufolge musste die Mine, mit der sie geschrieben waren, einen Durchmesser von sieben Millimetern gehabt haben –, manche waren nicht mehr vollständig zu lesen, sie wirkten wie von der Zeit ausgewaschene Inschriften auf antiken Steinstelen. Andere waren zu einem einzigen Gekritzel geraten, in dem sich Striche und Balken heillos ineinander verheddert hatten.

Das für die Telefonnummer des Absenders vorgesehene Feld war leer.

Hatte er kein Telefon?

Oder hatte er etwas zu verbergen?

Ein dicker behandschuhter Finger fuhr von links nach rechts über die einzelnen Wörter der Absenderadresse.

»Provinz Fujian, Pu …«

Ein Klecks hatte das nächste Zeichen in Nichts aufgelöst, auch das darauffolgende war kaum mehr zu entziffern. Lediglich eine lange senkrechte Linie war übrig, nur die letzte Zeile der Adresse war einwandfrei lesbar: *Alte Ölmühle von Jiangkou.*

Der Nachname des Absenders ähnelte einem »Yong«. Ein Wort, das jeder kannte, es war das erste, das die Schüler im Kalligrafie-Unterricht zeichneten, um den Umgang mit dem Pinsel zu erlernen. Der Vorname hingegen war nicht mehr zu entschlüsseln, nicht ein einziger Strich war noch vorhanden.

Plötzlich zuckte der Mann, der das Paket untersuchte, zusammen, als hätte man ihn geohrfeigt.

Der Absender schien ihm eine lange Nase zu drehen.

Wahrscheinlich wollte er seine Intelligenz unter Beweis stellen, indem er in das Feld für die Unterschrift einen roten Siegelstempel gesetzt hatte, der wie ein mysteriöses geometrisches Emblem aussah: eine horizontale Linie mit hochgeschwungenen Enden, über dem linken Zipfel war ein Quadrat zu erkennen, unter dem rechten zwei nebeneinanderliegende Quadrate.

Man konnte es als stilisierte Darstellung eines Sampans interpretieren, in dem Fall zeigte das eine Quadrat die Führerkajüte an, die beiden anderen deren Spiegelungen im Wasser.

Genauso gut konnte man darin aber auch ein Bootswrack erkennen, das Krebse weitgehend unter feinem Sand verscharrt hatten, sodass nur noch die Kabine und ihr Schatten auf dem Strand übrig geblieben waren.

Die Hände lösten das Klebeband vorsichtig von dem Paket und legten es in einen weißen Plastikbehälter, auf dem Datum und Uhrzeit der Kontrolle verzeichnet waren: 15. September 1999, 10 Uhr 20. Unter der Noppenfolie, die den Inhalt der Sendung schützte, kam eine Hi-Fi-Lautsprecherbox zum Vorschein.

Eine einzelne Box? Normalerweise benötigte man zwei für eine Stereoanlage.

Es handelte sich um ein Produkt der dänischen Marke Avance. Der Absender hatte einen Zettel mit der chinesischen Übersetzung des Wortes beigelegt, auf dem er außerdem erläuterte, dass es sich um einen der besten Hersteller weltweit handelte, hochgeschätzt unter den Liebhabern guter Tonqualität.

Anders als klassische, meist kubische Lautsprecherboxen bot diese hier in ihrer spindelförmigen und schnittigen Gestalt den bestmöglichen Sound. Sie bestand aus Holzfaserplatten, die von perfekt polierten Fichtenholzwänden mit Einbrennlackierung ummantelt waren. Je nach Lichteinfall schimmerten sie rot oder golden.

Wie bei einer Violine war der Rücken der Box aus lackiertem Ahornholz, dessen auffällige Maserung an das Fell eines Tigers erinnerte. Der Inspekteur öffnete das Gehäuse, aufgeregt wie ein Juwelier, der in einer schwarzen Lederschatulle einen glitzernden Diamantarmreifen entdeckt: Im Innern funkelten drei erstklassige Lautsprecher unterschiedlicher Größe. Der kleinste, der Hochtöner, befand sich ganz oben, er maß im Durchmesser acht Zentimeter. Er wurde als Erster zerlegt. Die feine Seidenmembran, die ihn abdeckte, vibrierte unter den weißen Handschuhen. Der kleine zulaufende Trichter in der Mitte, der für die Aussteuerung des Klangs sorgte, schlug mit dem dumpfen Geräusch einer Bleikugel auf dem Boden auf. Nach und nach kamen sämtliche Einzelteile ans Tageslicht: die metallenen Polplatten, die Spule, Magneten, die hintere Polplatte, Unterlegscheiben, Federn, der Schalltrenner, Sensoren, Seidenfäden und Drähte … Schließlich wickelte der Fahnder sogar den langen Kupferdraht von der Schwingspule.

Es war nichts Verdächtiges zu finden.

Auch die minutiöse Untersuchung der dämmenden Baumwollfasern erbrachte kein weiterführendes Resultat.

Der Mitteltöner in der Mitte der Box hatte einen Durchmesser von zwölf Zentimetern, auch ihn baute der Inspekteur auseinander: Er verglich das Gewicht von dessen Synthetikmembran mit dem der Seidenmembran des Hochtöners, prüfte wie zuvor die Baumwollfasern sorgfältig, ehe er sie einzeln auf dem Tisch auslegte, wo sie im Luftzug des Ventilators tanzten.

Zum Schluss machte er sich an die Demontage des Basslautsprechers. Doch kaum hatte er damit begonnen, hielt er inne.

Aus dem freigelegten Chassis rieselte weißes Pulver.

Im Gegensatz zu den beiden anderen Lautsprechern war der Hohlraum – er hatte einen Durchmesser von achtzehn Zentimetern – nicht mit Baumwollfasern gedämmt, sondern mit einer Substanz, die wie minderwertiges Talkum aussah.

Im ersten Moment, wie es oft der Fall ist, wenn man von großem Glück überrascht wird oder eine unverhoffte Entdeckung macht, zeigte der Inspekteur keine Reaktion.

Im Büro herrschte angespannte Stille.

Handelte es sich um einen neuartigen Dämmstoff?

Das schneeweiße Pulver rieselte unaufhörlich weiter auf den Tisch und bildete eine feine Schicht am Fuß der Box.

Binnen weniger Sekunden war die feine Schicht zu einem kleinen Berg angewachsen. Einer der Drogenfahnder tippte mit der Spitze seines Zeigefingers hinein und leckte sie ab.

»Es ist Koks!«

Es nieselte. Die Scheibenwischer des Polizeiwagens strichen mit der Regelmäßigkeit eines Metronoms über die Windschutzscheibe. Endlich entdeckte der Fahrer auf der rechten Seite einen grauen Hügel, dessen Konturen im Sprühregen verschwammen. Ganz oben, im Dunstschleier, duckte sich ein kleines Steinhaus. Davor trug ein Baum stolz sein Laubwerk zur Schau, das sich im Nebel auflöste.

Die acht vermummten und schwer bewaffneten Mitarbeiter der Drogenfahndung teilten sich in vier Zweiergruppen auf, schlugen sich unauffällig in die Büsche und umzingelten das Haus.

Es handelte sich um einen robusten Bau aus großen Steinblöcken, die vermutlich jedem Brand standhielten. Das Dach, ebenfalls mit Steinplatten gedeckt, war mit einer dicken Schicht Vogelkot überzogen und voll gesprungener Eier, die aus Nestern herausgefallen sein mussten. Von Weitem sah es aus, als wäre es gekalkt. Das Haus hatte eine Grundfläche von höchstens dreißig Quadratmetern, dichtes Gestrüpp schützte es vor neugierigen Blicken. Ein idealer Ort zur Herstellung von Betäubungsmitteln.

Zu ihrem großen Erstaunen sahen die Polizisten zwischen den Brombeersträuchern und Kletterpflanzen vor dem Eingang plötzlich einen Mann auftauchen.

Das Alter des vermeintlichen Drogenhändlers war schwer zu schätzen. Er konnte sechzig, genauso gut aber auch achtzig Jahre alt sein. Auf seinem Kopf saß ein breiter Bambushut, ansonsten trug er eine kurze Hose, einen Mantel aus Schilf und war barfuß. Er war die Karikatur eines armen unschuldigen Greises.

Der Chef des Einsatzkommandos gab seinen Männern ein Zeichen, nicht zu schießen, sie sollten sich weiterhin still und leise nähern.

Doch die schlammige Erde gab unter ihren schweren Schritten nach, sodass sie mit ihren Kampfstiefeln darin versanken und sich nur mit einem grauenvollen Sauggeräusch wieder daraus befreien konnten. Der Verdächtige schien sie dennoch nicht zu bemerken. Er war entweder stocktaub oder total zugedröhnt.

Er lief auf die andere Seite des Hügels zu einem Teich mitten in einem Bambushain. Das Wasser war dunkelblau, fast schwarz, auf seiner Oberfläche trieb modriges Laub, von dem ein unangenehmer Geruch nach Sumpfgas ausging. Der Mann steuerte auf einen Pfahl zu, vor dem eine Steinplatte lag.

Er konnte nicht ahnen, dass in diesem friedlichen Bambushain Gewehrläufe auf ihn gerichtet waren und jede seiner Bewegungen verfolgt wurde.

Bedächtig löste er den Gürtel seiner Hose, wandte sich mit dem Rücken zum Teich und hockte sich auf die Steinplatte.

In die Stille hinein rauschte sein Urin ins Wasser, gefolgt von einem Kothaufen, der plätschernd unterging.

Fassungslos ließen die Polizisten ihre Waffen sinken.

An der Stelle, wo der Mann sich erleichtert hatte, zogen kleine Fische, Garnelen und Blutegel unruhig ihre Kreise, aufgeschreckt durch den Fremdkörper, der in ihr Reich eingedrungen war. Der Alte, der selbstverständlich kein Toilettenpapier mitgebracht hatte, vollführte nun Verrenkungen, die eine gewisse körperliche Biegsamkeit verlangten: Immer noch in der Hocke, drehte er seinen Kopf leicht nach hinten (der große Hut hing an einem Band in seinem Nacken) und verlagerte seinen Schwerpunkt so, dass er mit dem Hinterteil ins Wasser tauchte. Er schwenkte es kurz hin und her, ganz so, als genösse er die kleine Abkühlung. Schließlich erhob er sich, zog die Hose wieder hoch, schnallte sich den Gürtel zu und nahm denselben Weg, auf dem er gekommen war, wieder zurück zu dem Steinhaus.

Die Polizisten sahen sich unschlüssig an. Ihr Chef rief von seinem Mobiltelefon aus die Drogenfahndung an, um sich zu vergewissern, dass sie an der richtigen Adresse waren, dort, wo das Paket mit dem Kokain abgeschickt worden war.

Im selben Moment hörten sie Musik aus dem Haus. Zunächst einige Paukenschläge, diskret wie das Türklopfen einer eleganten Frau; vier kurze, beinahe zögerliche Schläge. Es folgte ein Chor aus Streichinstrumenten, abermals phrasiert von dezenten Paukenschlägen, die wie leise Schritte klangen. Wieder klopfte die Frau vier Mal an die Tür, zunehmend begehrlich, als stellte sie sich das Vergnügen vor, das sie im Innern des Hauses erwartete. Ein zartes Geigensolo setzte ein, mit poetischen Akzenten und in sehr langsamem Rhythmus, als wäre der Violinist, der es spielte, leicht angetrunken. Dann folgten erneut vier Paukenschläge, diesmal so laut und deutlich, dass ihr Echo auf dem ganzen Hügel zu vernehmen war. Das Orchester hob an, das Stück entwickelte sich in eine andere Richtung: Die Instrumente wurden leiser, die Tonlage tiefer. Noch einmal waren vier Paukenschläge zu hören. Und dann: Stille.

Es war das *Konzert für Violine und Orchester in D-Dur* von Beethoven aus dem Jahr 1806 – aus dieser Periode stammten die elegantesten Stücke des Komponisten –, mit dem er zum ersten Mal die Pauke in sein Werk einführte. Er muss fasziniert gewesen sein vom Klang des Instruments, der das Anklopfen einer Frau, deren Parfum man durch die Tür hindurch wahrzunehmen glaubt, täuschend echt übersetzte. Die Faszination ging so weit, dass er den Pauken siebzig Einsätze allein im ersten Satz einräumte. Am Ende hörte man nicht mehr die Schläge eines Instruments, sondern die eines liebenden Herzens.

Doch das Konzert wurde unterbrochen vom Hämmern der Polizisten, die dabei waren, sich gewaltsam Einlass zu verschaffen – ihr Hämmern erinnerte an den Anfang von Beethovens *Fünfter Sinfonie*: das jähe Hereinbrechen des Schicksals.

Das kleine Steinhaus hatte keine Tür, es war durch eine einfache Bambuseinfriedung geschützt, die die Polizisten mit wenigen Hieben ihrer Gewehrkolben überwanden.

Der Bau war 1986 an der Stelle errichtet worden, wo einst eine Strohhütte stand, die nacheinander als protestantisches Gotteshaus, als Kinderheim und als Ölmühle gedient hatte. Die Grundmauern aus rotem Gestein erfüllten auch für das sehr viel kleinere neue Haus zum Teil ihren Zweck als Fundament. Auch einunddreißig Jahre nach dem tragischen Ereignis waren überall noch die Stigmata des Brandes zu erkennen, der hier gewütet hatte.

Ein paar Polizisten bezogen Stellung auf dem Dach, das unter ihrem Gewicht und ihren schweren Waffen knarrte und wankte. Sie hoben zwei, drei Steinplatten an und stellten fest, dass das Gebälk darunter nicht aus Holz, sondern aus Bambus war. Ihre Bewegungen ließen den quadratischen Rauchfang erzittern, der eine in den Boden eingelassene Feuerstelle überragte, die sich mitten in dem Raum unter ihnen befand und die aufsteigenden Schwaden über einen Abzugstunnel durch das Dach hinaus ins Freie leitete. Schon ballte sich eine dicke schwarze Rußwolke über den Flammen, die um einen Kupferkessel züngelten, der an einer Stange darüber hing.

In einer Ecke entdeckten sie eine gemauerte Schlafstätte, davor einen kleinen runden Tisch, auf dem ein zerbrochener und wieder zusammengekitteter Tontopf stand. Die dicken Blätter einer wilden Chrysantheme klebten an seinem Rand, offensichtlich handelte es sich um die Reste einer Mahlzeit. In diesem spartanischen Interieur stach die nagelneue, moderne Hi-Fi-Box am Fuße des Betts sofort ins Auge.

Der zweite, sehr poetische und sanft-verspielte Satz des Konzerts, in dem eine Violine ihren ganzen sinnlichen Charme entfaltete, tönte aus den Lautsprechern – es waren drei, und natürlich handelte es sich um ein Produkt der dänischen Marke Avance.

Die Polizisten schalteten sofort: Es musste sich um den Zwilling der Box handeln, die sie abgefangen hatten. Endlich kamen sie einen Schritt weiter. Ob sich auch hier ein Kilo Kokain verbarg?

Ungeduldig und ohne erst die Musik auszuschalten, griff einer der Ermittler nach einem Küchenmesser, das neben der Feuerstelle lag, und wollte damit die Rückwand der Box heraustrennen. Als dieser Versuch scheiterte, entschied er sich für die Axt, mit der der Alte sein Holz spaltete, und schlug das Gehäuse entzwei.

Als Erstes nahm er sich den Basslautsprecher vor, während aus den beiden anderen immer noch das Violinspiel erklang – ein einfaches, beinahe naives Thema: Man sah den Halbmond über Putian förmlich vor sich, spürte den Wind, der über die Ebene strich. Weiße Wolken trieben über die Reisfelder. Eine Frau lief im Mondschein einen Pfad entlang …

Nichts. Nicht ein einziger weißer Krümel.

Ein anderer Polizist hatte sich Handschuhe übergezogen und tastete sich ins Innere der Box vor. Gleichzeitig, als ob der Solist von kalten Schauern gepackt würde, ließ die Violine ein fortdauerndes, nervöses Vibrato vernehmen.

Er förderte gelbe Baumwollfasern zutage, die dazu bestimmt waren, den Ton zu dämpfen.

Auch die beiden anderen Lautsprecher wurden zerlegt, gaben jedoch nichts Verdächtiges preis.

Es befanden sich weder eine Küche noch ein Herd in dem kleinen Steinhaus, nur die Feuerstelle, in der noch ein paar Kohlestückchen glühten und den Raum spärlich beleuchteten.

Der Verdächtige streckte seine Hand aus und fasste nach einer Tarowurzel, die in der Glut röstete. Seit Tausenden Jahren ernährten sich die Eremiten und großen Zenmeister, die einsam in den Bergen lebten, von dieser Knolle.

(Jeder in China hatte in seiner Kindheit die Geschichten von Einsiedlern gehört, die, in dem Augenblick, da sie die Tarowurzel an ihren Mund führten, plötzlich in Trance verfielen – die Buddhisten nennen diesen Zustand die »Abwesenheit des Denkens[19]«. Wenn sie daraus wieder erwachten, war die Knolle geschrumpft, steinhart und von Schimmel befallen, denn in der Zwischenzeit waren sechs Monate vergangen.)

Zwei dicke Venen kreuzten das Sternbild des Großen Bären, das sieben Altersflecke auf der runzligen Haut des Greises bildeten, und wanden sich zwischen Daumen und Zeigefinger hoch zum Ringfinger.

Er atmete lange ein. Sein Brustkorb hob sich unter dem schlaffen Gewebe wie ein zu großer Jutesack. Er blies auf die Tarowurzel zwischen seinen Fingern. Die weiße Asche, die sie bedeckte, verteilte sich in seinem Haar, seinen Brauen, den tiefen Furchen in seinem Gesicht.

Der Chef der Einheit fragte ihn: »Wie alt sind Sie?«

Der Verdächtige antwortete mit Handzeichen, er schien seine Sprache verloren zu haben.

»Neunundachtzig Jahre?«, vergewisserte sich der Ermittlungsleiter. »Sind Sie stumm?«

Der Verdächtige nickte.

»Wie lange schon?«

Der Mann gestikulierte erneut.

»Seit 1968? Das macht einunddreißig Jahre …«

Der Alte nickte und deutete ein Lächeln an.

»Eine Stereoanlage hat immer zwei Lautsprecherboxen. Warum haben Sie nur eine?«

Keine Antwort.

---

19 Jacques Gernet, *Entretiens du Maître de Dhyâna Chen-Houei du Ho-Tso (668–760)*, Paris, 1977: »Die Abwesenheit des Denkens ist eine Methode für Heilige, sobald Laien sie praktizieren, sind sie keine Laien mehr. (…) Obwohl einen alles umgibt, was man sehen und hören kann, was man wahrnimmt und weiß, befindet man sich in einem Zustand der totalen Leere und Stille.«

»Was ist mit der anderen passiert?«

Mit einem Schulterzucken gab der Verdächtige zu verstehen, dass er es nicht wusste.

»Sie wissen es also nicht? Sollen wir Ihrem Gedächtnis ein wenig auf die Sprünge helfen?« Er zog aus seiner Tasche das Einschreibeformular. »Sehen Sie, hier. Ist das Ihr Siegel?« Er wedelte mit dem fleckigen Papier vor dem Gesicht des Alten herum, auf dem sich das rätselhafte Emblem anstelle des Absendernamens befand. »Ein paar meiner Kollegen erkennen darin einen Sampan, links die Führerkajüte, rechts deren Spiegelungen im Wasser.«

Der Verdächtige schüttelte den Kopf.

»Was stellt es dann dar?«

Der Mann öffnete den Mund und zeigte auf seine drei verbliebenen Zähne.

Der Chef der Brigade verstand die Geste nicht und fragte gereizt nach: »Was soll das heißen?«

Der Alte lachte und klatschte in die Hände, als spendete er sich selbst Applaus. Er bog sich vor Vergnügen. In diesem Moment wirkte er wie ein kleiner Junge.

Der Lärm verscheuchte die Spatzen auf dem Dach.

Schließlich beruhigte er sich, sperrte noch einmal seinen Mund auf und tippte mit dem Zeigefinger seine drei Zähne an.

Wie es die stilisierte Grafik des Stempels nahelegte, hatte er auf der linken Seite des Oberkiefers einen Zahn, während auf der rechten Seite des Unterkiefers zwei Zähne nebeneinander aufragten.

Plötzlich fiel den Polizisten auf, dass alle Gegenstände in dem kleinen Steinhaus mit dem mysteriösen Emblem versehen waren.

In einer Ecke stand eine wurmstichige Holzleiter, die der Greis, als sein Alter ihm das noch erlaubt hatte, vermutlich benutzt hatte, um auf das Dach zu steigen und dort die Risse in den Steinplatten zu dichten, durch die der Regen ins Haus drang. Heute war er körperlich nicht mehr in der Lage dazu, und wenn es regnete, begnügte er sich damit, überall im Raum Schüsseln, Eimer, Trinkschalen und Teller aufzustellen, um das Wasser aufzufangen. Von den fünf Sprossen, die die Leiter ursprünglich einmal hatte, waren noch drei übrig, die zwei in der Mitte waren verschwunden. Als einer der Beamten die verbliebenen drei von Staub und Spinnennetzen befreite, entdeckte er auf dem Holz das fragliche Emblem, es war mit einem Messer geritzt und mit roter Tinte bepinselt worden.

Dieselbe geometrische Figur fand sich in den Henkel eines Bottichs graviert, und zwar an der Stelle, wo das Seil rieb, an dem man ihn ins Wasser ließ (der Verfärbung des Holzes nach zu urteilen reichten die Kräfte des Alten inzwischen nur mehr für halb volle Eimer). Im Laufe der Jahre hatte das Seil die Schnitzerei glatt poliert, von den drei Quadraten waren lediglich noch zwei erkennbar.

Die Emailleschüssel, über der er sich wusch, war eine echte Antiquität. Ein typisches Stück der Sechzigerjahre mit breiten Rändern und Sonnenblumenverzierungen. Eine rote Flagge schmückte den Boden der Schüssel, drei Figuren waren darauf zu sehen: ein Arbeiter und ein Soldat und dazwischen eine Bäuerin mit Kopftuch, die ein großes Bündel Stroh in einem Arm hielt und mit dem anderen eine Sichel schwang. Das Emaille war an vielen Stellen gesprungen, und von der Sichel war nur noch der Griff übrig. Die Klinge, die einmal geglänzt haben musste, war herausgebrochen und durch ein Teil ersetzt worden, auf dem nun das Emblem mit den drei Quadraten abgebildet war.

Den Polizisten fiel auf, dass sich nirgends im Haus ein Spiegel befand, und sie schlossen daraus, dass der Verdächtige sein Gesicht mit den drei Zahnstümpfen nur im Wasser der Waschschüssel sah, wenn er sich frisch machte.

Der Wohnraum war kärglich möbliert. Außer dem steinernen Bett und dem Tischchen gab es noch einen Holzschemel, ein Bambusregal, eine kleine Kommode und zwei zu einem Tisch gestapelte Kisten. Die Einrichtungsgegenstände wirkten wie Waisenkinder, die von der derselben Mutter abstammten, sie alle verband ein identisches Mal: die seltsame geometrische Figur.

Der kaputte Griff eines landwirtschaftlichen Geräts lag vor dem Eingang des Hauses auf dem Boden. Wahrscheinlich diente er an sehr windigen Tagen der Stabilisierung der Bambuseinfriedung. Das ins Holz geritzte Zeichen erregte die Aufmerksamkeit des Fahndungschefs. Es handelte sich um das dubiose Siegel, diesmal aber war es ungewöhnlich kraftvoll mit einem Werkzeug, das zwei Zinken hatte, eingekerbt worden, und darunter fand sich ein Datum: 1968.

Wortlos kritzelte der Chef in sein Notizbuch:

Der Alte will mich zum Narren halten. Das eingravierte Emblem zeigt mit Sicherheit nicht seine drei Zähne, denn 1968 war er erst siebenundfünfzig. Es wäre ungewöhnlich, wenn er zu diesem Zeitpunkt schon nahezu zahnlos gewesen wäre.

Ein einziger Gegenstand in dem kleinen Haus, in dem alles auf dieselbe Art gekennzeichnet war, fiel aus der Reihe – die Lautsprecherbox.

Die Schlussfolgerung lag nahe: Ihr Besitzer hatte sie erst vor Kurzem erworben und noch keine Zeit gehabt, sie zu markieren. Oder sie gehörte jemand anderem.

Das Licht einer Taschenlampe tastete sich langsam

über jeden Zentimeter unter dem Steinbett, leuchtete auf Hunderte Spinnennetze und Rattenkot. Danach zu urteilen, musste hier nachts die Hölle los sein und ein ausgelassenes Völkchen zusammenkommen, um ein Beethoven-Konzert der ganz eigenen Art zu geben. Für einen Moment ruhte der Lichtstrahl auf einem vertrockneten Wespennest, das die Insekten scheinbar vor langer Zeit verlassen hatten. Womöglich handelte es sich auch um eine Trophäe, die die Ratten nach einem Festschmaus aus Wespenkadavern in ihr dunkles Reich geschleppt hatten.

Plötzlich streifte das Licht eine dunkelbraune Holzkiste.

Die Drogenfahnder hatten wohl zu viele amerikanische Serien gesehen, siegessicher schlugen sie ihre Handflächen gegeneinander und riefen »Bingo!«. Ein Sachverständiger holte seine Nikon hervor und schoss Fotos von dem Kästchen unter dem Bett.

Der Mann, der sie schließlich fieberhaft öffnete, war derselbe, der damals im Drogendezernat die Box zerlegt hatte. Was würde er diesmal finden?

Vier verschieden lange Sägeblätter.

Drei schmale Stemmeisen unterschiedlicher Marken.

Ein Set an Hobeln: ein Langhobel, ein Einhandhobel, ein Falzhobel. Der breiteste maß zehn Zentimeter, der schmalste gerade einen halben.

Zwei Hämmer.

Sechs Feilen in sechs Größen.

Die Begeisterung der Polizisten war wie weggefegt. Nichts in dieser Werkzeugkiste deutete auf Drogen hin.

Es handelte sich ganz offensichtlich um die Arbeitsinstrumente eines Zimmermanns. Jedes einzelne Werkzeug war mit dem verdächtigen Emblem gekennzeichnet, und wieder sah es so aus, als wäre es mit einem

Spitzeisen mit doppelter Spitze eingraviert. Die Verzierung war wahrscheinlich zur selben Zeit vorgenommen worden wie an dem landwirtschaftlichen Gerät.

Plötzlich glomm ein Hoffnungsschimmer im Blick des Einsatzleiters auf, er hatte eine Wölbung unter einem dreckigen Lappen entdeckt.

Er hob das Tuch an und blickte auf ein Objekt, dessen Nutzen ihm vollkommen schleierhaft war. Es handelte sich um eine faustgroße mahagonifarbene Kalebasse, aus der ein Bambusrohr herausragte – wie die Nase aus einem Gesicht. Ein hauchdünnes Blättchen, so zart wie die Flügel einer Zikade, teilte es im Innern. Es zurechtzufeilen musste eine mühsame und langwierige Arbeit sein, die viel Erfahrung verlangte. Der Kürbis war darüber hinaus gespickt mit unterschiedlich langen Schilfrohren, in die ebenfalls feine, kaum sichtbare Blättchen eingearbeitet waren.

Auch das Bambusrohr trug das allgegenwärtige, verdächtige Siegel. Sollte der senile Alte tatsächlich ein so raffiniertes Objekt hergestellt haben?

Man musste es in Erwägung ziehen. Im Vergleich zu den Gravuren von 1968 war das Siegel, das den Bambus zierte, mit sichtbar weniger Kraft entstanden, und auch nicht mithilfe eines Werkzeugs, das zwei Spitzen hatte.

Der kleine Flaschenkürbis hatte einen verstärkten Boden, in den ein Muster geritzt war, das an die feinen Fensterarbeiten im alten China erinnerte. Die Gravur, die den bauchigen Körper schmückte, war unvollendet geblieben und nicht mit einem Schnitzmesser, sondern mit einer Nadel ausgeführt worden, die in einem Räucherstäbchen steckte. Die Ermittler fanden sie in der Werkzeugkiste, ihre Spitze war noch warm – der Alte hatte sie anscheinend gerade erst benutzt. Wenn auch von der Gravur bisher nicht viel zu erkennen war, so gab es zumindest eine Bleistiftzeichnung, die als Entwurf diente: Ein Greis saß unter einem großen Baum, der dem Baum vor dem Haus des Verdächtigen ähnelte. An seiner Seite spielte ein Kind Violine.

»Was hat das zu bedeuten?«, fragte der Ermittlungsleiter.

Der Alte stand auf, öffnete die Arme und bewegte sie gurrend auf und ab.

Die Polizisten sahen ihm sprachlos zu.

Dann befestigte er eine Kordel an der Kalebasse und ließ sie über seinem Kopf kreisen. Ein leiser Ton war zu hören, wie das Summen eines Telegrafendrahts.

Plötzlich schwenkte der Alte nach links, und ein schrilles Pfeifen ging durch den Raum.

Er wirbelte den Kürbis herum wie einen Kreisel, immer schneller und schneller, und versetzte die Ermittler mit ganzen Tonfolgen und Harmonien in höchstes Erstaunen.

Als er die Arme schließlich sinken ließ, wirkte er keineswegs erschöpft und auch nicht im Geringsten außer Atem, als hätte ihm der Einsatz keinerlei Kraft abverlangt. Seine musikalische Einlage hallte noch einen Moment nach. Schweigend ließ der Chef der Einheit sie ausklingen.

»Es ist eine Taubenflöte?«, schlussfolgerte er, riss eine Seite aus seinem Notizbuch heraus und überreichte sie dem Verdächtigen, zusammen mit einem Stift.

Der Alte nahm beides entgegen und schrieb nur dieses eine Wort: »Yong.«

Der Ermittler nahm seinen Beruf sehr ernst, und so beschloss er, ein wenig tiefer zu schürfen. Er lieh sich das Buch *Taubenflöten* von Wang Shixiang aus und verschlang es geradezu über Nacht. Am nächsten Tag zog er sich eine traditionelle chinesische Jacke über, schlüpfte in leichte Stoffschuhe und begab sich auf den Vogelmarkt in Putian, wo er sich als Taubenzüchter aus Peking ausgab. In weniger als zwei Stunden hatte er Bekanntschaft mit zwei Taubenflötensammlern geschlossen, die ihn zu sich nach Hause einluden und ihm ihre kostbaren Stücke der Marke Yong vorführten. Das älteste Exemplar, ein Werk des Zimmermanns, stammte aus dem Jahr 1909, dem zweiten Jahr der Ära Xuantong der Qing-Dynastie.

Ende des 20. Jahrhunderts hatten die reichen Chinesen begonnen, ihr Vermögen in Kunst zu investieren. Taubenflöten der Familie Yong gehörten seinerzeit zu den begehrtesten Objekten. Zusammen mit den Holzpuppen des Marionettenbaumeisters Jiang Jiazou galten ihre Taubenflöten als Wunderwerke aus der Provinz Fujian. Schon die einfachsten Instrumente – eine Kalebasse, die nicht durch ein Rohrblatt in zwei Klangkörper geteilt war und auch nicht mit Schilfrohren versehen war, um die Klangpalette zu erweitern – kosteten mehr als tausend Yuan, wenn sie die Signatur des Vaters trugen. Der Wert eines ausgereifteren Modells, das eine klangliche Vielfalt bot, lag über dem einer Wohnung im besten Viertel der Stadt.

Der Inspektor hielt alles in seinem Notizbuch fest, was die Sammler ihm über die Stücke von Vater Yong und seinem Sohn erläuterten: ihre unterschiedliche Art, die Instrumente zu signieren, ihre ästhetischen Vorlieben, ihre Präferenzen, was den Klang anging …

Sie bestätigten, dass Yong Sheng, nach einer langen inaktiven Phase, 1977 erneut in die Herstellung von Taubenflöten eingestiegen war.

Der erste Sammler erinnerte sich sehr gut: »Die Kulturrevolution hatte im Oktober des Vorjahres ein Ende genommen.[20] Kurz darauf wurde der Vogelmarkt vor dem Pavillon der Trommeln in Putian wiedereröffnet. Zur gleichen Zeit knüpften auch die christlichen Kongregationen an ihre frühere Tätigkeit in China an. Die Kirchen hatten massenweise Zulauf, und ebenso zahlreich strömten die Taubenliebhaber wieder auf den Markt, wie in der guten alten Zeit. Yong Sheng war früher allen als ›Pastor Yong‹ ein Name gewesen, und selbst während der Kulturrevolution sprach man von ihm hinter vorgehaltener Hand immer noch als ›Pastor‹. Wie übrigens auch der Baum vor seinem Haus, der den großen Brand wie durch ein Wunder überlebt hatte, weiterhin der ›Baum des Pastors‹ hieß. Heute nennen den Mann alle nur noch Yong Sheng, weil er nicht mehr als Pastor in Erscheinung tritt. 1977 war er erst sechsundsechzig, aber seit 1968, seit dem Brand, hatte er kein einziges Wort mehr über die Lippen gebracht. Stellen Sie sich das einmal vor! Neun Jahre lang hatte er bereits geschwiegen, das ist länger, als der Krieg gegen Japan gedauert hat! In Putian wusste man, dass er nicht etwa sein Sprachvermögen verloren hatte, sondern dass er sich schlicht verweigerte. Wenn man ihn auf der Straße ansprach, holte er ein Pappschild hervor, auf dem stand: Ich bin stumm.

Er hatte jegliche finanzielle Unterstützung durch seine ehemalige Kirche und den Staat abgelehnt. Er lebte in seinem kleinen Steinhaus und hielt sich mit dem über Wasser, was ihm seine Taubenflöten einbrachten. Die er, nebenbei bemerkt, nicht mehr mit seinem Namen signierte, sondern mit einem seltsamen Siegel versah, das einer geometrischen Figur glich: ein waagerechter Strich mit geschwungenen Enden, über dem linken

20 Nach dem Tod Maos, am 9. September 1976.

schwebte ein Quadrat, unter dem auf der rechten Seite waren es zwei. Im Laufe der Zeit hat er die Kennzeichnung auf dem Körper des Instruments weggelassen und nur noch das Bambusrohr signiert.«

Der zweite Sammler besaß einhundertzwanzig Flöten mit dem eigenartigen Siegel. Er war der Spross einer christlichen Familie aus Hanjiang. Nachdem Pastor Gu gestorben und die Baptisten Fujian verlassen hatten, ließen seine Eltern ihn von Yong Sheng in Jiangkou taufen. Er wurde Biologielehrer an einem örtlichen Gymnasium, und als die Kommunisten an die Macht kamen, begegnete er bei diversen pädagogischen Austauschveranstaltungen mehrmals Helai, die dasselbe Fach in Putian unterrichtete. Während der Kulturrevolution war auch er zum Volksfeind erklärt worden, und oft genug hatte er neben Yong Sheng knien müssen – bei politischen Versammlungen, vor seiner Schule, vor dem Kommunalbüro oder auf der Taihe-Brücke.

»Wir haben mehr Knieabdrücke auf der Erde Jiangkous hinterlassen, als ich Haare auf dem Kopf habe«, sagte er.

In Anbetracht der besonderen Beziehung, die zwischen diesem Mann und dem Verdächtigen bestand, konnte alles Gesagte bei einem zukünftigen Prozess von Belang sein, überlegte der Ermittlungsleiter und schaltete unauffällig sein kleines Aufnahmegerät ein.

»Die meisten glauben, dass Yong Sheng 1968 wegen des Brandes, der die Ölmühle zerstört hat, beschloss, nicht mehr zu sprechen. Wie dem auch sei, für mich bleibt er der Pastor, der mich getauft hat. Und ich habe meinen Kindern gesagt, dass ich bei meiner Beerdigung keinen anderen Geistlichen dabeihaben will als Yong Sheng. Aber lassen wir das beiseite … Die Mühle war in Wahrheit eine große Strohhütte, der Pastor hatte sie eigenhändig erbaut und später erst in eine Kirche, dann in ein Waisenhaus umgewandelt. Am Ende hat man die Hütte beschlagnahmt und als Ölmühle genutzt. Von da an musste er dort fürchterliche Zwangsarbeit leisten, ich bin mir sicher, er hat in dieser Zeit die Hölle durchgemacht. Warum hätte er nach der Zerstörung dieses schrecklichen Orts beschließen sollen, nicht mehr zu reden? Man kann sich doch eher vorstellen, dass er jahrelang heimlich dafür betete, dass ein Taifun oder ein Erdbeben diese Stätte verwüsten möchte.

Wenn Sie mich fragen, hat seine Entscheidung nichts mit dem Brand zu tun, sondern mit dem Selbstmord des Einarmigen, der sich in das Fass mit dem kochenden Wasser stürzte. Überlegen Sie nur, Sie selbst hätten diesen schrecklichen Tod eines Freundes mit ansehen müssen – Sie würden doch jede Nacht von Albträumen verfolgt werden. Ich nehme an, er fühlte sich verantwortlich für den Tod des Einarmigen, denn nur weil sie beide zusammen in der Mühle arbeiteten, lernte seine Tochter Helai den Unglücklichen überhaupt kennen. Und ihretwegen, weil sie die Scheidung forderte, hat er sich umgebracht.

Ja, ich glaube, tief in seinem Innern hat der Pastor sich immer die Schuld an dem düsteren Schicksal dieses Mannes gegeben.

Im Winter 1968 hatte man mich mit anderen, ebenfalls zu Volksfeinden erklärten Lehrerkollegen dafür eingesetzt, Ziegelsteine mit einem Handkarren nach Jiangkou zu schaffen. Danach mussten wir die Latrinen des Revolutionskomitees säubern. Eines Tages traf ich dort auf Pastor Yong, den man dieselbe Drecksarbeit erledigen ließ. Da uns niemand beobachtete, bin ich zu ihm hin, habe ihn begrüßt. Er antwortete nicht, ganz entgegen seiner Art. Als wir mit dem Putzen fertig waren, befahl uns ein junger Revolutionär, im Hof Unkraut zu jäten. Ich passte einen günstigen Moment ab, um mich hinter Yong Sheng zu postieren, und erkundigte mich, ob es ihm gut gehe. Daraufhin zeichnete er mit seiner Hacke ein Wort in den Staub: stumm. Ich wollte wissen, warum. Mit zitternder Hand, aber doch entschieden, begann er ein anderes Wort zu schreiben, das ich allerdings nicht mehr lesen konnte, da die Roten Garden kamen. Ich senkte den Kopf. Als die Luft wieder rein war, wollte ich lesen, was dort stand, doch er hatte seine Worte unter einem Haufen ausgerissener Quecken versteckt.

Die anderen warfen weiteres Unkraut auf diesen Haufen, und am Ende des Tages veranlassten die Aufseher, dass wir Holz- und Papierreste hinzukippten und das Ganze anzündeten. Ich bin später nicht zum Abendessen gegangen, sondern geblieben, bis das Feuer erloschen war. Ich wollte sehen, ob man unter der Asche noch etwas entziffern konnte. Aber da war nichts mehr, außer verbrannter Erde.«

»Was haben die anderen Leute über ihn gedacht?«

»Die aus Putian? Keine Ahnung. Ich weiß nur, dass er die christliche Gemeinde dort sehr geprägt hat, auch wenn er nicht als Heiliger galt.«

»Können Sie das näher erläutern?«

»Sie scheinen sich ja sehr für ihn zu interessieren …«

»Wer ist das Kind, das auf den Gravuren der Taubenflöten neben ihm Geige spielt?«

» Er heißt Jin Lala. Jin ist der Name seines Stiefvaters, eines Mandschu koreanischer Abstammung. Sie wissen ja sicher, dass die Koreaner große Liebhaber von Gesang und Tanz sind. Aber das Talent zum Geigenspiel hat Jin Lala nicht von ihm geerbt, denn er ist ja nicht sein leiblicher Vater. Sein Vater war der Einarmige.«

»Lala – woher kommt dieser merkwürdige Vorname?«

»Als seine Mutter im Krankenhaus in den Wehen lag, übte ein Arzt im benachbarten Ruheraum des Personals Geige, stundenlang spielte er Tonleitern, rauf und runter. Und immer an derselben Stelle, beim A, stolperte er, wieder und wieder. Sodass der Kleine schließlich auf dieser Note zur Welt kam und seine Mutter ihn danach benannte.

Lassen Sie mich kurz nachrechnen … Die Ölmühle brannte 1968, und Lala kam nach Maos Tod, Ende 1976, nach Jiangkou. Da war er acht, sein Großvater fünfundsechzig. Er ist fast ein Jahr lang bei ihm geblieben.

In jenem Winter, als ich einmal bei Mutter Zhang Tofu kaufen ging, traf ich ihren Mann, unseren Briefträger. Er hatte dem Pastor gerade eine Postsendung vorbeigebracht, und beim Anblick der Handschrift auf dem Umschlag muss Yong Sheng sichtbar erschrocken sein.

Mao ist im September gestorben, und im Oktober kam es zum Sturz der Viererbande. Von da an wurde der Pastor nicht mehr zum Fegen der Straßen und Reinigen der Latrinen abgestellt.

Die Kirchen hatten zu dem Zeitpunkt allerdings noch nicht wieder ihre Tätigkeiten aufgenommen, und niemand wagte es, den ehemaligen Pastor in seinem kleinen Haus zu besuchen. Die Leute trauten sich nicht einmal, ihn zu grüßen, wenn sie ihm zufällig begegneten. Der einzige Mensch, von dem er also einen Brief bekommen konnte, war seine Tochter, die am Gymnasium Nummer 5 in Putian unterrichtet hatte – ich sage »seine Tochter«, dabei waren sie nicht blutsverwandt. Seit der Kulturrevolution hatte sie jede Verbindung zu ihm abgebrochen. Zehn Jahre lang hatte sie sich kein einziges Mal blicken lassen. Und nun schickte sie ihm plötzlich einen Brief.

Sie hatte ihr Biologiestudium an der Fudan-Universität mit Diplom abgeschlossen, als eine der Besten in ganz China. Nach dem Fall der Viererbande wurden zwar viele junge Leute wieder zu Aufnahmeprüfungen an den Universitäten zugelassen, aber nach zehn Jahren Kulturrevolution herrschte ein Mangel an Lehrkräften. Die Älteren hatte man aus politischen Gründen kaltgestellt, inzwischen waren sie tot. Weshalb die Universitäten dazu übergingen, ehemalige Absolventen zu rekrutieren – damit bekam Helai die Chance, in Shanghai zu lehren. Ihr koreanischstämmiger Mann durfte sich mit ihr dort niederlassen, aber, so teilten ihr die Behörden mit, es werde Monate dauern, bis sie eine Aufenthaltsgenehmigung für ihren Sohn erhielte[21]. Da das Kind ohne dieses Dokument nicht eingeschult werden konnte, bat sie den Pastor, den Jungen bei sich aufzunehmen, bis das Papier vorlag.

Natürlich schrieb er zurück, dass er einverstanden sei, und nur wenige Tage später traf der kleine Lala in Jiangkou ein. Helai hatte ihren Sohn am Südtor von Putian abgesetzt und dann ein Fahrradtaxi angehalten, das ihn zu seinem Großvater brachte. In unserer Gegend gibt es zwar keine Rikschas, aber ein Fahrradfahrer, der seinen Gepäckträger für den Transport von Kunden umgerüstet hat, lässt sich immer auftreiben. Und so tauchte Lala irgendwann mit seiner kleinen Reisetasche auf, in der sich seine Geige und ein Stapel Noten befanden.

---

21 Das *Hukou* ist in China von großer Bedeutung: Es ist der Nachweis über den eingetragenen ständigen Wohnsitz, ohne den kein Kind an einer Schule angemeldet werden kann. Das Dokument ist wichtiger als ein Personalausweis.

Es heißt, dass sein Großvater, als er den Kleinen den Weg zu seinem Haus hinaufsteigen sah, sein Werkzeug zur Hand nahm, um eine Taubenflöte für ihn zu schnitzen. Am Abend feierten sie bei gedünstetem Fisch und Kürbissuppe mit Tomaten Weihnachten. So zumindest hat Lala es mir erzählt.

Es war sein erstes Weihnachtsfest. Und er wusste nicht, was es damit auf sich hatte, denn sein Großvater sprach ja nicht. Und schriftlich hat er es ihm auch nicht erklärt. Davon abgesehen wäre Lala wahrscheinlich zu jung gewesen, um die Bedeutung dieses christlichen Festes zu erfassen. In seinem Alter kann man noch nicht einmal richtig lesen. Nun, am nächsten Morgen jedenfalls fand er in einem seiner Schuhe eine Taubenflöte. Ein Geschenk, das der Weihnachtsmann in der Nacht für ihn gebracht hatte.

Manche halten mich für einen Fanatiker, weil ich sechsundvierzig Flöten mit der Signatur ›Yong der Jüngere‹ besitze. Die jüngste datiert aus dem Jahr 1931, sie besteht aus neun Stücken Longanbaumrinde, die, gestützt von kreuzförmig angeordneten Holzstiftchen, in drei Reihen auf ein Holzbrettchen geklebt waren. Es war sein letztes Stück, bevor er im selben Jahr nach Nanjing ging, um Theologie zu studieren. Als er zurückkehrte, wurde er Pastor, anschließend kümmerte er sich um die Waisenkinder. Taubenflöten fertigte er nicht mehr, bis auf eine Ausnahme: für Helai, zu ihrem siebten Geburtstag. Helai schenkte sie dem Einarmigen, als sie frisch verliebt war. Seit seinem Selbstmord ist die Flöte verschollen. Deshalb gilt das Instrument, das er seinem Enkel damals zu Weihnachten schenkte, unter uns Sammlern als ungeheuer wertvoll. Wir fragten uns seinerzeit alle, ob Yong Sheng nach siebenundvierzig Jahren Unterbrechung wohl immer noch auf der Höhe seiner Kunst war.

Ich habe mir das Exemplar eingehend angesehen. Es unterschied sich radikal von allen, die er früher hergestellt hatte. Zunächst einmal hatte er als Basis keinen Flaschenkürbis gewählt. Wie Sie auf dem Markt sicher feststellen konnten, sind die meisten aus diesem Material. Für Lalas Flöte hatte der Pastor jedoch ausschließlich Bambus verwendet, was technisch eine deutlich größere Herausforderung bedeutet, denn der Körper – in diesem Fall bestehend aus zwei Bambusstücken – muss eine perfekte elliptische Form haben. Eine kleinteilige Aufgabe! Man kommt nicht umhin, gleichzeitig die Rinde und das Mark zu bearbeiten, um die ideale Rundung dessen zu erreichen, was man das Gelbe eines Bambushalms nennt, ein sehr leichtes Material, das den Tauben erlaubt, Dutzende Kilometer in der Luft zurückzulegen, ohne Anzeichen von Unbehagen oder Schwäche.

In ihrem Brief hatte Helai ihrem Ziehvater vermutlich mitgeteilt, dass der Junge Geige spielte. Und vielleicht hat er sich aus diesem Grund für eine Taubenflöte aus Bambus entschieden, denn damit lassen sich höhere und feinere Töne erzeugen, die dem Klang einer Violine ähnlich sind.

Am Weihnachtsmorgen stattete der Pastor mir mit seinem Enkel einen Besuch ab. Als ich das Instrument sah, wusste ich sofort, weshalb sie vorbeikamen. Ich ging los, um eine meiner Tauben zu holen, an der sie es ausprobieren konnten. Passend zum Typ – es war eine ›Sieben Sterne‹-Flöte, das heißt, sie hatte sieben Rohre – suchte ich einen besonders edlen Vogel aus: eine ›Sieben Sterne mit gesprenkeltem Rücken‹-Taube, deren Name auf die sieben weißen Punkte auf ihren Flügeln und ihrem gefleckten Körper zurückgeht. Da Weihnachten war, hatte Yong Sheng statt einer einfachen weißen

Baumwollschnur ein in fünf Farben leuchtendes Seidenband dabei, mit dem er die Flöte im Gefieder befestigte. Zu jener Zeit konnte er noch gut sehen und ging gewohnt präzise zu Werke, als er meiner Taube das Band an die Schwanzfedern nähte. Der Junge beobachtete aufmerksam jeden Handgriff seines Großvaters, blickte ihn staunend und mit Bewunderung an, wie einen Zauberer. Als er es ihm schließlich überließ, den Knoten zu machen, war der Kleine vor Freude auf Wolke sieben. Er war so aufgeregt, dass er mehrere Anläufe brauchte, um das Band richtig zu knüpfen. Anschließend stabilisierte der Pastor die Flöte mit einem Draht.

Meine Taube schwang sich auf, zog ihre Runden, doch nichts war zu hören, nicht das leiseste Pfeifen. Yong Sheng wich alles Blut aus dem Gesicht, er wagte seinen Enkel nicht mehr anzusehen. Kalter Schweiß bedeckte seine Stirn. Ich vermutete schon, dass die Öffnungen zu schmal oder die Rohrblätter nicht im richtigen Winkel eingesetzt waren. Ich war selbst ziemlich deprimiert.

Dann aber, in dem Augenblick, da meine Taube hinter den Wolken verschwand, war ein feiner, hoher Ton zu hören. Wie von einer Geige. Und auf einmal erklangen Töne aus allen sieben Rohren gleichzeitig, es war, als ob ein ganzes Streichorchester eingesetzt hätte. Man sah die Taube nicht mehr, nur die weißen Wolken, hinter denen eine himmlische Musik gespielt wurde. Ich war auf der Spur der Vögel, von denen unsere weisen Vorväter geträumt hatten, diese Vögel, deren Präsenz man nur anhand des leisen Rauschens erahnt, das entsteht, wenn sie vorbeifliegen.

Was ich Ihnen jetzt erzählen werde, schilderte mir Lala, als ich mich danach erkundigt hatte, was sein

Großvater ihm in der Silvesternacht als Essen zubereitet habe. Nun muss man wissen, dass der Junge es liebte, zu reden und Geschichten zu erzählen, was ungewöhnlich war für sein Alter. Er konnte schon damals unglaublich gut mit Sprache umgehen und spielen. Zum Beispiel sagte er über das Steinhaus seines Großvaters, dass er das Gefühl habe, man lebe dort wie auf dem Grund eines Brunnens, der tagsüber, wenn die Feuerstelle Licht spendete, nach gerösteter Tarowurzel roch und nachts nach feuchtem Moos.

Aber zurück zur Silvesternacht, in der Lala sehr lange wach lag und die Ruhe um sich herum kaum ertrug. Er hörte nicht einmal den Wind pfeifen, das seltsame Haus seines Großvaters kam ihm mehr wie eine Bärenhöhle als wie eine menschliche Wohnstätte vor. Und so fasste er in jener Nacht den Entschluss, seine Siebensachen zu packen und nach Putian zu fliehen. Dann aber überlegte er, dass er mitten in der Nacht wohl kaum ein Fahrradtaxi fände und zu Fuß sicher bis in die Morgenstunden unterwegs wäre. Er spürte, dass es ihm dazu an Mut fehlte. Und während er das Für und Wider abwog, vernahm er plötzlich Schritte. Da er aber häufig im Traum Schritte hörte, die wie die Paukenschläge in Beethovens *Konzert für Violine und Orchester in D-Dur* klangen, machte er sich keine allzu großen Gedanken. Doch dann kamen die Schritte näher, und er fürchtete schon, dass ein Dieb ums Haus schlich. Er glaubte, erkannt zu haben, dass der Mann Sandalen aus Plastik anhatte. Sein Gehör war so fein, dass er sogar wahrnahm, dass der rechte Schuh abgetretener war als der linke, was darauf hindeutete, dass der Mann hinkte. In Putian trugen, abgesehen von Büroangestellten, alle Menschen Plastiksandalen, aber Lala fand es trotzdem wenig plausibel, dass ein Einbrecher damit umherlief.

Das musste schon ein echter Amateur sein, oder jemand, der wusste, dass es in diesem Haus niemanden gab, der ihm hinterherrennen würde.

Er kletterte aus seinem Steinbett, griff nach einer Taschenlampe, traute sich jedoch nicht, vors Haus zu gehen. Er versuchte, seinen Großvater wachzurütteln, der aber schlief tief und fest. Die Schritte hatten inzwischen den Aguilar umrundet und sich entfernt. Doch dann hörte Lala die Schritte einer kleinen Gruppe, die barfuß über das Gelände lief. Vielleicht war der hinkende Mann nur der Späher gewesen, und jetzt kamen die richtigen Einbrecher. Aber auch sie gingen am Haus vorbei, einmal um den Aguilar herum und waren rasch wieder fort.

Schließlich trieb die Neugier den Jungen doch bis an die Bambushecke hinaus, er konnte jedoch niemanden entdecken. Die untere Hälfte des Hügels lag im Nebel – in dieser Gegend herrscht fast immer Nebel, vor allem nachts. Früher bin ich oft zum Schachspielen beim Pastor gewesen, meist dauerten unsere Partien weit bis nach Mitternacht, denn er nahm sich viel Zeit zum Nachdenken. Vom Eingang aus sah man den Nebel langsam den Hügel heraufkriechen, durch die Bambushecke hindurch und ins Haus hinein, am Ende kletterte er den Tisch hoch, an dem wir spielten, und legte sich um die Petroleumlampe, sodass sie nur noch einen schwachen Lichtschein abgab.

Lala fand es unheimlich, so allein in den Nebelschleiern vor dem Haus zu stehen, das der Mond wie eine ferne Himmelslaterne beleuchtete. Als er weitere Menschen den Hügel heraufkommen hörte, verschanzte er sich schnell wieder in der Steinhütte. Zwischen den Mauern würden die Geräusche, wie er es nannte, ›eine Oktave tiefer‹ zu ihm dringen, als spielte jemand am

Grunde des Meeres Violine, als müssten die Töne erst die Wassermassen durchdringen, um zu ihm zu gelangen. Dieses Kind war einfach außerordentlich intelligent für sein Alter.

Durch die Lücken in der Bambushecke konnte er beobachten, was draußen vor sich ging: Vier Menschen – ein Greis, ein jüngerer Mann, eine Frau und ein Kind –, offenbar eine Familie, leuchteten sich mit einer Taschenlampe den Weg. Die Frau trug einen Beutel Nüsse, gab dem Kind eine zu essen, die sie zuvor geknackt und geschält hatte.

Sie kamen nur schleppend voran, der Greis mit der Taschenlampe ging voraus. Keiner von ihnen sagte ein Wort. Auf einmal holte der Mann einen Stein aus seiner Jacke hervor, reichte ihn seinem Sohn, schließlich drei weitere, einen für seinen Vater, den zweiten für seine Frau, den dritten behielt er selbst.

Lala fragte sich, ob sie das Haus seines Großvaters mit Steinen bewerfen wollten. Konnte es sein, dass jemand den alten Herrn so sehr hasste?

Im Licht der Taschenlampe wirkte es so, als wären die Steine mit einer goldenen Schicht überzogen. Wurden sie nicht angeleuchtet, glänzten sie silbern. Die Familie näherte sich dem Aguilar, mit ihren Steinen in der Hand beugten sich alle vier über die Wurzeln des Baums, als wollten sie darauf herumhämmern. Doch dann richteten sie sich wieder auf und lächelten einander zu wie Komplizen. Sie hatten die Steine auf die Erde gelegt und darunter einen Zettel geklemmt.

Lala sah, dass um die mit Moos bewachsenen Wurzeln des Baumes noch weitere Steine und Zettel lagen. Wahrscheinlich hatten der Hinkende und die anderen ohne Schuhe sie dort abgelegt.

Die ganze Nacht über herrschte ein reges Kommen

und Gehen. Manche Menschen waren allein unterwegs, andere mit ihren Familien. Es kamen mehr Frauen als Männer. Lala zufolge war sogar eine Gruppe junger Mädchen dabei, die in der Spinnerei in Putian arbeiteten, er hatte sie darüber sprechen hören. Ein paar Leute hatten sich ohne Taschenlampe auf den Weg gemacht und sich im Dunkeln bis zum Baum vorgetastet, um ihre Steine abzulegen.

Lala beobachtete das Schauspiel die ganze Nacht, ohne es zu begreifen. Frühmorgens, als endlich niemand mehr herbeizupilgern schien, wagte er sich nach draußen. Der erste Tag des neuen Jahres war angebrochen. Unzählige kleine Steine lagen am Fuß des Baumes, hier und da stapelten sie sich sogar. Sie schillerten in allen Farben, in Blau, Grau, Weiß, Violett, einer schöner als der andere. Und unter jedem einzelnen lag nicht bloß ein Stück Papier, sondern eine Banknote, manchmal sogar ein ganzes Bündel Geldscheine. Ein-Yuan-Scheine, aber auch Fünf-, Zehn-, selbst Zwanzig-Yuan-Scheine. Damals, im Jahr 1978, war ein Zwanziger der größte Schein. Die Fünfziger und Hunderter gab es noch nicht.«

Yong Sheng nahm das Foto an sich, das ihm der Chef der Drogenfahndung entgegenstreckte. Er hielt es fest zwischen Daumen und Zeigefinger, die beiden knotigen Venen auf seinem Handrücken verloren sich in den Falten seiner runzligen Haut. Er betrachtete die Aufnahme mit zusammengekniffenen Augen.

Es war ein Schwarz-Weiß-Foto, vergilbt und grobkörnig, was ihm einen antiquierten Anstrich gab. Ein Kind stand im Scheinwerferlicht auf einer Bühne. Die vier Saiten seines Instruments leuchteten wie vier silberne Streifen, auf denen der Zeigefinger der linken

Hand des Jungen ruhte. Die anderen Finger schienen über dem Hals der Violine in der Luft zu tanzen.

Auf den ersten Blick konnte man meinen, dass es sich um einen Miniaturviolinisten in einer Spieldose handelte. Doch bei genauerem Hinsehen entdeckte man hinter dem Jungen die Schatten eines Orchesters, das sich auf den Dirigenten konzentrierte, der in einem Frack steckte – und darin aussah wie ein Käfer.

»Wir haben dieses Foto im Zimmer Ihres Enkels gefunden, als er verhaftet wurde.«

Yong Sheng drehte das Foto um und las, was auf der Rückseite geschrieben stand:

1982. Internationaler Violinwettbewerb
von Kopenhagen.
Aufgeführtes Werk: Violinkonzert in D-Dur,
opus 61 von Ludwig van Beethoven.
Erster Preis: ein Paar Lautsprecherboxen
der dänischen Marke Avance.

»Wir haben die Archive des Veranstalters konsultiert. In jenem Jahr stand Ihr Enkel nacheinander mit der *Sarabande* von Johann Sebastian Bach, mit Paganinis *Caprice Nr. 21* und dem ersten Satz des *Violinkonzerts in A-Dur* von Mozart auf der Bühne. Er spielte alles ohne Noten. Im Halbfinale gab er eine Sonate von Debussy.«

Yong Sheng wendete das Foto wieder und starrte auf die rechte Hand des Jungen, die den Bogen hielt.

»Ist es der Bogen, den Sie sich so eingehend anschauen? Wenn Sie ein paar Jahre weniger auf dem Buckel hätten, würden Sie sicher einen guten Polizisten abgeben. Man sieht aus dem Winkel, aus dem das Bild aufgenommen wurde, das Instrument selbst nicht gut. Aber Ihnen scheint aufgefallen zu sein, dass das nicht der Bogen ist, den Sie kennen. In der Tat. Als Lala die Aufnahmeprüfung am Musikkonservatorium in Peking erfolgreich absolviert hatte, schenkte ihm sein neuer Stiefvater, ein ehemaliger Französischlehrer, eine italienische Geige, deren Bogen aus Ebenholz, angefertigt von einem französischen Meister, speziell an seine Hand angepasst wurde. Was dort eingraviert ist, ist nicht Ihr rätselhaftes Siegel, sondern der Name des Bogenmachers.«

Als er mit seinen Ausführungen geendet hatte, legte sich Stille über das Haus, man hörte nur noch den Atem der beiden Männer. Schließlich nahm der Beamte das Foto wieder an sich.

»Es war der erste internationale Wettbewerb, den Ihr Enkel gewann. Damals hätte er mit dem Geld, das er für die Lautsprecherboxen dieser Marke und dieser Qualität bekommen hätte, ausgesorgt gehabt. Doch er hat sie Ihnen überlassen. Später spielte er die erste Geige in einem Orchester, wurde jedoch wegen Drogenmissbrauchs verhaftet und verlor seine Stelle. Vor drei Monaten kam er hierher zurück, verstaute in einer der Boxen ein Kilogramm Kokain und verschickte sie unter Ihrem Namen, das heißt mit Ihrem Siegel mit den drei Zähnen.«

Während er das sagte, fixierte er das Foto in seiner Hand, denn er wagte es nicht, Yong Sheng ins Gesicht zu sehen. Sein Blick wanderte über die Wirbel der Geige, über die linke Hand des Jungen, deren Finger über den Saiten schwebten, über die Decke seines Instruments, das er zwischen Kinn und Schulter hielt, und auf einmal hatte er den Eindruck, dass ein leises Seufzen, beinahe eine Klage, von dem Bild ausging.

Dann hörte er plötzlich eine Stimme.

Er erinnerte sich daran, dass jemand dieses Steinhaus

mit einem Brunnen verglichen hatte. Wer war das noch gewesen? Ach ja, das Wunderkind, natürlich.

Die Worte, die er nun hörte, schienen nicht aus dem Mund des gebrechlichen Alten zu kommen, sondern aus der Tiefe eines Brunnens:

»Lala hat nichts damit zu tun. Ich bin der Drogenhändler.«

Das Ende

Yong Sheng (einer der besten Hersteller von Taubenflöten, ehemaliger Student an der theologischen Fakultät in Nanjing, erster chinesischer Pastor Putians, Leiter eines Waisenhauses und Arbeiter in der Ölmühle von Jiangkou) hatte noch fünfzehn Minuten zu leben. Am 18. Juli 2001 hatte das Volksgericht der Provinz Fujian ihn wegen Drogenhandels zum Tode verurteilt. In Anbetracht seines hohen Alters – er war neunzig – und seines ehemaligen Status als Pastor hatte man entschieden, das Urteil mit einer letalen Injektion zu vollstrecken, die Methode wurde seit einigen Jahren in bestimmten Regionen Südchinas angewendet.

Am 16. August, um zehn Uhr morgens, stieg ein Exekutionsbeauftragter in weißem Kittel in einen Transporter – es war ein Krankenwagen –, der im Hof des Gefängnisses von Putian parkte. Der Mann war vielleicht dreißig Jahre alt, klein und schmächtig, seine Gestalt erinnerte an einen Propheten aus biblischen Zeiten. Er krempelte Yong Sheng sorgfältig die Ärmel hoch, fixierte seine Handgelenke auf der Exekutionsliege mit Manschetten und legte ihm in jeden Arm einen Zugang, der mit einer Infusionspumpe verbunden war. Der alte Pastor zeigte keinerlei Reaktion.

Der Mann im weißen Kittel verließ den Wagen wieder, und aus einem Lautsprecher tönte die Stimme des Chefkommandanten:

»Exekution!«

Sogleich drückte der Vollstrecker auf einen Knopf, und das tödliche Mittel sickerte allmählich in Yong Shengs Adern.

Man rechnete mit fünfzehn Minuten vom Beginn der Injektion bis zum irreversiblen Erlöschen aller Lebensfunktionen, das durch den Gerichtsarzt festgestellt werden musste. Normalerweise genügte ein Gramm Thiopental-Natrium – ein besonders starkes Barbiturat –, damit ein erwachsener Mensch binnen vierzig Sekunden bewusstlos wurde. Bei einer Hinrichtung verabreichte man dem Todeskandidaten fünf Gramm und schaltete ihn mit dieser Dosis in nicht einmal zehn Sekunden aus. Nach drei Minuten trat der Hirntod ein. In der zehnten Minute konstatierte der Gerichtsarzt den vollständigen Reaktionsausfall des Verurteilten, und man injizierte Pancuronium, das zu einer Lähmung aller Muskeln und, in der Folge, zum Atemstillstand führte. Schließlich nahm man in der fünfzehnten Minute eine dritte Injektion mit Kaliumchlorid vor, die den definitiven Herzstillstand bewirkte.

Zehn Jahre später waren die vom Justizministerium und dem Obersten Gerichtshof ausgegebenen Präparate die einzigen, die für letale Injektionen im ganzen Land zugelassen wurden. Im Jahr 2001 war diese Form der Hinrichtung noch ein Experiment, und die Justizbehörden jeder Provinz hatten das Recht, je nach Budget zum Gift ihrer Wahl zu greifen. Ausgerechnet in jenem Jahr verzeichnete die Provinz Fujian einen Mangel an Thiopental-Natrium, und die Anästhesisten im Krankenhaus von Putian empfahlen, es durch Midazolam, ein starkes Betäubungsmittel, zu ersetzen. Das Volksgericht der Provinz segnete den Vorschlag ab. Die Verurteilten klärte man über die Umstellung natürlich nicht auf, und noch weniger über die möglichen Konsequenzen.

Yong Sheng spürte die Einstiche nicht, und er hörte auch nicht den Exekutionsbefehl. Sekundenlang war sein Gehirn vollständig absorbiert vom Klang einer Violine.

»Ich lebe immer noch«, dachte er.

Er versuchte zu begreifen, was um ihn herum geschah, hörte jedoch nur gedämpfte Stimmen, wie in einem mit Zuschauern gefüllten Konzertsaal.

Ein Musiker stimmte sein Instrument. Er spielte die erste Geige in dem Orchester, das seine Instrumente gerade auf den Kammerton A einstimmte. Lala hatte seinem Großvater erklärt, welche Saite welchem Ton entsprach, und sobald Yong Sheng ein A hörte, musste er an die Aufnahme denken, die sein Enkel ihm von dem Auftritt in Kopenhagen geschenkt hatte.

Er hatte ihm oft beim Üben zugehört, unter dem großen Aguilar vor seinem Haus. Das Ritual war jedes Mal das gleiche gewesen: Lala öffnete seinen Geigenkoffer, griff nach seinem Bogen, rieb ihn mit Kolophonium ein und zog die Schraube an. Dann nahm er seine Geige heraus und stimmte sie. Damals besaß er zwar nur ein einfaches Übungsinstrument, doch Yong Sheng hatte trotzdem seine Freude, über die Wirbel und den glatten Holzkorpus zu streichen.

An dem Wettbewerb in Kopenhagen hatte Lala mit einer neuen italienischen Geige teilgenommen, die einen wärmeren, samtigeren, harmonischeren Klang und eine bessere Resonanz hatte als seine Kindervioline.

Er sah seinen Enkel vor sich, wie er die Geige zwischen Kinn und Schulter hielt und wie ihm das lange Haar auf die Schultern fiel. Wie er den für ihn maßgefertigten Bogen eines französischen Bogenmachers an die Saiten legte. Und plötzlich spürte er, wie das Rosshaar die höchste Saite in Schwingung versetzte, spürte das sanfte Beben der F-Löcher.

»Mein Gott! Er wird doch wohl nicht das *Violinkonzert* von Tschaikowski spielen!«

Lala hatte in seiner Kindheit oft Werke von Tschaikowski und Sibelius gespielt, weil, so sein Argument, sie zu den schwierigsten zählten, doch Yong Sheng mochte weder die Stücke des einen noch die des anderen Komponisten.

Aber nein, der Junge war zum Glück noch dabei, seine Geige zu stimmen. Er hatte lange nicht darauf gespielt. Denn auch er hatte einen Gefängnisaufenthalt hinter sich, er musste mit seinem Instrument erst wieder vertraut werden. Er spielte Tonleitern, zum Warmwerden. Plötzlich waren vier Paukenschläge zu hören. Lala imitierte sie nur mit seiner Stimme, dennoch füllten sich Yong Shengs Augen mit Tränen, er hatte das Gefühl, einen alten Freund wiederzutreffen: sein *Konzert für Violine in D-Dur* von Beethoven. Da waren sie, die Schritte der eleganten Frau. Sie blieb vor seiner Tür stehen. Es war Mary.

»Herr!« Er begann zu beten. »Du, der du über die Zeit gebietest, gewähre mir nur zehn Minuten, damit ich den ersten Satz noch einmal vollständig hören kann.«

Wie lange hatte er schon nicht mehr gebetet? Er wusste es nicht. Wahrscheinlich seit dem Suizid des Einarmigen, der seinen Glauben niedergezwungen hatte. Seitdem war ihm die Lust vergangen, auch nur ein weiteres Wort mit jemandem zu wechseln. Nach der Kulturrevolution hätte er wieder Pastor werden können, er war damals erst fünfundsechzig und durchaus noch in der Lage, Predigten zu halten. Aber er ertrug sie nicht mehr, die Wörter und Sätze, die er seit seiner Kindheit kannte. Ob Mandarin, Putian- oder Fuzhou-Dialekt, die Sprache erschien ihm mit einem Mal leer und sinnlos. Sie hatte ihre Bedeutung verloren, der Einarmige hatte sie mit sich in den Abgrund des Brühfasses gerissen. Beim Anfertigen der Taubenflöte für seinen Enkel, der so unverhofft in sein Leben getreten war, entdeckte er, dass die Töne die menschliche Stimme aufs Beste ersetzten. Sie waren reicher und reiner als die Sprache. Oft tiefgründiger und auf andere Art majestätisch. Sie variierten je nach Wind, dehnten sich ins Unendliche und blieben doch immer harmonisch.

Gott schien das Gebet seines Dieners zu erhören.

Das Beethoven-Konzert spielte seit drei Minuten – diese Zeitspanne hatten die Anästhesisten zur Herbeiführung des Hirntods eingeplant –, und immer noch brachte Lala seine Violine zum Klingen. Jetzt ein wenig langsamer. Der erste Satz war voll wunderbarer lang gehaltener Noten, die der Musiker gedankenverloren auskostete. Bilder aus vergangenen Tagen zogen an Yong Sheng vorüber: Zwei Jahre nach Lalas Ankunft waren sie zu Frühlingsbeginn zusammen mehrere Tage am Mulan entlanggewandert. Er hatte ein Paket vom Fachbereich für Fremdsprachen der Jinan-Universität in Guangzhou empfangen, es enthielt die Urne mit Marys Asche. Ein kurzer Brief erklärte, dass sie am Ende der Kulturrevolution krankheitsbedingt verstorben sei und ein Testament hinterlassen habe, in dem sie darum bat, dass man ihre Asche an ihren ehemaligen Schüler aus Putian schickte, damit er sie an der Quelle des Mulan, am Bijia-Berg, verstreute.

Am ersten Tag waren der Alte und das Kind fünfzig Kilometer marschiert. Da Niedrigwasser herrschte, war das Flussbett fast ausgetrocknet, und sie hatten die Strecke auf dem harten Sand zurückgelegt. Am Abend war das Meer wieder angestiegen und in Windeseile zurückgeströmt, sodass sie sich rennend in Sicherheit begeben mussten. Die Uferböschungen waren überflutet. Doch ein glücklicher Zufall wollte es, dass ein Bauer ihren Weg kreuzte und sich gegen eine kleine Summe Geld bereit erklärte, Lala ein Stück auf dem Gepäckträger seines Fahrrads mitzunehmen. Später hatten sie einen Wald durchquert, der an ein Wehr grenzte, und dort die Nacht verbracht. Während Yong Sheng Äste sammelte, damit sie Feuer machen konnten, hatte er sich an die Nacht mit seinem Vater in dem Ziegelofen erinnert gefühlt, an damals, als sie seiner sterbenden Großmutter zuliebe losgezogen waren, um einen Kampferbaum zu fällen. Am zweiten Tag hatten Lala und Yong Sheng den Bijia-Berg erreicht und am dritten Tag, in der Frühe, seinen Gipfel erkundet. Der Kamm erstreckte sich über mehrere Kilometer, und seine gezackte Linie leuchtete golden im Morgenlicht. Am vierten Tag ihres Fußmarschs hatte sich das Flussbett zunehmend verengt und einen sumpfigen Geruch verströmt. An manchen Stellen war das Wasser nicht tiefer als das eines kleinen Rinnsals, es reichte ihnen gerade bis zu den Knöcheln, und sie hatten die Gelegenheit für eine angenehme Erfrischung genutzt. Andernorts glich der Fluss einem Wildbach, der sich im Wald verlor.

Endlich hatten sie die gesuchte Quelle erreicht. Es war kaum zu glauben: Der breite und mehrere Hundert Kilometer lange Fluss, der die ganze Ebene von Xinghua so großzügig mit Wasser versorgte, entsprang einem einfachen Gebirgsbach, der so unauffällig vor sich hinplätscherte, dass sie beinahe daran vorbeigegangen wären. Daneben hatte man, leicht schief, einen alten Telegrafenmast in den Boden gerammt, den die Leute der Umgebung »die alte Säule« nannten. Man hätte ihn auch für den Mast eines havarierten Schiffs halten können. Mit der Zeit war seine rote Farbe zwar stark nachgedunkelt. Dennoch reflektierte er die Sonne an seinem oberen Ende, das sich zu entzünden schien wie eine Kerze. Es war der ideale Ort, um die Asche einer Toten zu verstreuen. Yong Sheng hatte Lala gebeten, ein Stück auf der Geige zu spielen, während er die Urne vorsichtig aus seiner Kiepe holte und damit auf den Telegrafenmast hinaufkletterte. Die alte Säule war unter seinem Gewicht mächtig ins Schwanken geraten. Unterdessen hallte in der Gebirgslandschaft Beethovens Violinkonzert in seiner ganzen Schönheit wider.

Gerade als Yong Sheng die Urne öffnen wollte, hatte der überwucherte Pfahl begonnen, sich Zentimeter um Zentimeter zu neigen, bis er dicht über dem Wasser hing. Mit einem fürchterlichen Krachen war der alte Mann in dem Bach gelandet, mitsamt der Urne, die ihm die Strömung aus den Händen riss. Er hatte noch versucht, sie zu erwischen, aber das Wasser war so kalt, dass er nach wenigen Metern aufgab. Starr vor Kälte und in nasser Kleidung hatte er sie davontreiben sehen, bis sie aus seinem Blickfeld verschwand. Um sich aufzuwärmen, war er durch den Sumpf gestapft, wie Mary viele Jahre zuvor, als er sie im Gebirge bei Yuyang verfolgt hatte, um sie zu töten. Für einen Augenblick hatte er wieder den Geruch von Schießpulver in der Nase und witterte den Angstschweiß der jungen Frau in der Falle. Dann setzte der Regen ein und untermalte mit leisem Prasseln die Musik der Violine.

Am Ende des ersten Satzes lagen die Berge und der Wald wieder in friedvoller Ruhe da.

Die vorgesehene Zeit war abgelaufen.

Hätte diese Hinrichtung durch eine letale Injektion nicht 2001 stattgefunden, sondern zehn oder auch nur fünf Jahre später, dann wäre sie nicht im Krankenwagen des örtlichen Hospitals vollzogen worden, und man hätte Yong Sheng nicht an eine einfache Rolltrage geschnallt. Das Gericht hätte einen speziell ausgerüsteten Transporter zum Gefängnis geschickt – doch so einen erwarb die Provinz Fujian erst 2005: Der Innenraum ähnelte einem Erste-Klasse-Schlafwagen, über der Liege, auf der man den zum Tode Verurteilten festgurtete wie einen Patienten in einer psychiatrischen Anstalt, leuchtete eine Deckenlampe. Auf einem Monitor konnte man anhand des EEG-Verlaufs die Hirnaktivität nach der ersten Giftgabe mitverfolgen; ein Ausdruck der gespeicherten Daten wurde der Akte des Verurteilten beigefügt.

Der Mann im weißen Kittel, der Yong Sheng die tödlichen Substanzen verabreichen sollte, verfügte über keinerlei Erfahrung, was Hinrichtungen anging, er war ein junger Anästhesist am Krankenhaus in Putian. Bis zu diesem Zeitpunkt waren die Urteile immer von einem Erschießungskommando der Armee vollstreckt worden. Doch hatten die Militärs keine medizinische Ausbildung, waren also, was Exekutionen per Giftspritze betraf, keine Kapazitäten. Sie hätten vermutlich nicht einmal die Vene zum Punktieren gefunden. Im Gefängnis waren zwar drei Ärzte und vier Krankenschwestern beschäftigt, doch sie hatten allesamt ihre Beteiligung verweigert, da sich die Todesstrafe nicht mit ihren ethischen Grundsätzen vereinbaren ließ. Deshalb hatte man auf den jungen Krankenhausanästhesisten zurückgegriffen, der kein ethisches Problem bei dieser Sache sah. Nachdem er Yong Sheng die Zugänge gelegt und den Transporter verlassen hatte, hielt er es allerdings für angemessen, dass man ihm für diese Dienste das Gehalt verdoppelte. Er versuchte, mit dem Chefkommandanten des Gefängnisses zu verhandeln, der jedoch erteilte ihm eine kategorische Abfuhr.

Aus Rache hielt er sich absichtlich nicht an das Protokoll: Nach Ablauf der zehn Minuten, die auf die Midazolam-Gabe folgten – das anstelle des in der Provinz nicht verfügbaren Thiopental-Natriums verabreicht wurde –, drückte er, ohne die motorischen und zerebralen Funktionen Yong Shengs kontrolliert zu haben, auf den Knopf für die Pancuronium-Injektion, die die Muskulatur lähmte und den Atemstillstand herbeiführte.

Ich kann nicht sagen, wie oft ich das Konzert für Violine in D-Dur *von Beethoven gehört habe, aber der zweite Satz verzaubert mich jedes Mal aufs Neue, wenn die Pauken schweigen und die Violine leise aufspielt. Ich war oft dabei, wenn Lala ihn unter dem Aguilar geübt hat. Und manchmal hatte ich den Eindruck, dass die Noten sich über die feinen überirdischen Wurzeln des Baums ergossen. Manchmal schienen sie auch den Stamm hochzuklettern und zwischen den Ästen und dem dichten Laub zu kreisen, bis sie es hinauf zur Krone schafften. Auf mich wirkte der zweite Satz immer wie ein einfaches, nachdenkliches Lied. Eine Art Kontemplation. Heute empfinde ich nicht mehr dasselbe. Ich weiß nicht, ob es an der Injektion liegt oder ob sich Lalas Stil verändert hat. Sollte er seine jugendliche Virtuosität, die Kunst seiner linken Hand, die die Melodie kunstvoll auszuschmücken wusste, eingebüßt haben? An solchen Details erkennt man ein Wunderkind. Die Lebendigkeit, die Appoggiaturen und Gruppetti sind aus seinem Spiel verschwunden, sie hatten den zweiten Satz immer in ein Hohelied verwandelt, das mich an die Zeit erinnerte, in der ich als jun-*

ger und eleganter Priester vor einer ehrfurchtsvoll schweigenden Menge ans Rednerpult trat, um zu predigen.

Allmächtiger Herr, ich kann dir nicht genug dafür danken, dass du mir dieses Glück hast widerfahren lassen und Lala zu mir geschickt hast. Wie oft habe ich in Gedanken den Satz wiederholt, den der hochbetagte Israel in Kapitel 48 der Genesis zu Josef sagt, als er, sein geliebter Sohn, den er verloren glaubte, unverhofft vor ihm steht: »Ich hatte nicht mehr geglaubt, dich jemals wiederzusehen. Nun aber hat mich Gott sogar noch deine Nachkommen sehen lassen.«

Ich weiß die Passage nicht mehr im Einzelnen auswendig, aber ich erinnere mich, dass Israel seine Enkel umarmt und sie mit den Worten segnet: »Gott, der mein Hirt war, mein Lebtag bis heute, er segne die Knaben.«

Lalas Mutter ist nie mehr zu mir gekommen, und ich hatte keine Hoffnung, meinen Enkel je kennenzulernen. Eines Tages habe ich ihn zum Grab seiner Großmutter geführt. Wir nahmen den Bus am Südtor von Putian bis Zaolin, einem sehr armen Dorf, in dem keine jungen Menschen mehr leben. Wir fragten eine alte Frau, wo wir das Grab von Heling finden konnten, sie verlangte zehn Yuan für ihre Auskunft. Der Weg dorthin war nicht befestigt und in einem schlechten Zustand. Nach einem Kilometer entdeckten wir, verborgen unter Gestrüpp und Unkraut, die Grabstätte der Familie Huang. Lala bat vier Bauern, die nebenan auf einem Feld arbeiteten, uns dabei zu helfen, es freizulegen – was uns weitere vierzig Yuan kostete. Im Ganzen waren es acht Gräber. Nur auf einem stand kein Gedenkstein, es war mit einer einfachen Holztafel gekennzeichnet, in die ein großes rotes Kreuz geritzt war. Dort lag Lalas Großmutter, sie war die Einzige aus ihrer Familie, die einen Pastor geheiratet hatte.

Am Abend fuhren wir mit dem letzten Bus wieder zurück nach Putian. Ich weiß nicht, warum, aber Lala war sehr nervös. Immer wieder stand er auf, lief unruhig im Gang hin und her, und als der Bus, weit vor unserem Ziel, eine Panne hatte, war Lala gar nicht mehr zu halten. Er begann, mit den Fäusten gegen die Tür zu trommeln, bis der Fahrer sie für ihn öffnete. Sofort stürzte er ins Freie und verschwand in der Nacht. Nach einer Weile war die Panne behoben, wir fuhren weiter. Plötzlich tauchte auf einer breiten Straße, kurz vor dem Stadtzentrum, die Silhouette eines jungen Mannes auf, der wie ein Irrer rannte, mitten auf der Fahrbahn. Es war Lala! Ich traute meinen Augen kaum. Das lange, schweißnasse Haar klebte ihm im Gesicht. Er sah zum Fürchten aus. Der Busfahrer hielt an, öffnete die Tür, um ihn einsteigen zu lassen, aber Lala sah ihn nicht einmal an, er rannte einfach weiter, rannte, was seine Beine hergaben. Damals habe ich nicht verstanden, was mit ihm los war, wenn ich heute daran zurückdenke, glaube ich, dass er Entzugserscheinungen hatte und so schnell wie möglich zu seinem Dealer wollte, um sich neuen Stoff zu besorgen.

Seit diesem Tag sah ich, sobald ich die Augen schloss, immer wieder diese Szene vor mir und fing an zu zittern. Sein schweißgebadetes Gesicht verfolgte mich, sein großer offener Mund, der nach Luft schnappte wie ein Fisch auf dem Trockenen. Ich stellte mir die Qualen vor, die er durchlitt. Er wirkte wie ein lebender Toter, nicht wie mein Enkel.

Zwei Tage später ging er fort, ohne sich von mir zu verabschieden, stahl sich davon mit einer der Lautsprecherboxen, während ich eine Siesta machte. Er war ein seltsamer Junge, unberechenbar in seinem Verhalten. Wahrscheinlich, weil er nie einen Vater hatte. Er war wie ein launisches Pferd. Ich habe mir nicht den Kopf darüber zerbrochen, was er wohl mit der Box anstellen würde. Genauso wenig, wie ich verstanden habe, warum er mir meinen Siegelstempel geklaut hatte. Bis der Polizist mir das Einschreibeformular vorlegte.

Aber kann man tatsächlich von einem Diebstahl sprechen? Nein, denn die Gravur des Stempels symbolisiert nicht, wie ich dem Polizisten gegenüber behauptet habe, meine drei Zähne, sondern die für einen Metzger der Region typischen Holzsandalen seines Vaters: Das einzelne Quadrat steht für das Oberleder, die beiden anderen stellen den klobigen Absatz dar.

Und hat Jesus nicht dieses Gleichnis verkündet: »Wenn einer von euch hundert Schafe hat und eins davon verliert, lässt er dann nicht die neunundneunzig in der Steppe zurück und geht dem verlorenen nach, bis er es findet? Und wenn er es gefunden hat, nimmt er es voll Freude auf die Schultern, und wenn er nach Hause kommt, ruft er seine Freunde und Nachbarn zusammen und sagt zu ihnen: Freut euch mit mir; ich habe mein Schaf wiedergefunden, das verloren war. Ich sage euch: Ebenso wird auch im Himmel mehr Freude herrschen über einen einzigen Sünder, der umkehrt, als über neunundneunzig Gerechte, die es nicht nötig haben umzukehren.«

Da, ich spüre es, es weht eine frische Frühlingsbrise.

Die Geige spielt ein heiteres, ausgelassenes Thema, fließend wie Seide. Die Noten hüpfen fröhlich unter dem Bogen, als kosteten sie die ersten Sonnenstrahlen am Ende des Winters aus.

Ich muss unwillkürlich lächeln. Gott hat mein Gebet erhört, ich darf das Beethoven-Konzert offenbar bis zum Schluss hören.

Der dritte Satz, beschwingt und doch majestätisch, erinnert mich an meinen Vater.

Ich sehe ihn vor mir, wie er den Kopf zur Krone des riesigen Kampferbaums hebt, aus dessen Holz er mein Ehebett zimmern will. Ich höre, wie er mit seiner Axt in den Stamm schlägt und sich die Vögel, die im Geäst nisten, pfeilschnell davonmachen, es raschelt in dem Baum, als würde ein Tuchhändler ein Stück Seide von einem Ballen reißen. Ich beobachte Schnepfen, deren lange, leicht gebogene Schnäbel im Sonnenlicht rosa glänzen. Ihr braun-violett gestreiftes Gefieder an Nacken und Kropf verlängert sich in den Schatten, den sie werfen, und lässt sie größer erscheinen, als sie tatsächlich sind. Sie blicken mich aus wasserklaren Augen unerschrocken an. Ich betrachte sie lange, bis mein Vater mich ruft und mir einen Hobelspan reicht. Ich habe seine Stimme noch im Ohr: »Wenn du diesen Span irgendwo ablegst, wirst du im Umkreis von hundert Metern keiner Fliege oder Mücke mehr begegnen.« Ich halte den Span gegen die Sonne, er nimmt eine bernsteinfarbene Transparenz an, ich sehe die feinen Adern. Ein Ast, den mein Vater gerade abgesägt hat, fällt auf die Erde. Die Schnepfen fliegen auf – ihr Flügelschlag harmoniert mit den Triolen, Quarten und Quinten der Violine.

Mir kommt das Flattern eines Hahns in den Sinn. Sechs Jahre nach dem Brand brach ein besonders schneereicher Winter herein. Eine Seltenheit, es schneit in unserer Region vielleicht einmal in zehn Jahren. Seit dem Tod meiner Großmutter hatte ich nicht mehr so viel Schnee gesehen, die Erde war wie in einen dicken weißen Mantel gehüllt. Zum ersten Mal seit dem schrecklichen Feuer hatte ich nicht mehr nur verbranntes Land vor Augen, das die düstere Erinnerung in mir wachhielt. Das Steinhaus war noch nicht gebaut. Trotzdem bin ich jeden Abend, nachdem ich in Jiangkou die Straßen gefegt und die Latrinen gesäubert hatte, an den Ort zurückkehrt, an dem ich mein ganzes Leben verbracht habe, ich hatte mir in den Trümmern ein Bett aus Stroh bereitet. Eines Morgens, als ich aufwachte, hatte es aufgehört zu schneien. Alles um mich herum wirkte verschwommen, konturlos, ich wollte mir die Augen reiben, aber nicht nur war meine Jacke hart wie Glas, mein ganzer Körper war starr vor Kälte. Erst allmählich wärmte ich mich auf, und der Nebel verzog sich. Dann ging die Sonne auf. Die Reflexionen des Lichts auf der makellos weißen Fläche gaben mir das Gefühl, in einer Kristallwelt erwacht zu sein. Inmitten all dieses Weiß tauchte plötzlich der rote Kamm eines Hahns auf, der hektisch mit dem Kopf ruckte.

Die Geige lässt eine ganze Folge übermütiger, fröhlicher Noten erklingen.

Der Hahn kratzte mit seinen Füßen im Schnee und schlug mit den Flügeln, als wollte er Schwung in die Sache bringen. Das struppige Gefieder an seinen Hals flatterte hin und her. Ich weiß nicht, ob sein Atem dafür verantwortlich war oder ob er sich schüttelte, um gegen die Kälte anzukämpfen. Er war umgeben von einem fahlblauen Lichthof und scharrte auf dem Boden, genau an der Stelle, wo einmal mein Aguilar stand. Ich näherte mich dem Tier und sah, dass es ein Loch in das verkohlte Erdreich gegraben hatte.

Die Sonne zauberte ein Glitzern auf seine feuchten Flügelfedern. Meine Anwesenheit schien den Hahn nicht sonderlich zu beeindrucken, fieberhaft wühlte er weiter.

Und dann entdeckte ich etwas, das ich mir nicht hätte träumen lassen: Der Hahn hatte einen Spross freigelegt!

Die Wurzel, auf der er wuchs, konnte also nicht tot

sein. Ich ging in die Hocke und schaufelte ringsum die Erde beiseite. Ein unterirdischer Teil des Stamms war noch lebenskräftig, und es hatte sich ein Trieb ausgebildet.

Ich begab mich auf die Suche nach einer Hacke und machte mich ans Graben. Ich dachte, mein Baum hätte sich in Rauch aufgelöst, und nun entdeckte ich durch einen Zufall, dass er aus der Asche auferstehen wollte. Die Jungpflanze hatte die Form einer Spindel und maß bereits sechzig Zentimeter.

Meine Augen füllten sich mit Tränen. Mein Aguilar, den ich schon tot geglaubt hatte, lebte noch.

Selbst der Hahn, der mir nicht mehr von der Seite wich, schien erstaunt über die Hartnäckigkeit des Gewächses zu sein. Sein Kamm glühte in der Sonne wie eine kleine durchscheinende Laterne. Seine leuchtend roten Brustfedern glommen auf wie mächtige Funken. Als er sich streckte, kamen die weißen Flaumfedern an seinem Bauch zum Vorschein. Er hatte goldene Augen und kohlrabenschwarze Pupillen.

Mein alter Baum hatte vieles durchstehen müssen. Er hatte den Tod und die Hölle kennengelernt, aber tief unter der Erde war er zu neuem Leben erwacht.

Der dritte Satz des Beethoven-Konzerts schließt mit einer kurzen, gedrängten Kadenz als glänzendem Höhepunkt ab.

Während ich sie höre, weiß ich, dass die Zeit, die Gott mir zugestanden hat, sich ihrem Ende zuneigt.

Ich erinnere mich noch daran, was Lala mir am Abend vor seinem überraschenden Aufbruch sagte. Wir hatten uns gemeinsam die Aufnahme aus Kopenhagen angehört. Nur das schwache Feuer, über dem eine Tarowurzel röstete, erhellte das dunkle Haus.

»Ich habe dieses Konzert Hunderte, wenn nicht Tausende Male gespielt, und trotzdem habe ich nie verstanden, wie Beethoven in einem so perfekten Werk ein solcher Anfängerfehler unterlaufen konnte: die Kadenz des letzten Satzes auf einem aufgelösten Fis enden lassen. Selbst einem vollkommenen Banausen fällt auf, dass diese Note nicht mit D-Dur harmoniert. Dabei hat er das Konzert in einer glücklichen Phase seines Lebens komponiert, als er noch nicht taub war. Er ist erst Jahre später ertaubt. Ich glaube, der Grund dafür ist, dass er nicht auf der Suche nach Perfektion war. Er wollte einfach das Leben widerspiegeln. Und das Leben ist nun mal nicht vollkommen.«

Erst jetzt begreife ich, was Lala sagen wollte.

Er sprach von mir, der Rotzbengel! Er meinte: »Großvater, die letzten Augenblicke deines Lebens werden aus dem Rahmen fallen, wie die letzte Note des Beethoven-Konzerts. Aber gerade das, was einige als Fehler ansehen könnten, wird die Schönheit deiner Existenz offenbaren.«

In diesem Augenblick gab der junge Anästhesist die dritte Injektion frei, das Kaliumchlorid.

Vor meinem Steinhaus, auf der Spitze des Hügels von Jiangkou, wächst wieder ein Aguilar. Jedes Jahr im Herbst ist er voller Schoten, die herabfallen und auf dem Boden eine dicke Schicht bilden, die unter den Füßen knackt. In diesem Jahr sind es weniger, wegen des Sturms, der in der Region gewütet hat. Jetzt, da ich kurz vor meinem Tod stehe, hängt nur noch eine an einem Ast. Sie ist gerade aufgeplatzt. Die Hülse öffnet sich wie eine Zikade ihre Flügel, durch den Spalt kann ich zwei Samenkörner ausmachen, die von einer feinen Membran umhüllt sind, die sanft im Wind vibriert.

Ich bin der einzige Mensch auf der Welt, der erkennt, dass die Körner bald auf die Erde fallen werden.

Mögen sich das Laub und das Unkraut am Fuß des Stamms darauf vorbereiten, sie aufzunehmen. Ein Vogel schreit. Ist es ein Kuckuck? Es läutet zur Mittagsstunde. Die Sonne färbt die Blätter in hellen, fast transparenten Gelbtönen.

Ich sehe, wie sich die Schote im Wind hin und her bewegt. In ihrem Innern löst sich ein Korn, vollführt eine Kapriole, tanzt in der Luft, wird getragen von der Brise. Es scheint keine Eile mit der Landung zu haben. Es gleitet vor dem blauen Himmel dahin, ohne echtes Ziel, fein und glänzend wie ein Salzkorn.

Ich passe den Rhythmus meiner Atmung dem im Sonnenlicht schwebenden Korn an.